제인 에어 2

Jane Eyre

세계문학전집 110

제인 에어 2

Jane Eyre

샬럿 브론테

유종호 옮김

민음사

일러두기

1 이 책은 Charlotte Brontë, *Jane Eyre*, 2000, Modern Library Paperback Edition을 저본으로 번역했다.

2 본문의 각주는 위 책에 수록된 James Danly의 주석을 옮긴이가 선별하여 번역했다.

차례

1권 차례

22장

로체스터 씨는 나에게 일주일 휴가밖엔 주지 않았는데, 내가 게이츠헤드를 떠날 때까지는 한 달이란 시일이 흘러가 버렸다. 장례식이 끝나자 나는 곧 떠나고 싶었지만 조지아나가 자기가 런던으로 떠날 수 있게 될 때까지만 있어 달라고 간청을 했다. 그녀는 장례식 때 매장(埋葬) 일도 감독하고 집안일도 정리하기 위해서 왔던 그녀의 외삼촌 깁슨 씨의 초대를 받아 마침내 런던으로 가게 되어 있었다. 그녀는 일라이자하고 남아 있게 되는 것이 두렵다고 했다. 언니인 일라이자로부터는 상심해 있으면서도 아무런 동정도 받지 못하고, 두려움에 떨어도 아무런 의지도 바라지 못하고, 여행 준비를 하는 데에도 아무 도움도 받지 못한다는 것이었다. 그래 나는 그녀가 마음이 나약해서 풀이 죽어 있고 제 생각만 하고 멋대로 비탄에 잠겨 있는 것을 될 수 있는 대로 참아 나가며, 그녀의 옷가지를 꿰매는 일이나 짐을 꾸리는 일을 성심껏 도와주었다. 내가 일을 하는 동안에도 그녀가 그저 빈둥거리고 있었던 건 사실이다. 그러나 나는 혼자서 생각했다. '사촌이여, 만약 네가 나하고 평생을 같이 살 거라면 이런 꼴은 그냥 참고 견딜 수가 없으리라. 나는 순순히 그저 모든 걸 참아 나가는 너의 짝으로 낙착되지는 않을 것이다. 나는 너에게 네 할 일을 맡기고 네 손으로 그 일을 해내게 하고 그러지 못하면 그 일은 그냥 내버려 둘 것이다. 나는 또한 우물우물 털어놓는 너의 그 무책임한 불평 따위 네 가슴속에나 가둬 두도록 요구할 것이다. 그러나 내가 이렇게 모든 걸 참아 내고 고분고분 네 말을 들어 주는 것은 우리 사이의 관계라는 것이 아주 짧은 동안뿐이며 또 때가 마침 특별히 슬픈 때이기 때문이란 말이야.'

드디어 나는 조지아나를 떠나보냈다. 그런데 이번에는 또 일라이자가 일주일만 더 묵어 달라는 것이었다. 그녀는 자신의 계획이 모든 시간과 주의를 요한다고 말했다. 그녀는 어떤 미지의 나라를 향해 떠나려 하고 있었다. 그녀는 하루 종일 문을 안으로 걸고 자기 방에 처박혀 있으면서 트렁크에 물건을 넣기도 하고 서랍도 비우고, 종이를 태우기도 하며 아무하고도 일절 이야기를 하지 않았다. 그동안에 나보고는 집안일을 돌봐 주고, 찾아오는 손님을 만나고 조위(弔慰) 편지에 답장도 써 달라는 것이었다.

어느 날 아침, 그녀는 나보고 이젠 마음대로 하라고 했다. 그리고 덧붙여 말했다. "참말 고맙게 도와주고 빈틈없이 일을 처리해 준 것이 얼마나 감사한지 모르겠어! 너 같은 사람과 함께 사는 것은 조지아나하고 함께 사는 것과는 확실히 달라. 너는 네 몫을 다하고 그러면서도 남에게 폐를 끼치지 않아. 내일 나는 유럽으로 떠나게 돼. 릴 근처에 있는 수도원(수녀원이라고들 하겠지만)에 들어가서 살 거야. 거기서는 아무의 방해도 받지 않고 조용히 살게 되겠지. 그래 당분간은 가톨릭의 교리를 공부하고 그 교리의 체계가 어떻게 운용되고 있는가 하는 것을 연구하는 데만 전념할 작정이야. 그래 지금은 확실히 모르지만, 그것이 만사를 훌륭하고 질서 있게 해 나가게 하는 데 가장 잘되어진 것이라는 것을 알게 되면, 나는 가톨릭의 교의를 신봉하고 수녀가 될 테야."

나는 이 결심을 듣고 놀랐다는 표시도 하지 않았고, 그러지 말도록 그녀를 말리지도 않았다. '그 천직이 언니에겐 꼭 들어맞아.' 나는 마음속으로 생각했다. '아무쪼록 그렇게 해서 복을 받도록!'

작별을 할 때, 그녀가 말했다. "잘 가, 제인 에어. 부디 잘 살아. 너는 지각 있는 사람이야."

나는 그때 대꾸했다. "언니도 지각이 없지는 않아요. 하지만 언니가 가진 것은 일 년만 지나면 프랑스의 수녀원 담 안에 산 채로 묻혀 버리겠지. 그러나 그건 내가 상관할 바가 아니죠. 그리고 그게 언니에게 맞는 일이라면, 난 별로 걱정 안 해요."

"네 말이 옳아." 그녀가 말했다. 그리고 그것으로 우리는 헤어져 각기 다른 길을 간 것이었다. 일라이자나 조지아나에 대해서 앞으로는 언급할 기회가 없겠으므로 여기에서 조지아나는 부유한 상류 사회의 퇴물과 결혼했다는 것 그리고 일라이자는 정말로 수녀가 되었고 지금은 견습 기간을 지낸 그 수녀원의 원장이며 재산도 거기 기부했다는 것 등을 이야기해 두는 것이 좋겠다.

길건 짧건 간에 객지에 나가 있다가 집에 돌아오는 사람의 기분을 나는 알지 못했다. 나는 그런 기분을 경험해 본 적이 없었던 것이다. 어릴 적에 오랜 시간 산보를 하고 게이츠헤드로 돌아오던 기분은 알고 있었다. 추워 보이고 우울해 보인다고 야단맞은 것. 그 후 교회에서 로우드 학원으로 돌아오던 기분은 알고 있었다. 풍성한 음식과 따뜻한 난롯불을 갈망하지만 그게 어림없는 소망이 되고 마는 것. 그따위 귀가란 즐겁지도 않고 별스러운 게 못 되었다. 가까워질수록 인력(引力)을 증가하여 나를 끌어당기는 자석은 아무 데도 없었다. 손필드로의 귀환은 겪어 봐야 그 기분을 알 수 있을 것이었다.

여행은 지루했다. 아주 지루했다. 첫날 50마일, 여관에서 하룻밤 묵고, 다음 날 또 50마일. 처음 열두 시간 동안, 나는 죽기 직전의 리드 부인을 생각했다. 나는 그녀의 추해지고 변색된 얼굴을 눈앞에 그려 보고, 이상하게 변해 버린 그녀의 목소리를 마음속으로 들어 보았다. 장례식 날, 관, 영구 마차, 소작인과 하인들의 상복 차림의 행렬,(친척 되는 사람은 별로 없었다.) 입을 딱 벌리고 있는 지하 납골당, 조용한 교회, 엄숙한 예배 등을 머릿속에 그려 보았다. 그러다가 나는 일라이자와 조지아나를 생각했다. 하나는 무도회에서 주목의 초점이었고 다른 하나는 수녀원의 식구였다. 그리고 나는 두 사람의 인물이나 성격의 서로 다른 특성을 곰곰이 생각하고 분석해 보았다. 저녁때 ○○시에 도착하자 이러한 생각들은 흩어져 버렸다. 밤은 나의 생각들을 정반대 방향으로 돌려놓아 버렸다. 여관집 침대에 누워서 나는 지난 일 대신 닥쳐올 일을 생각했다.

나는 손필드로 돌아가고 있었다. 하지만 얼마 동안이나 거기서 살게 될 건가? 오래는 아니리라. 그건 틀림없었다. 그동안 페어팩스 부인한테서 소식이 왔더랬다. 손님들은 떠나 버렸고 로체스터 씨는 삼 주 전에 런던으로 갔으나 그때로 해서 두 주 후에는 돌아온다고 했다. 페어팩스 부인은 그가 새 마차를 사들인다는 이야기를 한 것으로 보아 결혼 준비를 하러 간 것 같다고 했다. 그녀는 또 로체스터 씨가 잉그램 양과 결혼을 한다는 생각은 자기에게는 이상하게 생각되지만 남들이 말하는 것이나 자기 눈으로 확인한 것으로 미루어 생각해 보면 얼마 안 있어 그 일이 닥쳐올 것은 이제 의심할 여지가 없다고 했다. '당신이 그것을 의심했다면 당신도 어지간한 의심꾸러기예요.' 이것이 내 마음속의 논평이었다. '나는 의심하지 않아요.'

'어디로 가야 하나?' 하는 의문이 뒤따랐다. 나는 밤새도록 잉그램 양의 꿈을 꾸었다. 밝을 무렵의 생생한 꿈속에서 그녀는 내가 들어가지 못하게 손필드의 문을 닫았다. 그리고 딴 길로 가라고 손가락질했다. 그런데 로체스터 씨는 팔짱을 낀 채 냉소적인 웃음을 머금고 그녀와 나를 쳐다보고만 있었다.

나는 페어팩스 부인에게 내가 돌아가는 정확한 날짜를 알리지 않고 있었다. 밀코트까지 마차를 마중 내보내는 것이 싫었기 때문이었다. 나는 조용히 혼자서 걷기로 작정했다. 그래 여관집 마부에게 짐을 맡기고 6월의 저녁 여섯 시경 몰래 조지 여관을 빠져나와 손필드로 가는 묵은 길로 들어섰다. 길은 주로 밭 가운데로 나 있었고 행인도 이젠 거의 없었다.

맑고 온화한 저녁이었지만 밝고 화사한 여름 저녁은 아니었다. 길가에는 줄곧 건초를 만드는 사람들이 일을 하고 있었다. 하늘엔 구름이 제법 끼어 있었지만 내일의 화창한 날씨를 약속하는 듯했고, 그 푸른 색깔은(푸른빛이 보이는 부분에서는) 부드럽고 안정된 색깔이었고 운층(雲層)은 높고 엷었다. 서쪽 하늘 역시 따스해 보였다. 물처럼 번뜩이며 써늘해 보이지는 않았다. 대리석 같은 수증기의 장막 뒤에서는 마치 불이 일어나 성단(聖壇)이 활활 타오르는 듯했고, 구름 틈새기로는 황금빛 붉은 색깔이 비쳐 나오고 있었다.

남은 길이 점점 가까워짐에 따라 나는 기뻤다. 너무 기뻐서 그 기쁨이 무엇을 의미하는가를 자문해 보기 위해 한 번 멈춰 서기까지 했고, 내가 가는 것은 내 집으로 가는 것도 아니고 영원한 안식처로 가는 것도 아니며 친구가 밖을 내다보며 나를 기다리고 있는 곳으로 가는 것도 아니라는 것을, 내 이성을 일깨워 타이르기까지 했다. '페어팩스 부인은 말 없는 미소로 조용히 너를 반겨 줄 거다.' 나는 혼잣말을 했다. '그리고 귀여운 아델러는 너를 보면 손뼉을 치며 뛰어오를 거다. 그러나 네가 생각하는 사람은 그 사람들이 아니라 다른 사람이라는 것을 너 자신이 잘 알고 있다. 그런데 그 사람이 너를 생각

하고 있지 않다는 것도 너는 잘 알고 있지 않느냐?'

그러나 젊음처럼 외고집을 부리는 것이 또 어디 있을까? 무경험처럼 맹목적인 게 또 어디 있을까? 로체스터 씨가 나를 보아 주건 보아 주지 않건, 그분을 다시 볼 수 있는 것만 해도 기쁜 일이라고 젊음과 무경험은 단언했다. 그리고 또 말하는 것이었다. '어서 가자! 어서! 곁에 있을 수 있을 때 곁에 있어야 해. 이제 앞으로 며칠, 기껏해야 몇 주일, 그러곤 그분과는 영 이별이란 말이야!' 그리고 나서 나는 새로 생겨난 고민(내 것으로서 가지고 싶지도 않고 키우고 싶지도 않은 흉측한 그것)을 묵살해 버리고는 달음질쳤다.

손필드의 초원에서도 건초 작업이 이루어지고 있었다. 아니, 내가 도착했을 때쯤 해서는 일꾼들은 일손을 멈추고 갈퀴를 어깨에 둘러메고 집으로 돌아가고 있었다. 이제 밭 한두 개만 지나면 된다. 그러고 나서 길을 건너면 정문에 도착하게 된다. 울타리엔 어쩌면 저렇게 많은 장미가 피어 있을까! 그러나 꽃을 꺾을 틈도 없다. 나는 어서 집 안으로 들어가야 한다. 나는 꽃이 만발하고 잎이 무성한 가지들을 길 위에까지 뻗치고 있는 키 큰 들장미 곁을 지났다. 돌로 된 좁은 계단이 보인다. 그리고 또…… 로체스터 씨가 거기 앉아 있다. 연필과 종이를 손에 들고서. 그는 무엇인가 쓰고 있는 것이다.

어쨌든 그는 유령은 아니다. 그런데 나의 온 신경은 흐트러져 버렸다. 한동안 나는 스스로를 걷잡을 수 없었다. 어떻게 된 셈인가? 그를 다시 보게 되어도 이렇게 몸이 떨릴 줄을 알지 못했다. 그의 면전에서 이렇게 목소리가 잠기고 몸을 움직일 수도 없이 될 줄은 몰랐다. 몸을 움직일 수만 있으면 물러나야겠다. 이렇게 바보 같은 짓을 할 필요가 없다. 나는 집으로 들어가는 딴 길을 알고 있다. 그러나 스무 개의 길을 알고 있대도 이젠 소용없다. 그가 나를 보아 버린 것이다.

"여어!" 그가 소리친다. 그러고는 연필과 종이를 치워 놓는다. "돌아오셨군! 어서 와요, 어서."

나는 그에게로 가려고 했다. 그러나 어떤 방식으로 다가가야 할지 몰랐다. 내 동작을 거의 알아차리지 못했고 다만 태연해 보이려고만 마음먹고, 그보다도 또 얼굴의 근육이 움직이는 것을 억제하려고 애썼다. 그러나 그것은 무례하게도 나의 의지를 거역하고 내가 숨기려고 결심한 것을 겉으로 드러내려고 덤볐다. 그러나 나에게는 베일이 있다. 그것이 내려졌다. 나는 겨우 의젓한 몸가짐을 할 수 있게 되었다.

"분명히 제인 에어지? 밀코트에서 오는 길이로군. 그런데 걸어서? 그래 마차를 보내라고 해 가지고 속인들처럼 덜그럭거리며 오지 않고 마치 그림자나 꿈처럼 황혼을 타서 살짝 집 근처로 들어오다니, 당신만이 할 수 있는 장난이야. 도대체 지난 한 달 동안 당신은 무엇을 했소?"

"돌아가신 외숙모 댁에 있었어요."

"진짜 제인다운 대답이로군! 천사들이여, 저를 지켜 주소서! 그녀는 딴 세상에서 왔답니다. 사자(死者)의 세계에서 왔답니다. 이 황혼 속에서 나와 단둘이 만나 그렇게 말하는군요. 만약 내게 용기가 있다면 사람인지 귀신인지 손으로 만져나 보련만, 이 요정 아가씨야! 그보다는 차라리 늪에 가서 파란 도깨비불을 붙드는 게 낫지. 요 꾀보 아가씨야!" 그는 잠깐 말을 끊었다가 덧붙여 말했다. "꼭 한 달 동안 내게서 떠나 있으면서, 나란 사람은 까맣게 잊고 있었군그래!"

나의 주인을 다시 만나게 되면 기쁘리라는 것은 생각하고 있었다. 비록 얼마 안 있어 그가 나의 주인이기를 그치고 생판 남이 될 것이라는 두려움과, 그에게 있어서 나 같은 건 아무것도 아닌 존재라는 생각으로 가슴은 아팠지만. 그런데 로체스터 씨에겐 항시 남에게 행복을 전해 주는 풍성한 힘이 있어(적어도 나에게는 그렇게 생각되었다.) 나 같은 길 잃은 새에게는 그가 뿌려 주는 빵 부스러기를 맛보는 것만 해도 유쾌하게 잔칫상을 받아먹는 것과 같았다. 그가 끝에 한 말은 나에게 위안이 되었다. 그 말을 들어 보니 내가 그를 잊고 안 잊고 하는 것이 그에게 다소간 중요한 의미를 갖는다는 이야기인 것 같았다. 그리고 그는 손필드가 내 집인 것처럼 이야기했다. 정말로 손필드가 내 집이라면 얼마나 좋을까!

그는 계단에 그냥 앉아 있었다. 나는 지나가겠다고 비켜 달라기가 어쩐지 싫었다. 나는 곧 런던엘 다녀오지 않았는지 물어보았다.

"갔다 왔소. 천리안을 가지고 그걸 알아냈소?"

"페어팩스 부인께서 편지로 알려 주셨어요."

"내가 무슨 볼일로 갔다 왔다는 것도 알려 주든가?"

"네. 그건 모두 알고 있는걸요."

"마차를 한번 보시오, 제인. 그리고 그게 장래의 로체스터 부인에게 꼭 어울릴 건지 의견을 말해 주시오. 그리고 그 자줏빛 쿠션에 기대앉으면 내 아내가 부디카 여왕[1]처럼 보일지 안 보일지도 말이오. 제인, 내가 그런 내 아내와 어울리기 위해서는 좀 더 미남이었어야 할 텐데 유감이오. 말 좀 해 주지, 당신은 요정이니까 나를 미남으로 만들 매력이나 미약(媚藥)이나 뭐 그런 걸 나한테 좀 줄 수 없겠소?"

"그건 마술의 힘으로는 안 되는 일이에요." 그리고 마음속으로 나는 덧붙여 생각했다. '당신을 사랑하는 눈만 있으면 매력은 있으나 마나예요. 그러한 눈에는 당신은 미남이에요. 오히려 당신의 그 무뚝뚝함이 잘생긴 것 이상으로 강한 매력이에요.'

로체스터 씨는 때때로 내 심중의 생각을 나로선 알 수 없는 통찰력으로 알아차리곤 했다. 지금 경우에도 그는 내가 되는 대로 대답한 말에는 귀도 기울이지 않고 여간해서는 보이지 않는 그만이 웃을 수 있는 특유의 미소를 내게 보이고 있었다. 그는 그 미소를 보통 일에는 너무 귀해서 쓸 수가 없는 것으로 생각하는 듯했다. 그건 정말로 마음의 햇빛이었다. 그런데 그는 햇빛을 나에게 쏟고 있었다.

"지나가요, 재닛."[2] 층계를 지나가도록 비켜서며 그는 말했다. "집으로 올라가서 당신의 그 걷기에 지친 작은 발을 친구의 집에서 쉬도록 해요."

이제 내가 할 일은 말없이 그의 말에 복종하는 것뿐이었다.

---

1) 고대 브리튼의 여왕. 로마의 지배에 반대해 기원후 60년에 반란을 일으켰으나 참패했다. 후세 문학 작품의 주제가 되었다.
2) 제인의 별칭.

내겐 더 이상 무슨 이야기를 할 필요가 없었다. 나는 입을 다문 채 계단을 올라갔다. 그리고 태연히 그를 놓아 두고 갈 작정이었다. 그런데 하나의 충동이 나를 사로잡았다. 어떤 강한 힘이 나를 돌려세웠다. 나는 말했다, 아니 내 내부의 어떤 것이 나 대신 나도 모르게 말했다.

"고맙습니다, 로체스터 님, 이렇게 친절하게 대해 주셔서요. 또다시 당신께 돌아온 것이 까닭 모르게 기쁘군요. 그리고 당신이 계시는 곳이라면 어디거나 그게 바로 제 집이에요. 그곳만이 제 집이에요."

나는 어찌나 재빨리 걸어갔던지 그가 나를 따라와 잡으려 했다 해도 따를 수 없을 정도였다. 아델러는 나를 보자 미친 듯이 기뻐했다. 페어팩스 부인은 언제나 그랬듯 담박한 정으로 나를 맞아 주었다. 리어는 미소 짓고, 소피까지도 기뻐하며 "봉 수아." 하고 인사를 했다. 정말로 기뻤다. 세상에 내가 주위 사람들한테 사랑을 받고, 내가 있는 것으로 해서 그들의 즐거움이 더해진다는 것을 아는 것보다 더 큰 행복은 없다.

그날 저녁 나는 단단히 마음먹고 미래에 대해 눈을 감아 버렸다. 미구에 닥쳐올 이별이나 슬픔을 내게 일깨워 주는 목소리에 대해 나는 귀를 막아 버렸다. 차를 마신 후 페어팩스 부인은 뜨개질감을 집어 들었다. 나는 그녀의 곁 나지막한 의자에 자리를 잡고, 아델러는 카펫 위에 무릎을 꿇고 내게 바짝 붙어 앉아 있었다. 우리 사이의 애정이 황금빛 평화의 고리처럼 우리를 에워싸고 있는 것 같은 느낌이었다. 그때 나는 우리가 오래지 않아 서로 멀리 헤어지는 일이 없도록 말 없는 기도를 드렸다. 우리가 그렇게 앉아 있는데 로체스터 씨가 불쑥 들어섰다. 그리고 단란하게 앉아 있는 우리를 보는 것이 퍽 즐거운 듯 바라보고 있었다. 그때 그는 "페어팩스 부인은 이제 양딸이 돌아왔으니 잘됐군요."라고 말하고 또 아델러는 "조그만 영국 엄마를 삼켜 버릴 듯"이 보인다고 놀려 댔다. 나는 혹시 그가 결혼한 후에라도 우리를 자기의 보호하에 함께 두어 두고 햇빛과 같은 자기 곁에서 쫓아내지 말아 주었으면 하는 생각까지 해 보았다.

내가 손필드로 돌아온 후 기이하리만큼 평온한 나날이 두 주일가량 지났다. 주인의 결혼 건에 대해서는 한마디도 말이 없었고 무슨 준비를 하는 것 같은 눈치는 보이지 않았다. 거의 날마다 나는 페어팩스 부인에게 무슨 일이 결정되지 않았는가를 물어보았지만 그녀의 대답은 항시 아니라는 것이었다. 한번 페어팩스 부인이 직접 로체스터 씨에게 언제쯤 결혼을 하게 되는가를 물어본 적이 있었다고 했다. 그러나 그가 그냥 농담으로 얼버무려 버리고 이상한 표정을 지어 넘겨 버리는 통에 그녀는 전혀 그의 심중을 알 길이 없었다는 이야기였다.

한 가지 나에겐 놀라운 사실이 있었다. 그것은 잉그램 양과의 왕래가 완전히 끊기고 잉그램 저택에도 한 번도 찾아가지 않는다는 사실이었다. 사실 그곳은 20마일이나 떨어진 다른 주(州)의 변두리였다. 그러나 열띤 연인에게 20마일쯤의 거리가 뭐 대수로운가? 로체스터 씨같이 숙련되고 지칠 줄 모르는 기수(騎手)에게 그런 거리쯤은 한나절 길에 지나지 않을 것이었다. 나는 생각해 볼 권리조차 없는 희망을 품기 시작했다.

약혼은 파기되고, 소문은 뜬소문이며, 한쪽 또는 양편에서 다 마음이 변해 버린 것은 아닐까? 나는 늘 주인의 표정이 슬픈 표정인가 사나운 표정인가를 살펴보고 있었다. 그런데 요즘처럼 한결같이 그의 표정이 흐리지도 않고 언짢은 감정이 나타나 있지도 않은 때를 본 적이 없었다. 내가 아델러와 함께 그의 곁에 있을 때, 내가 활기를 잃고 어쩔 수 없이 심란한 기분이 될 때에도, 그는 오히려 명랑해지는 것이었다. 그렇게 자주 나를 자기 앞에 부른 적이 전엔 없었다. 그렇게 나한테 친절하게 대한 적도 전엔 없었다. 그리고 아아, 내가 그를 그렇게 사랑한 적도 전엔 없었다.

23장

찬란한 한여름이 온 영국을 골고루 비췄다. 그처럼 맑은 하늘과 그처럼 빛나는 태양은 바다로 둘러싸인 우리 나라엔 좀처럼 혜택을 주지 않건만, 그때엔 매일같이 계속되었다. 마치 그것은 이탈리아의 매일매일이 한 떼의 찬란한 후조(候鳥)처럼 남쪽으로부터 날아와 알비온[3]의 절벽에서 쉬기 위해 내려앉은 것 같았다. 건초의 수확은 끝나고 손필드 근처의 들판은 파랗게 깎여 있었다. 길은 하얗게 구워지다시피 했고 나무들은 울창하게 우거졌다. 잎이 무성하여 검푸른 울타리와 숲은 그 사이로 보이는 산뜻한 초원의 빛나는 색깔과 좋은 대조를 이루고 있었다.

---

3) 잉글랜드의 별칭.

성 요한제 날[4] 저녁, 아델러는 한나절 동안 헤이 소로에서 산딸기를 따느라고 지쳐서 해가 지면 곧 잠자리에 들었다. 그래 나는 그녀의 곁을 떠나 정원으로 나갔다.

하루 스물네 시간 중에 가장 감미로운 시간이 바로 이때였다. "낮은 그 타오르는 불길을 다 태워 버렸도다." 그리고 이슬은 목말라 허덕이는 평원과 햇볕에 그슬은 정봉(頂峰) 위에 서늘하게 내렸다. 화려한 구름의 장관도 보이지 않고 잠잠히 태양이 지고 난 자리엔 숭엄한 자줏빛이 퍼지며, 한 상봉 위에서 붉은 보석과 용광로의 불꽃이 한데 섞인 것처럼 찬란하게 타올라서는 중천에 이르기까지 높고 넓게, 점점 부드럽고 연하게 퍼져 나갔다. 동편 하늘 또한 독특한 그 맑고 깊은 푸름의 매력을 지녔고, 그 조촐한 보석, 막 떠오르는 외로운 별을 가지고 있었다. 머지않아 동편 하늘은 달을 자랑하게 되리라. 그러나 달은 아직 지평선 아래 있었다.

나는 잠시 동안 포도(鋪道) 위를 걸었다. 그러자 미묘한, 늘 맡던 그 친숙한 냄새, 여송연 냄새가 어떤 창에선지 새어 나왔다. 서재의 미닫이 창문이 손바닥만큼 열려 있었다. 거기서는 나를 내다볼 수 있음을 알았다. 그래 그곳을 떠나 과수원으로 들어갔다. 그 저택 울안에서 여기처럼 아늑하고 호젓한 구석은 없었다. 나무가 빽빽이 들어차고, 꽃이 만발해 있었다. 한쪽으로는 높은 담이 안마당과의 사이를 막아서 있었고, 또 한쪽으로는 너도밤나무의 가로수 길이 잔디밭과의 사이를 장

---

4) 6월 24일.

막처럼 가리고 있었다. 아래쪽으로는 낮은 울타리가 있어 쓸쓸한 들판 쪽과의 유일한 경계를 이루고 있었다. 월계수가 줄지어 늘어서 있는 꼬불꼬불한 산책길은 나무 밑에 앉을 자리가 동그랗게 마련되어 있는 거대한 칠엽수(七葉樹)가 솟아 있는 곳에서 끝나게 되는데, 그 길이 바로 이 울타리로 통해 있었다. 여기라면 아무의 눈에도 띄지 않고 천천히 산책을 할 수 있었다.

그렇게 감로(甘露)가 내리고, 정적이 사위를 지배하고 땅거미가 스며드는 동안이라면 나는 언제까지라도 그런 으슥한 곳을 걸어 다닐 수 있을 것 같았다. 그러나 막 솟아오른 달빛이, 다른 곳보다 좀 넓게 터진 그곳에 쏟아져 내리는 것에 마음이 끌리어 울타리 안 조금 위쪽의 화초밭과 과채밭 안을 누비며 걸어 다니다가 나의 발걸음은 멈춰 버렸다. 그것은 무슨 소리가 들렸기 때문도 아니고 무엇이 눈에 띄어서도 아니었다. 다시 한번 맡은 마음이 뜨끔하는 그 향기 때문이었다.

들장미, 개사철쑥, 재스민, 패랭이꽃, 장미꽃 등은 벌써 오래전부터 그 향기를 저녁 제물로 바치고 있었다. 그것은(나는 잘 알고 있다.) 로체스터 씨의 여송연 향기였다. 나는 주위를 둘러보고 귀를 기울였다. 익어 가는 과일로 무지근히 늘어진 나무들이 보였다. 반 마일쯤 떨어진 숲속에서 나이팅게일이 노래하는 것이 들렸다. 움직이는 것이라곤 보이지 않고, 다가오는 발소리도 들리지 않았다. 그러나 그 향기는 점점 짙어졌다. 도망쳐야겠다. 나는 관목 숲으로 통하는 쪽문을 찾아 나아갔다. 그런데 로체스터 씨가 들어오고 있었다. 나는 담쟁이덩굴 뒤로 비켜섰다. 그는 오래 있지 않을 것이다. 곧 돌아가겠지. 그러니까 내가 가만히만 앉아 있으면 나를 보지 못하겠지.

그러나 천만에. 땅거미 질 무렵은 그도 좋아한다. 이 고풍의 정원에는 그도 마음이 끌린다. 그는 휘적휘적 걸어왔다. 구스베리 가지를 쳐들고 거기 무지근히 매달려 있는 오얏만 한 열매를 봤다. 벽 쪽으로 몸을 돌려 익은 버찌를 땄다. 허리를 굽혀 꽃송이들을 들여다보기도 했다. 꽃향기를 맡으려는지, 그렇지 않으면 꽃잎에 구슬처럼 매달린 이슬방울을 보고 감탄하고 있는 건지. 엄청나게 큰 나방 한 마리가 부웅 소리를 내고 내 곁을 스쳐 날아갔다. 그게 로체스터 씨의 발아래 풀 위에 앉았다. 그는 그것을 봤다. 허리를 굽혀 들여다보았다.

'이제야 저편으로 돌아서셨어.' 나는 생각했다. '게다가 나방한테 정신을 빼앗기셨지? 지금 살짝 걸어 나가면 몰래 빠져나갈 수 있겠지.'

나는 발에 밟히는 자갈 소리 때문에 들킬까 보아서 잔디밭 가장자리를 밟았다. 그는 내가 지나가려고 하는 곳에서 2야드쯤 떨어진 화단 가운데에 서 있었다. 나방이 분명 그의 마음을 사로잡고 있는 모양이었다. '잘 지나갈 수 있을 거야.' 하고 나는 생각했다. 아직 높이 떠오르지 않은 달빛에 정원 위로 기다랗게 뻗어 있는 그의 그림자를 내가 건너가려 했을 때, 그는 돌아다보지도 않고 조용히 말했다.

"제인, 이리 와서 이놈 좀 봐요."

나는 아무 소리도 내지 않았다. 그의 뒤통수에 눈이 있을 리 없었다. 그의 그림자에 감각이 있나? 나는 처음에 깜짝 놀랐다. 그러나 잠시 후 그에게로 다가갔다.

"이 날개 좀 봐요." 그가 말했다. "서인도 제도의 나방을 연상시킨단 말이야. 이렇게 크고 화려한 놈은 좀처럼 영국에서는 보기 힘들거든. 저것 봐! 날아가 버리는군."

나방은 빙글빙글 날아가 버렸다. 나도 또한 우물쭈물하며 뒤로 뺐다. 그러나 로체스터 씨는 나를 따라왔다. 그리고 쪽문 있는 데에서 그가 말했다.

"가지 말고 이리 와요. 이렇게 상쾌한 밤에 집구석에 틀어박혀 있다는 건 창피한 일이야. 그리고 해 지고 달 뜨는 것이 이렇게 겹치는 때 잠자고 싶은 사람이 있을 리 없지."

내 혓바닥은 때로는 재빠르게 대답을 하건만, 때로는 무슨 구실을 대려고 해도 영 되지 않는 경우가 있는데 그게 내 결점 가운데 하나다. 그런데 이러한 내 단점은 내가 매우 난처한 입장에 처해서 어느 때보다도 적당한 말이나 그럴듯한 구실을 찾아내야만 하는 중대한 고비에만 꼭 나타나는 것이다. 나는 그 시각에 로체스터 씨하고 단둘이서 으슥한 과수밭을 거닐고 싶지는 않았다. 그러나 나는 그의 곁을 떠나기 위해 내세울 만한 이유를 찾아낼 수가 없었다. 나는 자꾸 뒤처지며 그의 뒤를 따랐다. 그리고 나의 생각은 어떻게든 도망칠 궁리에 열중하고 있었다. 그러나 그가 아주 침착하고 엄숙한 표정인 것을 보고 나는 나 자신 내심에 불안을 느끼고 있는 것이 오히려 부끄러운 생각이 들었다. 사악은(이런 경우에 사악이 이미 생겨나 있든지 또 앞으로 생길 가능성이 있다면) 내 편에만 있을 것 같았다. 그의 마음은 담백하고 고요하기만 했다.

"제인." 월계수가 있는 산책길로 들어서 낮은 울타리와 칠엽수가 있는 쪽으로 천천히 걸음을 옮겨 놓으며 그가 다시 말을 꺼냈다. "여름철엔 손필드도 좋은 곳이야. 안 그래?"

"네. 좋은 곳이에요."

"당신은 이 집에 꽤 애착을 느끼게 되었을 거요. 자연의 아름다움을 볼 줄 아는 안목도 있고 또 애착심도 충분히 갖추고 있으니까 말이오."

"네. 정말로 애착을 느끼고 있어요."

"그리고 난 그 내막을 알 수 없소만, 저 똑똑지도 못한 어린 것 아델러한테도 상당한 애정을 느끼게 된 것 같고, 심지어는 저 단순한 노파 페어팩스한테도 그런 것 같은데?"

"네. 각각 다른 의미에서긴 하지만, 둘 다 사랑하고 있어요."

"그들과 헤어지게 되면 섭섭하겠지?"

"네."

"안됐군!" 그는 말하고 나서 한숨을 짓고는 잠깐 말을 쉬었다. "세상일이라는 게 흔히 그런 거지." 그가 곧 말을 계속했다. "마음에 들어 쉴 만한 곳을 찾아 안착을 하고 보면 휴식 시간이 끝났으니 어서 일어나서 가라고 외치는 목소리가 금방 또 들려오기 마련이오."

"저는 가야 하나요?" 내가 물었다. "손필드를 떠나야 하나요?"

"그래야겠지, 제인. 안됐지만, 재닛, 정말로 떠나야 될 거요."

이것은 하나의 충격이었다. 하지만 난 그 충격에 지고 있지는 않았다.

"알겠어요. 나가라는 명령만 내리시면 언제든지 가겠어요."

"그게 지금이오. 오늘 밤 그 명령을 내려야겠소."

"그럼 결혼을 하시려는 거군요."

"맞아. 옳아. 틀림…… 없소. 당신의 그 예민한 머리로 잘도 알아맞혔소."

"곧 하시게 되나요?"

"아주 시급히 하게 되오, 나의…… 아니, 미스 에어. 아마 생각날 거요, 제인. 맨 처음 내가 (소문이라고 해도 좋지.) 신성한 올가미에 이 노총각의 목을 집어넣겠다고, 즉 신성한 결혼 상태에 돌입하겠다고 솔직히 털어놓았던 일을 말이오. 간단히 말해서 잉그램 양과 결혼을 하겠다는 이야기 말이오. 가슴에 안으면 한 아름이 넘지. 하지만 그런 것은 문제가 아니고, 나의 아름다운 블랑슈 같은 천하일색은 아무리 안아도 싫증이 안 나니까. 그런데 아까도 말했듯이, 내 이야기를 들어요, 제인! 고개를 돌리고 나방이라도 찾는 건가? 그건 '집을 찾아 날아가는' 날벌레였어. 아가씨야. 내가 원하는 건 내가 존경하는 그 분별력을 가지고, 어떤 책임이 주어지고 어디에 종속되어 있는 당신의 처지에 아주 어울리는 그 선견지명과 지각과 겸손으로써 그 이야기를 먼저 한 것이 당신이라는 것을 기억해 달라는 거요. 내가 잉그램 양과 결혼을 하게 되는 경우 당신과 아델러는 이 집에서 뛰어나가 버리는 게 좋다는 이야기를 한 것 말이오. 그 제안에는 내 애인의 성격에 대한 모욕적인 의미가 포함되어 있지만 그런 것은 묵인해 두지. 정말이지 당신이 멀리 떠나간 후엔, 재닛, 그런 것은 아주 잊어버리겠소. 그리고 그 지혜만을 기억해 두겠소. 그리고 그 지혜가 그렇게 총명한 지혜이기 때문에 나는 그것을 내 행동의 원칙으로 삼은 거요. 아델러는 학교에 가야지. 그리고 당신은, 에어 양, 새 직장을 구해야 하오."

"알겠어요. 곧 광고를 내도록 하겠어요. 그리고 그동안 저는……." 나는 이렇게 말하려고 했다. '제 몸을 의탁할 딴 집을 마련할 때까지 여기 머물러 있어도 괜찮겠지요.' 그러나 나는 그만두었다. 목소리가 마음대로 나오지를 않아 그 긴 말을 하려고 해 봤자 소용없을 것 같아서였다.

"한 달쯤 후에는 나는 신랑이 될 거요." 로체스터 씨가 말을 계속했다. "그러니 그동안에 내가 일자리와 거처를 구해 보겠소."

"고맙습니다. 괜히 제가……."

"아니 뭐, 미안해할 것은 없소. 설사 고용인일지라도 당신만큼 충실히 직분을 다했을 경우에는 고용주가 편의를 봐 줄 수 있는 일이라면 당연히 고용인은 고용주에게 어떤 사소한 도움이라도 요청할 수가 있는 거지. 사실 나는 벌써 내 장래의 장모를 통해서 당신에게 적합하다고 생각되는 자리가 하나 있다는 얘기를 들었소. 아일랜드의 코너트주(州), 비터너트 로지장(莊)의 다이오니시어스 오골 부인의 다섯 따님들의 교육을 맡는 거요. 아마 아일랜드를 좋아하게 될 거요. 그곳 사람들은 모두 마음씨가 따뜻한 사람들이랍디다."

"참 먼 곳이군요."

"그까짓, 당신같이 지각 있는 처녀에게 항해나 거리 따위는 문제가 되지 않을 거요."

"항해 이야기가 아녜요. 거리가 문제예요. 거기다 또 바다가 가로막고 있으니……."

"무얼 가로막고 있단 말이오, 제인?"

"영국을요. 그리고 손필드를요. 거기다 또……."

"또 뭐요?"

"당신을요."

거의 무의식중에 나는 이렇게 말해 버렸다. 그리고 걷잡을 사이 없이 눈물이 솟구쳤다. 그러나 나는 소리 내어 울지는 않았다. 흐느낌도 억제했다. 오골 부인과 비터너트 로지 장의 생각이 내 가슴에 차갑게 부딪쳐 왔다. 내가 지금 그 곁을 걷고 있는 주인과 나를 갈라 놓고 그 사이를 분류(奔流)하게 될 거품 이는 대해(大海)를 생각하자, 그것이 더욱 차갑게 내 가슴을 쳤다. 그러나 무엇보다도 차갑게 내 가슴을 치는 것은, 내가 당연히 또 불가피하게 사랑하는 사람과 나 사이를 가로막는 더 큰 대양, 재산, 계급 그리고 사회 인습이었다.

"참말로 멀어요." 나는 다시 한번 말했다.

"사실 멀지. 더구나 당신이 아일랜드의 코너트주 비터너트 로지로 가게 되면 나는 다시는 당신을 못 만날 거야, 제인. 그건 확실해. 나는 절대로 아일랜드엔 안 가. 나 자신 그 나라를 별로 좋아하질 않으니까. 우리는 그동안 서로 좋은 친구였어. 제인, 안 그렇소?"

"네, 그랬어요."

"그런데 친구란 이별을 하기 전날 밤엔 남아 있는 그 짧은 시간이나마 서로 가까이에서 지내고 싶어 하는 법이지. 이리

와요. 우리, 별들이 저 높은 하늘 위에서 차츰 빛을 더하며 반짝이기 시작하는 지금, 한 삼십 분쯤 항해니 이별이니, 그런데 대해 조용히 이야기나 합시다. 여기 칠엽수가 있소. 늙은 뿌리엔 벤치도 있소. 이리 와요, 비록 다시는 이 자리에 앉을 수가 없는 운명이지만, 우리 오늘 밤만은 평화로이 이 자리에 앉읍시다."

그는 나를 앉히고 자기도 앉았다.

"아일랜드까지는 먼 길이지, 재닛. 그리고 그런 지루한 여행 길에 내 귀여운 친구를 떠나보내는 게 섭섭하오. 그러나 그 이상 내가 더 잘해 줄 수 없을 때에는 도리 없는 것 아니겠소? 당신은 어딘가 나하고 닮았다고 생각하지 않소, 제인?"

이제는 아무런 대답도 할 엄두를 내지 못했다. 가슴속이 벅찼다.

"왜냐하면……." 그가 말했다. "나는 가끔 당신에 대해 이상한 느낌이 들 때가 있소. 특히 지금처럼 당신이 나와 가까이 있을 때 말이오. 마치 내 왼편 갈비뼈 밑 어딘가에 끈이 하나 달려 있어서, 그것이 당신의 그 조그만 몸뚱이의 오른편 갈비뼈 밑에 달려 있는 똑같은 끈과 풀리지 않게 꼭 매어져 있는 것 같은 느낌이오. 그런데 만약 저 험난한 해협과 200여 마일의 육지가 우리 사이에 가로놓이게 되면 우리 사이를 연결시켜 놓고 있는 그 끈이 툭 끊어지고 말 것 같거든. 그러면 내 체내에서는 피가 흘러나올 것 같은 생각이 들어 견딜 수가 없단 말이오. 당신을 생각해 보면…… 당신은 나를 잊어버리고 말겠지만."

"절대로 그렇지 않아요. 아시면서." 더 계속할 수가 없었다.

"제인, 저 숲속에서 노래하고 있는 나이팅게일의 소리가 들려요? 들어 봐!"

귀를 기울이면서 나는 정신없이 흐느껴 울었다. 이제껏 참아 오던 걸 더 이상 견딜 수가 없었던 까닭이었다. 나는 지독한 고통으로 인하여 머리에서 발끝까지 온몸을 떨고 있었다. 겨우 말을 할 수 있게 되었을 때, 내 입에서 나온 말은 차라리 손필드에 오질 않았든지, 그렇지 않으면 차라리 이 세상에 태어나지 않았더라면 좋았을 뻔했다는 둥, 그런 가열한 나의 원망(願望)뿐이었다.

"손필드를 떠나기가 싫어서?"

가슴속의 슬픔과 사랑으로 해서 생겨난 맹렬한 감정은 나의 온 심신을 장악하려 나서고 전권을 쥐며 몸부림치고 지배권을 주장하고 나왔다. 다시 말해서 정복하고 살고 일어서고 드디어는 통치하고, 그렇다, 그리고 이야기하고.

"전 손필드를 떠나는 게 슬퍼요. 전 손필드를 사랑해요. 저는 이 안에서 비록 한때뿐이긴 했지만 완전하고 즐거운 생활을 했기 때문에 사랑하는 거예요. 그 안에서는 전 짓밟히지 않았어요. 돌처럼 굳어 버리지 않았어요. 못난 사람들 사이에 묻혀 살지도 않았고, 빛나고 힘차고 드높은 것에 조금이라도 통할 수 있는 계제에 따돌림받지 않고 살았어요. 제가 존경하고 제가 좋아하는 것, 독창적이고 원기 왕성하고 너그러운 마음씨를 가진 분과 얼굴을 마주하고 이야기도 했어요. 저는 당신을 손필드에서 알았어요, 로체스터 님. 그런데 제가 당신으로부터 정말로 영원히 떨어져 나간다고 생각하니 두려움과 외로움 때문에 정신을 차릴 수가 없어요. 이별의 필연성은 저도 알아요. 그건 죽음의 필연성을 보는 것과 마찬가지예요."

"도대체 그 필연성이란 게 어디에 있단 말이오?" 갑자기 그가 물었다.

"어디냐고요? 당신께서 제 앞에 내보이셨어요."

"무슨 형태로?"

"잉그램 양이란 형태로요. 고귀하고 아름다운 여인, 당신의 신부님이죠."

"내 신부라고! 무슨 신부, 내겐 신부가 없소!"

"하지만 앞으로 맞으시게 되죠."

"그래. 맞겠소! 맞겠소!" 그는 이를 악물었다.

"그러니까 전 가야 해요. 그렇게 말씀하셨죠."

"아니야. 가서는 안 돼! 맹세해. 그리고 그 맹세는 반드시 지키겠소."

"정말 저는 가야 해요." 나는 울화증이 치밀어 오르는 걸 느끼며 대꾸했다. "당신에겐 아무것도 아닌 존재가 되기 위해서 제가 눌러 있을 줄 아세요? 제가 무슨 자동인형인 줄 아세요? 감정도 없는 기계로 아세요? 그리고 입에 문 빵조각을 잡아채이고 컵에 담긴 저의 생명수가 엎질러지는 것을 참고 견딜 수 있을 것 같아요? 제가 가난하고 미천하고 못생겼다고 해서 혼도 감정도 없다고 생각하세요? 잘못 생각하신 거예요! 저도 당신과 마찬가지로 혼도 있고 꼭 같은 감정도 가지고 있어요. 그리고 제가 복이 있어 조금만 예쁘고 조금만 부유하게 태어났다면 저는 제가 지금 당신 곁을 떠나기가 괴로운 만큼 당신이 저와 헤어지는 것을 괴로워하게 할 수도 있었을 거예요. 저는 지금 관습이나 인습을 매개로 해서 말씀드리는 것도 아니고 육신을 통해 말씀드리는 것도 아녜요. 제 영혼이 당신의 영혼에게 말을 하고 있는 거예요. 마치 두 영혼이 다 무덤 속을 지나 하느님 발밑에 서 있는 것처럼, 동등한 자격으로 말이에요. 사실상 우리는 현재도 동등하지만 말이에요!"

"현재도 동등하다!" 로체스터 씨가 되풀이했다. "그래." 그는 덧붙여 말하곤 나를 두 팔로 감아 가슴에 끌어안고 그 입술로 내 입술을 눌렀다. "그래요, 제인!"

"네, 그래요." 나는 대꾸했다. "그러나 그렇지도 않아요. 당신은 결혼을 하셨는걸요. 아니, 결혼을 하신 거나 마찬가지죠. 그런데 당신께서는 당신보다 열등한 사람과, 서로 아무런 공감도 가질 수 없는 사람과 결혼하신 거예요. 당신은 그분을 진정으로 사랑하시지 않아요. 그분을 멸시하시는 것을 저는 보기도 하고 듣기도 했어요. 그런 결합이라면 전 멸시하겠어요. 그러므로 제가 당신보다 나은 거예요. 절 놓아 주세요."

"어디로 가게, 제인? 아일랜드로?"

"네. 아일랜드로요. 전 제 심정을 다 털어놓았어요. 그러니까 이젠 어디든지 갈 수 있어요."

"제인, 가만있어. 이렇게 버둥대지 마요. 마치 제 분에 못 이겨 제 털을 뜯어내는 사나운 미친 새 같군그래."

"전 새가 아녜요. 그러므로 어떤 그물로도 저를 잡을 수는 없어요. 저는 자주적인 의지를 가진 자유로운 인간이에요. 그

의지력으로 저는 지금 당신 곁을 떠나는 거예요."

다시 한번 힘을 쓰자 내 몸은 풀려났다. 그리고 나는 그의 앞에 똑바로 섰다.

"그럼 당신의 의지가 당신의 운명도 결정하겠군." 그가 말했다. "나는 당신에게 내 손과 마음과 전 재산의 일부를 바치리다."

"광대놀음을 하시는군요. 전 그런 건 비웃고 말 뿐이에요."

"나는 당신에게 평생을 내 곁에 있어 주기를 원하고 있는 거요. 나의 분신이 되어 다시없는 이승의 반려자가 되어 달란 말이오."

"그런 운명은 이미 정해 놓으셨죠. 그러니까 정하신 대로 하셔야 해요."

"제인, 잠깐만 좀 침착해져요. 당신은 너무 흥분했어. 나도 좀 침착해져야 되겠어."

일진의 바람이 불어와 월계수 산책길을 쓸어내렸다. 그리고 칠엽수 가지 사이를 떨며 지나갔다. 바람은 몰려갔다. 멀리, 어딘지 모를 먼 곳으로. 그러곤 멎어 버렸다. 그때 들려오는 소리라곤 나이팅게일의 노래뿐이었다. 그 소리를 들으며 나는 또 울었다. 로체스터 씨는 점잖고 심각한 얼굴을 하고 말없이 나를 바라보고 있었다. 한참 후에야 그가 입을 열었다. 마침내 그는 말을 한 것이었다.

"내 곁으로 와요, 제인. 우리 마음을 터놓고 서로를 이해하도록 합시다."

"다시는 당신 곁으로 가지 않겠어요. 전 떨어져 나왔어요.

그 때문에 돌아갈 수가 없어요."

"하지만 제인. 나는 당신을 나의 아내로서 부르고 있소. 내가 결혼하고 싶은 사람은 당신뿐이오."

나는 입을 다물고 있었다. 그가 나를 조롱하는 것이라 생각했다.

"어서, 제인. 이리 오라니까."

"우리 사이에는 당신의 신부가 막아서 있어요."

그는 일어섰다. 그리고 성큼성큼 걸어 내게로 왔다.

"내 신부는 여기 있소." 그가 다시 나를 끌어당기며 말했다. "나와 동등한 것, 나와 꼭 닮은 것이 여기 있기 때문이오. 제인, 나와 결혼해 주겠소?"

그래도 나는 대답을 안 했다. 그리고 그의 포옹으로부터 벗어나려고 몸을 꼬았다. 믿어지지가 않는 일이기 때문이었다.

"내 말을 못 믿겠소, 제인?"

"전혀 못 믿겠어요."

"나를 신용 않는군."

"조금도 신용을 못 하겠어요."

"당신 눈에는 내가 거짓말쟁이로 보이오?" 그가 격해 가지고 물었다. "의심쟁이 아가씨, 그럼 내 말을 믿게 해 주어야지. 대체 내가 잉그램 양에게 무슨 애정을 가지고 있단 말이오? 전혀 애정이 없소. 그건 당신도 알고 있소. 그녀는 또 내게 무슨 애정을 가지고 있단 말이오? 역시 없소. 그걸 증명하기 위해 애도 많이 썼소만. 나는 그녀의 귀에 들어가도록 내 재산이 사실상으로는 남들이 알고 있는 것의 3분의 1밖에 안 된다는 소문을 만들어 퍼뜨렸소. 그러고 나서는 결과를 보러 나섰소. 그녀와 그녀의 모친이 내게 보인 것은 냉대뿐이었소. 나는 잉그램 양과 결혼을 하지 않을 것이며, 할 수도 없소. 당신을, 알 수 없는 당신을, 이 지상의 것 같지가 않은 당신을 나는 내 몸처럼 사랑하오. 가난하고 미천하고 조그맣고 예쁘지도 않은 당신에게 나를 남편으로서 받아들여 달라고 나는 간청하오."

"네? 저에게요?" 나는 소리치고 말았다. 진지한 그의 태도와 특히 그 무례한 말투를 보고 그의 진심을 믿기 시작하면서. "이 세상에 친구라고는 당신 한 분밖에, 만일 당신께서 친구라면 말이에요, 없는 저한테 당신께서 주신 것말고는 피천한 닢 가지고 있지 않은 저에게요?"

"그렇소, 제인. 나는 당신을 내 것으로 삼아야겠소. 온통 내 것으로 말이오. 내 것이 되어 주겠소? 승낙해 주오, 어서."

"로체스터 님, 제게 얼굴 좀 보여 주세요. 달을 향해 돌아서 주세요."

"왜?"

"얼굴 표정을 읽어 보려고요. 돌아서세요."

"자. 쭈글쭈글 구겨지고 마구 갈겨쓴 종이쪽지보다도 아마 더 읽기가 어려울 거요. 읽어요. 단, 빨리. 나는 괴롭소."

그의 얼굴은 몹시 흥분하여 상기되어 있었다. 그리고 얼굴의 근육이 심하게 움직이고 있었고 두 눈에는 이상한 광채가 있었다.

"아아, 제인. 당신은 나에게 고통을 주는구려!" 그가 외쳤다.

"무엇인가를 찾아내려 하지만 그러면서도 믿음직스럽고 너그러운 그 눈길로 나에게 고통을 주는구려!"

"천만의 말씀. 만약 당신의 말씀이 진실이고 사실이라면, 당신께 대한 제 감정은 오로지 감사와 헌신뿐이에요. 그런데 어떻게 그것이 고통이 될 수 있겠어요?"

"감사라고!" 그가 외쳤다. 그리고 거친 말투로 덧붙였다. "제인, 어서 내 청을 승낙해 줘요. 어서 말해 줘요, 에드워드, 내이름을 불러요. 에드워드, 당신과 결혼하겠어요, 라고 말이오."

"진정이세요? 진심으로 저를 사랑하세요? 정말로 제가 당신의 아내가 되는 것을 원하시는 거예요?"

"그렇소, 맹세를 해야 마음이 시원하겠다면 맹세를 하리다."

"그렇다면, 당신과 결혼하겠어요."

"에드워드라고 불러요, 내 귀여운 아내여!"

"사랑하는 에드워드!"

"내게로 와요. 이젠 송두리째 내게로 와요." 그가 말했다. 그리고 나의 뺨에 뺨을 맞대고서, 말할 수 없이 그윽한 목소리로 내 귀에다 대고 말했다. "나의 행복을 마련해 주오. 나는 당신의 행복을 마련하리다."

"하느님 용서하옵소서!" 얼마 안 있어 그가 말을 이었다. "그리고 어떤 사람도 저를 간섭하지 않게 하옵소서. 저는 이 여인을 취했고, 이 여인을 영원히 간직하겠나이다."

"간섭할 사람은 아무도 없어요. 이런 일에 참견을 할 친척한 사람도 제겐 없으니까요."

"없지, 참 잘됐어."

그가 말했다. 만약에 내가 그를 좀 덜 사랑했던들 나는 좋아서 어쩔 줄 모르는 그의 말투나 표정을 야비하다고 생각했을지 모른다. 그러나 이별이란 악몽에서 깨어나 결혼의 낙원으로 부름을 받고 그의 곁에 앉아 있는 동안, 나는 줄곧 넘쳐흐르도록 내게 주어진 행복만을 생각했다. 몇 번이고 그는 물었다. "행복하오, 제인?" 그리고 나는 몇 번이고 몇 번이고 대답했다. "네." 그다음에 그가 소곤거렸다. "속죄가 될 거야. 속죄가 될 거야. 이 사람은 친구도 없이 썰렁한 가슴을 안고 아무런 삶의 즐거움도 없이 살고 있는 것을 내가 발견하지 않았던가? 내가 지켜 주고 사랑해 주고 위로해 줄 것 아닌가, 내 가슴속에는 사랑이 있고 내 결심에는 지조가 있지 않은가, 하느님의 법정에서 속죄가 될 거야. 창조주께서 내가 하는 일을 허락해 주심을 나는 안다. 이 세상의 심판에 대해서는, 나는 세상과는 손을 끊는다. 인간의 비판에 대해서는, 나는 움쩍도 하지 않으리라."

그런데 그날 밤에 무슨 일이 일어났던가? 달은 아직 지지 않았더랬다. 그런데 우리는 그늘 속에 앉아 있었다. 바로 내 곁에 있는 주인의 얼굴도 보이지 않았다. 무엇이 칠엽수를 괴롭혔던가? 칠엽수는 몸을 뒤틀고 신음하고 있었다. 그러는 동안 월계수 산책길에서는 바람이 아우성치며 우리 머리 위로 휩쓸려 왔다.

"집 안으로 들어가야겠군." 로체스터 씨가 말했다. "날씨가 바뀌는구려. 아침까지라도 당신과 함께 앉아 있을 수 있었는데, 제인."

'저도요.' 나는 생각했다. '저도 당신과 함께 앉아 있을 수 있었어요.' 나는 그렇게 말을 했어야 했다. 그런데 그때 내 눈이 향하고 있는 구름에서 청회색의 눈부신 섬광이 뻗쳐 나오며 잇따라 와지끈 퐈르르 하는 소리가 나며 가까운 곳에서는 우르르 천둥소리가 울렸다. 그리고 나는 눈이 부셔서 로체스터 씨의 어깨 뒤로 눈을 가리는 것밖에는 아무 생각도 하지 못했다.

비가 퍼부어 댔다. 그는 급히 나를 데리고 산책길로 나서서 울안을 지나 집 안으로 들어갔다. 그러나 우리는 문턱을 지나기도 전에 흠뻑 젖어 버렸다. 그는 홀에서 내 숄을 벗겨 주고 나의 늘어진 머리에서 빗물을 털어 주었다. 그때 페어팩스 부인이 방에서 나왔다. 처음엔 나도 그녀를 보지 못했고 로체스터 씨도 보지 못했다. 램프가 밝혀져 있었다. 시계는 막 열두 시를 치고 있었다.

"어서 이 젖은 옷을 벗어요." 그가 말했다. "그리고, 가기 전에, 잘 자요. 잘 자요, 내 사랑!"

그는 몇 번이고 나에게 키스했다. 그의 두 팔에서 풀려나며 얼굴을 들었을 때, 그 미망인이 창백하고 엄숙하고 얼이 빠진 듯이 놀란 얼굴을 하고 서 있는 것이 눈에 띄었다. 나는 다만 미소만을 보여 주곤 이 층으로 뛰어 올라가 버렸다.

'설명은 나중에 해도 돼.' 나는 생각했다. 그러나 내 방에 들어갔을 때, 혹시 그녀는 자기가 목격한 것을 일시적일지라도 이상하게 오해할지도 모른다는 생각에 나는 가슴이 뜨끔했다. 그러나 환희는 곧 모든 다른 감정을 지워 버렸다. 그리고 아무리 바람이 불어 대고, 아무리 가까운 곳에서 천둥이 울리고, 쉴 사이 없이 사납게 번갯불이 번쩍이며 두 시간 동안이나 비는 폭풍우가 되어 폭포처럼 쏟아졌어도, 나는 무서움이나 두려움을 느끼지 못했다. 그동안에 로체스터 씨는 세 번이나 문까지 와서 내가 무사하고 안정이 되었는지를 물어 주었다. 그것이 위안이 되어 주고 무슨 일이라도 이겨 나갈 수 있는 힘이 되어 주었다.

이튿날 아침, 내가 잠자리에서 일어나기도 전에 아델러가 뛰어와서, 과수밭 끝에 있는 거대한 칠엽수가 간밤에 벼락을 맞아 나무의 절반이 떨어져 나갔다고 알려 주었다.

24장

자리에서 일어나 옷을 입으며 나는 엊저녁의 일을 생각하고 혹시 그게 꿈이 아니었나 생각해 보았다. 다시 한번 로체스터 씨를 만나 그가 사랑과 맹세의 말을 하는 것을 듣고서야 나는 그것이 사실이었음을 확신할 수 있었다.

머리를 매만지면서 나는 거울 속에 비친 내 얼굴을 바라보았다. 그리고 그 얼굴이 이젠 벌써 못생긴 얼굴이 아님을 느꼈다. 표정에는 희망의 빛이 떠오르고 안색은 생기가 돌았다. 두 눈은 마치 기쁨의 샘을 바라보고 있다가 그 빛나는 잔물결에게서 빛을 빌려온 듯했다. 나는 그때까지 주인의 얼굴을 쳐다보기를 꺼려 왔더랬다. 주인이 내 얼굴을 보고 마음에 들어 할 리 없다고 생각했기 때문이었다. 그러나 이제 나는 떳떳이 얼굴을 마주 들어도 좋고 내 얼굴이 그의 애정을 식게 하지 않을 것을 확신할 수 있었다. 나는 서랍에서 수수하지만 깨끗하고 가벼운 여름옷을 꺼내 입었다. 그처럼 내게 꼭 어울리는 옷이 없었던 것 같았다. 그렇게 행복한 심경으로 옷을 입어 본 적이 없었기 때문에.

나는 아래층 홀로 달려 내려가서 간밤의 그 지독한 폭풍우 다음에 찬란한 6월의 아침이 온 것을 보고도 놀라지 않았다. 그리고 열린 유리문을 통해 들어오는 신선하고 향기로운 산들바람의 숨결을 느끼고도 나는 조금도 놀라지 않았다. 내가 그렇게 행복하니 대자연도 즐거운 것이리라. 한 거지 여인과 어린 아들이(둘 다 창백하고 남루했다.) 길을 걸어 올라오고 있었다. 나는 뛰어 내려가 그때 내 지갑 속에 들어 있던 3, 4실링의 돈을 전부 주어 버렸다. 좋건 궂건 그들도 나의 축제를 같이 즐겨야 했다. 까마귀 떼가 깍깍 울고 즐거운 새들이 노래 불렀다. 그러나 좋아서 날뛰는 내 마음보다 더 즐겁고 음악적인 것은 없었다.

페어팩스 부인이 근심스러운 얼굴로 창문으로 내다보아 나를 깜짝 놀라게 했다. 그녀가 근엄하게 말했다. "에어 양, 아침 식사 하세요."

식사를 하는 동안 그녀는 말도 없었고 태도는 냉랭했다. 그러나 나는 그때 그녀의 오해를 풀어 줄 수는 없었다. 주인이 해명을 할 때까지 기다려야만 한다. 그리고 그녀 역시 그걸 기다려야 한다. 나는 식사를 간신히 끝마치고 이 층으로 올라갔다. 공부방에서 나오는 아델러와 마주쳤다.

"너 어디 가니? 공부할 시간인데."

"로체스터 씨가 어린이방으로 가라고 하셨어요."

"어디 계신데?"

"이 안에요."

그녀는 자기가 나온 방을 가리키고 가 버렸다. 그래서 나는 안으로 들어갔다. 거기 그가 서 있었다.

"어서어서 아침 인사를 해야지." 그가 말했다.

나는 기꺼이 그에게로 걸어갔다. 내가 받은 아침 인사는 이젠 냉정한 말이나 악수 정도가 아니고 포옹과 키스였다. 그게 자연스러운 것 같았다. 그에게서 그렇게 극진한 사랑을 받고 애무를 받는 것이 알맞은 일로 생각되었다.

"제인, 꽃이 활짝 피어나는 것도 같고, 웃음이 넘치고, 예뻐." 그가 말했다. "오늘 아침엔 정말 예뻐. 이게 나의 창백한 꼬마 요정인가? 이게 내 겨자씨인가? 보조개 팬 뺨에 장밋빛 입술, 공단처럼 매끄러운 담갈색 머리에 빛나는 담갈색 눈을 가진 이 명랑한 얼굴의 아가씨가?"(독자여, 나는 녹색의 눈을 가지고 있다. 잘못을 양해하시라. 아마 그의 눈에는 내 눈이 새로 염색된 것으로 보였던 것이리라.)

"이게 제인 에어예요."

"얼마 안 있어 제인 로체스터지." 그가 덧붙여 말했다. "사주 후에, 재닛. 하루도 더 늦어져서는 안 돼. 알아듣겠지?"

나는 들었다. 그러나 그 말을 완전히 이해할 수 없었다. 나는 현기증이 났다. 그 말이 내게 준 감정은 기쁨과는 다른, 뭔가 훨씬 강력한 것이었다. 강타당하고 아연해진 것 같았다. 그것은 거의 공포에 가까운 것이었다고 생각된다.

"얼굴이 붉어지는가 했더니 또 핼쑥해지는군, 제인. 왜 그러지?"

"제게 새 이름을 주셨기 때문이죠, 제인 로체스터. 어쩐지 이상한 느낌이 들어요."

"그래요, 로체스터 부인." 그가 말했다. "젊은 로체스터 부인, 페어팩스 로체스터의 아기 신부."

"그럴 수가 없어요. 도무지 실감나게 들리질 않아요. 인간이란 이 세상에서 완전한 행복을 누릴 수가 없는 것이거든요. 저라고 해서 다른 사람들과 특별히 다른 운명을 타고났을 리도 없고요. 그런 행운이 제게 찾아온다는 것은 동화 같은 이야기예요. 한낮의 꿈이에요."

"그걸 나는 실현시킬 수가 있고 또 실현시키겠소. 오늘부터 시작해야지. 오늘 아침 나는 런던의 은행가에게 맡겨 두었던 보석을 보내 달라고 편지를 썼소. 로체스터가(家) 부인들의 상속 재산이지. 이삼 일 후에 나는 그 보석들을 당신의 무릎 위에 쏟아 놓겠소. 만약 내가 귀족의 딸과 결혼한다면 그녀에게 줄 모든 특권, 모든 친절은 다 당신 것이오."

"아아, 보석 같은 건 아무래도 좋아요. 전 보석에 관한 이야기는 듣고 싶지도 않아요. 제인 에어에게 줄 보석이라니 어색하고 이상하게만 들려요. 차라리 전 그런 건 갖지 않겠어요."

"당신의 목에는 내 손으로 다이아몬드 목걸이를 걸어 주겠소. 그리고 그 이마에는 보석 고리를 달아 주겠소. 썩 잘 어울릴 거요. 자연은 적어도 당신의 이마에 귀족의 표지를 찍어 놓았으니까 말이오, 제인. 그리고 이 고운 손목에는 팔찌를 끼워 주고 이 선녀 같은 손가락들에는 반지를 잔뜩 끼워 주겠소."

"아네요, 아네요. 다른 일을 생각하세요. 다른 이야기를 하세요. 그리고 어조도 바꾸세요. 미인에게 말하듯이 저에게 이야기하지 마세요. 저는 당신의 평범한 퀘이커교도 같은 가정교사일 따름이에요."

"내 눈에는 당신이 미인이오. 거기에다 내 마음속 깊이 바라고 있던 우아하고 속됨이 없는 미인이란 말이오."

"보잘것없고 대수롭지 않단 말씀이죠. 당신은 꿈을 꾸고 계시는 거예요. 그렇잖으면 저를 비웃고 계시는 거예요. 제발 비꼬아 말씀하지 마세요!"

"나는 또 온 세상 사람들이 당신이 미인임을 알게 하겠소."

그는 계속해서 말했지만 나는 그의 어조 때문에 정말로 불안해지기 시작했다. 그는 자신을 속이고 있거나 그렇지 않으면 나를 속이려 하고 있는 것으로 생각되었기 때문이다.

"나는 나의 제인에게 공단과 레이스로 만든 옷을 입히고 머리에는 장미를 꽂게 하겠소. 그리고 내 가장 사랑하는 그 머리에는 세상에서 가장 값비싼 베일을 씌워 주겠소."

"그다음엔 저를 못 알아보시겠죠. 그리고 전 당신의 제인에어가 아니고 어릿광대의 옷을 입은 원숭이 아니면 『이솝 우화』에 나오는 남의 깃털을 빌려 단장한 어치가 되는 거죠. 로체스터 님. 제가 궁정의 여인 같은 옷을 입기보다는 차라리 당신께서 무대 의상으로 잔뜩 장식하신 걸 보는 게 낫겠어요. 전 당신을 미남이라고는 하지 않아요. 하지만 전 당신을 지극히 사랑하고 있어요. 너무 지극히 사랑하기 때문에 아첨도 할 수 없어요. 당신도 저에게 아첨하지 마세요."

그러나 그는 내가 반대하는 것은 들은 체도 하지 않고 자기 할 이야기를 계속해 나갔다. "오늘 당장 마차로 당신을 밀코트에 데리고 가겠소. 당신 손으로 몇 벌의 드레스를 골라야 해요. 사 주일 후에 우리가 결혼한다는 얘기는 이미 했소. 결혼식은 저 아래에 있는 교회에서 조용히 거행할 예정이오. 식이 끝나면 곧 런던으로 데리고 가겠소. 거기서 잠시 체류한 다음 내가 가장 아끼는 당신을 태양의 나라 프랑스의 포도원이나 이탈리아의 평원으로 데리고 가겠소. 그리고 옛날이야기나 현대의 기록에도 유명한 것은 무엇이든지 보여 주겠소. 여기저기 도시 생활도 맛보도록 하고, 다른 사람들과 비교하며 자기 자신을 올바로 평가하는 법도 배우도록 해 주겠소."

"제가 여행을 해요? 당신과 함께요?"

"파리, 로마, 나폴리 그리고 피렌체, 베네치아, 빈 등지에서 머물게 되지. 내가 다녀 본 모든 고장을 당신의 발로 다시 밟도록 하겠소. 내가 탄 말의 발굽 자국이 박혔던 곳이라면 어디든지, 실프5) 같은 당신 발로 모두를 밟게 할 작정이오. 십년 전부터 오늘까지 나는 온 유럽 대륙을 반미치광이가 되어 쏘다녔소. 혐오와 증오와 분노가 내 길벗이었소. 이제 나는 병도 나았고 죄도 씻긴 몸으로, 나를 위안해 주는 사람으로서 한 천사를 대동하고, 그 땅을 다시 찾아가 보자는 거요."

이 말을 듣고 나는 그를 보며 웃었다. "저는 천사가 아녜요."

---

5) 공기의 정령.

나는 주장했다. "그리고 죽을 때까지도 천사는 될 수 없고요. 로체스터 님, 당신은 제게서 천사의 것과 같은 것을 기대하셔서도 안 되고 강요하셔서도 안 돼요. 당신에게 그런 것이 없듯이 제게도 그런 것은 없으니까요. 그런 건 전혀 기대하고 있지도 않아요."

"당신은 내게서 무엇을 기대하지?"

"얼마 동안은 지금 상태대로 계실 거예요, 아주 짧은 동안이긴 하지만. 그러다가 냉정해지시고 그다음엔 변덕스러워지시고, 그다음엔 엄격해지시겠죠. 그러면 당신의 비위를 맞추기 위해 전 별짓을 다 해야 하겠죠. 그러다가 제게 익숙해지시게 되면 다시 저를 좋아하시게 되겠죠. 사랑하시는 게 아니라 좋아하시게 된다고 했어요. 아마 당신의 사랑은 길어야 여섯 달 후면 거품이 되어 스러지겠죠. 남성들이 쓴 여러 책에서 읽었는데, 그 기간이 아내에 대한 남편의 애정이 지속하는 최대의 기간이라고 하더군요. 하지만 결코 저는 저의 가장 사랑하는 주인님에게 친구로서도 반려자로서도 비위 상하는 사람이 되고 싶지는 않아요."

"비위 상한다! 그리고 당신이 다시 좋아진다! 몇 번이고 몇 번이고 당신을 좋아하게 되겠지. 그리고 나는 내가 당신을 '좋아하기'만 하는 게 아니라 진실과 열의와 불변의 마음으로 당신을 '사랑한다'라는 소리가 당신의 입에서 나오도록 하겠어."

"하지만 당신은 마음이 자주 변하지 않으세요?"

"반반한 얼굴만으로 내 비위를 맞추려는 여자한테는, 그들이 혼도 없고 마음도 없다는 걸 알게 되는 날엔 진짜 악당이

46

지. 그들이 무미하고 쓸모없고 또 우둔하고 거칠고 성미가 고약한 모습으로 보이게 되면 말이야. 그러나 총명한 눈과 능한 말솜씨, 불같은 정열을 가진 사람이나 구부러지지만 부러지지 않는 성격, 가냘프면서도 든든하고 순하면서도 견실한 성격 앞에서는 나는 항시 부드럽고 진실하오."

"언제 그런 성격을 가진 분과 사귀어 보셨어요? 그런 분을 사랑하신 적이 있으세요?"

"지금 사랑하고 있소."

"저 이전에 말씀이에요. 제가 정말로 그렇다면, 어떤 점에서 그런 어려운 수준까지 올라간 건가요?"

"나는 여태껏 당신과 같은 사람은 만나 본 적이 없소. 제인, 당신은 나를 즐겁게 해 주오. 그러면서도 나를 지배해. 겉보기에 당신은 양순하게 나에게 복종하는 것 같소. 당신이 주는 그 유순한 느낌이 나는 좋소. 그런데 내가 당신이라는 부드러운 실타래를 손가락에 감아 보면 그것은 기분 좋은 전율을 내 팔에 전해 주고 그것이 점점 퍼져 심장에까지 이르게 되오. 나는 지배를 당하는 거요, 정복을 당하는 거요. 그런데 그 지배란 이루 말할 수 없이 감미로운 것이고, 내가 당하는 정복은 내가 얻을 수 있는 어떤 승리도 미치지 못할 만큼 마력적인 데가 있소. 왜 웃지, 제인? 그 이해할 길 없는 야릇한 표정의 변화는 뭘 뜻하는 거요?"

"전 지금, 이런 생각을 한 것을 용서하세요. 저도 모르게 문득 떠오른 거예요, 남자의 간장을 녹이는 미녀와 함께 있는 헤라클레스와 삼손을 생각하고 있었어요."

"그랬군, 요 장난꾸러기."

"잠자코 들으세요. 그 장사들이 별로 현명하게 행동하지 못한 것처럼, 당신께서도 지금 현명하게 말씀을 못 하셨어요. 하지만 그들도 결혼을 했더라면 구애자였던 시절의 부드러움을 남편으로서의 엄격성으로써 벌충해 버렸을 거예요. 아마 당신도 그렇게 되실 거예요. 지금부터 일 년 후에 그때 형편으로서는 들어주기도 어렵고 들어주시기도 싫은 것을 제가 부탁드린다면 뭐라고 대답하실지 모르겠군요."

"지금 부탁하오, 재닛, 아무리 사소한 것이라도 좋소. 나는 부탁을 받아 보고 싶소."

"부탁드리고말고요. 벌써 소청을 마련해 놓고 있는걸요."

"말해 봐요! 그러나 지금 그 얼굴로 나를 올려다보고 미소를 지으며 부탁한다면, 나는 부탁이 무언지도 모르면서 무조건 다 들어준다고 약속을 할 것 같소. 그러면 나는 바보가 되는 거지."

"염려 마세요. 부탁은 이것뿐이에요. 보석을 가져오게 하지 마시고, 제 머리를 장미꽃으로 장식하지 마세요. 그보다는 차라리 지금 가지고 계시는 무늬 없는 손수건에 황금 레이스로 테를 두르시는 게 나아요."

"'금에다 금칠'을 하는 셈이지. 알겠소. 당신의 요구는 들어주지, 우선은. 은행가에게 보낸 청구서는 취소를 하겠소. 그런데 당신은 여태까지 나한테 아무것도 원한 것이 없소. 자기가 받을 선물을 그만두어 달라고 부탁했을 뿐이야. 자, 다시 한번 부탁을 해 봐요."

"네. 그럼, 단 한 가지 것을 알고 싶어 하는 제 궁금증을 만족시켜 주세요."

그는 머릿속이 뒤숭숭해진 것처럼 보였다. "뭐? 뭐라고?" 그가 성급히 말했다. "궁금증을 풀어 달라는 것은 위험한 청이야. 무슨 청이든지 다 들어주겠다고 약속 안 하기를 잘했군."

"하지만 제 청을 들어주시는 데 위험할 건 하나도 없어요."

"말해 봐요, 제인. 하지만 어쩌면 무슨 비밀을 얘기해 달라는 청일지도 모르겠는데, 그보다는 차라리 내 재산의 반을 달라고 하는 청인 편이 낫겠소."

"자, 아하스에로스[6] 임금님! 제게 그 재산의 반이 있으면 무얼 하겠어요? 저를 좋은 부동산 투기거리나 물색하는 유대인 고리대금업자로 아시나요? 그보다는 당신의 전적인 신임을 받는 편이 좋아요. 제게 당신의 진정을 허락하신다면 아무것도 제게 숨기지 않으시겠죠?"

"털어놓을 가치가 있는 것이라면 무엇이든지 기꺼이 이야기하지. 하지만 제발 부질없이 쓸데없는 걱정거리를 일부러 원하지는 마요. 독이 될 것을 원하지 말란 말이야. 나하고 같이 있으면서 진짜 이브가 되지 말란 말이오."

"그러면 어때요? 당신께서는 방금 정복당하는 것이 좋다, 억지로 설복을 당하는 것은 즐겁다, 이런 이야기를 하셨어요. 그러니 그렇게 말씀하신 것을 이용해서 순전히 제 능력의 시

---

6) 기원전 5세기 페르시아의 왕. 왕비인 에스더를 극진히 사랑해 나라의 절반을 주겠다고 했다.

험을 하기 위해 꾀기도 하고 간청도 하고 필요에 따라서 울기도 하고 뿌루퉁 골내기도 하고 해 보는 게 좋지 않을까요?"

"그런 시험을 하게 가만있을 줄 알아? 내게 덤벼들고, 주제넘게 나서기만 해 봐, 만사는 끝장나고 말 테니."

"그래요? 당신은 금방 항복하시는군요. 아이, 저 무서운 얼굴! 눈썹이 금방 제 손가락 굵기만 해지셨네요. 그리고 당신의 이마는, 언젠가 제가 어떤 훌륭한 시에서 읽은 '푸른 구름을 쌓아올린 천둥의 다락'을 꼭 닮으셨군요. 그게 결혼 후의 당신의 얼굴이겠죠?"

"그게 결혼 후의 당신의 얼굴이라면, 기독교인으로서 맹세를 하는데, 요정인지 불도마뱀인지 하고 부부가 된다는 생각은 당장 집어치우겠다. 도대체 무얼 물으려는 거야, 요것아! 빨리 말해 봐!"

"그것 보세요. 벌써 난폭해지셨어요. 하지만 전 무례한 것이 아첨하는 것보다 훨씬 좋아요. 나는 '천사'보다는 '요것'이 좋아요. 제가 여쭈어보려던 건 이거예요. 왜 당신이 잉그램 양과 결혼한다는 것을 제게 곧이듣게 하려고 일부러 그렇게 애를 쓰셨죠?"

"겨우 그거야! 됐어, 별것도 아닌데."

그제야 그는 주름살투성이가 되었던 이맛살을 펴고 나를 내려다보고 미소 지으며, 마치 위험을 피해서 기분이 좋아진 것처럼 내 머리를 쓰다듬는 것이었다.

"고백을 하지." 그가 말을 계속했다. "당신을 좀 성나게 할지도 모르지만 말이야, 제인, 당신이 성이 나면 불의 요정처럼 되어 버리는 것을 나는 봤소. 어젯밤 당신이 당신의 운명에 반항을 하고, 당신의 신분이 나하고 같다고 주장을 할 때, 싸늘한 달빛 속에서도 당신은 불같이 달아오르더군. 그런데 재닛. 나한테 결혼 신청을 하도록 한 것은 당신이었어."

"물론 그랬어요. 그런데 제발 옆길로 들어서지 마시고, 잉그램 양은요?"

"그래, 내가 잉그램 양에게 구혼을 하는 체하긴 했지. 내가 미칠 정도로 당신을 사랑하고 있는 만큼 당신도 나를 사랑하게 만들고 싶었으니까. 그리고 내 목적 달성을 위해 내가 부를 수 있는 가장 훌륭한 협력자가 그 질투란 것임을 나는 알고 있었거든."

"잘하셨군요! 그러고 보니 당신은 조그맣군요, 제 새끼손가락 끝보다 조금도 더 크진 못하시군요. 그런 방법으로 하는 건 굉장한 수치예요. 불명예예요. 잉그램 양의 기분 같은 건 전혀 생각지 않으셨군요."

"그녀의 기분이란 한 가지 것, 오만에 집중되어 있었지. 그런 오만은 콧대를 꺾어 놓아야 한단 말이야. 그래 질투를 했소, 제인?"

"참견 마세요, 로체스터 님. 그런 건 아셔 봐야 재미있을 일이 못 돼요. 한 번만 더 진심으로 대답해 주세요. 당신의 그거짓된 희롱으로 잉그램 양이 괴로워하리라는 것은 생각지 않으셨나요? 버림받은 쓰라림을 그녀는 느끼지 않을까요?"

"그럴 리가 없지! 오히려 그와 반대로 그녀가 나를 버렸다는 얘기를 했는데. 내가 파산한 줄로 알고, 그 생각이 그녀의 격정을 일순간에 식혔다기보다는 아주 꺼 버렸단 말이야."

"당신은 참 이상하고 책략가 같은 소질을 가지신 분이군요, 로체스터 님. 당신의 행동 원칙은 어떤 점에서 비정상적인 것 같아요."

"내 원칙이라는 게 훈련이 되어 있지를 않소, 제인. 소홀하게 내버려 두어서 아마 좀 비뚤어진 모양이오."

"다시 한번 심각하게 생각해 보세요. 한편에서는 어떤 사람이 제가 얼마 전까지 당하던 괴로움을 당하고 있는데, 저는 제게 돌아온 큰 행복을 안심하고 누려도 좋을까요?"

"그래도 좋고말고, 내 착하고 귀여운 아가씨. 당신처럼 나를 순결한 사랑으로 사랑해 주는 이는 이 세상에 당신밖에 없소. 제인, 난 지금 당신의 사랑을 믿고 마음이 들떠 있소."

나는 고개를 돌려 내 어깨에 놓인 그의 손에 입술을 댔다. 나는 진정으로 그를 사랑했다. 뭐라고 해야 할지 나 자신도 모를 만큼, 말로는 도저히 표현할 수 없을 만큼.

"뭘 좀 더 물어보지." 얼마 후 그가 말했다. "당신의 청을 받고 그것을 들어주는 것이 나의 즐거움이오."

나는 이미 요청할 것이 준비되어 있었다. "당신의 의도를 페어팩스 부인에게 말씀해 주세요. 어젯밤 당신과 제가 홀에 같이 있을 때 부인이 우리를 보았어요. 아마 충격을 받았나 봐요. 제가 그분을 만나기 전에 먼저 당신께서 설명을 해 주세요. 그렇게 선량한 부인한테 오해받는 일이 저는 괴로워요."

"당신 방으로 가서 모자를 써요." 그가 대답했다. "오늘 아침에 당신을 밀코트로 데리고 가겠소. 당신이 나갈 준비를 하는 동안 내가 그 할멈을 납득시키겠소. 재닛, 그 할멈은 당신이 사랑을 위해서 세상 모든 것을 버렸고, 그러고도 후회하지 않는다고 생각했을까?"

"제 신분도 잊고 당신의 신분도 잊었다고 생각했을 거예요."

"신분! 신분! 당신의 신분은 내 가슴속에 있소. 그리고 앞으로 당신을 모욕하는 자들은 그대로 두지 않겠소. 갑시다."

나는 곧 옷을 갈아입었다. 그리고 로체스터 씨가 페어팩스 부인의 방에서 나오는 소리를 듣고 바삐 그 방으로 갔다. 노부인은 성경의 그날 아침에 읽을 부분, 그날의 일과를 읽고 있었다. 성경이 그녀 앞에 펼쳐져 있었고 그 위에 안경이 놓여 있었다. 로체스터 씨의 보고 때문에 중단되었던 그녀의 일과는 까마득히 잊혀 버린 것 같았다. 그녀의 시선은 맞은편 텅 빈 벽에 고정되어 있었고 지금까지 조용했던 심경이 뜻밖의 소식으로 동요되어 놀라 마지않고 있음을 나타내고 있었다. 그녀는 억지로 미소를 지으려 애쓰고 몇 마디 축하의 말을 해 보려고 했으나 미소는 사라지고 말은 도중에서 끊어지고 말았다. 노부인은 안경을 치우고 성경을 덮고 의자를 테이블 뒤로 밀어냈다.

"너무 놀라워서⋯⋯." 그녀가 말을 시작했다. "무슨 말을 해야 할지를 모르겠군요, 에어 양. 틀림없이 꿈은 아닐 테죠. 나는 이렇게 가만히 앉아 있노라면 비몽사몽간에 일어나지도 않은 일을 눈앞에 보는 때가 가끔 있답니다. 꾸벅꾸벅 졸다가 벌써 십오 년 전에 돌아가신 남편이 들어와서는 내 옆에 앉아 생시와 똑같이 '앨리스' 하고 내 이름을 부르는 소리를 들은 적이 한두 번이 아니랍니다. 그래 로체스터 씨가 선생님한테 청혼을 했다는 게 사실인지 아닌지 말해 줄 수 없겠어요? 웃지 말고요. 분명 그분이 오 분쯤 전에 이 방에 들어와서 한 달 후에 두 분이 결혼한다는 얘기를 하긴 한 것 같아요."

"제게도 똑같은 말씀을 하셨어요." 내가 대답했다.

"그랬다고요! 그 말을 믿나요? 승낙했나요?"

"네."

그녀는 당황한 표정으로 나를 쳐다보았다. "그럴 줄은 생각도 못 한 일이군요. 그분은 자존심이 강한 양반이에요. 로체스터 집안이 대대로 그렇죠. 그분 아버님께서는 돈을 무척 좋아하셨지. 그분이 선생님과 결혼하겠다는 것이 진정일까요?"

"그렇다고 말씀하시더군요."

그녀는 나의 온몸을 훑어보았다. 그 수수께끼를 풀어 줄 만한 아무런 매력도 내 외모에서 발견하지 못했음을 나는 그녀의 두 눈에서 읽어 냈다.

"모를 일이로군." 그녀가 말을 계속했다. "하지만 선생님이 그렇다고 하시니까 사실이겠죠. 결과가 어떻게 될지는 모르겠어요. 정말로 모르겠어요. 이런 경우에 신분이나 재산 정도가 서로 비슷하면 좋은 건데, 거기다 또 나이가 이십 년이나 차이가 나죠. 그분이 아버지뻘이 된대도 좋을 나이예요."

"아녜요, 페어팩스 부인." 내가 초조해져 가지고 소리쳤다. "그분이 제 아버지 같다니 그럴 수가 없어요! 둘이 함께 있는 것을 보면 아무도 그렇게 생각지 않을 거예요. 로체스터 님은 젊으셔요, 스물다섯 살 난 사람처럼 젊어 보여요."

"그분이 선생님과 결혼하시려는 것은 정말로 사랑 때문인가요?" 그녀가 물었다. 그녀의 냉담함과 의심 때문에 내 가슴은 상처를 입어 두 눈에는 눈물이 괴어올랐다.

"마음을 언짢게 해 드려 안됐지만." 그녀가 다그쳐 말했다. "선생님은 아직 어려서 남자들 세계를 몰라요. 그러니까 조심하시라고 일러 드리는 거라오. 예부터 전해 오는 속담에, '번쩍인다고 해서 다 황금은 아니다.'라고 했어요. 이번 일에 있어서 내가 걱정되는 건 선생님이 기대하는 것과는 다른 엉뚱한 일이 생길까 하는 거라오."

"어머나! 제가 뭐 괴물인가요?" 내가 말했다. "로체스터 님이 저를 진정으로 사랑한다는 것은 있을 수 없는 일인가요?"

"그런 말이 아녜요. 선생님은 예뻐요. 근래 더욱 예뻐졌어요. 그리고 로체스터 씨도 선생님을 좋아하고 있어요. 난 선생님이 그분의 사랑을 받고 있다는 것을 눈치채고 있었어요. 그분이 선생님을 눈에 띄게 좋아하는 것을 보고, 나는 선생님을 생각해서 불안을 느끼고 선생님한테 조심하라고 일깨워 드리고 싶은 때가 여러 번 있었어요. 하지만 나는 남의 과실은 그 가능성조차 입 밖에 내기가 싫은 사람이에요. 필경 그런 이야기를 하게 되면 선생님을 놀라게 하고 기분까지 상하게 하리라는 것을 알고 있었던 거예요. 더구나 선생님은 사리에 밝고 나무랄 데 없이 얌전하고 지각 있는 분이니까 어련히 스스로 알아서 처신하랴 생각하고 있었죠. 어젯밤엔 온 집 안을 다 찾아도 선생님도 보이지 않고 그분도 보이지 않아 얼마나 애가 탔는지 모른다오. 그러다가 열두 시가 됐을 때 선생님이 그분과 함께 들어오는 걸 봤죠."

"알았어요, 이젠 그 일은 염려 마세요." 나는 참을 수 없어 그녀의 말을 막았다. "아무 일도 없었으니 길게 생각할 것 없어요."

"끝까지 아무 일도 없으면 좋으련만." 그녀가 말했다. "하지만 내 말을 믿어 줘요. 조심해서 손해나는 법은 없다오. 로체스터 씨를 멀리하도록 해요. 그분도 믿지 말고 자신도 믿지 마요. 그런 신분의 남자분들이 자기 집 가정교사와 결혼한다는 것은 좀처럼 없는 일이라오."

나는 정말 화가 났다. 그때 다행히 아델러가 뛰어 들어왔다.

"나도 데리고 가, 밀코트에 나도 데리고 가!" 아델러가 소리쳤다. "로체스터 씨는 안 데리고 간대. 새로 사 온 마차에는 앉을 자리가 넉넉한데, 나도 데려가 달라고 부탁 좀 해 줘요, 선생님."

"그래요, 아델러." 나는 기분 나쁜 나의 훈계자에게서 떠나는 것이 기뻐서 아델러와 함께 얼른 나와 버렸다. 마차가 준비되어 있었다. 마부들은 마차를 현관 앞으로 돌려놓고 있었다. 그리고 나의 주인은 포도를 걷고 있었고 파일럿이 앞서거니 뒤서거니 하며 그를 따르고 있었다.

"아델러도 함께 가도 괜찮겠죠, 안 되나요?"

"그 애보고 안 된다고 했어. 어린애는 안 돼! 당신만 데리고 가겠어."

"데리고 가요, 로체스터 님, 제발. 그편이 나을 거예요."

"나을 것 없어. 부자유스럽기만 해."

표정이나 목소리나 그는 아주 단호했다. 페어팩스 부인의 경고가 끼쳐 주는 냉기와 그녀의 의심이 끼쳐 주는 습기가 내 머리 위로 덮쳐 왔다. 무언가 불확실하고 텅 빈 것 같은 느낌이 나의 희망을 어둡게 했다. 그를 지배하는 힘이 없어져 버린 느낌이었다. 나는 더 이상 아무 말 않고 기계적으로 그의 뜻에 따르려 하고 있었다. 그런데 내가 마차 위에 오르는 것을 도와주며 그는 내 얼굴을 보고 눈치를 챘다.

"왜 그러지?" 그가 물었다. "전혀 활기가 없군그래. 정말로 어린애를 데리고 가고 싶소? 저 애를 두고 가는 게 걱정되오?"

"그 애도 가는 편이 좋겠어요."

"그럼 가서 모자를 쓰고 오너라. 번갯불처럼 빨리!" 그가 아델러에게 소리쳤다.

아델러는 있는 힘을 다해 재빨리 그가 시킨 대로 했다.

"뭐, 하루 아침의 방해쯤은 별것 아니지." 그가 말했다. "이제 곧 당신을, 당신의 생각, 당신과의 대화, 당신과의 합석을 평생토록 내 것으로 삼겠다고 요구할 참인데."

아델러는 번쩍 들어 올려져 마차 안으로 들어오자, 중재를 해 준 데 대한 감사의 표시로 내게 키스를 했다. 그러나 금방 로체스터 씨의 옆 구석 쪽으로 밀려나고 말았다. 그러자 아델러는 고개를 돌려 내가 앉은 쪽을 넘겨다보았다. 그렇게 엄격한 이웃이란 견딜 수 없이 갑갑한 것이었다. 잔뜩 성깔이 나 있는 그에게 아델러는 무슨 말을 하거나 무얼 물어볼 용기를 잃고 있었다.

"그 애를 저한테로 보내 주세요." 내가 부탁했다. "귀찮게 해 드릴지도 몰라요. 이쪽은 자리가 넓어요."

그는 강아지처럼 아델러를 넘겨 주었다. "학교에 보내야겠군." 그가 말했다. 그러나 이제 그는 웃고 있었다.

그가 하는 말을 아델러가 들었다. 그리고 "선생님과 함께 가지 않고" 학교에 가야 하느냐고 물었다.

"그럼." 그가 대답했다. "절대로 선생님은 함께 가지 않는 거다. 왜 그런고 하니, 선생님은 내가 달나라로 모시고 가겠다. 그래 화산 꼭대기의 하얀 골짜기의 한쪽에 있는 동굴을 찾아서, 선생님과 나는 거기에서 산다. 나하고만 말이야."

"거기는 선생님이 먹을 게 없을 텐데. 선생님을 굶겨 죽이려고." 아델러가 말했다.

"선생님을 먹여 살리기 위해서 아침저녁으로 만나[7]를 주워올 테다. 달나라의 들판이나 산기슭에는 만나가 하얗게 깔려 있단다, 아델러."

"불도 쬐고 싶을 텐데, 불을 구하려면 어떻게 하죠?"

"불은 달나라의 산에서 나오지. 선생님이 추워하면 산꼭대기로 데리고 가서 분화구가에다 눕혀 놓으면 된다."

"아이 기분 나빠. 얼마나 불편할까! 그리고 선생님 옷도 낡아 빠질 텐데, 새 옷은 어떻게 구하죠?"

로체스터 씨는 당혹한 표정을 지어 보였다. "에헴! 너 같으면 어떻게 하겠니, 아델러? 한번 머리를 짜내서 생각을 해 봐라. 하얀 구름이나 분홍색 구름으로 가운을 만들면 어떨까?

---

7) 이스라엘 사람들이 아라비아 사막에서 하느님으로부터 받은 음식물.

그리고 무지개를 오려서 스카프를 만들 수도 있지."

"선생님은 지금 그대로가 훨씬 좋아요." 아델러가 잠깐 동안 생각에 잠겨 있다가 결론을 내렸다. "더구나 선생님은 달나라에서 아저씨하고만 살기가 싫증 날 거예요. 내가 선생님이라면 같이 간다고 승낙도 안 했겠어요."

"그런데 선생님은 승낙하셨어. 그리고 굳은 약속을 하셨는걸."

"하지만 아저씨는 선생님을 데리고 갈 수가 없어요. 달나라로 가는 길 같은 건 없어요. 공기뿐인걸요. 선생님이나 아저씨는 날지도 못하면서."

"아델러, 저 밭을 보아라."

우리는 손필드의 문을 나서서 밀코트로 가는 펀펀한 길을 경쾌하게 달리고 있었다. 지난밤의 폭풍우로 먼지도 가라앉고 길 양편의 낮은 산울타리와 키 큰 관목들은 비를 맞고 생기를 회복하여 녹색으로 빛나고 있었다.

"저 밭을 말이다, 아델러, 두 주일쯤 전의 어느 날 저녁때 나는 걷고 있었다. 그때, 네가 과수밭의 목초지에서 내가 건초 만드는 것을 도와주던 바로 그날 저녁이었다. 나는 건초를 긁어모으기에 지쳐서 좀 쉬려고 층계 위에 앉아 있었다. 나는 연필과 종이를 가지고 가서 오랜 옛날에 내게 있었던 불행과 앞으로는 행복한 나날을 지내고 싶다는 내 소망 등을 쓰기 시작했다. 햇빛이 종이에서 엷어져 가고 있었지만 나는 꽤 빨리 쓰고 있었다. 그때 무엇인가가 길을 걸어 올라와 내게서 2야드쯤 떨어진 곳에 우뚝 멈춰 섰다. 나는 그것을 보았다. 거미줄처럼 얇은 베일을 머리에 쓴 조그만 것이었어. 난 그것보고 나한테 오라고 손짓을 했지. 그랬더니 그것은 곧 내 무릎 앞까지 와서 섰다. 나는 그것보고 아무 말도 안 했다. 그것도 나보고 아무 말 않고. 하지만 나는 그것의 눈빛을 읽고 그것도 내 눈빛을 읽었다. 그리고 우리의 그 말 없는 대화의 결과로 이런 것을 알게 되었단다.

그것은 선녀였어. 요정의 나라에서 왔다고 하더군. 그리고 나를 행복하게 해 주기 위해 왔다는 거야. 나는 그것과 함께 속세를 떠나 어딘가 외딴곳, 예를 들면 달나라 같은 곳에 가야 한다며, 헤이산(山) 위로 떠오르는 초승달을 향하여 고개를 끄덕여 보이는 거야. 그리고 그것은 우리가 살게 될 설화석고(雪花石膏)의 동굴과 은백색 골짜기에 대해서 이야기해 주었다. 나는 꼭 가고 싶다고 했다. 그러나 네가 아까 말했듯이, 날개가 없어서 날아갈 수가 없다고 했다.

그러자 요정은 대답했다. '아아, 그런 건 문제가 아녜요! 여기 어떤 곤란한 일이라도 제거해 주는 부적이 있어요.' 그러곤 선녀가 예쁜 금반지를 꺼내 가지고 말하더라. '이걸 내 왼손 무명지에 끼워 주세요. 그러면 나는 당신 것이 되고 당신은 내 것이 되는 거예요. 그리고 함께 지상을 떠나 저기에 우리의 천국을 만드십시다.' 선녀는 또 한 번 달을 보고 고개를 끄덕였다. 그 반지는 말이야, 아델러, 지금 내 바지 주머니 속에서 1파운드짜리 금화로 바뀌어 있단다. 그러나 난 곧 그걸 다시 반지로 바꿀 작정이야."

"그런데 선생님이 그것과 무슨 상관이 있죠? 선녀 같은 건

난 몰라요. 달나라로 데리고 가는 건 선생님이라면서요?"

"선생님이 바로 선녀란다." 그가 신비한 목소리로 속삭였다. 그래 나는 아델러에게 로체스터 씨의 농담을 곧이듣지 말라고 하니까 아델러는 또 아델러대로 진짜 프랑스 사람다운 회의심을 발휘하여 로체스터 씨를 "알짜 거짓말쟁이"라고 부르고 그의 "선녀 이야기" 따위는 절대로 믿지 않으며 "거기에다 선녀 같은 건 절대로 존재하지도 않고, 설사 있다고 하더라도" 그의 앞에 나타날 리가 없으며, 반지 같은 것도 주지 않을 뿐 아니라 달나라에 가서 살자는 따위의 이야기도 하지 않는다고 단언했다.

밀코트에서 보낸 시간은 나에게는 괴로운 시간이었다. 로체스터 씨는 억지로 나를 어떤 비단 가게로 데리고 가서 드레스를 여섯 벌이나 고르라고 명령했다. 나는 그것이 하기 싫어서 제발 나중으로 미루자고 사정했지만 소용없었다. 지금이 아니면 안 된다는 것이었다. 나는 작은 목소리로 열심히 탄원을 거듭한 결과 여섯 벌을 두 벌로 줄였다. 그런데 그는 그 두 벌을 자기가 고르겠노라고 고집을 부렸다. 그의 눈길이 화려한 옷감들을 두리번거리며 물색하는 것을 나는 근심스러운 얼굴로 바라보고 있었다. 그의 눈은 가장 화려한 자수정색 비단과 최고급의 분홍색 공단 위에 멈추었다. 나는 다시 속삭이는 목소리로, 그런 것을 사 주는 것은 금으로 된 가운과 은으로 만든 보닛을 한꺼번에 사 주는 것과 같아서, 그렇게 골라 준 것은 절대로 입을 수가 없다고 말했다. 그는 돌덩이처럼 고집이 세었기 때문에 나는 무한히 애를 쓴 결과 간신히 그를 설복하여 수수한 검은색 공단하고 진주색 비단으로 바꿀 수가 있었다. "우선 당장은 그 정도로 참아 두지. 하지만 기어코 화단처럼 화려하게 옷을 입혀 놓고야 말걸." 그가 말했다.

그를 비단 가게에서 데리고 나오고 다음에 다시 보석상에서 데리고 나온 후에야 비로소 나는 마음이 좀 놓였다. 그가 이것저것 사 주면 사 줄수록 내 뺨은 곤혹과 굴욕감으로 확확 달아올랐다. 우리가 다시 지친 몸으로 마차 안에 기대앉았을 때 나는 명암이 뒤섞여 가지고 연거푸 일어난 일들 때문에 깜박 잊고 있었던 한 가지 일을 생각해 냈다. 즉 삼촌인 존 에어한테서 리드 부인에게로 온 편지, 나를 양녀로 삼아 자기의 유산 상속자로 삼겠다는 삼촌의 의향을 생각해 낸 것이었다. '비록 적은 돈이라도 자활할 만한 수입만 있다면 얼마나 구원이 될 것인가. 로체스터 씨한테서 인형처럼 옷을 얻어 입고 매일 황금의 소나기를 맞는 제2의 다나에[8]처럼 앉아 있는 건 못 견딜 노릇이야. 돌아가면 곧 마데이라로 편지를 내야지. 그리고 삼촌에게 내가 곧 결혼을 한다는 것을 알려 드려야지. 앞으로 언젠가 로체스터 씨의 재산을 늘려 드릴 가망만 있다면 이렇게 그분의 신세를 지고 있는 것이 지금처럼 견디지 못할 노릇은 아닐 거야.' 이렇게 생각하고 마음이 좀 편해져 가지고(이 계획은 그날 당장 실천했다.) 나는 그분의 눈을 정시할 용기가 났다. 내가 얼굴도 피하고 시선도 피하고 있었건만 그

---

8) 그리스 신화에 나오는 미인. 지하 감옥에 갇혀 있을 때, 제우스가 황금 소나기가 되어 그녀를 찾아갔다.

눈은 집요하게 내 눈을 찾고 있었다. 그는 미소 지었다. 그리고 나는 그의 미소가 황금과 보석으로 장식해 놓은 여자 노예를 흐뭇하고 즐거운 기분으로 쳐다보며 웃는 술탄[9]의 미소와 같다고 생각했다. 나는 쉴 새 없이 내 손을 찾고 있는 그의 손을 꽉 쥐고 빨갛게 되도록 힘을 주었다간 밀어제쳤다.

"그런 표정을 지으실 것 없어요." 내가 말했다. "그러시면 전 언제까지나 옛날 로우드 시절의 옷밖에는 안 입겠어요. 결혼식 때에는 이 보랏빛 줄무늬의 무명옷을 입고 나가겠어요. 진주색 비단으로는 당신의 잠옷이나 만드시고, 검은색 공단으로는 조끼나 잔뜩 만드시면 되겠죠."

그는 껄껄 웃고 두 손을 맞비볐다. "아아, 당신을 보고 듣고 하고 있으니 참 기분 좋군!" 그가 큰 소리로 말했다. "이 여자는 좀 괴짠가? 신랄한가? 나는 이 조그마한 한 사람의 영국 아가씨를 영양(羚羊)처럼 부드러운 눈을 가지고 있고 극락의 천녀(天女)처럼 아름다운 터키 황제의 후궁들 전부하고도 바꾸지 않겠어!"

터키 후궁과의 비유가 또 내 비위를 건드렸다. "전 터키 후궁의 대역(代役) 같은 건 절대로 안 하겠어요. 그러니 절 그런 것과 똑같이는 보지 마세요. 만약 그런 종류의 여자가 좋으시거든 지체 마시고 이스탄불의 노예 시장으로 가세요. 그리고 여기서는 시원스럽게 쓰질 못해 애쓰시는 모양인 그 돈을 노예 대량 매입에나 쓰세요."

---

9) 이슬람 국가의 군주.

"그러면 당신은 무얼 하겠소, 재닛? 내가 검은 눈을 가진 수많은 육체를 흥정하는 동안에 말이오."

"노예가 된 사람들, 당신의 그 후궁의 여자들도 포함해서 말이에요, 그 사람들에게 자유를 설교하는 선교사가 되어 출발할 준비를 하고 있겠어요. 저는 거기 들어갈 허가를 받아가지고 여기저기서 반란을 선동하겠어요. 그리고 당신은 높은 양반이시긴 하지만, 순식간에 우리 친구들의 손으로 족쇄가 채워질 거예요. 그리고 저는 여태까지 어떤 전제군주도 쓴 적이 없을 만큼 관대한 인권 확인의 칙허장에 서명을 하실 때까지는 그 구속을 풀어 드리지 않겠어요."

"당신의 자비심에 나를 맡겨야겠군, 제인."

"그런 눈으로 사정하셔도 자비심은 베풀어 드리지 않겠어요, 로체스터 님. 그런 얼굴을 하고 계신 한, 강제를 당해서 어떤 칙허장에 서명을 하셔도, 석방이 되고 나면 제일 먼저 하시는 일은 그 조건을 어기는 일일 테니까요."

"그러면 제인, 도대체 무얼 어떻게 해 달라는 거요? 결혼식도 교회에서 하는 게 아니라 무슨 비밀 결혼식을 해 달랄 모양인데, 무슨 특별한 조건을 요구할 것 같군. 도대체 무엇이오?"

"전 그저 마음이 평안하고 싶을 뿐이에요. 무거운 은혜의 짐에 눌려 깨지고 싶지 않은 거예요. 셸린 바랭스에 대해서 하신 말씀 생각나세요? 당신께서 선물하셨다는 다이아몬드나 캐시미어 같은 것 말씀이에요. 저는 당신의 영국판 셸린이 되기 싫은 거예요. 저는 지금까지와 마찬가지로 아델러의 가정교사 노릇을 하겠어요. 그것으로 제 식사와 거처 문제는 해결하고 일 년에 30파운드씩 벌게 되죠. 그 돈으로 옷은 사 입게 되니까 당신께서는 제게 다만……."

"다만 무어야?"

"호의만 가져 주시면 되겠어요. 그리고 제가 또 당신께 제 호의를 드린다면, 그 빚은 갚아지는 것이죠."

"하여튼 타고난 그 냉담한 뻔뻔스러움과 콧대 센 것은 당할 사람이 없어."

우리는 손필드 장에 가까워 가고 있었다.

"오늘은 나하고 같이 식사를 해 주지 않겠소?" 문을 들어서면서 그가 물었다.

"아녜요. 고맙습니다만 사양하겠어요."

"고맙습니다만 사양하겠다는 건 또 무슨 이유요?"

"전 여태껏 한 번도 당신과 함께 식사를 한 적이 없어요. 그런데 이제 와서 왜 함께 식사를 해야 하는지, 전 모르겠어요. 그러다가……."

"그러다가라니? 당신은 하던 말을 중도에서 끊기를 좋아하는군."

"불가피하게 되면 하는 수 없지만요."

"나하고 함께 식사하기를 싫어하니 당신은 내가 무슨 사람 잡아먹는 귀신이나 송장 귀신처럼 밥을 먹는 줄 아오?"

"그런 건 생각도 해 본 적 없어요. 저는 그저 지금까지대로 한 달만 더 지내고 싶은 거예요."

"가정교사질이란 종살이는 당장 걷어치우는 거야."

"아이참! 그건 안 돼요. 저는 지금까지와 마찬가지로 계속해 나가겠어요. 지금까지의 습관대로 낮에는 당신께 방해가 되지 않도록 하겠어요. 만나고 싶은 마음이 나시면 저녁에나 불러 주시죠. 그러면 가 뵙겠어요. 그러나 다른 때는 안 돼요."

"기분을 가라앉히기 위해서 담배라도 한 대 피워야겠군, 코담배라도 말이오, 제인. 아델러의 표현을 빌리자면 '체면을 지키기 위해서' 말이오. 그러나 불행히도 담배 상자도 코담뱃갑도 가지고 있지 않단 말이야. 그런데 말이야, 작은 소리로 말하겠는데, 지금은 당신의 전성시대야, 요 귀여운 폭군아. 하지만 인제 곧 내 전성시대가 될 거란 말이야. 그래 일단 당신을 꽉 잡기만 하는 날엔, 비유해서 말하자면 (회중시계의 줄을 만지면서) 이런 식으로 쇠사슬로 매어 놓아 버릴 테야. 그래 요 귀여운 꼬마야, 내 귀중한 보석을 잃어버리지 않도록 당신을 가슴에 지니고 다닐 거란 말이야."

내가 마차에서 내리는 것을 도와주며 그가 이렇게 말했다. 그래 그가 아델러를 들어 내려놓는 사이에 나는 집 안으로 들어가 재빨리 이 층으로 퇴각해 버렸다.

저녁이 되자 그는 영락없이 나를 자기 앞으로 불렀다. 나는 미리 그에게 해 달랠 일을 준비해 두고 있었다. 그것은 줄곧 그와 단둘만의 은밀한 대화를 하지 말아야겠다고 결심하고 있었기 때문이었다. 나는 그의 목소리가 훌륭함을 기억하고 있었다. 훌륭한 가수는 으레 그렇지만, 그가 노래 부르기를 좋아하는 것도 알고 있었다. 나 자신은 결코 성악가가 못 되었다. 그리고 그의 까다로운 판단에 의하면, 기악가도 못 되었다. 그러나 나는 훌륭한 연주라면 듣기를 좋아했다. 로맨스의 시간인 황혼이 창틀 저편에 별빛 찬란한 푸른 깃발을 드리우기 시작하자 나는 곧 자리에서 일어나서 피아노 뚜껑을 열었다. 그리고 제발 나를 위해서 한 곡조 불러 달라고 그에게 간청했다. 그는 나보고 변덕스러운 마녀라고 하며 나중에 불러 주겠다고 했다. 그러나 나는 지금이 가장 좋은 기회라고 주장했다.

"내 목소리를 좋아하오?" 그가 물었다.

"네, 참 좋아해요." 나는 민감한 그의 허영심에 부채질을 하기는 싫었다. 그러나 이때만은 하나의 방편으로서 그의 허영심을 자극하고 만족시켜 주기로 했다.

"그러면 제인, 반주를 해 줘요."

"그러세요. 해 보겠어요."

나는 반주를 해 보았다. 그러나 금방 의자에서 쫓겨나고 '엉터리 아가씨' 소리를 들었다. 그는 난폭하게 나를 한쪽으로 밀어 치우고는(이것은 오히려 내가 원하던 바였지만) 내 자리를 빼앗아 손수 반주를 하기 시작했다. 그는 노래를 잘할 뿐 아니라 피아노도 잘 쳤다. 나는 얼른 창가의 한쪽 구석으로 갔다. 그리고 거기 앉아 조용히 서 있는 나무들과 희미하게 보이는 잔디밭을 내다보고 있는데, 다음과 같은 노래가 아름다운 선율을 타고 부드러운 목소리로 불러졌다.

　타오르는 가슴 깊이
　자리 잡은 참사랑은
　생명의 조류(潮流)인 양
　온몸을 분류(奔流)한다.

날마다 그녀 오는 것은 소망,
그녀 떠나감은 가슴 아픈 고통,
그녀 발걸음 늦어지면
내 가슴 얼어붙도다.

내가 그녀 사랑하듯이
사랑받기를 원하고
앞뒤 살필 겨를 없이
나의 꿈을 좇았도다.

하지만 우리 둘 갈라놓는
광막한 공간에 길은 없고,
푸른 바다 거센 파도
끓는 거품처럼 위험하구나.

그리고 황야와 숲속으로 난
도둑이 들끓는 외길처럼,
권세와 정의, 비탄과 분노가
우리 두 마음을 갈라놓나니.

위험도 장애도 겁내지 않고
불길한 징조도 물리쳤네.
위협도 괴로움도, 경고하는 것도
나는 급급히 지나쳐 버렸도다.

빛처럼 빨리, 내 무지개 걸리고
꿈속에서처럼 나는 달렸노라.
찬란하게 눈앞을 가로막는 건
그건 빛과 소나기의 아기.

고난의 검은 구름 위에 밝게
부드럽고 엄숙한 기쁨은 빛나도다.
어떠한 재난이 나를 엄습해도
이제 나는 두렵지 않도다.

이 감미로운 순간엔
내가 일찍이 극복한 것이
복수를 외치며 달려올지라도
이제 나는 두렵지 않도다.

거만한 증오가 나를 치고
도의의 장애가 내게 닥쳐도
권세가 노하여 이를 갈면서
영원한 적의(敵意)를 맹세한대도.

내 사랑 굳게 나를 믿고
그 귀여운 손을 내 손에 놓고
성스러운 혼인의 질긴 끈으로
우리 마음 함께임을 맹세했나니.

사는 것도 함께, 죽음도 함께
내 사랑, 키스로 맹세했나니.
한없는 기쁨은 내게 있도다,
내 사랑하듯이 사랑받는 지금.

그는 자리에서 일어서서 내게로 다가왔다. 그의 얼굴은 밝게 빛나고, 매처럼 큰 눈은 빛나고, 부드러움과 연정이 온 얼굴에 넘치고 있었다. 나는 일순 섬뜩했지만 곧 기분을 돌이켰다. 부드러운 사랑의 장면이나 대담한 애정의 표현 같은 것은 원치 않았건만 나는 이 두 가지 위험에 직면하고 있었다. 방어의 무기를 준비해야 했다. 나는 혀를 가다듬었다. 그가 내 곁에 오자 나는 무뚝뚝하게 물었다.

"이젠 누구하고 결혼하시나요?"

"귀여운 제인한테 그런 질문을 받다니 뜻밖이로군."

"아녜요! 이건 가장 당연하며 또 필요한 질문이라고 생각했는데요. 당신의 미래의 부인은 죽을 때도 당신과 함께 죽는다고 하셨죠. 그런 이교적인 생각을 가지고 어떻게 하실 셈이세요? 제게는 함께 죽어 드릴 용의가 없어요. 그것만은 확실해요."

"아, 내가 바라는 것, 내가 기원하는 것은 오직 당신이 나와 함께 살아 주었으면 하는 것뿐이오. 당신 같은 사람이 죽다니 당치도 않은 이야기야."

"그래요. 제겐 당신과 마찬가지로 죽을 때가 오게 되면 죽을 권리가 있어요. 그때가 올 때까지는 기다리겠어요. 남편이 죽었다고 해서 서둘러 순사해 버릴 생각은 없어요."

"그런 이기적인 생각을 가졌던 것을 용서하오. 그리고 용서한다는 표시로 화해의 키스를 해 주지 않겠소?"

"아녜요. 사절하는 게 좋겠어요."

이때 나는 '고집통이' 소리를 들었고 거기에다 그가 또 이렇게 덧붙여 말하는 소리를 들었다. "이 정도로 찬미하는 노래를 들었으면 아마 어떤 여자라도 기뻐서 뼛속까지 녹아 버렸을 거요."

나는 내가 나면서부터 고집이 세다는 것, 부싯돌처럼 완고해서 앞으로도 종종 그러한 점을 발견하게 되리라는 것, 조야한 점을 다 보여 드릴 작정이니까 아직 취소할 여유가 있을 동안에 자기가 한 계약을 잘 생각해 두어야 할 것이라고 그에게 말해 주었다.

"좀 침착해져 가지고, 이치에 닿는 이야기를 해 보는 게 어떻소?"

"원하신다면 침착해져도 좋아요. 그리고 이치에 닿는 이야기를 하라고 하시는데, 전 지금 이치에 닿는 이야기를 하고 있다고 생각하는데요."

그는 화가 나가지고 "흥." 하고 코웃음을 치는가 하면 "쳇." 하고 혀를 차기도 했다.

'됐어.' 나는 생각했다. '실컷 화도 내고 속도 좀 태워 보시라지. 하지만 당신과 함께 살아 나가는 데는 이게 제일 좋은 방법임에 틀림없어요. 저는 말로 표현할 수 없을 만큼 당신을 사랑하고 있어요. 하지만 저는 이 감정을 용두사미로 끝나게 하고 싶진 않아요. 그리고 저는 이 재치 있는 응답이란 바늘을 가지고 당신이 심연의 언저리에서 떨어지지 않도록 지켜 드리겠어요. 그뿐만 아니라 그 날카로운 바늘의 힘을 빌려 피차를 위해서 가장 도움이 되는 거리를 당신과 저 사이에 유지하려는 거예요.'

나는 점점 그의 화를 돋우었다. 그래 그의 분노가 터져 가지고 방의 반대편 쪽으로 가 버렸을 때, 나는 자리에서 일어서서, 언제나 그랬듯 자연스럽고 공손하게 "안녕히 주무세요." 하고 인사했다. 그러고는 다른 쪽 문으로 해서 방을 빠져나와 버렸다.

이렇게 해서 시작된 방법을 나는 약혼 기간 중 줄곧 계속했다. 결과는 성공적이었다. 분명히 그는 기분이 나쁘고 무뚝뚝해졌다. 그러나 대체로 그가 그것을 재미있어하고 있음을 알 수 있었다. 어린양 같은 복종이나 산비둘기 같은 감수성은 그의 횡포함을 부채질하면서 그의 판단력을 기쁘게 하지 못하고 그의 상식을 별로 만족시키지 못했으며 그의 취향에 맞지도 않는다는 것도 알 수 있었다.

나는 다른 사람이 있는 자리에서는 전과 마찬가지로 공손하고 얌전하게 굴었다. 그 이외의 태도는 필요 없었기 때문이었다. 내가 이렇게 그를 낭패케 하고 괴롭힌 것은 저녁에 그와 만날 때뿐이었다. 그는 매일 밤 일곱 시만 치면 틀림없이 나를 부르러 보냈다. 그러나 이젠 내가 나타나도 '내 사랑'이니 '귀여운 사람'이니 하는 등속의 달콤한 말은 입 밖에 내지 않았다. 그리고 내게 대한 최상의 호칭은 '극성스러운 꼭두각시'니 '심술궂은 꼬마 요정'이니 '꼬마 도깨비'니 '귀신이 바꿔치기한 아이'니 하는 말뿐이었다. 애무 대신에 찡그린 얼굴을 보게 되고 악수 대신에는 팔을 꼬집히고 뺨에 키스를 받는 대신에 귀가 잡아당겨졌다. 그러나 그걸로 좋았다. 당장에는 이 거친 사랑의 표현이 다른 어떠한 부드러운 것보다도 좋았다. 페어팩스 부인도 내 태도에 찬성하고 있는 것 같았다. 나에 대한 그녀의 근심은 사라졌다. 그러므로 내가 잘한 것임에 틀림없었다. 한편 로체스터 씨는 나 때문에 자기가 뼈와 가죽만 남았다고 하며 머지않아 때가 되면 그때의 내 행동에 대해 단단히 복수를 해 주겠다고 하며 위협했다. 나는 그의 위협하는 말을 듣고 몰래 웃었다. '나는 현재 당신을 적당히 억제해 놓을 수가 있는 거예요.' 나는 마음속으로 생각했다. '물론 앞으로도 계속 그럴 수가 있을 거예요. 그리고 한 가지 수단이 소용없게 되면 또 다른 방법을 생각해 낼 수 있을 거예요.'

그렇지만 내 임무란 손쉬운 것이 아니었다. 그를 골려 주기보다 그를 즐겁게 해 주고 싶은 때가 얼마나 많았는지 모른다. 내 미래의 남편은 나의 전 세계, 아니 세계 이상의 것, 천국의 희망이 되어 가고 있었다. 그는 마치 일식(日蝕)이 인간과 거대한 태양 사이에 가로놓이듯이, 나와 나의 모든 종교관의 사이를 가로막고 있었다. 그 무렵, 나는 하느님이 창조하신 한 인간을 우상처럼 받들고 있었기 때문에 하느님의 모습을 볼 수가 없었다.

25장

구혼 기간 한 달이 다 지나가 그 나머지 시간이 몇 시간으로 헤아릴 수 있게 되었다. 이젠 다가온 그날, 결혼식 날을 연기할 수도 없게 되어 버렸다. 그리고 그날을 위한 모든 준비는 다 되어 있었다. 적어도 나는 더 준비할 것이 없었다. 내 방에는 트렁크들에 짐이 채워지고 자물쇠를 채워 끈으로 묶여 가지고 한 줄로 늘어놓여 있었다. 내일 이때쯤이면 그 트렁크들은 런던을 향하여 운반되고 있을 것이었다. 그리고 (하느님의 뜻대로 된다면) 나도 그럴 것이었다. 아니, 나라기보다도 여태껏 내가 알지 못하고 있던 인물인 제인 로체스터란 사람이. 꼬리표만이 아직 못질이 안 돼 있었다. 내 서랍 속에는 네 개의 조그만 사각형의 딱지가 들어 있었다. 로체스터 씨가 손수 거기에다 '런던 ○○ 호텔. 로체스터 부인'이라고 써 놓은 것이었다.

나는 그 꼬리표를 내 손으로 붙일 마음도 나지 않고 남보고 붙여 달라고 할 마음도 나지 않았다. '로체스터 부인.' 그런 사람은 아직 존재하지 않는 것이었다. 그 사람은 내일까지는, 오전 여덟 시가 지나기까지는 존재하지 않을 것이었다. 나는 로체스터 부인이란 칭호를 주는 것은, 그녀가 이 세상에 탄생한 것을 확인한 후로 미루고 싶었다. 화장대 반대편에 있는 옷장 속에는 이미 나의 로우드 시대의 검은 나사 천. 옷이나 밀짚모자 대신에 로체스터 부인이 입기로 되어 있는 의상이 들어가 있었는데 그것으로 충분했다. 다른 옷을 내쫓고 못에 걸려 있는 한 벌의 혼례 의상. 진주색의 옷도 안개 같은 베일도 내 것은 아니기 때문이었다. 나는 기묘하고 생령(生靈) 같은 의상을 감추기 위해 옷장 문을 닫아 버렸다. 아홉 시가 된 밤의 이 시각, 분명히 그 의상은 나의 어두운 방 안에서 무시무시한 빛을 발하고 있었다. '하얀 환영이여, 내 잠시 너를 두고 가련다. 열이 난다. 바람 소리가 들린다. 문 밖에 나가 바람을 쐬고 싶다.'

내가 온통 열병에 걸린 듯이 들떠 있었던 것은 출발 준비에 바빴던 때문만은 아니었다. 어마어마한 변화, 내일부터 시작되려 하고 있는 새 생활의 예상 때문만도 아니었다. 물론 이 두 가지도 그렇게 밤늦게 나로 하여금 어두운 마당으로 나가게 했던 불안과 흥분의 원인이 되어 주기는 했다. 그러나 그보다도 또 하나의 원인이 나의 마음에 더 큰 영향을 주었던 것이었다.

나의 마음속에는 이상하고 불안한 생각이 한 가지 떠올라 있었다. 내가 이해할 길 없는 어떤 일이 일어난 것이었다. 나이외에는 아무도 그 일을 알고 있는 사람도 없었고 본 사람도 없었다. 그것은 전날 밤에 일어난 일이었다. 그날 로체스터 씨는 집에 없었다. 오늘 밤도 아직 돌아오지 않았다. 30마일가량 떨어진 곳에 있는 두서너 개의 조그만 농장에 볼일이 있어서 간 것이었다. 예정되어 있는 영국으로부터의 출발에 앞서 자기가 직접 해결해 놓아야 할 일이 있었던 것이다. 나는 그의 귀가를 기다리고 있었다. 마음속의 무거운 짐을 벗고 나를 괴롭히고 있는 수수께끼를 그에게 풀어 달라고 하고 싶었다. 그러나 독자여, 기다리시라, 그가 돌아올 때까지. 내가 그분에게 나의 비밀을 털어놓을 때, 독자에게도 그 비밀을 나누어 드릴 테니까.

나는 바람에 쫓기어 과수원으로 피난을 했다. 바람은 온종일 남쪽에서 세차게 불어왔지만 비는 한 방울도 몰고 오지 않았다. 밤이 되면서부터 바람은 자기는커녕 더욱 기승을 부리고 요란스럽게 불어 댔다. 나무들은 모두 한쪽으로 쏠린 채 꼼짝 못 하고, 한 시간에 한 번은 큰 가지들이 머리를 들지 못했다. 그처럼 비바람의 힘은 나뭇가지 끝을 줄곧 북쪽으로 구부러져 있게만 하고 있었다. 구름은 극에서 극을 향하여 한 덩어리 한 덩어리 뒤를 이어 흘러가고 있었다. 7월의 그날, 푸른 하늘이란 눈곱만큼도 보이질 않았다.

뇌성을 울리며 하늘을 닫는 측량할 길 없는 대기의 분류에 마음속의 근심을 맡기고, 바람에 쫓기며 달려가는 데엔 무언가 광포한 즐거움이 있었다. 월계수 길을 내려가다가 나는 벼락 맞은 칠엽수의 잔해 앞에 이르렀다. 나무는 시커멓게 갈라진 채 서 있었다. 한가운데 두 쪽으로 갈라진 줄기는 숨이 찬 것처럼 무시무시한 모습으로 입을 벌리고 있었다. 갈라진 반쪽씩의 줄기는 튼튼한 줄기의 밑동과 강한 뿌리로 받쳐져 갈라지지 않은 채 아직 붙어 있었다. 그러나 이미 생명력은 끊어지고 수액은 흐르지 않고 있었다. 양쪽의 큰 가지들은 죽어 있어, 오는 겨울의 폭풍을 받으면 한쪽 또는 양편이 다 땅 위로 쓰러질 것이지만, 아직은 한 나무의 폐목(廢木)이긴 하지만 온전한 폐목의 형태를 이루고 있다고 할 수 있었다.

"둘이서 그렇게 꼭 붙어 있길 잘했구나." 이 괴물 같은 갈라진 나무가 살아 있어 가지고 내 말을 알아듣기나 하는 것처럼 나는 말했다. "그렇게 상처 입고 타서 그을린 모습을 하고 있지만 아직 너희의 내부에는 생명의 의식이 남아 있음에 틀림없다. 충실하고 진실한 뿌리에서 떨어지지 않고 달라붙어 있는 것을 보면. 그러나 다시는 푸른 잎을 피울 수가 없으리라. 다시는 새들이 너희의 가지 위에서 집 짓고 노래하는 일도 없을 것이다. 쾌락과 사랑의 시절은 너희에게서 떠나갔다. 그러나 너희는 외롭지 않다. 너희는 썩어 가면서도 서로 위로해 줄 친구가 있는 것이다." 고개를 들어 올려다보니 나무가 갈라진 틈으로 보이는 하늘에 달이 잠깐 동안 나타났다. 달의 둥근 표면은 핏빛으로 붉었고 반쯤 구름에 가려 있었다. 달은 나에게 좀 당황한 듯하고 쓸쓸한 눈길을 흘깃 던졌다간 금방 두꺼운 구름의 퇴적 속으로 파묻혀 버리고 말았다. 바람은 일순간 손필드 주변에서 멎었다. 그러나 숲과 시냇물 저편에서는 미친 듯한 구슬픈 통곡을 하고 있었다. 그것을 듣고 있자니 나는 그만 슬퍼져 다시 달음질을 치기 시작했다. 나는 과수원 안을 이리저리 돌아다니며 나무 밑, 뿌리 주변의 풀 위에 잔뜩 흐트러져 있는 사과를 주워 모았다. 그리고 익은 것과 익지 않은 것을 나누어 집으로 가지고 들어가 저장실에 갖다 두었다. 그러고 나서 불이 피워져 있는가를 보기 위해서 다시 서재로 들어갔다. 여름이긴 했지만 이렇게 음산한 밤엔 로체스터 씨는 밖에서 돌아와서 난롯불이 기분 좋게 타고 있는 것을 보면 즐거워하는 것을 나는 알고 있었기 때문이다. 분명히 불은 좀 전에 피워져 잘 타고 있었다. 나는 로체스터 씨의 팔걸이 안락의자를 난롯가에 갖다 놓고 그 옆에 테이블을 끌어다 놓았다. 또 커튼을 내리고 불을 켤 준비로 초를 갖다 놓았다. 이렇게 모든 준비를 해 놓고 나자 나는 한층 더 초조해져서 가만히 앉아 있을 수가 없었고 집 안에 들어앉아 있을 수도 없었다. 방 안에 있는 작은 탁상시계와 홀에 있는 낡은 괘종이 동시에 열 시를 쳤다.

"왜 이렇게 늦으신담!" 나는 혼잣말을 했다. "문까지 가 보자. 때때로 달빛이 비치니까 길이 멀리까지 보일 테지. 곧 오시긴 하겠지만 마중을 나가면 그만큼 이 초조한 시간이 좀 얼버무려지겠지."

바람은 울창한 잎으로 대문을 뒤덮고 있는 거목의 높은 가지 위에서 요란한 소리로 세게 불고 있었다. 그러나 길은 왼편이나 오른편이나 내 눈이 미치는 한, 고요하고 쓸쓸했다. 달이 내다볼 때 가끔 길을 가로지르는 구름 그림자를 제외하면, 길은 움직이는 것이라고는 보이지 않는 길고 하얀 한 줄기 선에 지나지 않았다.

그것을 바라보고 있는 동안 나는 어린애 같은 눈물로 눈앞이 흐려졌다. 실망과 초조의 눈물이었다. 나는 그것이 부끄러워 얼른 눈물을 닦았다. 나는 머뭇거리고 있었다. 달은 완전히 방 안으로 들어가 두꺼운 구름의 커튼을 내려놓고 있었다. 밤은 점점 어두움을 더하고 강풍을 타고 비가 몰려왔다.

"제발 좀 돌아오셨으면! 제발 좀 돌아오셨으면!" 내가 병적인 불길한 예감을 느끼면서 외쳤다. 차 마시는 시간까지는 돌아오실 줄 알았다. 그런데 벌써 깜깜해졌다. 무엇 때문에 못오실까? 무슨 사고가 생겼나? 어젯밤의 일이 다시 머릿속에 떠올랐다. 그것이 무슨 재난의 경고였던 것처럼 생각되었다. 내 희망이 너무 찬란하여 실현될 수 없는 것이나 아닌가 하는 생각이 들었다. 최근 너무도 행복했던 나는 이제 그 고비를 지나 내리막길을 가고 있는 것이나 아닌가 하는 두려움이 생겼다.

"그래, 집에 돌아갈 수는 없어. 그분이 이렇게 험악한 날씨에 밖에 계시는데 나만 불 옆에 앉아 있을 수는 없어. 애를 태우는 것보다는 다리를 고달프게 하는 편이 낫지. 도중까지 마중을 나가자."

나는 출발했다. 걸음을 빨리했지만 멀리는 가지 못했다. 4분의 1마일도 채 못 가서 나는 말발굽 소리를 들었다. 말 탄 사나이가 전속력으로 달려오고 개가 그 곁을 달려오고 있었다. 불길한 예감은 꺼져 버려라! 그분이었다. 메스루르를 타고 파일럿을 거느리고 그분이 왔다. 그는 나를 발견했다. 달이 밤하늘의 푸른 평원을 펼치고 흐릿하게 빛나면서 그 속을 달리고 있었기 때문이다. 그는 모자를 벗어 머리 위로 흔들었다. 나는 그를 만나기 위해 달음질쳐 나아갔다.

"자!" 그가 손을 뻗치고 안장에서 몸을 구부리며 소리쳤다. "아무래도 나 없이는 못 견디겠지. 내 구두 등을 밟고, 두 손을 다 이리 주고 올라타오!"

나는 하라는 대로 했다. 기쁨으로 인해 내 몸은 가벼웠다. 나는 그의 앞에 올라탔다. 나는 진정에서 우러나오는 반가움의 키스를 받고 또 자랑스러운 승리감에 도취된 듯한 태도도 보았지만, 될 수 있는 대로 그냥 참아 넘기기로 했다.

"무슨 일이 있었소, 제닛? 이런 시각에 마중을 나왔으니 말이오. 무슨 재미없는 일이라도 생긴 거요?"

"아뇨. 그저 못 오시는 것만 같아서요. 집 안에서 가만히 기다리고 있을 수는 없었어요. 더구나 이렇게 비바람이 휘몰아치는데요."

"원체 지독한 비바람이군! 당신은 꼭 인어처럼 흠뻑 젖었군. 내 외투를 둘러요. 그런데 열이 있는 것 같군, 제인. 두 뺨과 손이 펄펄 끓는데. 다시 한번 물어보겠는데 무슨 일이 있었소?"

"이젠 아무렇지도 않아요. 무섭지도 않고 불행하지도 않아요."

"그럼 아까까지는 무섭고 불행했단 말인가?"

"네, 좀. 이제 차차 말씀드릴게요. 아마 들으시면 괜히 쓸데없이 애를 썼다고 당신은 웃으실 거예요."

"내일이 지난 다음엔 내 실컷 웃어 주지. 그러나 그때까지는 그러지 못하겠어. 내 포획물이 아직 완전히 내 손에 들어와 있지를 않거든. 이게 당신이오? 한 달 동안 뱀장어처럼 미끄러워 잡히질 않고 들장미처럼 가시가 돋쳐 손도 못 대겠던 당신이오? 어디든 손만 대면 찔렀지. 그런데 이제 나는 길 잃은 양을 가슴에 안고 있는 기분이오. 당신은 목자를 찾아 울타리를 뛰어넘어 헤매고 있었지. 그렇지, 제인?"

"전 당신을 뵙고 싶었어요. 하지만 뻐기진 마세요. 이젠 손필드에 다 왔어요. 절 내려놓아 주세요."

그는 나를 포도에 내려놓았다. 존이 말을 받은 뒤 홀로 따라 들어온 그는 나에게 어서 마른 옷으로 갈아입으라고 재촉했다. 그리고 서재에 있을 테니 자기한테 오라는 것이었다. 그리고 내가 계단 쪽으로 걸어가려 하자 그는 나를 세워 놓고 오래 꾸물대지 말 것을 약속하게 했다. 나는 꾸물대지 않았다. 그래 오 분 뒤에는 그를 다시 만났다. 그는 저녁 식사를 하고 있었다.

"앉아서 나하고 식사를 같이 합시다, 제인. 이게 손필드에서의 마지막이자 두 번째 식사야, 한동안은."

나는 그의 가까이에 앉았다. 그러나 식사는 할 수 없다고 말했다.

"여행을 할 일에 마음이 쓰여서 그러는 거요, 제인? 런던에 간다는 일이 걱정되어 식욕을 잃었나?"

"오늘 밤엔 앞일 같은 건 생각도 되지 않아요. 그리고 전 제가 지금 무슨 생각을 하고 있는지도 잘 모르겠어요. 이 세상 모든 게 꿈만 같아요."

"나만 제외하고, 나는 꿈이 아니야. 만져 봐요."

"당신이 무엇보다도 더 환영 같아요. 당신은 꼭 꿈만 같은 걸요."

그가 웃으면서 손을 내밀었다. "이게 꿈이야?"

그는 손을 내 눈앞으로 내밀며 말했다. 그는 팔도 길고 힘이 세었지만 둥그스름하고 근육이 발달된 힘센 손을 가지고 있었다.

"네. 만져 보아도 역시 꿈이에요." 나는 그 손을 내 얼굴에서 치우며 말했다. "진지는 다 드셨어요?"

"다 먹었소, 제인."

나는 초인종을 울리고 상을 물리라고 했다. 다시 우리 둘만이 되자 나는 불을 더 지피고, 주인 무릎 옆의 낮은 의자에 앉았다.

"자정이 가까워졌어요." 내가 말했다.

"그렇지……. 하지만 제인. 당신은 약속을 했어. 결혼식 전날 밤은 둘이서 밤샘을 하기로 말이야."

"약속했어요. 그리고 한두 시간쯤은 그 약속을 지키겠어요. 자고 싶지 않으니까요."

"당신, 준비는 다 됐소?"

"네. 다 됐어요."

"나도 역시 다 됐어." 그가 대답했다. "모든 걸 다 정리했어. 내일 아침엔 교회에서 돌아와서는 삼십 분 이내에 손필드를 떠나도록 합시다."

"알겠어요."

"'알겠어요.' 하는 것은 좋은데, 그 말을 할 때의 그 미소가 수상하군, 제인! 두 뺨도 빨갛고! 눈도 묘하게 빛나고 있어! 어디 몸이 편치 않은 것 아니오?"

"괜찮은 것 같아요."

"'같아요.'라니! 어떻게 된 거요? 기분이 어떤지 말해요."

"말씀드릴 수가 없어요. 말로는 도저히 지금 제 기분을 표현할 수가 없어요. 언제까지나 지금 이 시간이 계속되었으면 좋겠어요. 다음에 오는 시간이 어떤 운명이 되어 가지고 찾아올지 아무도 모르지 않아요?"

"그건 우울증이라는 거야, 제인. 지나치게 흥분했든가 과로했던 것 같아."

"당신께서는 마음이 안정되고 행복한 기분이세요?"

"안정? 그렇진 못해. 하지만 행복해. 마음속 깊이까지, 속속들이."

나는 기쁨의 표정을 읽어 내려고 그의 얼굴을 올려다보았다. 뜨겁게 상기된 얼굴이었다.

"나를 믿어요, 제인." 그가 말했다. "무엇이든 마음에 걸리는 게 있거든 내게 말해서 마음의 짐을 덜어요. 무엇이 두려운 거요? 내가 좋은 남편이 되지 못할 것 같아서 걱정인가?"

"당치도 않은 말씀을 하시는군요."

"이제부터 당신이 들어가려고 하는 새로운 신분, 당신이 이제부터 하게 될 새로운 생활이 염려가 되오?"

"아녜요."

"알 수 없는 일이군, 제인. 당신의 그 슬픔에 찬 대담한 표정이나 어조가 내 마음을 괴롭게 하는구려. 설명을 해 주어요."

"그럼…… 말씀드리겠어요. 어젯밤 당신은 집에 계시지 않 았죠?"

"그랬지, 분명히 그랬지. 당신은 조금 전에 내가 집에 없는 동안 무슨 일이 일어났던 것 같은 암시를 주었어. 설마 별 큰 일은 아니겠지만. 하지만 간단히 말해서 그 일 때문에 당신이 마음을 놓지 못하고 있는 건 확실해. 말을 좀 해 봐요. 페어팩 스 부인이 뭐라고 하던가? 그렇지 않으면 하인들이 무슨 소릴 하는 걸 들었나? 당신의 민감한 자존심이 손상될 일이라도 있 었는가?"

"아녜요." 이때 시계가 열두 시를 쳤다. 나는 탁상시계가 은 방울 같은 소리로, 기둥의 괘종은 목쉰 듯한 잘 울리는 소리 로 열두 번을 다 치기를 기다렸다가 말을 계속했다.

"어제는 하루 종일 몹시 바빴어요. 그리고 쉴 사이 없이 돌 아다니면서도 행복했어요. 당신께서도 짐작하시겠지만 전 새 로운 신분 같은 것이 자꾸 꺼림칙하게 생각되어 걱정하지는 않아요. 진정 당신을 사랑하고 있는 까닭에 당신과 함께 살아 나갈 앞날의 희망을 생각하면 저는 황홀할 뿐이에요. 저, 지금 은 애무를 하지 마세요. 끝까지 그냥 이야기를 하게 해 주세 요. 어저께 저는 하느님의 섭리를 믿고 모든 것이 당신과 저를 위해서 잘되어 나가고 있는 것으로 믿었어요. 생각나시겠지 만, 날씨는 쾌청했어요. 그렇게 조용하고 맑은 날씨였기 때문 에 당신의 안위조차 걱정이 되지 않을 정도였어요. 저는 차를 마시고 나서 잠깐 동안 당신을 생각하면서 포도를 산보했어요. 그리고 당신이 아주 제 몸 가까이 계시는 것으로 상상할 수 있었기 때문에 당신께서 당장 눈앞에 계시지는 않았지만 별로 쓸쓸함을 느끼진 않았어요. 전 제 앞날의 생활, 또 제 생활보다 훨씬 광범위하고 활동적인 당신의 생활을 생각해 보았어요. 좁은 개울물의 얕은 바닥과 그 개울물이 흘러 들어가는 바다의 깊이를 비교하는 것 같은 거죠. 저는 인성 탐구자들이 왜 인생을 쓸쓸한 황야라고 부르는지, 그게 이상하게 생각되었어요. 제게는 세상이 장미꽃처럼 피어나고 있었거든요. 바로 해 질 무렵이었어요. 대기는 서늘해지고 하늘에는 구름이 끼기 시작했어요. 전 집 안으로 들어갔어요. 소피가 방금 가져온 제 웨딩드레스를 보라고 이 층으로 부르더군요. 그런데 전 그 상자 밑에서 당신께서 보내 주신 선물, 당신께서 귀족처럼 낭비를 하면서 런던에서 주문해 오신 베일을 발견했어요. 아무리 해도 제가 보석을 받으려 하지 않으니까 저를 속여서라도 그만큼 값나가는 것을 제게 주시려고 그러신 거였겠죠. 그걸 끄르며 저는 미소를 짓고, 어떻게 하면 당신의 귀족 취미나, 평민 출신의 신부에게 귀족의 몸차림을 시키려고 하시는 당신의 노고를 골려 드릴 수 있을까 하고 궁리를 했어요. 저는 제가 준비해 놓은 아무 수도 놓지 않은 네모진 비단 레이스를 당신한테 가지고 와서, 남편한테 재산도 미모도 훌륭한 가문도 가져오지 못하는 여자에게는 이것으로 충분하지 않겠는가 여쭈어보려고 생각을 했어요. 저는 당신이 어떤 표정을 지으실지가 눈에 보이는 듯했고 당신의 성급한 평민적인 대답과, 부호나 귀족과 결혼을 하여 재산을 늘리거나 지위를 높일 필요는 없다고 자랑스러이 말씀하시는 것이 귀에 들리는 듯했어요."

"참 잘도 내 마음을 읽어 냈군그래, 요 마녀 아가씨야!" 로체스터 씨가 중간에 끼어들었다. "그런데 그 베일에서 수놓은 것 이외에 무엇을 발견했소? 그렇게 슬픈 얼굴을 하고 있는 걸 보니 독약이나 단도라도 발견한 모양인가?"

"아녜요, 아녜요. 베일의 그 정교하고 아름다운 것 이외에는 페어팩스 로체스터 씨의 자랑스러움밖엔 아무것도 없었어요. 그러나 그건 별로 무섭지 않았어요. 로체스터 님의 자랑이란 악마와는 낯익었으니까요. 그런데 날이 어두워지면서 바람이 일기 시작했어요. 어제는 오늘처럼 그렇게 사납고 거센 바람은 불지 않았지만 음울하고 신음하는 것 같은 무시무시한 소리를 내며 바람이 불었어요. 저는 당신께서 집에 계신다면 얼마나 좋을까 하고 생각했어요. 이 방에 들어와서 비어 있는 의자와 불기 없는 난로를 보자 소름이 끼쳤어요. 그 뒤 얼마 있다가 잠자리에 들었는데 잠이 오질 않았어요. 무언지 모르게 꺼림칙한 내심의 설렘이 저를 괴롭히는 거예요. 바람은 점차로 거세지고 제 귀에는 서글픈 낮은 목소리를 감싸고 있는 것같이 들렸어요. 그러나 그게 집 안에서인지 밖에서인지 처음에는 알 수가 없었어요. 그러나 바람이 문득문득 숨을 죽일 적마다 그 소리가 분명하지 않게 구슬피 들려오는 거예요. 그러나 나중에 전 그게 어디 먼 곳에서 개가 짖고 있는 소리라고 판단했어요. 그러다가 그 소리가 멎자 저는 마음이 한결 놓였어요. 잠이 들고서도 꿈속에서 바람 부는 캄캄한 밤 생각을 했어요. 그리고 당신과 함께 있고 싶다는 생각을 하면서, 우리를 가르고 있는 어떤 장애물이 있다는 이상하고도 서운한 느낌을 경험했어요. 첫잠이 들면서 줄곧 저는 꿈속에서 꼬불꼬불한 낯선 길을 걷고 있었어요. 주위는 온통 깜깜하고 비가 저를 후려치고 있었어요. 저는 조그만 어린애를 하나 안고 있었는데, 아직 걷지도 못하는 약하디약한 어린애였어요. 그 어린애는 싸늘한 제 팔에 안겨 떨면서 제 귀에다 대고 가련한 목소리로 울어 대는 것이었어요. 저는 당신께서 저보다 훨씬 앞서서 가신 걸로 생각했어요. 그리고 당신을 쫓아가기 위해 온갖 애를 다 썼어요. 그리고 당신을 부르고 기다려 달라고 하려고 아무리 애를 써도 온몸은 꼼짝도 할 수가 없고 목소리도 말이 되지 않고 사라져 버리는 거예요. 그러는 동안에 당신은 자꾸만 멀리멀리 가 버리시는 것 같은 느낌이었어요."

"그래, 이렇게 내가 당신 곁에 있는 지금도 그런 꿈이 마음을 무겁게 누르고 있소, 제인? 신경질쟁이로군! 꿈속의 슬픔 같은 건 잊어버리고 현실의 행복이나 생각하도록 하오. 나를 사랑해 준다고 그랬지, 재닛. 그래, 나는 그 말을 잊지 않겠소. 당신도 부정하지 못하겠지. 그 말만은 당신의 입술에서 말이 되지 못하고 사라져 버리진 않았어. 나는 분명하고 부드럽게 말해지는 그 말을 들었소. 무척 엄숙하기는 하지만 음악 소리처럼 달콤한 그 말. '진정 당신을 사랑하는 까닭에 당신과 함께 살아 나갈 앞날의 희망을 생각하면 저는 황홀할 뿐이었어요.'라는 그 말을. 나를 사랑하오, 제인? 그 말을 다시 한번 해 주오."

"사랑해요. 제 온 마음을 다하여 사랑하고 있어요."

"그래." 그가 잠깐 동안 입을 다물고 있다가 말했다. "이상해. 그 말은 아플 정도로 내 가슴속에 스며들었어. 왜 그럴까? 아마 당신이 진정으로 종교적인 열의까지 가지고 그 말을 했기 때문이겠지. 그리고 지금 나를 올려다보고 있는 당신의 눈길이 성실과 진실과 헌신의 극치이기 때문이겠지. 마치 성령이 내 곁에 있는 것 같아 너무 벅찬 느낌이야. 심술궂은 얼굴이라도 좀 해 보지, 제인. 얼굴 표정을 짓는 것은 당신의 장기지. 당신의 그 억척스럽고 수줍은 듯하면서도 얄미운 미소를 지어 보구려. 나를 미워한다고 말해 봐요. 나를 놀리고 성나게 해 봐요. 무슨 짓이든 해도 좋지만 슬프게만은 하지 말아 주오. 마음이 슬프기보다는 차라리 화가 나는 것이 나으니까."

"이야기가 다 끝난 다음에 원하시는 만큼 골려도 드리고 성나게도 해 드리겠어요."

"이야기는 다 끝난 줄 알았는데, 제인. 나는 당신의 우울증의 원인은 꿈 때문인 것으로 알았는데!"

나는 고개를 저었다.

"뭐라고! 또 있단 말이오? 하지만 뭐 중요한 것은 아니겠지. 아주 믿지 않기로 미리 말해 두겠소. 말해 봐요."

그의 침착하지 못한 태도와 무언가 마음에 걸리는 듯한 태도가 나를 놀라게 했지만, 나는 이야기를 계속했다.

"전 꿈을 또 하나 꾸었어요. 손필드 장이 쓸쓸한 폐허가 되고 박쥐와 부엉이의 소굴이 되는 꿈이었어요. 훌륭한 건물의 정면에 남아 있는 것은 높이 솟아 있어 가지고 금방 무너져 내릴 것 같은, 뼈대만 앙상한 벽뿐이었어요. 저는 달 밝은 밤에 잡초가 무성히 자란 집 안을 이곳저곳 거닐어 보았어요. 대리석의 난로에 부딪치기도 하고 무너져 내린 처마 돌림띠 조각에 채어 넘어질 뻔하면서요. 나는 그 누군지 모를 어린애를 그때까지도 숄에 싸 가지고 안고 있었어요. 아무리 제 팔이 아파도 그 아이를 어디다 내려놓아서는 안 되고, 아무리 어린애가 무거워 걸음에 방해가 되어도 안고 있어야만 했어요. 길 저편 쪽에서 말발굽 소리가 들려왔어요. 틀림없이 당신이리라고 생각했어요. 그런데 당신은 먼 나라로 여러 해가 걸리는 먼 길을 떠나시는 참이었어요. 저는 위험한 것도 잊고 미친 듯이 그 얇은 벽을 기어 올라갔어요. 그 꼭대기에 올라가서 한 번이라도 당신의 모습을 보려고 생각하고서요. 발밑에서는 돌이 무너져 내리고, 손에 잡은 담쟁이덩굴은 끊어져 버렸어요. 어린애가 무서워서 바짝 제 목을 끌어안아 꼭 숨이 끊어질 것만 같았어요. 드디어 나는 꼭대기에 이르렀어요. 당신은 마치 하얀 길 위에 한 개의 점처럼 보였는데, 시시각각으로 작아져 가고 있었어요. 바람이 세어서 서 있을 수가 없었어요. 그래 저는 그 좁은 벽의 가장자리에 앉았죠. 그리고 겁에 질려 울어 대는 어린애를 무릎에 눕히고 달랬어요. 당신은 그때 길모퉁이를 돌아갔어요. 그래 마지막으로 한 번 더 당신을 보려고 몸을 구부린 순간, 벽이 무너져 제 몸은 흔들리며 어린애는 무릎에서 떨어지고 저는 균형을 잃고 떨어져 버렸어요. 그리고 잠이 깨어 버렸어요."

"그것으로 끝이군그래, 제인."

"서론은 끝났어요. 그러나 이야기는 이제부터예요. 잠이 깨자 빛이 눈부시게 제 눈을 비추고 있었어요. 아, 날이 샜구나, 하고 전 생각했죠. 그러나 그건 잘못 생각한 거였어요. 그건 촛불 빛이었어요. 아마 소피가 들어왔거니 했어요. 화장대 위에 촛대가 놓여 있고 전날 밤 잠자리에 들기 전에 제가 웨딩드레스와 베일을 걸어 두었던 옷장 문이 열려 있었어요. 그런데 그쪽에서 옷 스치는 소리가 났어요. '소피, 뭘 해요?' 하고 물어봤는데 아무 대답도 없었어요. 그리고 옷장 쪽에서 사람의 모습이 나타나 가지곤 촛불을 높이 치켜들고 옷걸이에 걸려 있는 옷을 샅샅이 살펴보는 것이었어요. '소피! 소피!' 하고 전 또다시 소리쳐 불렀어요. 그러나 여전히 대답은 없었어요. 저는 침대 위에 일어나 앉아 몸을 앞으로 내밀었어요. 처음엔 경악이, 다음엔 주저가 엄습하고 나중에는 온 혈관 속의 피가 얼어붙어 버렸어요. 로체스터 님. 그건 소피가 아니었어요. 리어도 아니었고 페어팩스 부인도 아니었어요. 그것은 또, 틀림없이 지금은 확신을 가지고 있지만, 저 이상한 여인 그레이스 풀도 아니었어요."

"그중의 한 사람이었겠지." 주인이 나의 말을 막았다.

"아녜요. 그렇지 않다는 것을 확실히 말씀드리겠어요. 제 눈앞에 서 있던 것은 여태껏 제가 손필드의 울안에서는 한 번도 본 적이 없는 사람이었어요. 키도 신체의 윤곽도 완전히 처음 보는 사람이었어요."

"자세히 좀 말해 봐요, 제인."

"키가 크고 덩치가 크며 숱이 많은 검은 머리를 길게 뒤로 늘어뜨린, 여자 같았어요. 무슨 옷을 입었는지는 모르겠어요. 하얀 옷을 위에서 아래까지 늘어뜨려 입고 있었는데 그게 가운인지 홑이불인지 수의였는지를 모르겠어요."

"그 얼굴을 보았소?"

"처음에는 못 봤어요. 그러나 얼마 안 있다 그것은 거기 걸려 있던 제 베일을 떼어 들었어요. 그리고 그것을 치켜들고 한참을 쳐다보다간 머리 위에 쓰고 거울을 향했어요. 그 순간 저는 장방형의 어두운 거울 속에 비친 그것의 얼굴과 이목구비를 똑똑히 보았어요."

"그래 어떻게 생겼습디까?"

"소름이 끼치도록 무시무시한, 아아, 전 여태껏 그런 얼굴을 본 적이 없어요. 빛바랜 무서운 얼굴이었어요. 그 쉴 사이 없이 굴리고 있는 빨갛게 핏발 선 눈과 그 무시무시하게도 시커멓게 부어오른 이목구비를 제발 잊을 수만 있다면 얼마나 좋을지!"

"유령이란 얼굴이 창백한 법이오, 제인."

"하지만 그것은 자주색이었는걸요. 입술은 부어올라 시커멓고 이마는 주름살투성이였어요. 시커먼 눈썹은 충혈된 눈 위로 뻗쳐 있었어요. 그걸 보고 제가 무얼 생각했는지 말씀드릴까요?"

"말해 봐요."

"독일의 괴담에 나오는 무서운 요괴, 흡혈귀를 생각했어요."

"허어! 그래 그것이 무슨 짓을 했소?"

"그것이 그 무시무시한 머리에서 제 베일을 벗어 가지고 그

것을 두 갈래로 찢더니 마룻바닥에 내동댕이치고 발로 짓밟
아 버리는 것이었어요."

"그다음엔?"

"창문의 커튼을 열고 밖을 내다보더군요. 아마 먼동이 트는
것을 보았나 보죠. 촛불을 집어 들고 문께로 물러가더군요. 그
런데 그것이 바로 제 침대 곁에서 걸음을 멈추었어요. 그리고
타는 듯한 눈으로 저를 내려다보았어요. 그리고 촛불을 제 얼
굴에 바싹 들이대더니, 바로 제 눈앞에서 훅 불어 꺼 버리는
것이었어요. 저는 그 무서운 얼굴이 제 얼굴 위에서 불꽃처럼
타오르는 것을 의식하고선 기절해 버리고 말았죠. 세상에 태
어난 후로 두 번째로, 겨우 두 번째밖에는 안 되지만 저는 의
식을 잃어버리고 만 거예요."

"다시 정신을 차렸을 때, 곁에 누가 있습디까?"

"아무도 없었어요. 환한 대낮이었어요. 저는 일어나서 머리
를 감고 세수를 하고 나서 물을 많이 마셨어요. 기운이 없는
걸 느꼈지만 병이 난 것 같지는 않았어요. 그래 이 환영 이야
기는 당신께밖에는 아무한테도 하지 않기로 결심했죠. 자, 이
젠 그게 누구이며 무엇인가를 말씀해 주세요."

"지나치게 흥분한 머리가 만들어 낸 환영이겠지. 틀림없이
당신을, 내 귀중한 보배를 잘 보살펴 주어야겠군. 당신 같은
신경은 함부로 다룰 수가 없이 되어 있으니까 말이야."

"아녜요. 제 신경 탓이 아녜요. 그것은 정말로 나왔고 그 사
건은 틀림없이 일어났던 거예요."

"먼젓번 꿈은 어떻고. 그것도 사실이었소? 손필드가 폐허가

되었소? 내가 뛰어넘을 수 없는 장애로 인해 당신과 떨어져 있단 말이오? 내가 당신을 두고 떠나려고 하고 있단 말이오? 눈물도 키스도 작별 인사도 없이?"

"아직은 그렇지 않아요."

"그럼 앞으로는 그렇단 말인가? 이거 봐요. 우리를 떨어질 수 없이 꽉 매어 놓는 날은 이미 시작되고 있어. 그리고 우리가 일단 하나로 맺어지기만 하면 다시는 그런 악몽도 꾸지 않게 될 거요. 내가 보증을 하지."

"악몽이라고요! 그랬으면 오죽이나 좋겠어요. 당신께서도 그 무서운 방문자의 비밀을 설명하실 수가 없다면 더욱이 그게 악몽이었으면 좋겠어요."

"나도 설명 할 수 없으니 사실이 아니었음에 틀림없어, 제인."

"하지만 오늘 아침 일어나서 제가 그렇게 생각을 하고 환한 대낮의 햇빛 속에서 낯익은 이것저것들의 즐거운 모습을 보고 위안과 용기를 얻으려고 방 안을 둘러보다가, 거기, 양탄자 위에서, 악몽이었다는 가정을 확실히 부정하는, 위에서 아래까지 두 갈래로 쫙 찢어진 그 베일을 발견한 거예요!"

나는 로체스터 씨가 움찔 놀라며 몸을 부르르 떠는 것을 알았다. 그는 급작스럽게 나를 끌어안으며 소리쳤다.

"다행스러운 일이오, 무엇인가 무서운 것이 어젯밤 당신에게 다가왔지만 해를 입은 건 그 베일뿐이었다니. 아아, 무슨 일이 일어났을 수도 있었다는 생각을 하니 소름이 끼치는구려!"

그가 가쁜 숨을 몰아쉬며 나를 꽉 끌어안았기 때문에 나는 숨도 제대로 못 쉴 지경이었다. 얼마 동안의 침묵 끝에 그는 생기 있게 말을 계속했다.

"들어 봐요, 재닛. 내 모든 걸 다 설명해 줄 테니. 그것은 반은 꿈, 반은 현실이었소. 틀림없이 어떤 여자가 당신 방에 들어왔던 거요. 그런데 그 여자는 그레이스 풀이었소. 틀림없이 그랬을 거요. 당신 자신도 그 여자를 이상한 여자라고 했지. 당신이 알고 있는 것으로 해서도 그렇게 부를 만하지. 나한테 어떻게 했지? 메이슨한테는? 비몽사몽간에 당신은 그 여자가 들어와 하는 짓을 본 거요. 그러나 열이 있어 머릿속이 몽롱한 상태였으니까 그 여자의 모습이 실물과 달리 요괴로 보였던 거요. 기다랗고 헝클어진 머리칼이나 부풀어 오른 검은 얼굴하며 엄청난 몸집은 모두 상상이 빚어낸 것이었고 악몽의 결과였소. 앙심을 먹고 베일을 찢은 것은 사실이었소. 그건 그 여자가 할 법한 짓이오. 아마 당신은 내가 왜 그런 것을 집 안에 두어 두는지가 궁금할 거요. 우리가 결혼을 하고 일 년만 지나면 내 이야기해 주리다. 그러나 아직은 이야기를 할 때가 아니오. 이만하면 만족했소, 제인? 그 비밀에 대한 내 해석을 믿어 주겠소?"

나는 곰곰이 생각해 보았다. 사실 그렇게밖에는 달리 생각할 길이 없을 것 같았다. 나는 만족하지는 않았지만, 그를 기쁘게 하기 위해 만족한 체했다. 사실 마음은 놓였다. 그래 만족한 미소를 띠고 그에게 대답했다. 그리고 이제 한 시가 지난 지도 오래되었으므로 그의 곁을 떠나려 했다.

"소피는 애들 방에서 아델러와 함께 자오?" 내가 가지고 갈 초에 불을 붙이자 그가 물었다.

"네."

"아마 아델러의 작은 침대에는 당신이 어떻게 끼어 잘 만한 여유가 있을 거야. 오늘 밤은 그 애와 함께 자야 하오, 제인. 지금 이야기한 그 사건 때문에 당신의 신경이 날카로워져 있을 거요. 그러니 오늘 밤은 혼자 자지 않도록 하오. 애들 방으로 가서 자겠다고 약속을 해 주오."

"기꺼이 그렇게 하겠어요."

"그리고 문을 단단히 안에서 걸어 잠가요. 이 층에 올라가거든 내일 아침에 제시간에 깨워 달라고 부탁을 하는 것을 구실로 소피를 깨워요. 여덟 시 전에 의상을 입고 아침 식사를 끝마치고 있어야 하니까. 자, 인제 침울한 생각은 걷어치워요. 쓸데없는 걱정거리는 쫓아 버리는 거요, 재닛. 자, 바람도 인제 누그러져 부드러운 속삭임처럼 가라앉았소. 창틀에 휘뿌리던 빗방울 소리도 인젠 들리지 않소. (커튼을 들치면서) 이걸 봐요, 아름다운 밤이오!"

아름다운 밤이었다. 하늘의 반쯤은 맑게 개어 구름 한 점 없고, 서풍으로 바뀐 바람에게 쫓긴 나머지 구름들은 기다란 은빛 종대를 이루고 동쪽으로 행진해 가고 있었다. 달은 평화로이 빛나고 있었다.

"자, 우리 재닛의 기분이 이제 어떠신가?"

로체스터 씨가 무엇인가를 알아내려는 듯한 눈으로 나의 눈을 들여다보며 말했다.

"조용한 밤이에요. 저도 마찬가지고요."

"오늘 밤은 이별이나 슬픔의 꿈은 꾸지 않겠지. 그리고 행복한 사랑과 복된 결합의 꿈을 꿀 거요."

그러나 이 예언은 반밖엔 적중되지 않았다. 분명히 나는 슬픈 꿈은 꾸지 않았다. 그러나 기쁜 꿈도 역시 꾸지 못했다. 나는 그날 밤을 뜬눈으로 새웠던 것이다. 나는 어린 아델러를 품에 안고 그 어린애의 잠자는 모습, 평화롭고 침착하고 천진난만한 모습을 지켜보며 날이 밝기를 기다렸다. 나의 모든 생명은 잠이 깨어 나의 체내에서 움직이고 있었다. 해가 떠오르자 나는 곧 자리에서 일어났다. 그때 아델러가, 내가 제 곁을 떠나려 하자, 내게 매달려 오던 것을 지금도 기억하고 있다. 나는 목에 감긴 그 조그만 손을 풀어 놓으며 입 맞춰 주었던 것도 기억하고 있다. 그러자 이상한 감동에 나도 모르게 울음이 터져 나와, 내 흐느낌이 아직도 조용한 아델러의 잠을 깨울까 봐서 그녀의 곁을 떠났다. 그녀는 내 과거의 생활의 상징처럼 생각되었다. 그리고 이제 내가 성장(盛裝)을 하고 만나러 가게 될 로체스터 씨는 두렵지만 동경에 차 있는 내 미지의 날의 상징이었던 것이다.

26장

소피는 일곱 시에 옷을 입혀 주러 왔다. 그녀는 일을 끝마치기까지 꽤 오래 꾸무럭대었다. 그래 너무 시간이 오래 걸리니까 로체스터 씨는 조바심이 났던 모양인지 왜 빨리 내려오지 못하는지를 물으러 사람을 보내왔다. 마침 그녀는 브로치를 가지고 베일(결국은 수도 놓지 않은 네모난 비단 레이스로 되어 버렸다.)을 내 머리에 고정시키고 있는 참이었다. 그게 끝나자마자 나는 그녀의 손 밑에서 빠져나와 버렸다.

"잠깐만." 그녀가 프랑스 말로 소리쳤다. "거울을 보세요. 여태 한 번도 보지 않으셨죠."

그래 나는 문턱에서 다시 돌아섰다. 긴 옷자락을 늘어뜨리고 베일을 쓴 모습이 보였으나 평상시의 내 모습과는 너무나 달랐기 때문에 누군가 낯선 사람의 영상같이 느껴졌다. "제인!" 하고 부르는 소리를 듣고 나는 급히 아래층으로 내려갔다. 계단의 맨 아래에서 로체스터 씨가 나를 맞아 주었다.

"느림뱅이, 나는 조바심이 나서 속이 타는 것 같은데, 그렇게 능장을 부리다니!"

그는 나를 식당으로 데리고 들어가 머리 위에서 발끝까지 샅샅이 살펴본 후에 "백합꽃처럼 아름답소. 내 인생의 자랑일 뿐만 아니라 내 눈의 기쁨이오."라고 말하고 아침 식사를 하기 위해 십 분 동안의 여유를 주겠다고 하며 초인종을 울렸다. 최근에 고용한 하인 중의 한 사람이 부름에 응해 들어왔다.

"존은 마차 준비를 하고 있나?"

"네."

"짐은 다 내려왔나?"

"지금 내려오고 있습니다."

"지금 곧 교회로 가게. 그리고 우드 씨(목사)와 서기가 와 있는지 보고 와서 알려 주게."

교회는 독자들도 아시다시피 바로 대문 바깥쪽에 있다. 하인은 금방 돌아왔다.

"우드 씨는 지금 법의실에서 법의를 입고 계십니다."

"마차는?"

"지금 말에 마구를 달고 있습니다."

"교회까지 가는 데는 필요 없지만, 돌아오자마자 금방 떠날 수 있도록 준비가 되어 있어야 해. 상자와 짐들을 모조리 실어 놓고 마부는 제자리에 앉아 있어야 하네."

"알겠습니다, 나리."

"제인, 준비 다 됐소?"

나는 자리에서 일어섰다. 우리를 기다렸다가 안내해 줄 신랑의 들러리도 없었고 신부의 들러리도 없었다. 로체스터 씨하고 나뿐이었다. 우리가 홀을 지날 때 페어팩스 부인이 거기 서 있었다. 나는 무슨 말인가 하고 싶었지만, 내 손은 쇠처럼 단단히 잡혀 있었다. 따라가기도 힘들게 성큼성큼 걸어 나가는 발걸음에 나는 끌려가고 있었다. 로체스터 씨의 얼굴을 보니 이유 여하를 막론하고 일 초의 여유도 허락할 수 없다고 하는 듯한 느낌이었다. 다른 신랑도 이런 얼굴을 하는 것일까? 이렇게 한 가지 목적에 열중하고 무서울 정도의 결의의 빛을 보이며, 이렇게 단호한 눈썹 아래 이토록 타오르며 빛을 발하는 눈을 번쩍이는 것일까?

나는 그날 날씨가 좋았는지 궂었는지 기억하지 못한다. 마찻길을 걸어 내려가는 동안 하늘을 올려다보지도 못했고 땅도 굽어보지 못했다. 나의 두 눈은 마음과 합일되어 로체스터 씨의 체내로 옮겨 가 버린 듯한 느낌이었다. 그의 곁에 붙어 따라가면서, 그가 격렬하고 무서운 시선을 쏟고 있는 것 같은, 눈에 보이지 않는 것을 나도 보고 싶었다. 그가 용감히 마주 항거하고 있는 듯 보이는 생각을 나도 느껴 보고 싶었다.

교회로 들어가는 쪽문 앞에서 그는 걸음을 멈추었다. 내가 숨이 차서 헐떡거리는 것을 알아차린 것이었다. "내가 사랑을 하는 방법이 너무 잔인했나 보군. 좀 쉬지. 나한테 기대구료, 제인."

내 눈앞에 조용히 솟아 있던 낡은 회색빛 하느님의 집을 나는 지금도 기억할 수 있다. 그리고 그 첨탑 주위를 맴돌던 한 마리의 땅까마귀와 그 저편으로 펼쳐져 있는 붉은 아침 하늘도. 나는 또 푸른 풀로 덮인 무덤 같은 것도 기억하고 있고, 두 명의 낯선 남자들이 낮은 언덕 근처를 서성거리면서 이끼 낀 묘석에 새겨진 묘비명을 읽고 있던 것도 잊지 않고 있다. 유난히 그들이 내 눈에 띈 것은 우리를 보자 그들이 곧 교회의 뒤쪽으로 돌아갔기 때문이다. 그래 나는 그들이 교회 옆 복도의 문으로 해서 들어가 우리 결혼식의 증인이 되려는 것이라고 믿었다. 로체스터 씨는 그들을 보지 못했다. 그는 그때 잠깐 핏기가 가셔 있었을 내 얼굴을 진지한 눈길로 바라보고 있었던 것이다. 이마가 축축이 젖고 뺨과 입술이 싸늘하게 식어 있음을 나 자신이 느낄 수 있었다. 얼마 안 있어 내 기분이 나아지자 그는 나를 데리고 천천히 교회의 현관까지 걸어갔다.

우리는 조용하고 검소한 교회 안으로 들어갔다. 목사는 하얀 법의를 입고 낮은 성단에서 기다리고 있었고, 서기가 그 곁에 붙어 서 있었다. 모두가 정적을 지키고 있었다. 다만 두 사람의 모습이 저편 구석 쪽에서 움직이고 있을 뿐이었다. 내 추측은 들어맞았다. 그 뒤 낯선 사나이들은 우리보다 먼저 교회 안에 들어와 우리 쪽으로 등을 보이며 로체스터가(家) 대대의 납골당 곁에 서서 철책 너머로 오래된 대리석 묘석을 바라보고 있었다. 그 묘석에서는 무릎을 꿇은 한 천사가 17세기의 내란 때, 마스턴 황야에서 전사한 데이머 드로체스터와 그 부인

엘리자베스의 유해를 지키고 있었다.

우리는 성찬대 앞의 난간 있는 곳에 자리를 잡고 섰다. 나는 등 뒤에서 들려오는 조심스러운 발소리를 듣고 어깨 너머로 돌아다보았다. 낯선 사나이 중의 한 사람이(분명히 신사였다.) 단 앞으로 걸어오고 있었다. 예식이 시작되었다. 결혼의 의도에 대한 설명이 끝난 후, 목사는 한 걸음 앞으로 나서서 로체스터 씨 쪽으로 몸을 약간 굽히면서 말을 계속했다.

"나 그대들 양인(兩人)에게 명하노라. 그대들 만일에 어느 누구든지 이 결혼이 합법적으로 결합할 수 없는 장애가 있음을 알진대 이를 숨기지 말고, 만인의 가슴속의 비밀이 드러나는 두려운 심판의 날에 대답하듯이 지금 여기에서 고백할지어다. 하느님의 말씀을 거역하고 맺어진 인연은 하느님의 뜻으로 결합된 것이 아니므로 그 결혼은 불법임을 알지어다."

목사는 관례대로 여기에서 말을 끊었다. 이 말 다음에 오는 침묵이 대답에 의해 깨어진 적이 있을까? 아마 백 년에 한 번도 없을 것이다. 그래 목사는 기도서에서 눈을 들지 않은 채, 잠깐 숨을 멈추고 있다가 다시 계속했다. 그의 손은 이미 로체스터 씨를 향해 뻗어 있었고, "그대는 이 여인을 아내로 삼겠느뇨?" 하는 질문을 하기 위해 그의 입이 열렸다. 그때 가까운 곳에서 들려오는 분명한 목소리가 말했다.

"이 결혼식은 계속할 수 없습니다. 장애물이 있음을 말씀드립니다."

목사는 고개를 들어 발언자를 쳐다보고는 말없이 서 있었다. 서기도 마찬가지였다. 발밑에서 지진이라도 일어난 것처럼 로체스터 씨의 몸이 약간 흔들렸다. 그러나 그는 다시 단단히 발을 고쳐 디디고 나서 머리도 눈도 돌리지 않은 채 말했다. "계속해 주십시오."

그가 낮고 굵은 목소리로 이 말을 한 후 교회 안은 깊은 침묵에 잠겨 버렸다. 얼마 안 있다 우드 씨가 말했다.

"지금 주장에 대하여 조사를 하고 그 진위를 판명하기까지는 식을 계속할 수가 없습니다."

"이 예식은 더 진행을 시킬 수 없습니다." 우리 등 뒤의 목소리가 말을 이었다. "본인은 이 주장을 증명할 수 있는 입장에 놓여 있습니다. 이 결혼에는 도저히 넘을 수 없는 장애가 존재하는 것입니다."

로체스터 씨는 듣고 있었지만 개의치 않았다. 그는 내 손을 꼭 쥔 것 이외에는 옴짝달싹도 하지 않고 엄격하고 완강하게 버티고 서 있었다. 어쩌면 이렇게도 뜨겁고 힘차게 내 손을 잡는 것일까! 그 순간의 그 창백하긴 하지만 탄탄해 보이는 넓은 이마는 어쩌면 그렇게도 깎아 놓은 대리석과 똑같을까! 조용히 경계하는 빛을 띠고, 그러면서 그 밑으로는 광포함을 누르며 그의 눈은 얼마나 빛나고 있었던가!

우드 씨는 어찌할 바를 모르는 모양이었다. "그 장애란 대체 어떤 것입니까?" 그가 물었다. "해결할 수 있는…… 설명하면 없어질 수 있는 것이겠지요?"

"그럴 수 없습니다." 하는 게 대답이었다. "본인은 넘을 수 없는 장애라고 말씀드렸습니다. 본인은 심사숙고한 끝에 말씀드리는 바입니다."

발언자는 앞으로 나와 난간에 몸을 기댔다. 그는 말 한 마디 한 마디를 똑똑히 침착하게, 힘차게 발음하면서, 그러나 크지 않은 목소리로 말을 계속했다.

"장애란 이전의 결혼이 존재한다는 점에 있습니다. 로체스터 씨에게는 현재 살아 있는 아내가 있습니다."

천둥소리를 듣고도 떤 적이 없는 내 신경은 이 나지막한 말소리를 듣고 떨렸다. 나의 피는 여태까지 서릿발이나 불꽃에서도 느낀 적이 없던 격렬한 폭력을 이 말에서 느꼈다. 그러나 나는 침착했고 의식을 잃을 염려는 없었다. 나는 로체스터 씨를 바라보고, 그도 나를 쳐다보게 했다. 그의 얼굴은 창백한 바위로 변해 있었다. 그의 눈은 섬광이었고 부싯돌이었다. 그는 아무것도 부인하지 않았다. 그는 모든 것에 공공연히 반항하려는 것처럼 보였다. 말도 없이, 미소도 짓지 않고, 내가 인간인 것도 알아보지 못하는 모양으로, 그는 그저 나의 허리를 팔로 감아 자기 옆에 꽉 끌어안는 것이었다.

"당신은 누구요?" 로체스터 씨가 훼방꾼에게 물었다.

"나는 런던의 ○○가에서 변호사를 하고 있는 브리그스란 사람이올시다."

"그런데 당신은 나에게 아내 하나를 억지로 떠맡길 셈이오?"

"저는 선생께 부인이 계시는 것을 상기시키려는 겁니다. 선생께서는 인정하지 않을지 모르나 법률이 인정하는 부인 말입니다."

"그게 어떤 사람인지를 좀 말씀해 주실까? 이름이 무엇이며, 양친은 누구고, 어디 살고 있는 사람인가 하는 것 말이오."

"그러죠." 브리그스 씨는 침착한 태도로 호주머니에서 종이를 한 장 꺼내 가지고 콧소리가 섞인 사무적인 목소리로 읽어 나갔다. "잉글랜 ○○주 ○○군 손필드 및 펀딘 장원의 소유자 에드워드 페어팩스 로체스터 씨는 1800년 10월 20일(십오 년 전의 날짜였다.) 소생의 누이동생이며, 상인인 조너스 메이슨과 서인도 제도 출생인 그의 처 앙투아네트의 딸, 버사 앙투아네트 메이슨과 자메이카섬 스패니시타운 ○○ 교회에서 결혼했음을 확인함. 결혼 기록은 동 교회의 등록부에 보존되어 있으며, 그 등본 한 통은 본인의 소유임을 증명함. 서명. 리처드 메이슨."

"그것은…… 그게 진짜 증명서라고 해도…… 내가 결혼했다는 증명이 된지는 모르지만, 거기에 내 처로서 기재되어 있는 여자가 아직 살아 있다는 증명은 되지 않소."

"삼 개월 전에는 생존해 있었죠." 변호사가 대답했다.

"그걸 어떻게 아시오?"

"그 사실에 대해서는 증인이 있습니다. 그 증언에 대해서는 아마 선생께서도 항변을 못 하실 것입니다."

"증인을 내세워 보시오. 그러잖으면 지옥으로 꺼져 버리고!"

"우선 증인을 내세우겠습니다. 증인은 이 자리에 나와 있습니다. 메이슨 씨. 이쪽으로 나오시죠."

그 이름을 듣자 로체스터 씨는 이를 갈았다. 그는 발작적으로 격렬하게 몸을 떨었다. 나는 그에게 바싹 붙어 서 있었기 때문에 격노나 절망이 그의 몸 안에 경련적으로 퍼져 나감을 느낄 수 있었다. 그때까지 뒤쪽에서 우물거리고 있던 또 한 사람의 낯선 사나이가 가까워져 왔다. 창백한 얼굴이 변호사의 어깨 너머를 넘겨다보았다. 그랬다, 그것은 분명히 메이슨 씨 그 사람이었다. 로체스터 씨는 고개를 돌려 그를 노려보았다. 지금까지 여러 번 말했듯이 로체스터 씨의 눈은 검었다. 이제 그 검은 색깔 위에 황갈색, 아니 핏발 선 빛을 띠고 얼굴은 상기되고 올리브색의 뺨과 핏기 없는 이마는 타오르며 퍼져 나가는 가슴속의 불길을 받고 있는 것처럼 달아오르고 있었다. 그는 몸을 움직이며 그 억센 팔을 치켜들었다. 그는 메이슨을 후려갈겨 교회 바닥에 쓰러뜨리고 가차 없는 일격을 가하여 숨통을 끊어 버릴 수가 있었던 것이다. 그러나 메이슨은 옴츠러들며 죽어 가는 소리로 외쳤다.

"아이고머니, 하느님."

모멸감이 로체스터 씨를 사로잡았고, 그의 분노는 마치 동고병(胴枯病)에 걸린 초목처럼 사그라져 버렸다. 그는 다만 이렇게 물었을 뿐이었다.

"너 따위 인간에게 무슨 할 말이 있다는 거냐?"

알아들을 수도 없는 대답이 메이슨의 하얗게 마른 입술 사이에서 새어 나왔다.

"만약 분명하게 대답을 할 수 없다면 악마한테나 잡아먹혀 버려라. 다시 한번 묻겠는데, 대관절 너 따위 인간에게 무슨 할 말이 있다는 거냐?"

"저…… 이거 보세요." 목사가 말을 가로막았다. "신성한 장소에 계신다는 것을 잊지 마시도록." 그러고 나서 그는 부드러운 목소리로 메이슨에게 물었다. "이분의 부인께서 아직 살아 계시는지 어떤지를 당신은 분명히 아십니까?"

"용기를 내서 이야기를 하세요." 변호사가 그를 격려했다.

"부인은 지금 손필드에서 살고 있습니다." 메이슨이 아까보다는 분명해진 어조로 말했다. "지난 4월에 전 거기에서 만나보았습니다. 전 그 오라비올시다."

"손필드에서!" 목사가 외쳤다. "설마하니 그럴 수가! 나는 벌써 오래전부터 이곳에서 살고 있는 사람이지만, 여태까지 손필드의 로체스터 부인에 대해선 한마디도 들은 적이 없는걸요."

나는 무시무시한 미소로 인하여 로체스터 씨의 입술이 일그러지는 것을 보았다. 그가 중얼거렸다.

"아니야, 그럴 수가 없어! 난 지금까지 그런 일, 그런 이름을 가진 여자의 일이 아무의 귀에도 들어가지 않도록 조심해 왔는데."

그는 깊은 생각에 잠겼다. 십 분 동안쯤 그는 마음속으로 궁리하고 있었다. 그러다가 그는 결심을 하고 그것을 여러 사람 앞에 분명히 말했다.

"더 이상 얘기할 것 없어. 총신에서 탄알이 튀어나오듯이 모든 것을 한꺼번에 터뜨려 놓아 버릴 테니까. 우드 씨, 기도서를 덮고 법의를 벗으시죠. (서기에게) 존 그린 군, 자넨 그만 가도 좋아. 오늘 결혼식은 그만둘 테니까."

서기는 하라는 대로 했다.

로체스터 씨는 대담하고 거리낌 없이 말을 계속했다.

"이중 결혼(二重結婚)이란 추악한 말이오. 하지만 나는 중

혼자가 되려고 했더랬소. 그러나 운명은 내 계획을 뒤집어엎고 말았소. 그렇지 않으면 신의 섭리가 내 앞을 가로막은 거겠지. 아마 후자일 거요. 나는 지금 거의 악마나 다름없소. 그리고 여기 계시는 목사님도 말씀하시겠지만, 가장 엄중한 하느님의 심판을 받아 영겁의 업화와 죽지 않는 구더기가 들끓는 지옥에 보내져 마땅하오. 여러분. 나의 계획은 깨어져 버렸소! 여기 이 변호사와 그 의뢰인이 한 말은 사실이오. 나는 기혼자요. 그리고 나와 결혼한 여자는 지금도 살아 있소! 우드 씨, 당신은 저기에 있는 손필드 장에 로체스터 부인이 살고 있다는 이야기는 듣지 못했다고 했지만, 거기에 감금되어 감시당하고 있는 이상한 광인이 하나 살고 있다는 소문은 아마 여러 번 들으셨을 겁니다. 그게 나와 배다른 누이동생이라고 소곤거린 사람도 있었겠고, 내가 버린 정부(情婦)라고 말한 사람도 있었을 거요. 그러나 이제 나는 그게 십오 년 전에 나와 결혼한 내 처라는 것을 확실히 알려 드립니다. 이름은 버사 메이슨이라고 하고, 지금 여기에서 창백한 얼굴로 손발을 떨면서 여러분에게 사나이의 기개를 한껏 과시하고 있는 이 용감한 남자의 누이동생이올시다. 기운을 내게, 이 사람아! 나를 두려워할 필요는 없어! 자네를 때리느니 차라리 아녀자를 때리겠네. 버사 메이슨은 광인입니다. 삼대에 걸쳐 백치와 광인이 나오고 있는 광인의 혈통에서 생겨난 여자요. 그 모친은 서인도의 크리오요인데 미친 여자며 술고래였소. 그들은 자기네 집안의 비밀에 대해서 일체 입을 다물고 있었기 때문에 나는 결혼을 한 후에야 그런 사실을 알았던 거요. 버사는 효성스럽게도 그

두 가지 점에서 다 제 어머니를 판에 박은 듯이 닮았소. 나는 그야말로 훌륭한 인생의 반려자를 얻은 거지요, 청순하고 현명하고 얌전하고. 내 행복은 아마 짐작할 수 있을 겁니다. 실로 여러 가지 재미있는 꼴을 당했죠. 아, 내 경험은 알고 보면 참으로 이 세상 일이라고는 생각할 수 없는 숭고한 경험이었죠! 이 이상 설명은 그만두겠소. 브리그스, 우드, 메이슨 씨여, 여러분을 내 집으로 초대합니다. 부디 오셔서 풀 부인의 환자, 다시 말해서 나의 처를 만나 보아 주십시오. 내가 속아서 어떤 인간과 결혼을 해야 되었던가를 보시고, 과연 혼인이란 약속을 어기고, 적어도 인간다운 것에 대해 동정을 구할 권리가 내게 있었는지 없었는지를 판단해 주시기 바랍니다. 이 처녀는……." 그가 나를 쳐다보며 말을 계속했다. "우드 씨, 당신과 마찬가지로 이 메스꺼운 비밀에 대해서는 아무것도 모르고 있었습니다. 이 처녀는 모든 것이 공정하고 합법적인 것으로 알고 있었기 때문에 짐승같이 미쳐 버린 고약한 배우자에게 속박당하고 있는 기만당한 가련한 사나이와 허위의 결혼으로 자기가 끌려 들어가고 있다는 사실은 꿈에도 몰랐던 겁니다. 자, 오십시오. 내 뒤를 따라오십시오."

그는 여전히 나를 꽉 끌어안은 채로 교회를 나왔다. 세 남자가 뒤를 따라왔다. 현관 앞에서는 마차가 기다리고 있었다.

"마차를 차고로 도로 갖다 두게, 존." 로체스터 씨가 냉담하게 말했다. "오늘 마차는 필요 없으니까."

우리가 들어서자 페어팩스 부인, 아델러, 소피, 리어가 우리를 맞아 축하의 말을 하려고 다가왔다.

"뒤로 돌아, 모두!" 그가 소리쳤다. "축하고 뭐고 다 집어치워! 누가 축하해 달라는 거야? 나한텐 필요 없어, 십오 년이나 늦었단 말이야!"

그는 여전히 내 손을 잡고 뒤에 있는 신사들에게 따라오라고 손짓을 하여 그냥 걸어 나가 계단을 올라갔다. 그들은 뒤를 따라왔다. 우리는 최초의 계단을 올라 이 층으로 올라가서 복도를 지나 다시 삼 층으로 걸어갔다. 낮고 검은 문이 로체스터 씨의 곁쇠로 열리고, 우리는 커다란 침대와 그림이 새겨진 장롱이 있고 벽걸이가 늘어져 있는 방 안으로 들어갔다.

"자네는 이 방을 알고 있지, 메이슨." 우리 안내자 로체스터 씨가 말했다. "그게 자네를 칼로 찌르고 물어뜯고 하던 데야."

그가 벽걸이를 들치자 두 번째 문이 드러났다. 그는 그 문도 열었다. 창문이 없는 그 방 안에는 높고 튼튼한 철망에 둘러싸인 난로에서 불이 타오르고 있었고 천장에 쇠줄로 매어 놓은 램프가 늘어져 있었다. 그레이스 풀은 냄비에다 무슨 음식을 익히고 있는 모양으로, 난로 위에 몸을 굽히고 있었다. 방의 저 안쪽 끝 깜깜한 곳에서 무엇인가가 뛰어나왔다 뛰어들어갔다 하고 있었다. 그게 무언지, 사람인지 짐승인지 처음 보아서는 알 수가 없었다. 그것은 네발로 기고 있는 모양이었다. 무슨 괴상한 야수처럼 그것은 할퀴기도 하고 으르렁거리기도 했지만 옷은 입고 있었고 흰 털이 섞인 검은 머리털이 말갈기같이 거칠게 머리와 얼굴을 가리고 있었다.

"안녕하시오, 풀 부인." 로체스터 씨가 말했다. "어떠시오, 좀? 그리고 오늘 환자의 상태는 어떤가요?"

"그럭저럭 지냅니다, 고맙습니다." 그레이스가 끓고 있는 음식을 조심스럽게 시렁 위에 얹어 놓으며 말했다. "좀 심통은 나 있지만 난폭하지는 않아요."

그때 들려온 처절한 외침이 그녀의 호의적인 보고를 거짓말로 만들어 버렸다. 옷을 걸친 하이에나는 일어나서 뒷발만으로 성큼 일어섰다.

"앗, 주인님. 지금 주인님을 보고 있어요." 그레이스가 소리쳤다. "가시는 게 좋겠어요."

"잠깐만, 그레이스. 잠깐만 있다 갈 테니까."

"그럼 조심하셔요, 제발 조심하셔요."

광인이 으르렁거렸다. 흐트러진 머리털을 얼굴에서 젖히고 방문자들을 사나운 눈길로 노려보았다. 나는 그 자줏빛 얼굴, 그 부어오른 이목구비를 기억하고 알아볼 수 있었다. 풀 부인이 앞으로 나왔다.

"비켜요." 로체스터 씨가 그녀를 옆으로 밀치며 말했다. "지금은 칼을 안 가지고 있겠지? 거기다 나도 지금 조심을 하고 있소."

"하지만 무얼 가지고 있는지 알 수 없어요. 어떻게 교활한지 무슨 흉계를 꾸미고 있는지 인간의 지혜로서는 알아낼 수가 없어요."

"그만 가십시다." 메이슨이 속삭였다.

"꺼져 버려!" 메이슨의 매부가 말했다.

"조심하세요!" 그레이스가 소리쳤다. 세 신사가 일시에 뒷걸음질했다. 로체스터 씨는 자기 등 뒤로 나를 잡아 돌렸다. 광인은 뛰어 덤벼 로체스터 씨의 목을 잡고 뺨을 물려고 덤볐다. 그들은 격투를 했다. 그녀는 키가 남편만 한 데다 뚱뚱하게 살찐 거구였다. 그녀는 이 싸움에서 남자 못지않은 완력을 보여 주었다. 힘이 장사인 로체스터 씨도 몇 번 목이 졸릴 뻔했다. 잘 겨냥을 한 일격으로 그는 그녀를 쳐 넘어뜨릴 수 있었다. 그러나 그는 때리려 하질 않고 그저 씨름만 하는 것이었다. 그러다가 드디어 그녀의 두 팔을 붙잡았다. 그레이스 풀이 그에게 끈을 주었다. 그는 그녀의 두 손을 뒤로 해서 묶어 버렸다. 그리고 옆에 있던 줄로 그녀를 의자에 묶어 매어 버렸다. 그는 듣기에도 무서운 절규를 터뜨리며 광녀가 발작적으로 요동을 치는 가운데 그 일을 끝냈다. 그러고 나서 로체스터 씨는 구경꾼들을 돌아보았다. 그는 쓸쓸하고 쓰디쓴 웃음을 띠고 그들을 바라보았다.

"이게 바로 내 처올시다." 그가 말했다. "이것이 내가 알고 있는 유일한 부부간의 포옹이며, 이것이 내 무료함을 달래 주는 사랑의 행위올시다. 그리고 여기 있는 이 처녀야말로 내가 얻기를 원하는 여인이오. (내 어깨에 손을 얹으면서) 지금 지옥의 문턱에 엄숙하고 침착하게 서 있으면서 악마의 난동을 태연하게 바라보고 있는 이 여자가 말이오. 나는 그 처참한 스튜를 먹은 후의 입가심으로 이 여자를 원했던 거요. 우드 씨, 그리고 브리그스 씨. 이 차이를 보아 주시오. 이 맑은 두 눈과 저 새빨간 눈알, 이 얼굴과 저 가면, 이 모습과 저 덩치를 좀 비교해 보란 말이오. 그러고 나서 나를 심판해 주시오. 복음을 전도하는 목사님과 법률을 지키는 분이여. '너희가 비판하는 그 비판으로 너희가 비판을 받을 것이오.'¹⁰⁾라는 말을 잊지 마시오! 자 이제 돌아들 가시지요. 나는 이 귀중한 나의 보물을 감춰 두어야겠소."

우리는 모두 물러나왔다. 로체스터 씨만이 그레이스 풀한 테 몇 가지 더 지시를 하기 위해 잠시 남아 있었다. 계단을 내려오면서 변호사가 나에게 말을 걸어왔다.

"아가씨." 그가 말했다. "아가씨한테는 눈곱만큼의 잘못도 없군요. 숙부님께서 이 소식을 들으시면 기뻐하시겠습니다. 메이슨 씨가 마데이라로 돌아가서 이 소식을 전할 때까지 살아 계시기만 하면 말입니다."

"내 숙부님! 어떻게 되셨어요? 숙부님을 아세요?"

"메이슨 씨가 알지요. 에어 씨는 메이슨 씨가 경영하는 상점의 푼샬 주재원을 여러 해 하고 계셨습니다. 로체스터 씨와 결혼을 할 예정이라는 아가씨의 편지가 도착했을 때 자메이카로 돌아가는 도중에 휴양차 마데이라에 묵고 있던 메이슨 씨가 우연히 숙부님과 동석하게 되었더랍니다. 에어 씨는 편지 내용을 이야기하셨죠. 숙부님은 여기 있는 내 의뢰인이 로체스터라는 분을 알고 있는 것을 아셨기 때문이죠. 메이슨 씨는 짐작하시다시피 그 말을 듣고 몹시 놀라고 걱정스러워서 진상을 다 털어놓고 이야기했지요. 들으시기에 안된 얘기지만 숙부님께서는 지금 병석에 누워 계십니다. 그리고 병의 성질이나 (노쇠 현상입니다만) 병세로 보아 재기하신다는 것은 생각하기

---

10) 「마태복음」 7장 2절.

곤란한 일입니다. 그래 그분은 직접 영국에 돌아와서 아가씨를 함정에서 구할 수는 없었던 겁니다. 그래 일각이라도 빨리 이 거짓된 결혼을 저지할 수단을 강구해 달라고 메이슨 씨에게 부탁을 하신 거죠. 숙부님께서는 저한테 도움을 받으라고 메이슨 씨에게 말씀하셨습니다. 그래 저는 급하게 서둘러서 다행히 늦지는 않게 되었습니다. 아마 아가씨께서도 역시 이제 마음이 놓이실 겁니다. 아가씨께서 마데이라에 도착할 때까지 숙부님께서 살아 계시리라는 확신만 있다면 메이슨 씨와 함께 그곳으로 가시라고 말씀드리고 싶습니다만, 사정이 그러한 만큼 그냥 영국에 계시면서 에어 씨로부터 직접 무슨 연락이 있기를 기다리시거나 에어 씨에 대한 소식이 메이슨 씨한테서 오기를 기다리시는 편이 낫겠습니다. 여기에서 그 밖에 무슨 다른 볼일이 또 있을까요?" 그가 메이슨 씨에게 물었다.

"없어요, 아무것도. 떠납시다." 근심스러운 대답이었다. 그리고 로체스터 씨에게 작별 인사를 하기 위해 기다리지 않고 그들은 그냥 홀의 문을 나가 버렸다. 목사만이 오만한 교구민인 로체스터 씨에게 몇 마디 훈계와 질책을 하기 위해 남아 있다가 자기 의무를 다하고는 떠나 버렸다.

나는 내 방으로 돌아가 반쯤 열린 문간에 서 있다가 목사가 돌아가는 발소리를 들었다. 모두가 가 버린 뒤에 나는 내 방에 처박혀 아무도 들어오지 못하도록 문에 빗장을 질러 놓았다. 아직도 평정을 잃지 않고 있던 나는 울기 위해서도 아니고 애통해하기 위해서도 아니고, 그저 기계적으로 결혼 의상을 벗어 놓고 이젠 마지막이라고 생각하며 어제 입었던 나사 옷으로 바꿔 입었다. 그리고 의자에 앉았다. 맥이 빠지고 몹시 피곤했다. 나는 테이블에 팔을 괴고 그 위에 머리를 얹었다. 그리고 생각했다. 지금까지 나는 듣고 보고 움직였을 따름이다. 이끌리고 인도되는 대로 따라갔을 뿐이다. 꼬리를 물고 일어나는 사건을 바라보고 계속해서 드러나는 비밀을 바라보고만 있을 뿐이었다. 그러나 이제, 나는 스스로 생각했다.

그날 아침은 사실 조용한 아침이었다. 광인과의 짤막한 한 장면을 제외하고는 교회에서의 사건도 시끄럽지 않게 끝이 났다. 분노의 폭발도 없었고 큰 소리로 싸우지도 않았다. 논쟁도 반항도 도전도 눈물도 흐느낌도 없었다.

몇 마디 말이 오가고, 결혼에 대한 이의가 조용히 진술되고 로체스터 씨에게서 몇 마디 엄격한 질문이 나오고, 거기 대한 대답과 설명이 있었고, 증거가 제시된 후에 분명히 사실을 시인하는 말이 주인의 입으로 말해졌고, 그러고 나서 산 증거를 본 후 침입자들은 물러갔고 모든 것은 끝나 버렸다.

나는 평상시와 마찬가지로 내 방 안에 있었다. 눈에 띄는 변화가 없는 나 자신일 뿐이었다. 아무것도 나를 때리고 상처 내고 병신으로 만들어 놓은 것은 없었다. 그런데 어제의 제인 에어는 어디로 갔을까? 어디에 전도가 있는 것일까?

희망에 불타고 기대에 차 있던 여인, 거의 신부가 될 뻔했던 제인 에어는 다시 싸늘하고 외로운 처녀가 되어 버렸다. 그녀의 인생은 창백하고 전도는 황량했다. 한여름에 크리스마스 때의 서리가 내렸고 12월의 폭풍이 7월에 휘몰아쳤고, 얼음이 익은 사과를 뒤덮었고, 눈보라가 피어나는 장미를 짓밟아 버리고, 콩밭과 목초지는 얼어붙은 수의로 뒤덮여 버렸다. 어제 꽃이 만발하던 오솔길은 오늘 인적도 없이 눈에 덮여 사라졌고, 열두 시간 전에 열대의 숲처럼 울창하고 향기롭게 물결치던 숲은 이젠 겨울철 노르웨이의 소나무 숲처럼 황량하고 쓸쓸하게, 흰빛 일색으로 펼쳐져 있을 뿐이었다. 나의 희망은 모두 죽어 버린 것이다. 하룻밤 사이에 전 이집트의 장자(長子)들에게 내려진 것[11]과 같은 기묘한 운명으로 나의 희망은 완전히 깨어져 버린 것이었다. 나는 어저께는 그처럼 밝게 피어나고 빛을 내던 내 소망들을 돌이켜 생각해 보았다. 그것은 다시는 소생할 수 없는, 차디차게 굳어 버린 흙빛의 시체가 되어 누워 있었다. 나는 자신의 사랑을 생각해 보았다. 나의 주인에게 바쳤던 사랑, 또 그가 만들어 낸 그 사랑을. 그것은 질병과 고통에 사로잡혀 차가운 요람 속에 병든 아이처럼 누워 있었다. 그것은 로체스터 씨의 품을 찾아갈 수가 없었다. 그것은 그의 가슴으로부터 따뜻한 체온을 얻을 수가 없는 것이었다. 아, 이제 다시는 내 사랑은 그에게 향할 수가 없다. 신의가 시들어 버렸다. 신뢰가 파괴되어 버린 것이다. 이젠 나에겐 로체스터 씨는 전날의 로체스터 씨가 아닌 것이다. 내가 생각하고 있던 그가 아니었기 때문이다. 나는 그를 부도덕하다 나무라지 않으련다. 그가 나를 배신했다고 하지 않으련다. 그러나 티 없는 진실이란 특성은 그의 생각에서 사라졌다. 그리고 나는 그의 앞에서 없어져야 한다. 그건 나도 잘 알고 있었다. 언

---

11) 「출애굽기」 12장 19절.

제, 어떻게, 어디로 하는 것은 알 수 없었다. 그러나 그 자신은 분명히 한시바삐 나를 손필드에서 내보내고 싶을 것임에 틀림없었다. 그가 나에게 진실한 애정을 가졌던 것 같지는 않았다. 그건 일시적인 격정에 불과했다. 그게 방해를 받은 지금, 이젠 그에게 내가 필요하지도 않으리라. 이젠 그가 걷는 앞길을 지나치는 것도 삼가야 한다. 내 모습은 보기만 해도 미울 테니까. 오, 어쩌면 나는 그렇게 눈이 어두웠던 것일까! 나의 행동은 어쩌면 그렇게도 약했던 것일까!

내 두 눈은 가려지고 감겨져 있었다. 소용돌이치는 어둠이 내 주위를 에워싸며 헤엄치고, 반성은 탁류처럼 어둡고 어지럽게 밀어닥쳤다. 자포자기가 되어 힘이 쏙 빠져 가지고 무기력하게 늘어진 나는 거대한 강의 말라 버린 하상(河床)에 몸을 던져 버린 느낌이었다. 먼 산에서 봇물이 터지는 소리를 나는 들었다. 그리고 격류가 밀려닥침을 알았다. 그러나 나에겐 일어설 의지가 없었다. 도망을 치자 해도 힘이 없었다. 나는 죽음을 원하면서 의식을 잃고 누워 있었다. 단 한 가지 생각이 나의 내부에서 생명을 가지고 있는 것처럼 박동하고 있었다. 그것은 하느님의 기억이었다. 그것은 무언의 기도를 낳았다. 다음과 같은 말이 속삭여져야만 하는 무언가처럼 빛 없는 내 마음속에서 오락가락하고 있었다. 그러나 그 말을 할 기력조차 없었다. "나를 멀리하지 마옵소서. 환난이 가깝고 도울 자 없나이다."[12]

---

12) 「시편」 22편 11절.

격류는 가까워져 왔다. 그것을 피할 수 있도록 하느님께 기도를 드리지 않았기 때문에, 손을 모으지도 않았고 무릎을 꿇지도 않았고 입술을 움직이지도 않았기 때문에 격류는 닥쳐왔다. 격류는 도도한 소용돌이 속에 나를 삼켜 버리고 말았다. 의지할 곳 없는 나의 인생, 잃어버린 사랑, 꺼져 버린 희망, 부서져 버린 신뢰, 이 모든 것이 한 덩어리의 무거운 파도가 되어 어마어마한 힘으로 내 몸 위에서 요동하고 있었다. 그 괴로웠던 때를 말로 표현할 수도 없다. 참으로 "물들이 내 영혼까지 들어왔나이다. 내가 설 곳이 없는 깊은 수렁에 빠지며 깊은 물에 들어가니 큰물이 내게 넘치나이다."¹³⁾라는 표현 그대로였다.

---

13) 「시편」 69편 1~2절.

27장

몇 시쯤 되었을까, 고개를 들고 주위를 둘러본 나는 서쪽으로 기운 해가 벽 위에 기운 표시를 해 놓은 것을 보고 스스로에게 물었다. '나는 어떻게 해야 좋을까?'

그러나 '당장에 손필드를 떠나.'라는 내 마음속의 대답은 너무 성급하고 너무 두려운 것이었기 때문에 나는 마음의 귀를 막아 버렸다. "지금은 그런 말을 견딜 수가 없어." 하고 나는 혼잣말을 했다. "내가 에드워드 로체스터의 신부가 되지 못했다는 것은 내 슬픔 가운데 가장 작은 거야. 세상에서 가장 아름다운 꿈에서 깨어나고 그 꿈이 모두 덧없고 헛된 꿈이었다는 것을 알았다는 것도 견뎌 이겨 낼 수 있는 거야. 그러나 지금 당장 아주 영원히 그의 곁을 떠난다는 건 참을 수 없는 일이야. 난 그럴 수가 없어."

그러나 그때 내 내심의 소리는 너는 그렇게 할 수가 있고 또 그렇게 하게 되리라고 단언했다. 나는 자신의 결심과 씨름했다. 나는 내 앞길에 놓여 있는 이보다도 더 무서운 고난을 피할 수 있도록 차라리 약해지고 싶었다. 그러나 폭군이 되어 버린 양심은 정열의 목줄기를 쥐고, "아직 너는 그 깨끗한 발을 수렁에 넣은 것에 불과하다."라고 욕하면서, "나는 이 무쇠 같은 팔로 너를 밑창 없는 슬픔의 심연 속으로 밀어 넣어버리겠다."라고 말하는 것이었다.

"그럼 절 손필드에서 떨어져 나가게 해 주세요!" 나는 외쳤다. "누구를 시켜서 떨어져 나가게 해 주세요."

"아니다. 너는 네 힘으로 떠나가야 한다. 아무도 너를 도와주지 못한다. 너는 네 손으로 네 오른편 눈을 뽑아내야 한다. 네 손으로 네 오른손을 잘라 내야 한다. 네 심장을 산 제물로 하여, 네가 사제(司祭)가 되어 그 산 제물의 목을 찔러야 한다."

나는 이렇듯 냉혹한 재판관이 나타나는 고독에 겁이 나서, 이렇게 무서운 소리로 가득 찬 침묵이 두려워져서 자리에서 벌떡 일어섰다. 몸은 꼿꼿이 서 있는데 머리가 흔들렸다. 나는 흥분과 공복으로 인하여 몸이 좋지 않은 것을 느꼈다. 아침 식사를 안 했으니 그날은 하루 종일 물 한 모금 고기 한 점 목구멍을 넘어가지 않은 것이었다.

그러다가 나는 이렇게 오랫동안 내가 여기 처박혀 있었건만 아무도 나의 안부를 물어 주는 사람도, 아래층으로 내려오라고 권하는 사람도 없었음을 떠올렸다. 심지어는 어린 아델러도 나의 방문을 두드리질 않았고 페어팩스 부인조차도 나를 찾지 않은 것이었다. "운명의 버림을 받은 자는 친구에게도 잊힌다." 나는 문의 빗장을 뽑고 밖으로 나가면서 중얼거렸다. 그때 나는 무언지 장애물에 걸려 넘어졌다. 머릿속은 어지러웠고 눈앞이 흐리고 손발엔 힘이 없었다. 나는 금방 다시 일어날 수가 없었다. 나는 쓰러진 것이었다. 그러나 내가 쓰러진 것은 마룻바닥 위가 아니었다. 내뻗은 팔이 나를 잡아 준 것이었다. 나는 올려다보았다. 나를 부축해 준 것은 로체스터 씨였다. 그는 바로 내 방문 밖에 의자를 갖다 놓고 앉아 있었던 것이다.

"드디어 나왔군." 그가 말했다. "오랫동안 나는 당신을 기다리며 귀를 기울이고 있었소. 그러나 버스럭거리는 소리 한 번 나지 않고 흐느낌 소리 한 번 들려오지 않았소. 오 분만 더 그 죽음 같은 침묵이 계속되었던들 나는 도둑놈처럼 자물쇠를 부수고 말았을 거요. 그래 당신은 나를 피할 셈이오? 혼자 방 안에 틀어박혀서 혼자 슬퍼하고 있으니 말이오! 차라리 당신이 밖으로 나와 나를 마음껏 욕해 주었으면 싶었소. 당신은 격정적인 성질을 가지고 있소. 그래 난 한바탕 무슨 일이 일어날 것으로 각오하고 있었소. 나는 뜨거운 눈물의 비를 각오하고 있었소. 다만 그 눈물은 내 가슴에 흘려 주길 원했소. 그런데 지금은 무감각한 마룻바닥과 당신의 젖은 손수건이 그 눈물을 빨아들여 버렸소. 아니야, 내 오해였군. 당신은 전혀 울지를 않았어! 뺨은 창백하고 눈빛은 흐리지만 눈물 자국은 없구려. 아마 당신의 가슴은 피눈물을 흘렸을 거요.

아니 제인, 나를 욕하는 말 한마디 없소? 혹독한 말도, 신랄한 말도 안 하는 거요? 내 마음에 상처를 주고 나를 분노케

할 말을 한마디도 안 하는 거요? 당신은 내가 앉혀 놓은 곳에 조용히 앉아서, 피로하고 활기 없는 눈으로 나를 쳐다보고만 있구려.

제인. 이렇게까지 당신에게 상처를 주려는 마음은 눈곱만 큼도 없었소. 자기의 빵을 나누어 주고 자기 컵으로 물을 먹이고 자기 품에 품고 자며 딸처럼 귀엽게 키운 어린양을 잘못하여 도살장에서 죽이고 만 사나이가 아무리 자신의 피비린내 나는 실책을 후회하고 슬퍼한다 해도 아마 지금의 나보다는 덜할 거요. 나를 용서해 줄 수 없겠소?"

독자여! 나는 그때 그 자리에서 그를 용서해 버렸다. 그의 눈에는 깊은 회한의 빛이 있었고 그의 어조에는 진실한 동정이 느껴졌고 그의 태도에는 남자다운 힘이 깃들어 있었다. 그뿐만 아니라 그의 표정이나 모습에는 전과 조금도 변함없는 사랑이 넘치고 있었다. 나는 모든 것을 용서해 주었다. 그러나 밖으로 드러내서 말로 용서를 한 것이 아니고, 내 마음속 깊은 곳에서만 용서를 한 것이었다.

"당신은 나를 악당이라고 생각하고 있겠지, 제인?"

얼마 후 그가 깊은 생각을 하고 있는 얼굴로 물었다. 사실 나는 의지의 힘으로가 아니라 기력을 잃고 있었기 때문에 입을 다물고 있었던 것인데, 아마 내가 언제까지나 침묵을 지키고 있는 것이 걱정이 된 모양이었다.

"네. 그래요."

"그럼 그렇다고 어서 매섭게 말해 주오. 가차 없이 말이오."

"그럴 수가 없어요. 피곤하고 몸이 좋질 않아요. 물을 좀 마시고 싶어요."

그는 떨리는 것같이 한숨을 쉬고는 나를 두 팔로 안아 들고 아래층으로 내려갔다. 처음에 나는 내가 어떤 방으로 안기어 가고 있는지 알지 못했다. 흐려진 내 눈에는 모든 것이 부옇게만 보였다. 그러다가 나는 다시 기운을 돋우는 것 같은 따스한 불기운을 느꼈다. 여름이었건만 방에 있는 동안 내 몸은 얼음처럼 싸늘하게 식어 버렸던 것이다. 그는 포도주를 따라 내 입으로 가져왔다. 나는 그것을 마시고 기운을 회복했다. 그러고 나서 그가 먹여 주는 것을 먹고 곧 제정신으로 돌아왔다. 나는 서재 안에, 그의 의자에 앉아 있었다. 그리고 그는 내 곁에 있었다.

'지금 이 순간에 별다른 고통 없이 죽어 버린다면 좋으련만.' 나는 생각했다. '그러면 로체스터 씨의 가슴에서 내 마음의 줄을 부수어 내는 노력을 하지 않아도 되련만. 나는 이분과 헤어져야만 할 것 같다. 그러나 헤어지기가 싫다. 나는 헤어질 수가 없다.'

"좀 어떻소, 제인?"

"훨씬 나아졌어요. 이제 곧 회복될 거예요."

"포도주를 좀 더 마셔요, 제인."

나는 그가 하라는 대로 했다. 그러자 그는 유리잔을 테이블에 놓고 내 앞에 우뚝 서서 지그시 나를 주시했다. 그러다가 어떤 격렬한 감정을 이기지 못하겠는지 후딱 돌아서서 무슨 알아들을 수 없는 소리를 외치고는 방 저편으로 걸어갔다. 그리고 다시 재빨리 돌아와서 내게 키스를 하려는 것처럼 몸을 구부렸다. 그러나 나는 애무는 금지되었다는 것을 생각해 내고 얼굴을 피하며 그의 얼굴을 밀쳤다.

"아니! 왜 이러는 거요?" 그가 급한 어조로 말했다. "아, 알았소! 당신은 버사 메이슨의 남편과는 키스하기 싫다는 거지? 내 품은 이미 채워져 있고 나의 포옹은 남의 것이라고 생각하고 있는 거지?"

"어쨌든 저에게는 그럴 여유도 없고 권리도 없어요."

"어째서 그래, 제인? 암, 당신이 긴말을 하지 않아도 되도록 내가 대신 대답하지. 나에게는 이미 아내가 있으니까라고 당신은 대답하고 싶은 거요. 내 말이 맞지?"

"네."

"그렇다면 당신은 분명히 나를 오해하고 있는 거요. 틀림없이 당신은 나를 흉계를 꾸미는 바람둥이, 당신을 일부러 만들어 놓은 함정으로 끌어들여 당신의 명예를 허물고 자존심을 빼앗기 위해 순결한 사랑을 가장하는 저열하고 비천한 바람둥이로 알고 있는 거요. 여기에 대해서 무어라고 대답을 하겠소? 아마 대답을 못 할 거요. 첫째는 아직 기력이 없어 호흡을 하는 것도 힘에 부칠 것이고, 둘째는 아직 당신은 나를 비난하거나 꾸짖는 데 익숙지 않기 때문이오. 그뿐만 아니라 눈물의 수문(水門)이 열려 있어서 너무 말을 많이 하면 눈물이 한꺼번에 쏟아져 나오겠으니까 그러는 거요. 그리고 당신한테는 충고를 한다거나 비난을 한다거나 한바탕 소란을 피우고 싶은 생각이 없는 거요. 당신은 어떻게 행동을 해야 될까 하는 걸 생각하고 있소. 이야기하는 것 따위는 아무 소용이 없다고 생각하고 있는 거요. 나는 당신의 생각을 알아. 그래 나는 조심하고 있는 거요."

"저는 조금도 당신을 거역하는 행위는 하고 싶지 않아요." 나는 말했지만, 나의 목소리가 불안정하여 말을 짧게 줄여 버리지 않을 수 없었다.

"당신이 말하는 뜻으로는 그렇지 않을지 모르지만, 내가 말하는 뜻으로는 당신은 나를 파멸시키려고 하고 있소. 당신은 이렇게 이야기한 거나 마찬가지요. '당신은 결혼한 사람이다. 그러니까 당신을 결혼한 사람이라고 보아 가까이하지 않고 피하겠소.' 하고 말이야. 조금 전에도 당신은 키스를 거절했소. 당신은 나하고는 생판 남이 되고, 아델러의 가정교사로서만 이 집 안에서 살기로 작정한 모양이오. 내가 혹시 정다운 말을 건네거나, 혹시 당신 자신 편에서 내게 따뜻한 정을 느끼게 된다고 해도, 당신은 이렇게 말하겠지. '저 사람은 하마터면 나를 자기 정부로 삼을 뻔했다. 그러니까 저 사람한테는 얼음덩어리와 돌덩어리가 되어야 해' 그리고 그 말대로 당신은 얼음과 돌이 되어 버릴 거요."

나는 목소리를 가다듬어 가지고 대답했다. "제 주변의 모든 것이 변해 버렸어요. 저도 변해야죠. 그건 확실해요. 그리고 감정의 동요를 피하고 기억이나 연상과의 쉴 사이 없는 싸움을 피하기 위해서는, 다만 한 가지 방법이 있을 뿐이에요. 아델러에게 새 가정교사를 데려와야 해요."

"아마 아델러는 학교에 갈 거요. 나는 이미 결정했소. 그리고 손필드 장에 따르는 무서운 연상이나 기억으로 당신을 괴롭히고 싶은 생각은 조금도 없소. 이 저주받은 곳, 이 아간의 천막,[14] 넓은 하늘의 빛에다 산송장의 무시무시함을 내뿜고 있는 이 오만한 지하 토굴, 우리가 상상할 수 있는 악마의 대군보다도 더 악독한 한 마리의 진짜 악귀가 살고 있는 이 좁은 석조의 지옥. 제인, 당신을 여기서 살게 하지는 않겠소. 나도 여기서는 안 살 테요. 이미 악마가 살고 있는 것을 알면서도 당신을 손필드에 데려다 놓은 것이 잘못이었소. 나는 당신을 만나기 이전에 이 집에 붙은 저주에 대한 것은 일체 당신에게 알려서는 안 된다고 모두에게 일러 놓았소. 그건 단순히, 어떤 사람하고 같이 살게 되는지를 알게 되면 아델러한테로 와 줄 가정교사란 한 사람도 없으리라 생각했기 때문이었소. 거기다 내가 생각하고 있는 것이 있어서 저 광인을 딴 곳에 옮겨 놓으려는 내 생각도 실행을 보지 못했소. 사실은 여기보다도 더 외지고 남의 눈에 띄지 않는 곳에 펀딘 장이라고 하는 고가(古家)를 가지고 있는데, 거기라면 안전하게 저 여자를 가두어 놓을 수가 있겠지만, 숲 한가운데 있고 건강에 좋지 않은 곳이라는 생각 때문에 양심이 허락하지를 않았소. 아마 거기 옮겨 놓으면 습한 벽 때문에 얼마 안 가서 골칫거리가 제거될 수도 있었겠지만, 악당에게는 제각기 좋아하는 악행이 있다고, 아무리 미운 것이라 할지언정 간접적으로라도 그걸 죽이는 취미는 나에겐 없소.

---

14) 「여호수아」 7장에 등장하는 아간은 여리고를 정복하여 얻은 전리품을 자신의 천막에 숨겨 놓았다.

그러나 미친 여자가 가까이 있다는 것을 당신에게 숨기고 있는 것은 마치 어린아이를 외투로 싸서 무서운 독을 가지고 있는 유퍼스 나무 가까이에 놓아 두는 것과 같소. 저 악마의 주변에는 항상 독기가 퍼지고 있소. 또 항상 그랬소. 그러나 손필드 장은 이제 폐쇄해 버릴 작정이오. 정문은 못질을 하고 아래 창문은 판자로 막아 버리겠소. 그리고 풀 부인에게는 일 년에 200파운드씩 주어 당신이 내 아내라고 부르는 저 무서운 마녀와 함께 여기서 살도록 하겠소. 돈만 주면 그레이스는 그보다 더한 일도 할 거요. 그림스비 정신 병원에서 간호부 노릇을 하고 있는 그 여자의 아들을 불러오면 그녀의 말벗도 되고, 내 아내가 악마의 조종을 받아 밤중에 침대에서 자고 있는 사람을 태워 죽이려 한다거나 칼로 찌르거나 뼈에서 살을 물어 뜯어내려 하는 등 발작을 일으켰을 경우에 도움이 될 수가 있을 거요."

"당신은……." 나는 그의 말을 가로막았다. "그 불행한 여인한테 너무 가혹하게 말씀하시는군요. 증오심을 가지고, 앙심 깊은 반감을 가지고 그분 일을 이야기하시는군요. 잔인해요. 미치지 않을 수가 없겠어요."

"제인, 나의 귀여운 사람아,(나는 이렇게 부르겠소. 사실이 그러니까.) 당신은 무슨 소린지 알지도 못하면서 하고 있구려. 당신은 또 나를 오해하고 있어. 내가 그녀를 미워하는 것은 그녀가 미쳤기 때문이 아니오. 만약에 당신이 미쳤다면, 내가 당신을 미워하리라 생각하오?"

"그러시리라고 생각해요."

"그러면 당신은 잘못 생각하고 있소. 나에 대해서도 아무것도 모르고, 내가 할 수 있는 사랑이 어떤 정도인지도 알지 못하는 거요. 당신의 육체를 이루고 있는 원자 하나하나가 내게 있어서는 내 것처럼 소중하오. 병들었을 때나 고민할 때나 역시 마찬가지로 소중하오. 당신의 마음이 나의 보배요. 가령 그것이 깨어진다 해도 역시 나의 보배요. 가령 당신이 미쳤다 하더라도 당신을 꽉 끌어안는 것은 내 두 팔이지 광인용 구속복은 아니오. 설사 성이 나서 붙잡고 늘어진다 해도 당신이 붙잡는 것은 내게 있어서는 매력이 있는 거요. 설사 오늘 아침 저 여자처럼 당신이 흉포하게 내게 뛰어 덤빈다 해도 나는 당신을 포옹할 거요. 적어도 당신을 억제하려고 하는 정도로 부드럽게. 혐오로 인하여 저 여자한테서 물러난 것처럼 당신에게서 물러나지는 않을 것이오. 당신이 정신을 차리고 있을 때에는 당신에게 나 이외의 감시도 간호인도 필요 없소. 그리고 당신한테서 미소가 돌아오지 않는다 하더라도 변함없는 부드러움으로 당신 곁을 떠나지 않고, 당신이 내 얼굴을 알아보지 못하게 되더라도 나는 싫증 내지 않고 언제까지나 당신의 두 눈을 들여다보고 있겠소. 그런데 왜 내가 이런 생각을 자꾸 하고 있는 것일까? 당신을 손필드에서 딴 곳으로 옮기게 할 이야기를 하고 있었지. 당장에라도 떠날 수 있도록 모든 준비가 다 되어 있소. 내일 출발하도록 합시다. 하룻밤만 더 이 지붕 밑에서 참아 주오, 제인. 그러면 이 불행과 공포와도 영원히 작별이야. 갈 곳은 정해져 있소. 지긋지긋한 기억으로부터도 달갑지 않은 침입으로부터도, 거짓이나 비방으로부터도 절대로 안전한 피난처가 될 수 있는 곳이오."

"제발 아델러도 함께 데리고 가셔요." 내가 그의 말을 막았다. "좋은 말벗이 될 거예요."

"그건 무슨 뜻이오, 제인? 아델러는 학교에 보낸다고 말하지 않았소? 이야기 상대로 어린애가 무슨 필요가 있단 말이오? 거기다 내 아이도 아닌, 프랑스인 무희의 사생아인데. 왜 그 애 일을 내게 성가시게 부탁하지? 어째서 아델러를 내 이야기 상대로 떠맡기려는 거지?"

"은거 생활을 하시겠다고 하셨잖아요. 은거 생활과 고독은 따분한 거예요. 당신에게는 너무 따분할 거예요."

"고독! 고독이라고!" 그는 분노가 끓어오르는 듯이 반복했다. "아무래도 설명을 해야 되겠소. 왜 스핑크스같이 수수께끼 같은 표정을 짓는지 모르겠단 말이야. 당신은 나하고 고독을 함께하는 거요. 알아듣겠소?"

나는 고개를 저었다. 그는 점차로 흥분하고 있었으므로 그 말없는 불찬성의 표시를 하는 데에도 상당한 용기가 필요했다. 그때까지 그는 방 안을 이쪽저쪽 빠른 걸음으로 걷고 있었다. 그러다가 돌연히 한곳에 뿌리가 박혀 버린 것처럼 우뚝 멈춰 섰다. 그는 오랫동안 뚫어져라 나를 처다보고 있었다. 나는 시선을 피하여 난롯불을 주시하며 냉정하고 침착한 태도를 유지하려고 애썼다.

"자, 제인의 성격이 엉키기 시작하는군." 급기야 그가 말을 했다. 그런데 그 어조는 그의 얼굴을 보고 짐작했던 것보다는 훨씬 침착했다. "지금까지는 명주실 얼레가 잘 돌아가고 있었어. 그러나 매듭이나 엉킨 곳이 나오리라 생각했지. 그런데 그게 나온 거야. 자, 이젠 뜻대로 안 되는 분통과 분격과 끝없는 골칫거리가 시작되는 거야! 제기랄! 삼손의 괴력을 조금이라도 써서 이 얽힌 것을 삼겨웃처럼 끊어 내 버렸으면 좋겠군!"

그는 또다시 걷기 시작했으나 금방 걸음을 멈추며 이번엔 내 앞에 와서 섰다.

"제인! 이치에 맞는 이야기를 듣겠소?" 그가 몸을 굽혀 내 귀에 입을 갖다 대었다. "만약에 당신이 그렇게 못 하겠다면 폭력으로라도 해 보겠소!" 그의 목소리는 쉬었고, 그 표정은 참을 수 없는 속박을 끊어 버리고 무모한 방종의 생활 속으로 뛰어들려 하는 사람의 얼굴이었다. 또 한 번 격렬한 자극이 내게 부딪쳐 온다면 다음 순간에는, 내가 아무렇게도 할 수 없게 되리라는 것을 나는 알았다. 현재가(지나쳐 가려고 하고 있는 이 한순간이) 그를 제어하고 억제할 수 있는 유일한 시간이었다. 조금이라도 거절하고 도망치려 하고 두려워하고 있는 움직임만 보이면 나의 운명은, 그리고 그의 운명도 정해졌을 것이다. 그러나 나는 조금도 두렵지 않았다. 나는 어떤 내부적인 힘, 나를 떠받쳐 주는 일종의 감화력이 생겨남을 느꼈다. 위기는 절박해 있었지만 매력이 없는 것도 아니었다. 그것은 카누를 타고 급류를 넘어가는 인디언들의 심경 비슷한 것이었다. 나는 그의 주먹 쥔 손을 잡고 굳게 꼬부린 손가락을 펴고서 달래듯이 그에게 말했다.

"앉으세요. 원하시는 대로 언제까지나 이야기를 하겠어요. 이치에 맞는 이야기건 안 맞는 이야기건 당신이 하시는 말씀을 다 들어 보겠어요."

그는 앉았지만 금방 이야기를 시작할 기회를 얻지 못했다. 나는 한참 전부터 흘러내리려고 하는 눈물과 씨름을 하고 있었던 것이다. 나는 눈물을 억제하느라고 몹시 애를 썼다. 그가 내 우는 꼴을 보기 싫어하는 것을 알고 있었기 때문이다. 그러나 이젠 눈물이 흘러내리는 대로 내버려 두고 실컷 우는 게 낫겠다고 생각했다. 만약 흘러내리는 눈물을 보고 그가 당황한다면 더욱 잘된 일이었다. 그래 눈물을 줄줄 흘리면서 나는 실컷 울었다.

곧이어 나는 울음을 그치라고 간절히 달래는 그의 목소리를 들었다. 나는 그가 그렇게 격해 있는 한 울음을 그칠 수 없다고 대답했다.

"하지만 나는 지금 성을 내고 있는 게 아니오, 제인. 나는 당신을 너무도 사랑하고 있을 뿐이야. 당신의 그 조그맣고 창백한 얼굴이 결의에 찬 얼어붙은 표정으로 딱딱하게 굳어 있으니까, 난 그게 견딜 수 없는 거야. 자, 이젠 울음을 그치고 눈물을 닦아요."

부드러워진 그의 목소리는 그의 기분이 가라앉은 것을 말해 주고 있었다. 그래 나도 마음을 진정시켰다. 그러자 그는 내 어깨에 자기의 머리를 기대려고 했지만 나는 그렇게 하지 못하게 했다. 그러니까 이번에는 나를 끌어안으려 했다.

"제인! 제인!" 그가 말했다. 그 쓰라린 슬픔을 지닌 목소리가 내 온몸의 신경을 떨리게 했다. "그러니까 당신은 나를 사랑하지 않는구려? 당신이 중요하게 생각한 것은 나의 지위와 내 아내로서의 신분뿐이었소? 이제 내가 당신의 남편이 될 자격도 없다고 생각되니까 당신은 마치 내가 두꺼비나 원숭이가 된 것처럼 손이 닿는 것도 싫어하는구려."

이 말은 내 가슴을 에는 듯했다. 그러나 내가 어떻게 할 수 있으며 무슨 말을 할 수 있겠는가? 아마 나는 아무 말도 말고 가만히 있어야만 했으리라. 그러나 이렇듯 그의 마음에 아픔을 준 데 대한 회한으로 나의 마음은 괴로웠다. 그래 내가 낸 상처에 진통제를 떨어뜨리고 싶은 마음을 억제할 수 없었다.

"저는 당신을 사랑하고 있어요." 내가 말했다. "전보다도 더 사랑하고 있어요. 하지만 그러한 감정을 겉으로 나타내거나 거기 빠져 버려서는 안 되겠어요. 이런 말씀을 드리는 것도 이게 마지막이에요."

"마지막이라고, 제인? 무슨 소릴! 나하고 함께 살면서, 매일 나를 보면서, 더구나 나를 사랑하고 있으면서, 언제나 냉담하게 간격을 두고 살 수가 있단 말이오?"

"아녜요. 절대로 그럴 수 없어요. 그러니까 길은 하나밖에 없는 거예요. 하지만 제가 그 말씀을 드리면 성을 내실 거예요."

"아아, 말해 봐요. 설사 내가 미쳐 날뛴다 하더라도 당신한테는 우는 재주가 있지."

"로체스터 님. 저는 당신 곁을 떠나야 해요."

"얼마 동안이오, 제인? 몇 분 동안? 약간 헝클어져 있는 머리를 매만지고, 얼굴에 열이 오르는 것 같으니 세수를 할 동안 말이지?"

"저는 아델러와 손필드와도 작별을 해야 해요. 저는 한평생 당신과도 헤어져야 해요. 저는 낯선 고장, 낯선 사람들 속에서 새로운 인생을 시작하지 않으면 안 돼요."

"물론이지. 그래야 한다고 나도 말했소. 나와 헤어지겠다고 하는 정신 나간 소리는 못 들은 체해 두지. 즉, 나의 일부가 된다는 뜻이겠지. 새로운 인생을 시작한다는 것에는 찬성이오. 언젠가는 당신을 내 아내로 맞을 테니까. 나는 결혼을 하지 않았으니까 말이오. 당신은 로체스터 부인이 되는 거요, 명실 공히. 우리 둘이 살아 있는 한 나는 당신만을 지키겠소. 당신을 남프랑스에 있는 내 집, 지중해 연안에 있는 내 별장으로 데리고 가겠소. 거기서 행복하고 안전하고 깨끗한 생활을 하도록 해 주겠소. 행여 내가 당신을 사악으로 유혹한다거나 당신을 정부로 만들려 한다거나 하는 걱정은 하지 마요. 왜 머리를 흔드는 거요? 제인, 내 말을 잘 들어요, 그러지 않으면 정말로 화를 낼 테니까."

그의 목소리와 손은 떨리고 있었다. 그의 커다란 콧구멍은 더욱 커지고 두 눈은 불타고 있었다. 그러나 나는 용기를 내서 말했다.

"당신의 부인이 살아 계셔요. 그것은 오늘 아침 당신 자신이 인정하신 사실이에요. 만약 제가 당신께서 원하시는 대로 당신과 함께 산다면 그건 당신의 정부가 되는 거예요. 그렇지 않다고 말한다면 그건 궤변이에요. 거짓말이에요."

"제인, 나는 성질이 온순한 사람이 아니야. 당신은 그걸 잊고 있군. 나는 참을성도 없소. 나는 침착하고 냉철한 사람도 못 되오. 나와 당신 자신을 가엾게 생각하거든, 내 맥을 짚어 봐요, 얼마나 뛰고 있는가. 그리고 조심하란 말이오!"

그는 손목을 걷어 올려 가지고 나한테 내밀었다. 뺨과 입술에서는 핏기가 가셔서 납빛으로 변해 가고 있었다. 나는 어떻게 할 길이 없었다. 그가 그렇게 싫어하는 저항을 해서 이렇듯 심하게 그의 마음을 뒤흔들어 놓는 것은 잔인한 일이었다. 그러나 그에게 복종하는 것은 또 다른 문제였다. 나는 인간이 어쩔 길 없는 최후의 궁지에 몰렸을 때 하는 일을 했다. 인간보다 높은 것에 도움을 구했다. "하느님, 도와주세요." 하는 말이 나도 모르게 내 입에서 튀어나왔다.

"내가 바보였어!" 갑자기 로체스터 씨가 소리쳤다. "내가 결혼을 하지 않은 사람이란 말을 했어도, 왜 그런가 하는 이유는 말을 안 했으니 말이야. 그 여자의 성격이라든가 나와 그 여자와의 지옥 같은 결합에 따르는 여러 가지 사정에 대해서 제인이 아무것도 모르고 있다는 것을 잊었단 말이야. 그래, 내가 알고 있는 것을 다 알게 되면 제인은 틀림없이 내 뜻에 찬성해 줄 거야! 손을 잡게 해 줘요. 재닛, 당신이 내 곁에 있다는 것을 눈으로만이 아니라 손으로 만져서 확인할 수 있도록 말이야. 그러면 긴 이야기를 하지 않고 간단히, 정말 사정을 이야기해 주겠소. 들어 주겠소?"

"네. 하고 싶으시면 몇 시간이라도요."

"몇 분이면 돼요, 제인. 당신은 내가 우리 집안에서 장남이 아니라는 것, 전에는 형이 있었다는 것을 알고 있소? 들은 적이나 있소?"

"페어팩스 부인이 그런 이야기를 한 적이 있어요."

"그리고 나의 선친이 욕심이 많은, 탐욕스러운 사람이었다는 얘기도 들었소?"

"그런 정도로 알고 있어요."

"그래, 제인. 그런 분이었기 때문에 재산을 한데 모아 놓으려는 것이 선친의 작정이었소. 재산을 분배해서 내게도 공평한 몫을 남겨 준다는 것은 선친으로서는 할 수가 없는 생각이었소. 재산은 송두리째 내 형 롤런드에게 양도하겠다는 속셈이었소. 그러나 자기 친자식이 가난하다는 것은 또 견딜 수 없는 노릇이었소. 그러니 나는 부잣집 딸과 혼인을 하여 생활 보장을 받도록 해야 했던 거요. 아버지는 용케 때를 맞추어 배우자를 찾아냈소. 서인도 제도의 농장주이며 상인인 메이슨 씨는 아버지와 전부터 아는 사이였소. 아버지는 그의 재산이 확실하고 막대하다는 것을 알고 있었소. 그래 그는 조사를 해왔소. 그 결과 메이슨 씨에게는 아들과 딸이 하나씩 있으며, 딸에게는 3만 파운드의 재산을 줄 수 있고 또 주려고 한다는 이야기를 메이슨 씨 자신에게서 직접 들었소. 그것으로 충분했던 거요. 내가 대학을 졸업하자 나는 자메이카로 보내어졌소. 내 대신 아버지가 구혼을 해 놓은 신부에게 장가들기 위해서 말이오. 아버지는 그 여자의 지참금에 대해서는 아무 말도 안 했소. 그러나 메이슨 양은 미모 때문에 스패니시타운의 자랑거리라는 말은 합디다. 그리고 또 그건 사실이었소. 나는 그녀가 블랑슈 잉그램형의 미인이며 키가 크고 당당한 체구에 검은 피부를 가진 여자임을 발견했소. 여자의 집에서는 우리 가문이 좋다는 것으로 해서 나를 놓치지 않으려 했고 그녀 역시 그랬소. 그들은 여기저기의 파티 석상에서 화려하게 차려입은 그녀를 내게 보여 주었소. 나는 그녀하고 단둘이 만난 적은 거의 없었고 사사로운 둘끼리의 이야기를 나눈 적도 없소. 그녀는 나에게 아양을 떨고 내 환심을 사기 위해 교태와 재능을 아낌없이 발휘했소. 그녀를 둘러싸고 있는 모든 남성이 모두 그녀를 찬미하고 나를 부러워했소. 나는 현혹당하고 자극을 받았소. 내 오관이 미쳐 버린 거요. 그리고 나는 철없고 미숙하고 경험이 부족했던 까닭에 그녀를 사랑한다고 생각했소. 제 아무리 못난 남자라 하더라도 사교계의 바보 같은 경쟁, 젊은 시절의 색정, 경솔, 맹목 등에 휩쓸리고 보면 거기 빠지지 않고는 못 배기는 거니까. 그녀의 친척들이 부추기고, 경쟁자들은 자극하고, 그녀는 나를 유혹하고. 그러다가 나는 어떻게 되는 판인지 영문도 모르는 채 결혼을 해 버리고 말았소. 아아, 그 행위를 생각하면 나 자신이 얼마나 천덕스럽게 생각되는지! 자신에 대한 내부의 모멸감이 아프게 나를 채우고 있소. 나는 그녀를 사랑하지도 않았고 존경하지도 않았고, 그녀가 어떤 사람인지 알지도 못했던 거요. 그녀의 성질 가운데 단 한 가지의 미덕도 있었다고는 생각되지 않았소. 그녀의 마음씨나 태도에서는 겸손이라든가 자애로운 마음씨라든가 솔직성이라든가 세련된 맛이라든가 하는 것을 찾아볼 수 없었소. 그런데 나는 그녀와 결혼을 한 거요. 우둔하고 비천하고 두더지처럼 눈이 어두운 멍텅구리였어, 나는! 차라리 죄가 가벼웠을 거야, 만약에 내가…… 아냐, 당신 앞인데 말을 조심해야지.

27장

신부의 어머니는 한 번도 본 적이 없소. 난 죽었다고 생각하고 있었지. 신혼여행이 끝나자, 내가 잘못 알고 있었던 것을 알아차렸소. 그녀는 미쳐서 정신 병원에 감금되어 있었던 거였소. 남동생도 하나 있었는데 말도 못 하는 완전한 백치였소. 그 오빠는 당신도 본 사람이지만, 언젠가는 역시 같은 상태가 되어 버릴 거요. 그 일족이 다 징글징글하게 생각되지만 그 사람만은 난 미워할 수가 없소. 비참한 자기 누이동생을 늘 마음에 두고 있고 한때는 나를 개처럼 따랐던 것을 보면 그 여린 마음속에 한 줌의 애정은 숨어 있는 모양인 까닭이오. 내 아버지나 형 롤런드는 이런 것을 모두 알고 있었소. 그런데 3만 파운드라는 돈만 생각하고 공모를 해서 나를 옭아 넣어 버린 거요.

이런 사실을 알게 된 것은 지긋지긋한 일이었소. 그러나 이러한 사실을 감추고 있었다는 배신행위를 제외하고는, 나는 이런 것을 내세워 아내를 비난하려고 하지는 않았소. 그녀의 성질이 나하고는 전혀 이질적이고 그녀의 취미가 내게는 견딜 수 없이 불쾌한 것이며 그녀의 마음씨가 천하고 저속하고 편협하고 보다 높은 것으로 높여질 수도 없고 보다 넓은 것으로 펼쳐질 수가 없는 것임을 발견했을 때에도, 끊임없이 퍼부어 대는 그 지독하고 얼토당토않은 심통이나 터무니없고 갈피를 잡을 수 없는 가혹한 명령을 견뎌 낼 수 있는 하인이 없으니 조용하고 안정된 살림살이를 하기는 다 틀려 버렸다는 것을 느꼈을 때에도, 그런 때에도 나는 자신을 억제했소. 나는 비난을 삼가고 잔소리를 줄이면서, 아무도 모르게 회한과 혐오를 씹어 삼키려 애썼고, 내가 느끼고 있는 강렬한 반감을 억눌렀소.

제인! 이 지긋지긋한 이야기를 자세히 늘어놓아 당신을 괴롭히지는 않겠소. 내가 말하려는 것을 몇 마디 강렬한 말로 표현해야겠소. 나는 사 년 동안을 저 위층에 있는 여자와 살았소. 그동안에 저 여자는 무던히도 나를 괴롭혔소. 그녀의 성격은 무섭게 빠른 속도로 익어 갔고 발달했소. 그녀의 악덕은 재빨리 싹이 터서 무성해졌소. 그리고 그 세력은 굉장하여 잔학한 수단으로밖에는 그걸 누를 길이 없었소. 그러나 나는 그런 잔학한 수단은 쓰고 싶지 않았소.

그 쥐꼬리만 한 지성에, 그 거인 같은 성벽! 그 성벽 때문에 내가 받은 저주가 얼마나 무서운 것이었던가! 미치광이 어머니의 친딸 버사 메이슨은, 술고래인 데다 부정한 아내에게 묶여 사는 남편이 겪어야 하는 모든 지긋지긋하고 창피한 고통 속으로 나를 끌고 다녔던 거요.

그동안에 내 형이 죽고 그녀와 동거한 사 년이 지난 후 아버지도 별세했소. 나는 부자가 됐소. 그러나 지독히도 불행했소. 세상에서 처음 보는 더럽고 불순하고 타락한 성질의 인간이 나와 맺어져 있었고 법률과 사회에 의하여 나의 일부라고 불리고 있었소. 그리고 내가 거기에서 도망칠 수 있는 법률적인 수속이란 없었소. '내 아내'가 발광했다는 것을 의사가 발견했기 때문이오, 그녀의 무절제가 광기의 씨를 일찌감치 싹 트게 했기 때문이오. 제인, 이런 이야기는 듣기 싫은가 보군. 기분이 언짢아 보이는데, 나머지 이야기는 다음 날로 미룰까?"

"아녜요. 지금 다 하세요. 동정해요. 진정으로 저는 당신을 동정하고 있어요."

"동정도 말이야, 제인, 어떤 사람한테 받는 것은 유해하고 화가 나는 거지. 그런 건 보내 준 사람의 입에다 도로 집어 동댕이쳐도 괜찮을 정도야. 그러나 그런 종류의 고통은 무신경하고 이기적인 마음에 고유한 것이오. 고통을 견뎌 낸 사람에 대한 무지한 경멸이 뒤섞인, 남의 불행을 들을 때 생겨나는 자기 본위적인 고통이란 말이오. 그러나 당신의 동정은 그게 아니야, 제인. 지금 이 순간 당신의 얼굴에 가득 차 있고, 당신의 두 눈에 넘쳐흐르고 있고, 당신의 가슴속이 차오르고, 내 손에 쥐어진 당신의 손을 떨리게 하고 있는 동정은 그런 동정이 아니오. 사랑하는 사람아, 당신의 동정은 수난당하는 사랑의 어머니야. 그 고통은 사랑이라고 하는 신성한 감정을 낳으려고 하는 진통의 아픔이오. 나는 기쁘게 받겠소, 제인. 거기서 탄생되는 딸을 자유롭게 태어나게 해요. 나의 팔은 그녀를 받아 안으려고 기다리고 있소."

"어서 그다음 이야기나 하세요. 부인이 정신 이상이 된 것을 알고 나서 어떻게 하셨죠?"

"제인, 나는 절망의 벼랑 끝에 다다랐소. 그때까지 남아 있는 내 자존심의 찌꺼기가 나와 심연 사이를 가로막고 있는 유일한 것이었소. 세상 사람의 눈으로 보기엔 나는 오욕의 불명예에 싸여 있었소. 그러나 나는 내 눈만은 깨끗한 시력을 가지고 있기로 결심했소. 그래 최후까지 그녀의 죄악에 오염되는 것을 거부했고, 그녀의 정신적 결함과 뒤엉클어지지 않으려고 몸부림쳤소. 그러나 세상은 내 이름이나 나라는 인간을 그녀와 연결시켜 놓았소. 나는 여전히 매일매일 그녀를 보고 그녀의 목소리를 들었소. 내가 숨 쉬는 공기에는 (지긋지긋한!) 그녀의 입김이 섞여 있었소. 거기다 또 나는 그녀의 남편이었다는 생각이 머릿속에 박혀 있었소. 그 생각을 하면 전에도 그렇지만 지금도 아주 지긋지긋하오. 그녀가 살아 있는 한 나는 도저히 딴 여자를 아내로 맞아들일 수가 없었소. 나보다 나이가 다섯 살이나 위였지만(그녀의 가족들이나 부친은 나한테 그녀의 나이를 가지고도 거짓말을 했던 거요.) 정신이 이상한 것과 같은 정도로 강건한 체력을 가지고 있었기 때문에 내가 살아 있는 한 그녀도 살아 있을 것 같았소. 이렇게 되어 나는 스물여섯 살이란 나이에 모든 희망을 잃었소.

어느 날 밤 나는 그녀의 절규를 듣고 잠이 깨었소. 의사가 광인이란 선고를 한 후 그녀는 물론 감금당해 있었소. 서인도 특유의 타는 듯이 더운, 그 지방에서 폭풍우가 오기 전에 흔히 있는 종류의 밤이었소. 나는 침대에서 잘 수가 없어서 잠자리에서 일어나 창문을 열었소. 공기는 마치 유황의 증기 같았는데, 기분 전환을 해 줄 만한 것은 아무것도 없었소. 모기가 잉잉거리고 날아 들어와 음울한 소리를 내며 방 안을 돌아다녔소. 방에까지 들려오는 바닷소리는 지진처럼 둔하게 울려오고 검은 구름이 그 위를 덮치고 있었소. 달은 달아오른 포탄처럼 시뻘겋고 넓적하게 파도 속으로 떨어지고 있었는데 폭풍의 소란으로 떨고 있는 하계에 핏빛 같은 마지막 일별을 던지고 있었소. 나는 이 분위기와 광경으로부터 육체적으로 영향을 받고 있었고, 내 두 귀는 광녀가 아우성치며 토해 내는 저주의 욕설로 가득 차 있었소. 그녀의 그 저주 속에서, 이따금 내 이름은 악마같이 독살스러운 어조와 더러운 말과 뒤섞였소. 직업적인 매춘부라도 그보다 더러운 말은 입에 담지 않을 거요. 방을 두 칸이나 사이에 두고 있었지만 내게는 그 한 마디 한 마디가 다 들려왔소. 서인도식 얄팍한 칸막이벽은 그녀의 늑대와 같은 아우성을 막아 낼 장애물 구실을 별로 하지 못했던 것이오.

나는 드디어 말했소. '이런 인생은 지옥이다! 이건 지옥의 공기다. 이건 밑창 없는 구렁텅이에서 나오는 소리다. 할 수만 있다면 여기서 스스로를 구출할 권리가 내게도 있다. 인간 세상의 이 괴로움도 내 영혼을 괴롭히고 있는 이 무거운 육체와 함께 소멸하게 되리라. 광신자들이 말하는 영원히 불타는 지옥 따위는 무섭지 않다. 지금보다 더 못한 미래란 있을 수가 없다. 여기에서 벗어나 하느님 곁으로 가자!'

나는 무릎을 꿇고 앉아 이 말을 했소. 그러곤 탄환이 장전되어 있는 피스톨이 들어 있는 트렁크의 자물쇠를 열었소. 자살하려는 것이었소. 그러나 그렇게 생각한 것은 잠시뿐이었소. 나는 미치지 않았기 때문에, 자살해 버리겠다는 소망과 계획을 낳았던 절묘하고 완전한 절망의 위기는 금방 지나가 버린 것이었소.

유럽 대륙에서 오는 바람이 바다를 넘어 불어오며 열린 창으로 몰려 들어왔소. 폭풍이 시작되고 비가 쏟아지고 천둥이 울리고 번갯불이 번쩍이고 공기는 맑아졌소. 그때 나는 한 가지 결심을 했소. 비에 젖은 정원에서 물방울 떨어지는 오렌지나무 밑을 거닐고, 축축이 젖은 석류나무와 파인애플 사이를 지나며, 열대의 눈부신 여명이 내 주위에서 밝아 오는 동안, 나는 이런 생각을 했소, 제인. 자, 들어 봐요. 그때 나에게 위안을 주고 나에게 바른 길을 가르쳐 주었던 것은 진짜 '솔로몬의 지혜'였소.

유럽 대륙에서 불어오는 향기로운 바람은 여전히 생기를 회복한 나뭇잎 속에서 소곤거리고 있었고, 대서양은 우렛소리를 울리며 장려한 자유를 누리고 있었소. 오랫동안의 고민으로 바짝 마르고 타 버린 내 가슴은 그 바닷소리에 맞추어 부풀어 오르고 생동하는 피가 넘치고 나의 생명은 신생을 갈망하고 내 영혼은 깨끗한 물 한 모금을 갈구하고 있었소. 나는 희망이 다시 살아나는 것을 보았소. 그리고 갱생이 가능하다는 것을 느꼈소. 정원 맨 아래쪽 꽃으로 이루어진 아치 밑에서 나는 바다를, 하늘보다 더 푸른 바다를 내다보았소. 낡은 세상은 저 멀리 가고, 맑은 앞길이 열려 있었소.

'가거라!' 희망이 말했소. '그래 다시 한번 유럽에 가서 살아라. 거기서는 네가 얼마나 오욕스러운 이름을 짊어지고 있는지, 얼마나 추악한 짐이 네 등에 얹혀 있는지 아무도 모른다. 광녀는 영국으로 데리고 가는 게 좋다. 그래 적절한 간호와 감시를 할 사람을 붙여 손필드에 감금하자. 그러고 나서는 어느 곳이든 가고 싶은 대로 가고, 네 마음에 드는 새 인연을 맺도록 하라. 너의 인내력을 악용한, 네 이름을 더럽히고 네 명예를 손상시키고 너의 청춘을 시들게 한 저 여인은 네 아내가 아니다. 그리고 너는 그 남편도 아니다. 그 여자는 증상에 따라 적절한 조치를 하도록 하자. 그러면 너는 하느님과 인간의 도리가 네게 요구하는 바를 다 한 것이다. 그 여자가 누구라는 것, 그 여자와 너 자신과의 관계는 망각 속에 묻어 버려라. 살아 있는 아무에게도 그것을 알려서는 안 된다. 그 여자를 안전하고 안락한 곳에 두고, 그 여자의 타락을 비밀로 덮어 감추고, 그리고 너는 그 여자의 곁을 떠나라.'

나는 꼭 이 암시대로 행동했소. 내 아버지와 형은 아는 사람들한테 내 결혼을 알리지 않았소. 그것은 내가 그 결혼을 알리는 첫 번째 편지에, 이 일을 절대 비밀로 해 달라고 간곡한 부탁을 해 두었기 때문이오. 나는 그때 벌써 이 결혼의 결과에 대해 몹시 혐오를 느끼기 시작했고, 여자의 일족의 성격이나 체질로 보아 무서운 전도가 앞에서 기다리고 있음을 알아차렸던 거요. 그리고 또 내 아버지가 나의 아내로 선택한 여자의 불미스러운 행동거지를 듣고는 며느리로 인정하기가 오히려 창피했기 때문에 아버지는 그 사실을 숨기고 있었던 것이었소. 그래 결혼을 공표하고 싶어 하기는커녕, 나와 마찬가지로 그것을 감추려고 애를 쓰고 있었던 거요.

나는 그 여자를 영국으로 데려왔소. 그런 괴물을 배로 실어 오느라고 나는 몹시 애먹는 항해를 했소. 간신히 손필드까지 데리고 와서 저 삼 층 방에 집어넣었을 때는 얼마나 기뻤는지 모르오. 그 후 오늘까지 십 년간 그녀는 저 비밀의 구석방을 야수의 소굴, 악마의 소굴로 해 온 것이오. 나는 그녀의 간호원을 붙여 주는 데도 곤란을 겪었소. 신뢰할 수 있을 만큼 충실한 사람을 고를 필요가 있었기 때문이오. 그러지 않으면 그녀가 아우성치는 것으로 해서 내 비밀이 폭로되고, 거기다 그녀는 며칠이고, 어떤 때는 몇 주간을 제정신이 아닐 때가 있는데 그동안은 줄곧 나에 대해 욕을 하고 있었으니까. 드디어 나는 그림스비 정신 병원에서 그레이스 풀을 구했소. 그레이스와 외과의인 카터(메이슨이 칼로 찔리고 물어뜯긴 날 밤에 그 상처에 붕대를 감아 준 사람이오.) 두 사람을 제외하곤 아무에게도 그 비밀을 알리지 않았소. 페어팩스 부인이 혹시 무슨 의심을 품고 있었는지 모르지만 그녀로서는 정확한 사실을 알 수가 없었소. 그레이스는 대체로 좋은 간호원임을 알게 되었소. 비록 그러한 직업에는 으레 따라다니는, 또 무엇으로도 고칠 수 없는 그녀의 잘못으로 인해 그녀의 밤샘 경계가 누그러져 낭패를 당한 적이 한두 번이 아니긴 하지만 말이오. 저 미친 여자는 교활하고 근성이 나빠요. 그래 그녀는 감시하는 사람이 잠시라도 딴전을 피우면 반드시 그 틈을 타서 일을 저지르는 데 실패하는 법이 없단 말이오. 한 번은 칼을 감춰 두었다가 그것으로 제 오라비를 찔렀고, 그 방 열쇠를 구해 가지고 있다가 밤중에 몰래 나온 적이 두 번 있었소. 첫 번째에는 자고 있는 나를 태워 죽이려고 했고, 두 번째에는 당신의 침실로 그 무시무시한 방문을 했던 거요. 그날 밤 그녀가 자신의 분노를 그 결혼 의상에만 쏟은 것을 나는 하느님께 감사했소. 아마 그걸 보고 자신이 결혼하던 때의 일이 어렴풋이 되살아났던 모양이오. 그러나 하마터면 무슨 일이 벌어질 뻔했는지 생각만 해도 견디지 못할 지경이오. 오늘 아침 내 목줄기를 향해 그렇게 뛰어 덤비던 것이 그 검붉은 얼굴을 나의 귀여운 비둘기 둥주리에 들이민 것을 생각하면, 나의 피는 얼어붙고……."

"그래서 여기로 데려다 놓으신 후에는 어떻게 하셨어요? 어디로 가셨나요?" 나는 그가 말을 끊고 있는 사이에 물었다.

"어떻게 했느냐고, 제인? 나는 도깨비불로 변신해 버렸소. 어디로 갔느냐고? 나는 4월의 바람처럼 여기저기 떠돌아다녔소. 유럽 대륙으로 건너가서 여러 나라를 돌아다녔소. 그러는 동안 나의 불변의 욕구는 내가 사랑할 수 있는 착하고 총명한 여인을 찾는 것이었소. 손필드에 두고 온 그 표독스러운 여자와는 정반대의 여인을."

"하지만 결혼은 못 하시죠."

"나는 결심하고 있었소. 그리고 나는 결혼할 수 있고 또 해야 된다는 확신을 가지고 있었소. 결국은 당신을 속인 것이 되고 말았지만, 나는 애당초 당신을 속일 생각은 조금도 없었소. 나는 솔직하게 모든 이야기를 털어놓고 당당하게 구혼을 하려고 했소. 사랑하고 사랑받을 자유가 있다고 생각하는 것은 극히 당연한 일로 생각되고 내게 지워진 저주와 상관없이 나의 입장을 이해하고 나를 받아들여 줄 수 있는 여성이 꼭 발견되리라는 것을 믿어 의심치 않았소."

"그래서요?"

"당신은 무얼 자꾸 물어볼 때면, 나를 웃음 짓게 한단 말이야, 제인. 당신은 무엇을 잔뜩 기다리고 있는 새처럼 눈을 뜨고 가끔 불안한 듯이 몸을 움직이거든. 마치 말로 하는 대답은 속 시원히 흘러나오지 않으니까 상대방의 마음속을 읽어 내려고 하듯이 말이야. 그런데 내가 이야기를 계속하기 전에 묻겠는데, 대관절 그 '그래서요?' 하고 묻는 건 무슨 뜻이오? 그건 당신이 상당히 자주 쓰는 짧은 말인데 그게 나에게 끊임 없이 이야기를 지껄이게 한 것이 몇 번인지 모르겠어. 왜 그렇 게 되는지를 난 모르겠소."

"다음엔 어떻게 됐어요? 어떻게 하셨어요? 결과가 어떻게 되었어요? 하는 뜻이에요."

"알겠소! 그런데 이번에는 무얼 알고 싶소?"

"마음에 드는 분을 찾으셨는지 못 찾으셨는지, 구혼을 하셨 는지 안 하셨는지, 하셨다면 어떤 대답이었는지요."

"내가 그런 사람을 찾아냈는지 못 찾았는지, 구혼을 했는지 안 했는지, 하는 것은 대답할 수 있소. 그러나 그 대답이 어떤 대답이었는가 하는 것은 앞으로 내 운명의 장부에 기재될 것 이오. 십 년이란 긴 세월을 난 이 나라의 수도에서 저 나라의 수도로 옮겨 다니며 살았소. 어떤 때는 상트페테르부르크서 살았고, 파리는 더 자주 가서 살았소. 또 어떤 때는 로마, 나 폴리, 피렌체 등지에 가서 살았소. 돈이 있고 오랜 가문이라는 패스포트가 있었기 때문에 나는 어떤 사회에도 마음대로 발 을 들여놓을 수가 있었고 나를 거절하는 사교계는 없었소. 나 는 영국의 귀부인, 프랑스의 백작 부인, 이탈리아의 귀부인, 독 일의 백작 부인 사이에서 이상의 여인을 찾으려 했소. 그러나 찾을 수가 없었소. 때로는 잠깐 동안 나의 꿈이 실현된 것 같 은 눈길과 마주치고 목소리를 듣고 모습을 본 것 같은 생각이 들었소. 그러나 곧 나는 미몽(迷夢)에서 깨어났소. 그렇다고 내가 마음씨나 용모나 완전한 것을 구하고 있었다고는 생각지 말아 주오. 나는 내게 어울리는 여성, 저 서인도의 크리오요 여자와는 정반대의 여성을 원했던 것인데, 그것은 허사였소. 설사 내가 완전히 자유로운 몸이라고 하더라도 나하고 결혼해 달라고 할 만한 여자는 그 여인들 가운데서 한 사람도 발견 못 했소. 어울리지 않는 결혼이 가져오는 위험, 공포, 증오에 대해서는 뜨거운 맛을 본 후였기 때문에, 실망은 나를 앞뒤 분별 못 하게 만들었소. 나는 낭비를 해 보았소. 그러나 주색에 빠지진 않았소. 그것만은 싫었고 지금도 싫소. 그것은 나의 서인도의 메살리나[15]의 특성이오. 방탕과 그 여자에 대한 뿌리 깊은 혐오는 쾌락에 빠져 있을 때에도 강력히 나를 억제했소. 방탕에 가까운 모든 향락은 나를 그 여자와 그 여자의 악덕에 접근케 하는 것으로 생각되었기 때문에 나는 그것을 피해 왔소.

그러나 난 혼자서는 살아갈 수 없었소. 그래서 정부를 반려로 삼아 보았소. 맨 처음에 내가 고른 것이 셀린 바랭스였소. 돌이켜 생각하면 스스로를 차 던지고 싶어지게 하는 또 하나의 단계. 그 여자가 어떤 여자인지, 또 어떻게 되어 그 여자와의 사이가 끊어졌는지는 당신도 이미 알고 있는 일이오. 셀린의 후임자가 둘 있었소. 이탈리아의 자친타와 독일의 클라라.

---

15) 로마 황제 클라우디우스의 세 번째 아내로, 방종한 행실과 궁정에서 벌인 여러 살해 음모로 악명 높은 인물.

둘 다 비상한 미인으로 알려졌던 사람이오. 그러나 아무리 미인이라 해도 몇 주만 지나면 그 아름다움은 내게 있어서 아무것도 아닌 것이 되어 버리는 거요. 자친타는 버릇없고 사나운 여자였소. 석 달 후에는 나는 그 여자에게 멀미가 났소. 클라라는 정직하고 조용한 여자였소. 그러나 굼뜨고 둔하여 내 취미에는 전혀 안 맞았소. 결국 충분한 돈을 주어 장사를 시작하게 해 주고, 깨끗이 헤어지고 나니 마음이 후련했소. 그런데 제인, 지금 당신의 기색을 보니, 당신은 나를 좋게 생각하지 않는 것 같구려. 아마 나를 몰인정하고 소행이 좋지 않은 바람둥이로 생각하는 모양이지?"

"정말, 전에 제가 마음속으로 사모했던 것만큼 좋아하지는 않아요. 이 여자에서 저 여자로 정부를 바꾸면서 살아가는 그런 생활을 조금도 나쁘다고 생각하지 않으시나요? 그걸 아주 당연한 일처럼 말씀하시는군요."

"나한테는 당연했소. 좋아서 한 짓은 아니지만, 그건 비굴한 생활이었소. 두 번 다시 그런 짓은 반복하고 싶지 않소. 돈의 힘으로 정부를 둔다는 것은 노예를 사는 것 다음가는 나쁜 일이지. 정부나 노예나, 때로는 천성이 그렇기도 하지만 그 지위로 보아서 열등한 사람들이오. 열등한 인간과 친밀하게 산다는 것은 타락이오. 셀린이나 자친타나 클라라와 지낸 시절은 이젠 생각하기도 싫소."

나는 그의 말에서 진실함을 느꼈다. 그리고 거기에서 하나의 분명한 결론을 끌어냈다. 가령 내가 자신을 잊고 지금까지 받아 온 모든 교훈을 잊어버리고 어떤 구실을 마련하고 정당

화하고 유혹에 넘어가서 그 가련한 여인들의 후임자가 된다든
지 하면, 지금 마음속에서 그녀들의 기억을 모독하고 있는 것
과 똑같은 감정으로 그가 나를 보게 되리라는 것이었다. 나는
이 확신을 입 밖에 내서 말하지는 않았다. 그것은 느끼는 것
만으로 충분했다. 나는 언젠가 시련을 만나게 될 때 스스로에
게 도움이 될 수 있도록 이 확신을 마음속 깊이 새겨 두었다.

"그런데 제인. 왜 '그래서요?'라고 말하지 않는 거요? 아직
할 이야기가 더 있는데. 그런데 심각한 얼굴이군. 아직도 나를
비난하고 있군그래. 하여튼 요점을 이야기하겠소. 지난 1월,
정부들하고는 모두 손을 끊고, 무익하고 쓸쓸한 방랑 생활의
결과, 쓰라린 가슴을 안고, 실망에 부식되어, 모든 인간 특히
모든 여성에 대한 쓰디쓴 기분으로(지적이고 충실하고 사랑스러
운 여인이란 생각은 한낱 꿈에 지나지 않는다고 생각하기 시작했기
때문에) 나는 볼일이 있어 영국에 돌아왔소.

어느 쌀쌀한 겨울날 오후. 나는 손필드 장이 보이는 곳까
지 말을 달려왔소. 지겨운 곳! 나는 거기에서 평화도 즐거움
도 기대하지 않았소. 헤이 오솔길의 층계 위에 조용히 혼자 앉
아 있는 사람의 모습을 보았소. 나는 맞은편에 있는 가지 자
른 버드나무 곁을 지나듯이 아무렇지도 않게 그 곁을 지나쳤
소. 나는 그것이 장차 내게 있어서 어떤 것이 되리라는 예감
도 전혀 들지 않았고, 나의 일생의 중재자가, 선인지 악인지는
모르지만 하여튼 나의 수호신이 평범한 차림으로 거기 그렇게
기다리고 있다고 하는 내심의 경고도 듣지 못했소. 메스루르
가 넘어져서 그 사람이 내게 다가와 심각한 얼굴로 도와주겠

다고 했을 때에도 나는 전혀 눈치채지 못하고 있었소. 어린애 같이 가냘픈 사람이었소. 마치 홍방울새가 내 발밑으로 깡충 깡충 뛰어와서 그 작은 날개 위에다 나를 태워 주겠다고 하는 것 같았소. 나는 기분이 나빴소. 그런데 그건 가려고 하질 않는 거야. 이상한 참을성을 가지고 내 곁에 서 있는 거야. 그런 데 표정이나 말하는 품이 일종의 위엄을 가지고 있는 거야. 도움을 받아야 한다는 거야, 자기 손에 의하여. 그리고 그 도움을 나는 받았지.

그 연약한 어깨에 손을 얹자 무언가 새로운 것, 신선한 생기와 감각이 내 체내에 나도 모르게 스며들었소. 이 꼬마 요정이 내게로 다시 돌아온다는 것, 아래쪽에 보이는 내 집에 소속되어진 사람이라는 것을 알고 나는 기뻤소. 그렇지 않았더라면 그것이 내 손 밑에서 빠져나가 어두컴컴한 산울타리 뒤로 사라지는 것을 보며 나는 이상한 아쉬움을 느끼지 않을 수가 없었을 것이오. 그날 밤 나는 당신이 돌아오는 소리를 들었소, 제인. 당신은 아마 내가 당신을 생각하고 당신을 주시하고 있는 줄을 몰랐겠지만 다음 날 나는 반 시간가량, 내 몸은 안 보이게 하고 당신이 아델러와 더불어 이 층 복도에서 놀고 있는 것을 주의 깊게 보고 있었소. 지금도 생각나는데 그날은 눈이 내렸소. 그래 아델러와 당신은 밖에 나갈 수가 없었소. 나는 내 방 안에 있었는데 문이 좀 열려 있었기 때문에, 목소리를 들을 수도 있었고 모습을 볼 수도 있었소. 당신은 표면상의 주의는 아델러한테 돌리고 있었으나, 생각은 딴 곳에 가 있다고 짐작되었소. 당신은 참을성 있게 아델러의 상대가 되어 주고 있었지. 귀여운 제인. 당신은 오랜 시간을 아델러와 이야기하고 그 애를 즐겁게 해 주었소. 그러다가 급기야 그 애가 당신 곁을 떠나자 당신은 금방 깊은 생각에 잠겨 버렸소. 당신은 천천히 이 층 복도를 거닐기 시작했소. 가끔 창 앞을 지날 때엔 펑펑 내리고 있는 눈을 내다보았소. 당신은 흐느끼는 듯한 바람 소리에 귀를 기울이다간 또 얌전히 걸음을 옮겨 놓으며 꿈을 꾸었소. 당신이 꾸고 있던 대낮의 꿈은 어두운 꿈은 아닌 것 같았소. 어쩌다 당신 눈에 나타나는 즐거운 듯이 반짝이는 빛과 당신 얼굴에 나타나는 조용한 흥분으로 보아 괴롭거나 까다롭거나 우울한 생각을 하고 있는 것 같지는 않았소. 오히려 당신의 표정은, 젊은 혼이 의욕의 날개를 펴고 희망의 뒤를 좇아 높이높이 이상의 천국을 향해 날아가는, 달콤한 청춘의 사색을 나타내고 있었소. 그때 홀에서 하인을 부르는 페어팩스 부인의 목소리가 당신의 꿈을 깨웠소. 그리고 그때 당신은 얼마나 미묘한 혼자 웃음을 띠고 있었던지, 제인! 당신의 미소에는 깊은 의미가 있었소. 그것은 날카로운 미소였고 자기 자신의 방심을 비웃는 듯한 것이었소. 그건 또 이렇게 말하는 것 같았소. '아름다운 꿈을 꾸는 것도 좋지만 그것은 비현실적이라는 것을 잊어서는 안 돼. 내 머릿속에는 장밋빛 하늘이 있고 꽃피는 녹색의 낙원이 있어. 그러나 밖에는 험난한 길이 발아래 놓여 있고 검은 폭풍이 몰려들고 있음을 나는 잘 알고 있어.'라고. 당신은 아래층으로 뛰어 내려가 페어팩스 부인한테 무슨 할 일이 없느냐고 물었소. 주말의 가계부 정리였던가, 아니면 그 비슷한 일이었다고 생각하오. 당신이 내 시야에서 사라져 보이지 않자 나는 안절부절못했소.

초조한 마음으로 나는 밤이 되기를 기다렸소. 당신을 내 앞에 부를 작정이었소. 당신의 성격은 내게 있어서는 보통이 아닌, 완전히 새로운 성격이라고 난 생각했소. 나는 그 성격을 좀 더 깊이 알아보고 더 잘 이해하고 싶었소. 당신은 수줍은 듯하면서도 도도한 태도와 표정을 하고 방으로 들어왔소. 당신은 이상한 복장을 하고 있었소. 지금도 그렇지만 나는 당신한테 이야기를 시켰는데, 얼마 안 가 당신에겐 기묘한 대조를 이루고 있는 것이 많다는 것을 발견했소. 당신의 복장이나 태도는 규칙에 의해 속박을 받고 있는 것처럼 보였소. 당신의 태도는 참하고 천성적으로 고상했지만 남들 앞엔 전혀 나서 보지를 않아서 무슨 버릇없는 짓을 한다거나 실수를 해서 유난히 남의 눈에 띄어 자신이 불리하게 되는 것을 두려워하고 있었소. 그러나 말을 걸면, 당신은 날카롭고 대담하고 빛나는 시선을 들고 상대방의 얼굴을 쳐다보았소. 당신이 던지는 시선의 하나하나에는 사람의 마음속을 꿰뚫어 보는 힘이 있었소. 이것저것 마구 물어보아도 당신은 금방 솔직한 대답을 하는 것이었소. 당신은 오래지 않아 내게 익숙해지는 것 같았소. 험상스럽고 까다로운 주인과 자기 사이에 공감이 존재함을 느낀 것 같았소. 어떤 즐거우리만큼 편안한 기분이 그렇게 빨리 당신의 태도를 안정시키는 것을 보고 나는 놀랐던 거요. 나는 닥치는 대로 호통을 치려 했지만, 당신은 나의 까다로움을 당하고도 놀라거나 무서워하지도 않고 당황하지도 불쾌해지도 않았소. 당신은 나를 주시하면서 무어라고 표현할 길 없는 천진하고도 총명한 애교를 띠어 내게 미소를 보내 주는 것이었소. 나는 그러한 당신을 보고 만족했고 또 자극을 받았소. 나는 당신의 하는 품이 좋았고, 더 좀 보고 싶었소. 그러나 오랫동안 나는 당신과 거리를 두고 대하고 여간해서는 한자리에 앉지도 않았소. 나는 지적인 미식가였소. 그래 이 전혀 새롭고 매서운 맛이 있는 지기(知己)를 만드는 기쁨을 될수록 오래 연장시키고 싶었소. 그뿐만 아니라 나는 혹시 내 멋대로 꽃을 다루었다가 시들지나 않을까, 그 꽃의 감미로운 매력인 신선미가 없어지지나 않을까 하는 것이 자꾸 염려되어 한동안 불안했소. 나는 그때 그게 한때 피었다가 져 버리는 꽃이 아니고, 깨어지지 않는 보석에 아로새겨진 눈부신 꽃이라는 것을 알지 못했던 거요. 거기다 나는 또 내가 당신을 피하면, 당신이 나를 찾나 안 찾나 보고 싶었소. 그러나 당신은 찾지 않더군. 당신은 당신의 책이나 화가(畵架)와 마찬가지로 조용히 공부방에만 틀어박혀 있었소. 혹시 우연히 나를 만나게 되어도 당신은 존경을 잃지 않을 정도의 가벼운 인사를 하고는 금방 지나쳐 버리는 것이었소. 그 무렵 당신의 표정은 언제나 무엇을 깊이 생각하고 있는 표정이었어, 제인. 병이 나지 않았으니 맥이 빠진 얼굴은 아니었지만, 희망도 없고 즐거움도 없었기 때문에 명랑하진 못했어. 나는 당신이 나를 어떻게 생각할까, 도대체 내 생각을 하기나 하는 걸까 궁금했소. 그걸 알아내기 위해 나는 다시 당신을 주목했어. 당신이 이야기를 할 때 보니, 당신의 눈길에는 기쁜 빛이 보이고 태도에도 즐거움이 나타나 보였소. 그래 나는 당신도 붙임성 있는 따뜻한 마음을 가지고 있다는 것을 알았소. 당신을 슬퍼 보이게 한 것은 바로 공부방이며 멀미 나는 생활이었던 거요. 나는 당신에게 친절하게 대하는 즐거움을 맛보기로 마음을 풀어 놓았소. 친절은 곧 감정을 움직여 놓고, 당신의 얼굴은 따뜻한 표정을 띠게 되고 목소리는 부드러워졌소. 나는 내 이름이 당신의 입술에 의해 즐겁고 명랑한 목소리로 불리는 것이 기뻤소. 그 무렵 나는 우연히 당신과 만나게 되는 것을 즐기고 있었소, 제인. 당신의 태도에는 무언지 알 수 없는 주저하는 기색이 있었어. 당신은 약간 걱정스러운 것 같은, 주저하는 듯한 의심의 눈길로 잠깐씩 나를 쳐다보았어. 당신은 나의 변덕스러운 마음이 어떻게 될 것인가, 주인 노릇을 하며 엄격하게 굴 것인가, 그렇지 않으면 친구가 되어 다정하게 대해 줄 것인가 하는 것을 알 수가 없었던 거요. 이미 나는 당신이 너무 좋아져서 주인 노릇을 하고 엄격하게 굴 수는 없게 되어 있었소. 그리고 내가 정성껏 손을 뻗치면, 생각에 잠겨 있는 당신의 젊은 얼굴에 홍조가 피어오르고 광채와 기쁨이 떠오르는 것을 보고, 나는 그때 그 자리에서 당신을 가슴에 끌어안고 싶은 충동을 억제하느라고 무척이나 애를 썼다오."

"그 무렵의 일은 인제 그만 말씀하세요."

나는 눈에서 몰래 눈물을 닦아 내며 그의 말을 막았다. 그의 말은 내게는 고통이었다. 왜냐하면 나는 내가 해야 할 일, 곧 해야 할 일을 알고 있었고, 이러한 회상이나 그의 감정의 고백은 그 일을 더욱 하기 어렵게만 만들 뿐이기 때문이었다.

"하지 말아야지, 제인." 그가 대답했다. "현재가 이처럼 확실하고 미래는 더욱 밝은데, 과거에 구애될 필요가 어디 있겠소?"

그가 정신없이 하는 말을 듣고 나는 몸을 부르르 떨었다.

"이젠 어떤 사정이었는지 알겠소?" 그가 말을 계속했다. "청춘 시절과 한창때를 반은 말할 수 없는 비참 속에서, 반은 쓸쓸한 고독 속에서 지내고 난 지금, 나는 처음으로 나도 진실한 사랑을 할 수 있다는 것을 발견했소. 즉 나는 당신을 발견한 거요. 당신은 나와 기질이 꼭 맞는 사람, 보다 훌륭한 나의 반신, 나의 착한 천사요! 나는 강한 애정으로 당신에게 매여 있소. 당신은 착하고 재주 있고 아름다운 사람이오. 나의 가슴속에는 타는 듯한 엄숙한 정열이 품어져 있고, 그것은 당신 쪽으로 기울어지고, 당신을 나의 중심으로, 생명의 원천으로 끌어당겨, 당신을 나의 존재로 감싸고, 맑고 강렬한 불꽃이 되어 타올라 우리를 한 덩어리로 녹이려 하고 있소.

당신과의 결혼을 결심한 것은 이것을 느끼고 알았기 때문이오. 나한테 이미 아내가 있지 않냐고 말하는 것은 의미 없는 조롱이오. 내게 있는 것이 아내가 아니라 무서운 악마라는 것은 당신도 알고 있소. 당신을 속이려 했던 건 나의 잘못이오. 하지만 나는 당신의 성격 속의 고집을 두려워했던 거요. 편견이 당신 마음속에 일찍 스며드는 것을 두려워했던 거요. 그래 위험을 무릅쓰고 비밀을 털어놓기 전에 당신을 안전하게 내 것으로 만들려고 했던 거요. 비겁했소. 나는 먼저 당신의 고결한 마음과 도량에 호소했어야 할 일이었소. 지금과 같이, 내 괴로운 인생을 숨김없이 털어놓고, 보다 높고 보다 가치 있는 삶에 대한 주림과 목마름을 이야기하고, 충실하고 깊은 애정으로 나의 사랑에 응해 줄 사람을 충실하고 깊게 사랑하겠다는 나의 결심, 아니 이 말로는 부족해, 나의 거역할 수 없는 진로를 보여 주었어야만 했소. 그러고 나서 당신에게 나의 충성의 맹세를 받아 주고 또 당신의 충성을 내게 맹세해 주기를 부탁했어야 했소. 제인, 지금 나한테 그걸 해 주오."

잠깐 동안 침묵이 흘렀다.

"왜 말이 없소, 제인?"

나는 괴로운 시련을 겪고 있었다. 빨갛게 불에 달군 쇠로 된 손이 나의 급소를 쥐고 있었다. 사투와 암흑과 몸을 태우는 고통으로 가득 찬 무서운 순간이었다. 지금까지 이 세상에 살아온 어느 누구보다도 나는 사랑받기를 원하고 있었다. 이렇게 나를 사랑해 준 분을 나는 절대적으로 숭배하고 있었다. 그러나 나는 사랑도 우상도 버려야만 했다. 쓸쓸한 한마디 말에 나의 견딜 수 없는 의무가 포함되어 있었다. "떠나라."

"제인, 내가 당신한테 무엇을 원하는지 알겠지? 이 약속 한 마디만 해 주오. '나는 당신의 것이 되겠어요, 로체스터 씨.'라고."

"로체스터 님. 저는 당신의 것이 되지 않겠어요."

다시 긴 침묵이 흘렀다.

"제인!" 그가 다시 입을 열었다. 그 부드러운 어조는 나의 가슴을 슬픔으로 터지게 하는 것 같았고 불길한 공포로 나를 돌덩이처럼 얼려 놓았다. 그것은 막 자리에서 일어나려고 하는 사자(死者)의 숨찬 허덕임이었기 때문이다. "제인, 당신과 내가 각각 딴 길을 가자는 이야기요?"

"네."

"제인." 그가 몸을 굽혀 나를 포옹하면서 물었다. "아직도 그 결심에 변함이 없소?"

"네."

"이래도?" 이번에는 내 이마와 뺨에 부드럽게 키스했다.

"네." 나는 재빨리, 그리고 완전히 그의 손에서 빠져나와 버렸다.

"오오, 제인. 이건 너무해! 이럴…… 이럴 수가 있나. 나를 사랑한다고 해서 나쁠 건 없을 텐데."

"당신 말씀에 따르는 것은 옳지 않아요."

광포한 표정이 그의 얼굴을 스치며 그의 눈썹이 치켜올라갔다. 그는 자리에서 일어섰다. 그러나 아직 참고 있었다. 나는 몸을 지탱하기 위해 한 손으로 의자 등받이를 짚었다. 몸이 떨리고, 무서웠다. 그러나 나는 결심했다.

"잠깐만, 제인. 당신이 가 버린 후의 나의 무서운 삶을 한 번만 생각해 보오. 당신과 함께 모든 행복이라는 것은 찢어져 나가 버리는 거요. 그러면 무엇이 남겠소! 저 위층에 있는 미치광이 여자가 내 아내로서 남아 있을 뿐이오. 차라리 저기 보이는 묘지의 시체를 붙여 주는 게 낫지. 나는 어떻게 하면 좋소, 제인? 어디 가서 반려를 구하고, 어디 가서 희망을 찾지?"

"저 하는 대로 하세요. 하느님을 믿고, 자신을 믿으세요. 천국을 믿으세요. 거기서 다시 만나기를 원하세요."

"그러면 당신은 내 말을 안 들어주겠다는 거요?"

"네."

"그럼 나보고 비참하게 살다가 저주받고 죽으라고 하는 거로군?" 그의 목소리가 높아졌다.

"죄 없이 사세요. 그리고 부디 평안한 죽음을 맞으시길 빌어요."

"그러면 나에게서 사랑과 순결을 빼앗는 거요? 나를 다시 정열 대신에 육욕으로, 일 대신에 악덕으로 집어 던지는 거요?"

"로체스터 님. 저는 저 자신도 그런 운명을 택하려 하지 않는 것과 마찬가지로 당신께 그런 운명을 떠맡기려는 것이 아녜요. 우리는 애쓰고 참기 위해서 이 세상에 태어났어요. 당신도 저도 마찬가지예요. 제발 애쓰고 참아 나가세요. 제가 당신을 잊기 전에 당신이 먼저 저를 잊어버리시겠죠."

"당신은 그런 말로 나를 거짓말쟁이로 만드는구려. 당신은 나의 명예를 훼손시키고 있소. 내 마음은 변하지 않는다고 나는 확실히 말했소. 그런데 당신은 나의 면전에서, 내가 곧 마음이 변하리라고 말하고 있소. 얼마나 당신의 판단이 비뚤어져 있고 당신의 생각이 틀려 있는가 하는 것은 당신의 행동을 보면 분명하오. 인간이 만든 법(설사 그걸 깨뜨린다 해도 아무에게도 해가 되지 않는)을 일탈하는 것보다는 같은 인간을 절망으로 몰아넣는 것이 낫단 말이오? 더구나 나하고 함께 산다 하더라도 노여워할 친척이나 친지도 당신에겐 없는 터에 말이오."

그것은 사실이었다. 그리고 그가 이야기를 하는 동안 나의 양심과 이성은 나에게 반역하고 내가 그에게 반항을 하는 것이 죄악이라고 나를 책했다. 양심과 이성은 거의 '감정'과 같이 드높은 목소리로 미친 듯이 외쳐 댔다. '자, 승낙하라! 그의 비참한 꼴을 생각하라. 그가 직면한 위험을 생각하라. 그가 혼자 남게 되었을 때의 상태를 생각하고 그의 앞뒤 가리지 않는 성질을 명심하라. 절망에 뒤따르는 무모함을 생각하고, 그를 달래고 구원하고 사랑하라. 그리고 너는 그를 사랑하고 있으며 그의 것이 되겠노라고 말하라. 세상에 너를 걱정할 사람이 누가 있느냐? 네 행동으로 해를 입을 사람이 누가 있느냐?'

그러나 대답은 여전히 굴복하지 않는 것이었다. '내가 나를 걱정한다. 쓸쓸하고 고독하고 아무도 의지할 사람이 없으면 없을수록 나는 나 자신을 존경한다. 나는 하느님이 내려 주시고 인간에 의해 인정된 법을 지키리라. 지금과 같이 미치지 않고 바른 정신일 때 내가 받아들이는 원칙대로 살아 나가리라. 법이나 원칙은 유혹이 없을 때를 위해 있는 것은 아니다. 그것들은 지금과 같이 육체와 정신이 그 준엄성에 대해 반기를 들었을 때를 위해서 있는 것이다. 법과 원칙은 엄정한 것이며 침범되어서는 안 된다. 만약에 나 개인의 편의를 위해 침범해도 좋은 것이라면 무슨 가치가 있겠는가? 그것들은 가치 있는 것이다. 나는 항상 그렇게 믿어 왔다. 그런데 이제 내가 그것을 믿을 수 없다면, 그건 내 정신이 이상해진 탓이다. 아주 미쳐서, 혈관은 불같이 달아오르고 심장은 박동을 셀 수도 없을 만큼 빨리 뛰고 있는 까닭이다. 지금 내가 지켜야 할 것은 전부터 품어 온 의견, 전부터 가지고 있던 결심뿐이다. 나는 거기에 꿋꿋이 발을 디뎌야 하는 것이다.'

나는 그대로 발을 디뎠다. 로체스터 씨는 내 얼굴빛을 읽고 내가 결심을 한 것을 알았다. 그의 분격은 절정에 다다랐다. 그는 나중에는 어떻게 되든 우선은 거기에 몸을 맡겨야 했다. 그는 마루를 가로질러 와선 내 팔을 쥐고 내 허리를 잡았다. 그는 타오르는 듯한 눈으로 잡아먹을 듯이 나를 노려보았다. 그 순간 나는 나의 육체가 용광로의 열풍과 불길에 노출된 보릿대처럼 무력한 것을 느꼈다. 그러나 정신적으로는 나의 넋을 잃지 않고 있었으며 그것으로써 결국은 무사하리라는 것을 확신하고 있었다. 다행히 넋은 눈이라고 하는, 때로 무의식적이기는 하지만 충실한 통역자를 가지고 있었다. 나는 시선을 들었다. 그리고 그의 얼굴을 바라보면서 나도 모르게 한숨을 쉬었다. 그는 아플 정도로 나를 움켜쥐고 있었고, 과중한 부담으로 나는 온몸의 힘이 탈진해 버린 것 같았다.

그가 이를 갈며 말했다. "이렇게 연약하면서 이렇게 고집이 센 사람은 내 보다 보다 처음이로군. 손에 쥐고 보면 갈대같이밖엔 생각되지 않건만!(그는 세차게 나를 흔들었다.) 인지와 엄지손가락만 가지고도 꺾어 버릴 수 있을 것 같다. 하지만 꺾고 찢어발기고 깨뜨려 버린다 해도 그게 무슨 소용이랴? 저 눈을 보라. 용기 이상의 것, 엄정한 승리감으로 내게 도전하며 저기에서 내다보고 있는 단호하고 격렬하고 자유로운 것을 보라. 가령 우리는 어떻게 할 수 있다 해도 그 옥 속에 든 것, 야성적이며 아름다운 생물에는 손이 닿지를 않아! 우리를 부수고, 약한 감옥을 깨뜨린다 해도 나의 폭행은 갇혀 있는 수인(囚人)을 놓쳐 버릴 뿐이야. 나는 그 집의 정복자가 될 수는 있지만, 내가 저 진흙으로 지은 집을 나의 소유라고 주장하기도 전에 그 주민은 천국으로 도망치고 말겠지. 내가 원하는 것은 당신이오. 연약한 육체뿐만이 아니고 의지와 힘을 가지고 미덕과 순결을 갖추고 있는 당신의 정신이오. 당신으로 말하면 원하기만 한다면 언제고 나에게 소리 없이 날아와서 내 가슴에 깃들 수 있소. 또 당신의 뜻에 맞지 않는다면 붙잡힌다 하더라도 정기(精氣)처럼 내 손아귀에서 빠져나갈 거요. 당신의 향기를 내가 들이마시기도 전에 당신은 사라져 버릴 거요. 아, 내게로 와요, 제인, 어서!"

이렇게 말하면서 그는 나를 잡고 있는 손을 풀어 놓아주고 나를 쳐다보기만 하고 있었다. 그 표정은 오히려 미친 듯이 나를 끌어안을 때보다도 더 반항하기 어려웠다. 그러나 이제 그 앞에 굴복하는 것은 바보짓이었다. 지금까지 나는 그의 분노와 맞서 그걸 좌절시켜 왔다. 이제는 그의 슬픔에서 도망쳐야 했다. 나는 문 쪽으로 물러났다.

"가겠소, 제인?"

"가겠어요."

"나를 두고 가겠소?"

"네."

"오지 않겠소? 나의 위안자, 나의 구원자가 되어 주지 않겠소? 나의 깊은 사랑, 나의 미칠 듯한 슬픔, 나의 광포한 기도는 결국 당신에게는 아무것도 아니란 말이오?"

얼마나 큰 형용할 수 없는 비애가 그의 목소리에 서려 있었던가! 그리고 단호하게 "전 가겠어요." 하고 다시 한번 말하기가 얼마나 어려웠던가?

"제인!"

"로체스터 님!"

"그럼 가구려. 가도 좋아요. 하지만 기억해 두오, 당신은 슬픔 속에 나를 빠뜨려 놓고 간다는 것을. 내가 지금까지 한 이야기를 다시 한번 생각해요, 제인. 나의 고통에 눈을 돌리고, 나를 생각해 주오."

그는 돌아서서 소파 위에 몸을 던지고 얼굴을 묻어 버렸다. "오, 제인! 나의 희망, 나의 사랑, 나의 생명이여!" 하는 슬픔에 찬 목소리가 그의 입술 사이에서 새어 나왔다. 그리고 낮은, 그러나 격렬한 흐느낌이 시작되었다.

나는 이미 문간에까지 와 있었다. 그러나 독자여, 나는 돌아갔다. 내가 물러날 때와 마찬가지로 결연한 태도로 그에게 도로 걸어갔다. 나는 그의 곁에 무릎을 꿇었다. 그의 얼굴을 쿠션에서 들어 나를 향하게 하고 그의 뺨에 키스했다. 그리고 손으로 그의 머리를 쓰다듬어 주었다.

"하느님의 축복이 있으시길, 나의 주인님." 내가 말했다. "재앙과 과실에서 당신을 구해 주시고, 당신을 위로하고 인도하여 주시고, 지난날 제게 주신 당신의 친절에 대해 하느님께서 잘 보답해 주시길 빌겠어요."

"귀여운 제인의 사랑이야말로 무엇보다 훌륭한 보답이었소." 그가 대답했다. "그것 없이는 내 가슴은 터지고 마는 거요. 그러나 제인은 내게 사랑을 줄 거요. 그렇고말고. 고귀하게, 아낌없이."

그의 얼굴에는 핏기가 솟구쳐 올랐다. 그의 눈에서는 섬광이 튀어나왔다. 그는 벌떡 일어서 두 팔을 벌렸다. 그러나 나는 그의 포옹을 피하여 얼른 방을 나와 버렸다.

'안녕히 계셔요!' 그의 곁을 떠나는 나의 마음은 외쳤다. 절망이 거기에 덧붙였다. '안녕히 계셔요, 영원히!'

그날 밤, 나는 잠을 자려고는 생각지 않았다. 그러나 어쩐 일인지 침대 위에 눕자마자 금방 잠들어 버렸다. 꿈속에서 나는 어린 시절의 어떤 장면으로 되돌아가 있었다. 나는 게이츠헤드의 붉은 방에 누워 있는데, 깜깜한 밤이었고 내 마음속은 이상한 공포로 짓눌려 있었다. 지난날 나를 기절까지 시킨 그 불빛이 꿈속에 다시 나타나 슬금슬금 벽을 기어 올라가 흔들거리면서 어두컴컴한 천장 한가운데에 머무르려고 하고 있는 것처럼 보였다. 나는 머리를 들어 쳐다보았다. 그러자 지붕은 사라지며 높고 어슴푸레한 구름으로 변해 버렸다. 은은한 빛은 달이 막 갈라 놓으려는 구름에 던지는 빛과 같은 것이었다. 나는 달이 구름에서 나오는 것을 지켜보았다. 달의 표면에 운명을 예언하는 어떤 말이 적혀 있기나 한 것처럼 비상한 기대를 가지고 지켜보고 있었다. 달은 여태까지는 보지 못했던 식으로 구름에서 나왔다. 먼저 한 개의 손이 검은 구름의 층에 쑥 찔러지더니, 그것이 구름을 흩트려 치워 버렸다. 그러자 나타난 것은 달이 아니라 하얀 사람의 모습이(눈부시게 빛나는 이마는 지상을 향한 채) 창공에서 빛나는 것이었다. 나는 그것을 응시하고 그것도 나를 응시했다. 그리고 나의 마음을 향해 말을 했다. 헤아릴 수 없을 만큼 먼 목소리였지만 또 아주 가깝게 그것은 나에게 속삭였다.

"내 딸아, 유혹에서 몸을 피해라."

"어머니, 그렇게 하겠어요."

몽롱한 꿈에서 깨어난 후 나는 이렇게 대답했다. 아직 밤이었다. 그러나 7월의 밤은 짧았다. 자정이 지나면 얼마 안 있어 먼동이 튼다. '해치워야 할 일을 시작하는 데 너무 이르다는 법은 없다.' 나는 생각했다. 나는 일어났다. 간밤에 신밖에 벗어 놓지 않았기 때문에, 옷은 입은 채였다. 속옷, 로켓,[16] 반지 등이 서랍 어디에 들어 있는지 알고 있었다. 그걸 찾다가 며칠 전 로체스터 씨가 억지로 내 손에 쥐여 준 진주 목걸이가 손에 닿았다. 나는 그것을 그냥 두었다. 그건 내 것이 아니었다. 그것은 공중으로 사라진 환상의 신부의 것이었다. 다른 것들은 한 덩어리로 꾸렸다. 돈 20실링(그것이 나의 전 재산이었다.)이 들어 있는 지갑은 호주머니에 넣었다. 밀짚모자를 쓰고 숄을 두르고 보퉁이를 들고, 아직 신고 싶지 않았던 신발은 손에 집어 들었다. 그러고는 살그머니 방을 빠져나왔다. "안녕히 계셔요. 친절한 페어팩스 부인!" 그녀의 방 앞을 지나며 나는 소곤거렸다. "잘 있거라, 귀여운 아델러!" 나는 애들 방 쪽을 흘끔 쳐다보면서 말했다. 아델러의 방에 들어가 작별의 포옹을 한다는 것은 생각도 해서는 안 될 일이었다. 나는 예민한 귀를 속여야만 했다. 내가 알기로는 이때 그가 귀를 기울이고 있을 것이기 때문이었다.

---

16) 사진, 머리카락, 기념품 등을 넣어 목걸이에 다는 작은 금합.

나는 로체스터 씨의 방문 앞을 그냥 지나치려고 했다. 그러나 그 앞에서 나의 심장은 일순간 박동을 멈추었기 때문에 나의 발길도 저절로 멈춰 버렸다. 방 안에서는 잠자는 기색이 없었다. 방의 주인은 계속해서 방 안을 왔다 갔다 하고 있었다. 그리고 내가 듣고 있는 동안에도 몇 번이나 한숨을 쉬었다. 내가 마음만 돌린다면 바로 이 방 안에 나의 천국(비록 일시적인 천국이기는 하지만)이 있는 것이었다. 나는 그저 들어가서 이렇게 말하기만 하면 되었다. "로체스터 님, 당신을 사랑하겠어요. 그리고 죽는 날까지 당신과 함께 살겠어요." 그러고 나면 기쁨의 샘물이 나의 입술로 뿜어 오를 것이었다. 나는 그것도 생각해 보았다.

잠들지 못하고 있는 저 친절한 주인은 지금 초조하게 날이 새기를 기다리고 있었다. 아침만 되면 나를 부르러 사람을 보낼 것이다. 나는 가 버리고 없을 것이다. 그는 나를 찾을 것이다. 그러나 그건 소용없는 짓. 그는 버림받은 기분일 것이다. 사랑을 거절당하고 그는 괴로워할 것이다. 아마 자포자기에 빠질 것이다. 나는 그것도 생각해 보았다. 내 손이 자물쇠를 향해 움직였다. 그러나 손을 도로 물리고 소리를 죽여 걸음을 옮겨 놓았다.

쓸쓸하게 나는 아래층까지 내려왔다. 나는 내가 할 일을 알고, 기계적으로 움직였다. 나는 부엌에 가서 옆문의 열쇠를 찾았다. 나는 또 기름병과 깃털을 찾아서 열쇠와 자물쇠에 기름칠을 했다. 나는 또 물을 좀 마시고 빵도 좀 먹었다. 먼 길을 걸어야 할지 몰랐기 때문이다. 그리고 근래에 와서 약해진 내 체력이 탈진해서는 안 되기 때문이었다. 이러한 모든 일을 나는 소리 한 번 내지 않고 다 했다. 나는 문을 열고 밖으로 나와 소리 나지 않게 다시 닫았다. 마당에는 희미한 여명의 빛이 감돌고 있었다. 대문은 잠겨 있었다. 그러나 그 곁의 쪽문은 빗장만 질러 놓은 상태였다. 그리로 해서 나는 나갔다. 그리고 그 쪽문도 닫았다. 그렇게 해서 나는 손필드 밖으로 나온 것이다.

들판 너머로 1마일쯤 되는 곳에 밀코트의 반대 방향으로 뻗은 길이 있었다. 나는 그 길을 가 본 적은 없지만 길이 있는 것은 알고 있었고, 어디로 가는 길인지 궁금하게 생각했더랬다. 나는 그쪽으로 발길을 향했다. 이젠 지난 일은 생각해선 안 되었다. 뒤도 돌아보아서는 안 되었다. 앞을 내다보아서도 안 되었다. 과거나 미래에 대해 일절 생각을 하지 말아야 했다. 과거는 천상의 것처럼 즐겁고, 또 한없이 슬픈 페이지이며 그 한 줄만 읽어도 나의 용기는 좌절되고 내 힘은 무너져 내릴 것이다. 미래는 무서운 공백이었다. 대홍수가 지나간 뒤의 세계와 같이.

해가 떠오를 때까지 나는 들판과 산울타리, 오솔길을 따라 걸었다. 틀림없이 청명한 여름 아침이었다고 생각한다. 집을 나설 때 신은 신발이 얼마 안 있어 아침 이슬에 흠뻑 젖어 버렸던 것도 기억하고 있다. 그러나 나는 떠오르는 해도 쳐다보지 않았고 미소 짓는 하늘도 잠을 깨는 대자연도 돌아보지 않았다. 아름다운 경치 속으로 해서 단두대로 끌려가는 사람은 길가에서 미소 짓는 꽃을 생각하는 것은 염두에 없고 오직 생각되는 건 단두대와 도끼날이며, 뼈와 혈관이 절단되는 순간이며, 종말에 가서는 입을 벌리고 있는 묘혈뿐이다. 나도 쓸쓸한 도피와 찬 이슬을 피할 길 없는 집 없는 유랑을 생각했다. 그리고 아아, 뒤에 두고 온 것을 생각하고 아픈 가슴을 쥐어뜯었다. 그건 생각 안 하려 해도 안 할 수가 없었다. 그때쯤 방 안에서 떠오르는 해를 바라보고 서 있을 그를 나는 생각했다. 그리고 아마 내가 곧 자기한테 와서, 자기와 함께 살고 자기 것이 되겠노라고 말하기를 기다리고 있을 것이었다. 나는 그의 것이 되고 싶었다. 돌아가고 싶었다. 그때도 늦지 않았더랬다. 그에게 이별의 고통을 주지 않을 수도 있었던 것이다. 아직 나의 도망이 발견되지 않았을 것은 분명했다. 그러므로 나는 돌아가 그의 위안자가 되어 주고, 그의 자랑이 되어 주며 불평이나 파멸로부터의 구원자가 될 수도 있었다. 아아, 그가 자포자기할지도 모른다는 불안이 얼마나 나를 괴롭혔던가! 나의 가슴을 찌른 것은 빠지지 않는 가시 돋친 화살촉이었다. 그것은 뽑으려 하면 나의 살을 찢었고, 회상에 의해 그것이 자꾸만 깊이 박힐수록 내 마음은 병들어 갔다. 새들은 풀숲과 잡목숲 속에서 노래하고 있었다. 새들은 제각기 제 짝에게 충실했다. 새들은 애정의 상징이었다. 나는 무엇이었던가? 가슴 아픔과 도의를 지키려고 하는 노력 속에서 나는 자신을 미친 듯이 증오했다. 자신을 정당화하려 해 봤자 그것은 위로가 되지 못했다. 자존심조차도 위로는 되지 못했다. 나는 나의 주인을 해치고 상처를 주고 버리고 온 것이었다. 나 자신의 눈으로 보기에도 내가 미웠다. 그래도 나는 되돌아갈 수는 없었다. 한 걸음도 되돌아갈 수는 없었다. 하느님이 나를 인도하셨음에 틀림없다. 격렬한 슬픔은 내 의지를 짓밟아 버렸고 내 양심을 질식시켜 버렸으니까. 나는 고독한 길을 걸어 나가며 미친 듯이 소리 내어 울었다. 열에 들뜬 사람처럼 나는 점점 더 빨리 걸음을 옮겨 놓았다. 그러다가 내부에서 시작되어 사지로 터진 쇠약으로 나는 쓰러졌다. 나는 한참 동안 젖은 풀숲에 얼굴을 박고 땅바닥에 쓰러져 있었다. 그때 나는 여기서 죽는 것이 아닌가 하는 두려움, 아니 죽어 버렸으면 하는 희망을 가지고 있었다. 그러나 나는 일어섰다. 두 손과 두 발로 땅바닥을 기어 나가다가 다시 두 다리로 일어섰다. 전과 마찬가지로 길에 이르고자 하는 열의와 결심을 가지고.

길에 다다르자 나는 산울타리 밑에 앉아 쉬지 않을 수가 없었다. 그리고 앉아 있는 동안에 나는 수레바퀴 소리를 들었고 한 대의 마차가 오는 것을 보았다. 나는 일어서서 손을 들었다. 마차가 섰다. 어디까지 가느냐고 물었더니 마부는 멀리 떨어져 있는 어떤 고장의 이름을 댔다. 그 고장이 로체스터 씨와는 아무 관련이 없는 곳이라는 것을 나는 알고 있었다. 거기까지 태워다 주는 데 얼마나 내면 되느냐고 물었더니 30실링이라고 대답했다. 그래 20실링밖에 없다고 했더니 그렇게라도 태워다 주겠다고 했다. 게다가 그는 또 마차 안이 비었으므로 마차 안에다 태워 주었다. 내가 안으로 들어가자 문이 닫히고 마차는 굴러가기 시작했다.

친애하는 독자여, 그때 내가 겪었던 느낌을 당신은 경험하지 않으시게 되길! 내 눈에서 쏟아져 나온 격렬하고 끓어오르는, 가슴속에서 쥐어 짜낸 것과 같은 눈물을 당신은 흘리지 마시기를. 그때 내 입술에서 나온 것과 같이 절망적이며 고뇌에 찬 기도를 하느님께 드리는 일이 없으시기를. 나처럼 진심으로 사랑하는 사람에게 재앙의 씨가 되는 것을 두려워하는 일 같은 건 없으시기를.

28장

이틀이 지났다. 여름날 저녁이었다. 마부는 나를 위트크로스라는 곳에서 내려 주었다. 그는 내가 낸 돈으로는 그 이상 더 실어다 줄 수 없었고, 나는 이 세상에서 그것밖에는 한 푼도 더 가진 게 없었다. 마차가 이미 1마일쯤이나 멀어졌을 때인데, 나는 혼자였다. 그 순간 안전하게 둔다고 마차의 짐칸 속에 넣었던 보따리를 꺼내는 것을 잊어버렸음을 알아차렸다. 보따리는 거기 그냥 있을 것이다. 거기 있음에 틀림없었다. 그리고 나는 완전히 무일푼의 신세가 되어 버린 것이었다.

위트크로스는 도시도 아니고 촌락도 아니었다. 다만 네 개의 길이 교차하는 데에 돌기둥이 하나 서 있을 뿐이었다. 돌기둥은 하얗게 칠해져 있었는데, 아마 먼 곳에서나 어둠 속에서 잘 보이라고 그랬으리라. 그 꼭대기에 네 개의 팔이 뻗쳐 나와 있었는데 거기 쓰여 있는 것을 보면 그것들이 가리키고 있는 가장 가까운 마을이 10마일 떨어져 있고 가장 먼 곳은 20마일이 넘었다. 잘 알려져 있는 그 지명으로 나는 지금 어떤 주(州)에 내렸다는 것을 알았다. 음침한 황야가 계속되고 산맥으로 둘러싸인 북중부 지방의 어느 주였다. 내 뒤에도 좌우에도 광대한 황야가 펼쳐져 있었고 나의 발아래 깊은 계곡 건너편에는 여러 개의 산맥이 물결치고 있었다. 이 지방엔 인구도 적은 모양으로 길 가는 사람 하나 눈에 띄지 않았다. 길은 동서남북으로 하얗고 넓고 쓸쓸하게 뻗쳐 있었다. 어느 길이나 황야를 관통하고 있었고 히스는 무성하여 길의 양편 가장자리까지 뒤덮고 있었다. 그러나 우연히 지나가는 길손이 있을지 몰랐다. 나는 아무의 눈에도 띄기가 싫었다. 분명히 목적도 없고 길을 잃은 모양으로 이 도표(道標) 앞에서 우물쭈물하고 있는 나를 어떤 낯모르는 사람이 본다면, 대체 무얼 하고 있는 걸까 하고 이상히 여길 것이었다. 나는 또 믿을 수 없이 들리고 또 점점 의심만 더 깊게 할 말밖엔 대답할 수 없을 것이었다. 이 순간 나를 인간 세상과 연결시켜 주는 끈은 없었다. 나를 나와 같은 인간들이 사는 곳으로 부르는 매력도 없었고 희망도 없었다. 나를 보고 친절한 마음이나 호의를 가져 줄 사람은 한 사람도 없을 것이었다. 나에겐 만물의 어머니인 대자연밖에 친척이라곤 한 사람도 없다. 나는 그녀의 품을 찾아가 안식을 구하리라.

나는 곧장 히스 벌판으로 걸어 들어갔다. 갈색의 황야에 깊은 고랑을 파 놓고 있는 웅덩이를 향하여 무릎까지 무성하게 자란 풀숲을 헤치며 걸어 나갔다. 길을 따라 돌아서자 그 구석진 곳에 검은 이끼가 덮인 큰 화강암 바위를 보고는 그 밑에 가 앉았다. 황야는 높은 둑처럼 내 주변을 둘러싸고, 바위는 머리 위를 막아 주고 하늘은 바위 위쪽에 있었다.

그러나 거기에 앉아서 마음의 안정을 얻기까지는 한동안의 시간이 흘렀다. 혹시 근처에 들소라도 있지 않을까, 그렇지 않으면 사냥꾼이나 밀렵자가 나를 발견하게 되지나 않을까 하는 막연한 불안을 씻을 수 없었다. 바람이 휙 황야를 스쳐 가도, 황소가 달려드는 소린가 해서 번쩍 고개를 들고 떼새가 우는 소리만 들려도 사람 소린 줄 알았다. 그러나 이런 불안도 기우에 불과하다는 것을 알고, 또 날이 점점 어두워짐에 따라 적막이 사위를 지배하자 나는 마음을 놓았다. 그러나 그때까지 나는 아무 생각도 하지 못하고 귀를 기울이고 눈을 크게 뜨고 불안에 떨기만 했다. 그러다 인제야 나는 생각할 힘을 되찾은 것이었다.

나는 어떻게 해야 하나? 어디로 가야 하나? 아아, 할 일도 없고 갈 곳도 없는 처지에 이 무슨 견딜 수 없는 물음이었던가! 내가 인간이 사는 마을에까지 이르자면 그 지치고 떨리는 다리로 아직도 창창한 길을 걸어야 할 텐데……. 하룻밤 잠자리를 얻자면 차디찬 인정에 매달려야 하고 내 사정 이야기를 들어 주고 내 소망의 한 가지라도 해결하려면 마지못해 어쩔 수 없이 베푸는 동정을 구걸하고 확실한 거절은 각오해야 될 형편인데!

나는 히스를 만져 보았다. 그것은 말라 있었다. 그러나 여름

낮의 열기가 남아 있어 아직 따뜻한 기운이 있었다. 나는 하늘을 올려다보았다. 바위의 갈라진 틈새 바로 위쪽으로 별이 보였다. 이슬이 내렸지만 다행히도 부드러웠다. 바람 한 점 없었다. 자연은 내게 은혜롭고 친절한 듯했다. 비록 의지할 곳 없는 신세지만 자연은 나를 사랑한다고 나는 생각했다. 그리고 인간에게는 불신과 거절과 모욕밖에 기대할 수 없는 나는 어버이를 따르는 자식의 심정으로 자연에 매달렸다. 적어도 오늘 밤만은 자연의 손님이 되는 거다. 나는 그녀의 딸이니까. 나의 어머니는 돈을 받지 않고도 나를 재워 주리라. 나는 아직 한 조각의 빵을 가지고 있었다. 한낮쯤 마차가 지나게 되었던 어느 마을에서 어쩌다가 주머니 속에서 발견된 돈, 내 마지막 한 닢의 동전으로 산 빵의 나머지였다. 흠뻑 익은 산앵두나무 열매가 빛나는 흑옥처럼 히스의 이쪽저쪽에서 반짝이고 있는 것이 보였다. 나는 그것을 한 주먹 따서 빵과 같이 먹었다. 심했던 공복감이 충족되지는 못했지만 이 은둔자가 먹는 음식의 덕으로 어느 정도 누그러졌다. 식사가 끝나자 나는 저녁 기도를 올리고 잠자리를 택했다.

바위 곁은 히스가 몹시 무성했다. 드러누우니까 내 발이 거기 묻혔다. 양편으로 높이 자라 있어서 밤바람이 스며들 틈이 별로 없었다. 나는 숄을 두 겹으로 접어서 이불 대신 덮었다. 이끼가 낀 나지막한 둔덕이 베개였다. 그렇게 잠자리를 정하고 보니, 적어도 초저녁에만은 춥지 않았다.

나의 휴식은 슬픈 마음이 깨뜨리지 않았다면 평안한 것이 되었으리라. 그러나 슬픈 마음은 입을 벌리고 있는 가슴속의 상처와 내심의 출혈과 끊어진 금선(琴線)을 개탄했다. 그것은 또 로체스터 씨와 그의 운명을 생각하고 떨었다. 그것은 쓰라린 연민으로 그를 슬퍼했으며 끊임없는 동경으로 그를 원했다. 그리고 두 날개를 잘린 새처럼 무력하면서, 그래도 그를 찾으며 찢긴 날개를 헛되이 떨었다.

이러한 가슴 아픈 생각에 지쳐 나는 무릎을 짚고 일어섰다. 밤이 깊어지자 별이 나왔다. 안온하고 조용한 밤이었다. 두려움이 따르기에는 너무도 청량한 밤이었다. 하느님이 편재하심을 우리는 알고 있지만, 하느님의 역사가 굉장한 규모로 우리 눈앞에 전개될 때 우리는 하느님의 존재를 실감하게 된다. 그리고 우리가 하나의 무한과 전능과 편재를 가장 명확히 읽어낼 수 있는 것은 하느님이 창조하신 무수한 세계가 조용히 궤도를 운행하는 구름 걷힌 밤하늘에서이다. 나는 로체스터 씨를 위해 기도드리기 위해 일어나 앉아 무릎을 꿇었다. 머리를 들자 나의 눈에 장대한 은하수가 보였다. 은하란 무엇인가, 얼마나 무수한 세계가 흐릿한 빛의 자국처럼 공간에 퍼져 있는가를 생각하고, 나는 하느님의 위력과 힘을 느꼈다. 나는 하느님께서 자신이 만드신 것을 구할 수 있는 힘을 가지고 계심을 믿었다. 이 대지도 또 그 대지가 소중히 간직하고 있는 인간 하나도 멸망하지 않으리라는 것을 차츰 알게 되었다. 나의 기도는 감사의 기도로 바뀌었다. 생명의 창조주는 영혼의 구세주이기도 했다. 로체스터 씨는 안전했다. 그는 하느님의 것이며 하느님의 보호를 받을 것이었다. 나는 다시 언덕의 품에 드러누웠다. 얼마 안 있어 나는 잠이 들어 슬픔을 잊어버렸다.

그러나 다음 날 궁핍은 창백하고 헐벗은 몰골로 나를 찾아왔다. 어린 새들이 둥주리를 떠나고, 벌들은 이슬이 마르기 전에 히스의 꿀을 모으기 위해 상쾌한 아침 공기 속을 날기 시작한 지 한참 후, 긴 아침 그림자가 짧아지고 태양이 대지와 하늘을 가득 채웠을 때, 나는 일어나서 주위를 돌아보았다.

얼마나 고요하고 따뜻하고 청명한 날이었는지! 한없이 펼쳐진 황야는 황금빛 사막이었다. 온통 햇빛뿐이었다. 나는 그 안에서 그리고 그 위에서 산다면 얼마나 좋을까 하고 생각했다. 나는 바위로 도마뱀이 지나가는 것을 보았다. 또 꿀벌이 산앵두나무 사이를 분주하게 날고 있는 것도 보았다. 나는 차라리 도마뱀이나 꿀벌이 되고 싶었다. 그리고 여기서 영원한 살 곳과 적당한 음식물을 찾을 수 있었으면 싶었다. 그러나 나는 사람이었고 사람만이 가지는 욕구를 가지고 있었다. 그 욕구를 충족시켜 주는 것이 아무것도 없는 곳에서 언제까지나 머뭇거리고 있을 수는 없었다. 나는 일어섰다. 그리고 방금 일어난 내 잠자리를 돌아보았다. 미래에 대한 아무 희망도 없이 나는 이것만을 원했다. 내가 잠자는 동안에 하느님께서 내 영혼을 불러 가실 생각을 하셨더라면, 그리고 이 피로한 육체가 죽음에 의해 더 이상 운명과 싸우지 않아도 되게 되어, 조용히 썩어 가지고 이 황야의 흙에 편안히 묻혀 버렸으면 얼마나 좋을까 하고. 그러나 생명은 모두 요구와 고통과 책임을 그냥 지닌 채로 아직도 나의 것이었다. 지워진 짐은 날라야 했다. 욕구는 충족되어야 하고, 고난은 견뎌야 하고 책임은 다해야 했다. 나는 출발했다.

나는 다시 위트크로스까지 돌아가서, 이제는 뜨겁게 높이 떠오른 태양을 등지는 길을 택해 걸어갔다. 햇빛을 등진다는 것 외엔, 다른 아무것에 의해서도 길을 선택할 의사가 없었다. 나는 오랫동안 걸었다. 그리고 이젠 더 이상 못 가겠다 싶고, 이젠 견딜 수 없을 정도가 된 피로 앞에 무릎 꿇어도 마음의 거리낌은 없으리라. 이젠 이 강행군을 쉬어도 좋으리라 생각하고 가까이에 있는 돌 위에 앉아 내 마음에도 사지에도 꽉 차 있는 무감각에 하는 수 없이 자신을 내맡겨 버렸을 때, 나는 종소리를 들었다, 교회의 종소리를.

나는 소리 나는 방향을 향했다. 그리고 거기 이미 한 시간 전부터 그 변화나 풍경을 보는 것도 그만두어 버렸던, 옛이야기에나 나올 법한 낮은 산들 사이에, 한 촌락과 교회의 첨탑이 있는 것을 발견했다. 나의 오른편 계곡은 온통 목초지와 보리밭과 숲이었다. 그리고 반짝이는 실개천 한 줄기가 농담(濃淡)이 다양한 녹색의 색조와 무르익은 곡식밭, 거무스름한 산림, 맑은 햇볕이 내리쬐고 있는 목초지 사이를 꼬불꼬불 흐르고 있었다. 나의 앞쪽 길에서 들리는 수레바퀴의 덜컹거리는 소리에 번쩍 정신이 든 나의 눈앞에 짐을 잔뜩 실은 마차 한 대가 언덕길을 애써 기어오르고 있는 것이 보였다. 거기서 멀지 않은 곳에 암소가 두 마리 있었고 그것을 몰고 가는 사람도 보였다. 인간의 생활과 인간의 노동이 내 몸 가까이에 있었다. 나도 싸워 나가야 했다. 다른 사람들과 마찬가지로 살기 위해 애쓰고 일해야 했다.

오후 두 시쯤 나는 마을로 들어섰다. 하나밖에 없는 길 맨 아래쪽에, 진열장에 빵을 늘어놓은 조그만 가게가 하나 있었다. 나는 그 빵이 탐나서 견딜 수 없었다. 그것만 먹으면 얼마간 기운을 회복할 수 있을 것 같았다. 그러지 않고서는 한 걸음도 더 걸을 수 없을 것 같았다. 나와 같은 인간이 살고 있는 곳으로 돌아오자마자 약간의 힘과 활기를 되찾고 싶은 생각이 되살아났다. 시골 마을의 길바닥에서 굶주려 졸도한다는 것은 부끄러운 일이라고 생각했다. 저 빵 한 개의 대가로 내놓을 만한 것이 내게는 아무것도 없단 말인가? 나는 생각했다. 나는 목에 조그만 손수건을 감고 있었고 장갑을 끼고 있었다. 나는 남자든 여자든 극단적인 궁지에 빠져 있을 때에는 어떻게 하는지를 알지 못했다. 나는 내가 가진 그런 것이 돈 대신받아 줄 수 있는 건지 없는 건지도 알지 못했다. 아마 안 될 것이었다. 그러나 해 봐야 했다.

나는 가게 안으로 들어갔다. 여자가 앉아 있었다. 귀한 차림새의 여자가 들어서니까 나를 귀부인이라고 생각했는지, 그녀는 공손히 내게 다가왔다.

"무얼 드릴까요?"

나는 부끄러움에 사로잡혀, 준비하고 있던 말이 입 밖에 나오지도 않았다. 나는 낡은 장갑이나 구겨진 손수건을 내놓을 수도 없었다. 거기다 그건 너무도 어리석은 짓이라는 생각이 들었다. 나는 피곤하니까 잠깐 좀 앉게 해 달라고 했을 뿐이었다. 손님이라고 생각하고 기대하던 것이 어그러지자 그녀는 쌀쌀한 태도로 내 요구를 들어줬다. 그녀는 의자 하나를 가리켰다. 나는 털썩 주저앉았다. 금방 울음이 터져 나올 것만 같았다. 그러나 그런 꼴을 보이는 것이 얼마나 우스꽝스러운 일인지 생각하고 간신히 참았다. 얼마 있다가 내가 그녀에게 물었다. "이 마을에 재봉사나 보통 바느질을 하는 사람이 있나요?"

"있어요, 두서너 사람쯤. 일거리에 알맞을 정도죠."

나는 생각했다. 나는 궁지에 빠져 있다. 곤궁과 직면해 있다. 나는 지금 아무 방책도 없고 친구도 없고 동전 한 닢 없는 입장이다. 무엇이든 해야 한다. 무엇을? 어디서든 일자리를 구해야 한다. 그러나 어디에서?

"혹시 이 근처에 식모를 구하는 댁이 있는지 모르시나요?"

"글쎄요, 모르겠어요."

"여기서는 주로 무슨 직업들을 갖고 있나요? 사람들은 대개 무슨 일을 하나요?"

"농부도 있고, 올리버 씨의 바늘 공장과 주물 공장에서 일하는 사람이 많죠."

"올리버 씨는 여자 일꾼도 쓰나요?"

"아뇨, 남자의 일인걸요."

"그러면 여자들은 무슨 일을 하나요?"

"모르겠어요." 하는 게 대답이었다. "모두 이것도 하고 저것도 하니까. 가난한 사람들은 무슨 일이든 닥치는 대로 해서 먹고살아야 하니까요."

그녀는 나의 질문에 싫증이 난 모양이었다. 사실 내게 그 여자한테 귀찮도록 질문을 할 무슨 권리가 있었던가? 근처 손님이 한두 사람 들어왔다. 내가 앉아 있던 의자가 필요한 모양이었다. 나는 가게를 나왔다.

나는 좌우의 집들을 모조리 살피면서 거리를 걸어 올라갔다. 그러나 어떤 집에도 들어갈 구실이나 유인(誘因)을 찾을 수 없었다. 결국 한 시간 이상을 때때로 좀 멀리 갔다간 되돌아오고 하면서 마을 주위를 걸어 다녔다. 몹시 피로하고 거기다 또 공복감으로 심한 고통을 받은 끝에 나는 오솔길로 접어들어서 산울타리 밑에 쪼그리고 앉았다. 그러나 얼마 안 있다 나는 다시 일어서서 무엇인가를, 살아 나갈 방편이나 그렇지 않으면 최소한 어떻게 하면 좋을지를 알려 줄 사람을 찾기 시작했다. 오솔길을 다 올라간 곳에 정원이 있는 조그맣고 아담한 집이 한 채 있었다. 정원은 아주 깨끗하고 꽃이 만발해 있었다. 나는 그 앞에서 걸음을 멈추었다. 나는 대관절 무슨 볼일로 그 하얀 문 앞으로 다가가 번쩍이는 노커에 손을 대려 하고 있었던가? 내게 도움을 주는 것이 이 집에 사는 사람들에게 어떻게 해서 이익이 될 수 있다는 건가? 하지만 나는 다가가서 노크를 했다. 마음씨가 고와 보이는 얼굴을 한 깨끗한 옷차림의 젊은 여인이 문을 열었다. 절망적인 심정과 쓰러지려는 육체에서가 아니면 나올 수 없을 법한, 불쌍할 정도로 낮고 더듬거리는 목소리로 나는 혹시 이 댁에 식모가 필요하지 않느냐고 물었다.

"아뇨, 저희 집에서는 식모를 두지 않아요."

"무슨 일이든, 제가 일을 좀 할 만한 데가 없을까요?" 내가 말을 계속했다. "저는 이곳엔 아는 사람이라고는 한 사람도 없는, 타관 사람이에요. 무슨 일이든지 좋으니까 어디 일자리가 좀 없을까 하고요."

그러나 나를 위해 생각을 해 준다거나 내게 일자리를 구해 주는 일은 그녀와는 아무 상관도 없는 일이었다. 그뿐만 아니라 그녀의 눈에는 내 인품이나 신분이나 이야기가 몹시 의심스럽게 보였음에 틀림없었다. 그녀는 고개를 저었다. 그리고 "미안하지만 뭐 알려 드릴 게 없"다는 것이었다. 그러고 나서 하얀 문은 아주 조용하고 정중하게 닫혀 버렸다. 그렇게 그 문은 나를 내쫓은 것이었다. 만약 그녀가 조금만 더 오래 문을 열고 서 있었던들 나는 분명 그녀에게 한 조각의 빵을 구걸했을 것이다. 이미 나는 천인(賤人)이 되어 버린 기분이었으니까.

나는 다시금 그 인색한 마을로 되돌아갈 수는 없었다. 그뿐만 아니라 그 마을은 도움을 받을 가망도 전혀 보이지 않는 곳이었다. 오히려 멀지 않은 곳에 보이는 숲으로 가 보고 싶었다. 울창한 그 숲은 내게 은신처를 제공해 줄 것만 같았다. 그러나 굶주림에 의하여 극도로 약해지고 기분도 나쁘고 괴로움을 겪고 있던 나는 본능적으로 음식이 있음 직한 인가의 주위를 언제까지나 배회하고 있었다. 기아라고 하는 독수리가 이처럼 내 옆구리에 부리와 발톱을 박아 놓고 있는 한, 고독도 고독이 아니고 휴식도 휴식이 아니었다.

나는 인가로 다가갔다간 물러나고, 다시 돌아왔다간 또다시 멀리 물러나기를 반복하고 있었다. 무엇을 구걸할 권리도, 이처럼 고독한 지경에 빠져 있는 나에게 관심을 기대할 권리도 없다는 것을 의식하기만 하면 내 발길은 인가로부터 밀려나가는 것이었다. 내가 이처럼 굶주리고 길 잃은 개처럼 헤매는 동안 오후는 저녁나절로 바뀌었다. 어떤 밭을 건너가면서 내 눈앞에 교회의 첨탑이 솟아 있는 게 보였다. 나는 바쁘게 그리로 갔다. 교회의 묘지 가까이, 정원 한가운데에, 조그맣지만 훌륭하게 지어진 집이 한 채 있었다. 목사관임에 틀림없었다. 아무런 친구도 없는 낯선 고장에 가서 일자리를 구하려는 사람이 흔히 목사를 찾아가 소개나 조력을 부탁한다는 것을 나는 생각해 냈다. 스스로를 돕고자 하는 사람을, 최소한 조언으로써 돕는다는 것은 목사의 의무인 것이다. 여기에서만은 무슨 조언을 구할 권리 같은 것이 내게도 있을 것으로 생각됐다. 용기를 새로이 북돋우고 남아 있는 가냘픈 힘을 모아 나는 걸음을 옮겨 놓았다. 나는 그 집에 도착해서 부엌문으로 가 노크했다. 나이 먹은 부인이 문을 열었다. 나는 여기가 목사관이냐고 물었다.

"그런데요."

"목사님은 계신가요?"

"안 계셔요."

"곧 돌아오실까요?"

"금방 못 오셔요. 출타하셨으니까요."

"먼 곳에 가셨나요?"

"그다지 멀지는 않지만, 3마일 정도 되는 곳이죠. 갑자기 부친께서 작고하셔서 가신 거예요. 지금 마시 엔드에 계시는데 앞으로 한 이 주일가량 더 계실 거예요."

"부인께서는 안 계신가요?"

"안 계셔요, 저밖에는 아무도. 전 가정부고요." 그런데 독자여, 나는 도움을 얻지 못해 쓰러질 지경이었지만 이 노부인에

180

게는 차마 도와 달라고 할 수가 없었다. 아직 구걸은 할 수가 없어, 나는 다시 기다시피 그곳을 물러났다.

다시 한번 더 나는 손수건을 풀었다. 다시 한번 더 나는 그 조그만 가게의 빵을 생각한 것이었다. 아아, 뻣뻣한 껍질이라도 좋았다! 이 굶주림의 고통을 덜어만 준다면 단 한 입이라도 좋았다! 본능적으로 나는 다시 마을 쪽을 향했다. 나는 다시 그 가게를 찾아 안으로 들어갔다. 그리고 아까 그 여자 이외에 몇 사람이 또 있었지만 용기를 내서 부탁해 보았다. "이 손수건을 받고 빵 한 덩어리만 주시겠어요?"

그녀는 분명히 의심하는 눈치를 드러내며 나를 쳐다보았다. "안 되겠어요. 우리 집에서는 그런 식으로 물건을 팔지는 않는데요."

나는 필사적인 심정으로, 그렇다면 반쪽이라도 좋으니 달라고 했다. 그녀는 또 거절했다. "그 손수건은 또 어디서 난 건지 내가 어떻게 알아요?"

"그럼 이 장갑은 받아 주시겠어요?"

"안 되겠어요! 그걸 받아서 뭘 해요?"

독자여, 이런 자질구레한 것을 자세히 이야기하는 것은 유쾌한 일이 못 된다. 지난날의 고생스러웠던 경험을 회상하는 것을 즐겁다고 말하는 사람도 있긴 있지만, 나에겐 지금까지도 여전히, 방금 이야기하고 있는 시기를 되돌아본다는 것은 견딜 수 없는 일이다. 육체적인 고통과 뒤섞인 정신적인 타락은 기꺼이 회상해 보기엔 너무도 비참한 추억이 된다. 나는 나에게 퇴짜를 놓은 사람들을 한 사람도 비난하지 않는다. 나는 그것이 당연히 예상할 수 있는 일이며, 어쩔 수 없는 일임을 느꼈다. 보통의 걸인도 의심받기가 십상인데, 옷차림이 괜찮은 걸인이 의심을 받는 것은 불가피한 일이다. 물론 내가 구하고 있던 것은 일자리였다. 그러나 내게 일자리를 구해 줄 의무가 누구에게 있단 말인가? 그때 나를 처음 보고, 나의 인품을 전혀 모르는 사람의 의무가 아님은 명백하다. 내 손수건과 빵을 교환해 주지 않은 여인으로 말해도, 나의 제안이 그녀에게 수상쩍게 생각되었다든가 교환이 손해나는 것으로 생각되었다면, 그녀가 거절한 것은 당연한 일이었다. 이젠 이야기를 간단히 줄여서 하자. 이 이야기에는 나도 진절머리가 난다.

어두워지기 조금 전, 나는 어느 농가 앞을 지나치는데, 문을 열어 놓은 채 주인 농부가 앉아서 저녁 식사로 치즈와 빵을 먹고 있었다. 나는 걸음을 멈추고 말했다.

"빵 한 조각만 주시겠어요? 배가 고파 못 견디겠어요."

그는 나에게 놀란 시선을 던졌다. 그러나 아무 말 없이 두툼하게 빵을 한 조각 썰어서 나에게 주었다. 아마도 그는 내가 거지라고 생각지 않고, 그의 검은 빵이 먹어 보고 싶어진 괴상한 취미의 귀부인이라고 생각한 것이었으리라. 농가가 보이지 않는 곳까지 오자 나는 곧 앉아서 빵을 먹었다.

지붕 밑에 잠자리를 구한다는 것은 바랄 수도 없는 일이기 때문에, 나는 아까 말한 그 숲으로 가 잠자리를 찾았다. 그러나 그것은 비참한 하룻밤이었고 휴식은 얻을 수 없었다. 땅바닥은 축축이 젖어 있었고 공기는 차가웠다. 거기에다가 또 침입자가 내 곁을 여러 번 지나갔다. 그래 나는 몇 번이고 나의 잠자리를 옮겨야만 했다. 안전하다거나 안온한 느낌은 내 편이 되어 주지 않았다. 날이 새면서 비가 오기 시작하여 다음 날은 온종일 날이 궂었다. 독자여, 그날 일을 자세히 이야기하라고는 하지 마시라. 전날과 마찬가지로 일자리를 구했고 전날과 마찬가지로 거절당했다. 그리고 전날과 마찬가지로 굶주리고 있었지만, 단 한 번 음식물이 내 입으로 들어갔다. 어느 오두막집 문간에서 한 소녀가 차디찬 보리죽을 돼지 먹이통에 쏟으려 하는 것을 보고 내가 말했다. "그걸 날 주지 않겠어?"

소녀는 나를 응시했다. "어머니!" 그녀가 소리쳤다. "어떤 여자가 이 보리죽을 자기한테 달래요."

"그래?" 집 안에서 한 목소리가 대답했다. "거지거든 주려무나. 돼지도 잘 안 먹을 테니까."

소녀는 나의 손에 굳어 버린 죽 덩어리를 쏟았다. 그래 나는 그것을 게걸스럽게 먹어 버렸다.

궂은 날의 황혼이 짙어 갈 무렵, 나는 벌써 한 시간 이상이나 걷고 있던 쓸쓸한 마찻길 중간에서 걸음을 멈추었다.

'힘이 다 빠져 버렸어.' 나는 혼잣말을 했다. '더 이상 갈 수가 없을 것 같구나. 오늘 밤도 또 찬 이슬을 맞으며 자야 하나? 이렇게 비가 내리는데, 비에 젖은 싸늘한 땅바닥을 베고 자야 하다니! 하지만 다른 방도가 전혀 없어. 나를 집 안에 들여 재워 줄 사람은 없으니까. 하지만 밤은 몹시 무서울 거야. 이렇게 굶주림과 쇠약과 한기를 느끼고 이렇게 참담한데…… 이렇게 모든 희망도 사라진 상태로는 십중팔구 아침이 되기 전에 죽어 버리겠지. 그런데 나는 왜 죽음을 각오하지 못할까? 왜 나는 아무 값 없는 생명을 부지하기 위해 발버둥이를 치고 있을까? 그것은 내가 로체스터 씨가 아직도 살아 있음을 알고 또 믿고 있는 까닭이다. 그리고 기아와 추위로 인하여 죽는다는 것은 인간의 본성이 무조건 순종할 수는 없는 것인 까닭이다. 아아, 하느님이시여. 저를 조금만 더 살게 해 주시옵소서. 도와주시옵소서. 인도하여 주시옵소서!'

나는 흐릿해진 눈으로 몽롱하고 뿌옇기만 한 주위 풍경을 돌아보았다. 나는 그 마을에서 꽤 멀리까지 와 있다는 것을 알았다. 마을은 보이지 않았다. 그 마을을 둘러싸고 있는 경작지도 보이지 않았다. 나는 샛길과 옆길로 해서 또다시 넓은 황야 근처에까지 와 있었다. 그리고 개간은 겨우 되었다고 하나 히스의 황야와 마찬가지로 황폐한 불모의 밭 몇 개가 나와 어두워 가는 언덕 사이를 가로막고 있을 뿐이었다.

'그래, 거리나 사람이 많이 다니는 길바닥에서 죽는 것보다는 차라리 저기 가서 죽는 게 나아.' 하고 나는 생각했다. '그리고 나의 살과 뼈는 구빈원의 관 속에 들어가 빈민의 묘지 속에서 썩느니 차라리 까마귀나 갈까마귀(이 고장에 갈까마귀가 있다면)에게 뜯어 먹히는 것이 나아.'

그래서 나는 언덕 쪽을 향해 돌아섰다. 그리고 거기 도착했다. 이제 남은 것은 안전하지는 못하더라도 남의 눈에 띄지 않을 만한, 드러누울 구덩이를 찾는 일뿐이었다. 그러나 황무지의 표면은 한결같이 평탄하기만 했다. 그것은 색깔의 변화만 좀 있을 뿐 기복이 없었다. 그래서 골풀이나 이끼가 늪 위에 덮여 무성한 곳은 녹색으로 보이고 마른 땅에 히스만 난 곳은 시커멓게 보일 뿐이었다. 날은 자꾸 어두워졌지만 나는 아직 이러한 변화를 볼 수 있었다. 그러나 해가 짐과 더불어 색채는 사라져 버렸으므로, 명암의 변화에 불과한 것이었다.

나의 시선은 그래도 여전히, 황량한 풍경 속으로 사라진 음울한 둔덕과 황야의 변두리를 더듬고 있었다. 그때 멀리 늪과 산마루들 사이의 어두컴컴한 지점에 불빛이 하나 반짝거리기 시작했다. '저건 도깨비불이다.' 하는 것이 맨 처음 떠오른 생각이었다. 그리고 나는 그것이 곧 사라지리라 생각했다. 그러나 그것은 꼼짝도 않고 계속해서 타고 있었다. '그럼 저건 방금 피워 놓은 화톳불인가?' 하고 나는 자문했다. 나는 그 불이 커지나 안 커지나 지켜보았다. 아니었다. 불은 커지지도 작아지지도 않았다. 그래 나는 또 짐작했다. '인가에 켜 놓은 촛불인지도 모르지. 그러나 그렇대도 나는 저기까지는 갈 수가 없어. 설사 저 집이 1야드 거리밖에 안 된다 해도 그게 나한테 무슨 소용이 있어? 두드리기만 해도 문은 내 눈앞에서 닫혀 버리고 말걸.'

나는 그 자리에 주저앉아 땅바닥에 얼굴을 묻어 버렸다. 나는 한동안을 그렇게 하고 있었다. 밤바람이 산언덕을 넘어와 내 몸을 쓸고 지나갔다. 그리고 신음하는 소리를 내며 먼 곳으로 사라져 갔다. 비가 쏟아지기 시작하고 또다시 내 살갗에까지 젖어들어 왔다. 내 몸이 얼어서 딱딱한 얼음이 되어 버릴 수 있다면, 다정한 죽음의 무감각에 빠져 버릴 수 있다면 제아무리 비가 내 몸을 휘때려도 그것을 느낄 수가 없게 되련만. 그러나 아직도 살아 있는 나의 육신은 그 추위에 부르르 떨었다. 나는 곧 일어서고 말았다.

불빛은 아직도 그 자리에서 희미하기는 하나 아까와 다름없이 빗속에서 반짝이고 있었다. 나는 다시 애써 걷기를 시작해 그 빛을 향해 천천히 나의 피곤한 다리를 끌고 갔다. 불빛은 나로 하여금 언덕길을 비스듬히 내려가게 하고 커다란 늪을 건너게 했다. 그 늪은 겨울이라면 도저히 건널 수가 없었을 것이다. 그것은 한여름인데도 질퍽거리고 위험스러웠다. 거기서 나는 두 번 쓰러졌다. 그러나 그때마다 나는 다시 일어나서 기운을 냈다. 그 불빛은 나에게 남아 있는 아주 작은 희망이었다. 나는 어떻게 해서든지 그 불빛이 있는 데까지 다다라야 했다.

늪을 지나자 황야에 한 줄기 하얀 길이 있는 게 보였다. 나는 그리로 다가갔다. 그것은 도로 아니면 사람이 다녀서 저절로 생긴 샛길이었는데, 똑바로 불빛 쪽으로 통해 있었다. 그 불빛은 이제 한 무더기의 나무들에 둘러싸인(어둠을 통해서지만 그 형상이나 잎의 특징으로 보아 전나무 같았는데) 작은 언덕 같은 데서 빛나고 있었다. 그러나 내가 가까이 가자 나의 별은 꺼져 버렸다. 불빛과 나 사이에 무슨 장애물이 나선 것이었다. 나는 손을 뻗쳐 내 앞의 새까만 덩어리를 만져 보았다. 낮은 담의 길쭉길쭉한 돌을 분간해 냈다. 그 위로는 울타리 같은 것이 있었고 그 안쪽으로는 높고 가시투성이인 산울타리가 있었다. 나는 손으로 더듬어 나갔다. 또다시 하얀 것이 내 눈앞에서 빛났다. 그것은 문, 쪽문이었다. 내가 손을 대자 돌쩌귀가 돌아가며 열렸다. 양편으로는 사철나무인지 주목(朱木)인지가 시커멓게 우거져 있었다.

문 안으로 들어서서 관목들을 지나치자 내 눈앞에 한 채의 낮고 긴 집이 새까만 윤곽을 드러냈다. 그러나 나를 이끌어 온 그 불빛은 아무 데에도 보이지 않았다. 모든 것이 어둠에 싸여 있었다. 집 안의 사람들이 잠자리에 들어 버린 것일까? 꼭 그런 것 같아 마음이 불안했다. 문을 찾아서 나는 모퉁이를 돌아섰다. 그러자 그 정다운 불빛이 반짝 터져 나왔다. 그것은 지면에서 1피트쯤밖에 안 되는 조그만 창살이 달린 마름모꼴의 창문에서 비쳐 나오는 불빛이었다. 그런데 그 창문은 담쟁이덩굴이나 그 비슷한 식물이 건물의 그쪽 벽면을 온통 뒤덮고 있어 더 작아 보였다. 그리고 그렇게 나뭇잎으로 덮여 창구멍은 아주 좁아져 있었기 때문에 커튼이나 덧문 같은 것은 필요 없었다. 내가 허리를 구부리고 창문으로 뻗쳐 나온 나뭇가지를 헤치자 방 안이 환히 들여다보였다. 깨끗이 청소가 된 엷은 다색의 마루가 깔린 방이 보였고 백랍(白蠟)의 접시가 가지런히 얹힌 호두나무 식기장이 활활 타고 있는 토탄(土炭)의 새빨간 불빛을 반사하고 있었다. 나의 길잡이가 되어 주었던 촛불은 그 테이블 위에 밝혀져 있었다. 그리고 그 촛불 곁에서 약간 조야한 느낌이지만 주위의 물건들과 마찬가지로 몹시 깔끔해 보이는 나이 지긋한 한 여인이 양말을 뜨고 있었다.

나는 이런 것들을 휙 둘러보았을 뿐이었다. 별다른 것이라곤 없었다. 그러나 그보다도 흥미를 끄는 것은 난롯가에서 장밋빛 평화와 따스한 온기에 싸여 조용히 앉아 있는 사람들이었다. 두 사람의 젊고 우아한 여인이(어느 모로 보나 신분이 높은 여성들이었다.) 하나는 낮은 흔들의자에 앉아 있었고 또 하나는 그보다도 더 낮은 걸상에 앉아 있었다. 그런데 두 사람이 다 검은 크레이프와 봄버지인 천으로 만든 상복(喪服)을 입고 있었는데, 그 거무스름한 복장이 대단히 아름다운 그들의 목과 얼굴을 더욱 눈에 띄게 하고 있었다. 커다란 늙은 포인터 사냥개 한 마리가 그 커다란 머리를 한 여자의 무릎에 얹어 놓고 있었고, 다른 한 사람의 무릎 위에는 검정고양이 한 마리가 깊숙이 파묻혀 있었다.

이렇게 허름한 부엌에 이런 사람들이 앉아 있다는 것은 이상스러울 정도였다. 이들은 어떤 사람들일까? 그들은 테이블 앞에 앉아 있는 노인의 딸일 것 같지는 않았다. 왜냐하면 노인은 시골티가 나는 사람이었는데, 그들은 우아하고 교양 있는 사람들로 보였다. 그들의 얼굴과 같은 얼굴을 나는 그때까지 본 적이 없었다. 그러나 그들의 얼굴을 살펴보고 있는 동안, 나는 차츰 그들의 이목구비가 친근하게 느껴졌다. 그들이 미인이었다고는 말할 수 없다. 그들은 그렇게 불리기에는 너무 창백하고 엄숙한 얼굴을 하고 있었다. 두 사람이 각기 자기의 책에 고개를 숙이고 몰두하고 있을 때, 그들의 얼굴은 냉혹하리만큼 심각한 것이었다. 두 사람 사이에 있는 탁자 위에는 또 하나의 초와 두꺼운 책이 두 권 놓여 있었는데(두 사람은 끊임없이 그 책을 뒤져 보고 있었다.) 마치 번역 일을 할 때에 사전을 찾아보듯이 그 책과 손에 들고 있는 작은 책을 대조해 가며 읽고 있었다. 그 광경은 마치 사람들은 모두 그림자들이고 불빛이 밝혀진 방 안은 한 폭의 그림인 양 조용했다. 그 정도로 고요한 광경이었기 때문에 나는 쇠살대에서 석탄재가 떨어지는 소리나 컴컴한 구석 쪽에서 시계가 똑딱거리는 소리조차 들을 수 있었다. 그리고 나의 귀에는 노부인의 뜨개바늘이 부딪는 소리조차 들려오는 것 같았다. 그러므로 드디어 한 사람의 목소리가 이 기이한 정적을 깨뜨렸을 때엔, 그 소리가 내 귀에까지 똑똑히 들려왔다.

"들어 봐, 다이애나." 책에 열중해 있던 한 사람이 말했다. "프란츠와 다니엘 노인은 함께 밤을 지내다가 지금 프란츠가 자다가 놀라 깬 꿈 이야기를 하고 있는 거야. 들어 봐."

그러고 나서 그녀는 낮은 목소리로 무엇인가를 읽기 시작했는데 나는 한마디도 알아들을 수 없는 말이었다. 그것은 내가 모르는 외국어로, 프랑스어도 아니고 라틴어도 아니었다. 나는 그게 독일어인지 그리스어인지 알 수가 없었다.

"힘찬 문장이야. 난 이 대목이 좋아."

그녀가 읽기를 마치고 말했다. 언니의 말을 듣느라고 고개를 들고 있던 또 한 여자는 난롯불을 응시하면서 방금 낭독된 글 중의 일부를 암송해 보고 있었다. 뒷날 나는 그게 어느 나라 말이고 그게 무슨 책인지를 알게 되었다. 그러므로 그것을 여기에 인용해 보고자 한다. 내가 처음 들었을 당시에는 징이라도 울리는 소리처럼, 내게는 아무 의미도 전해 주지 않은 구절이었지만.

"'그때, 별빛 반짝이는 밤하늘을 보고자 한 사람이 걸어 나오도다.'[17] 좋아! 참 좋아!" 그녀가 까맣고 깊숙한 눈을 반짝

---

17) Da trat hervor Einer, anzusehen wie die Sternen Nacht.

이면서 소리쳤다. "마치 위대한 천사장(天使長)의 어렴풋한 모습이 눈앞에 역력히 떠오르는 것 같아! 이 한 줄이 과장된 문장 백 페이지의 가치가 있어. '나는 그 생각을 분노의 천칭(天稱)에 올려 놓고 그 업(業)을 분노의 분동(分銅)으로 달아 보노라.'[18] 멋있어!"

두 사람은 다시 잠잠해졌다.

"그런 식으로 이야기를 하는 나라도 있나요!" 뜨개질감에서 고개를 들며 노부인이 물었다.

"있고말고, 해나. 영국보다 훨씬 더 큰 나라고, 이런 말밖에는 하지 않는다우."

"참, 그런데도 서로 뜻이 통할 수가 있다니. 그래 아가씨들 중의 한 분이 그 나라에 가시면 그 말을 알아들을 수가 있단 말인가요?"

"다 알아듣지는 못하지만 일부는 알아들을 수 있겠죠. 우린 해나가 생각하고 있는 만큼 똑똑하지 못해요. 독일어로 말도 못 하고 사전이 없으면 책을 읽지도 못하는걸."

"그럼 독일어가 아가씨들께 무슨 소용이 있나요?"

"언젠가 독일어를 가르칠 작정이죠. 적어도 초보만이라도요. 그렇게 되면 지금보다는 수입도 나아지겠지."

"그렇겠군요. 하지만 공부 그만하세요. 오늘 밤은 많이 하셨어요."

---

18) Ich wäge die Gedanken in der Schale meines Zornes und die Werke mit dem Gewichte meines Grimms. 실러의 희곡 「군도(群盜)」 5막에 나오는 대목으로, 원문은 독일어로 되어 있다.

"그래요, 나는 피곤해. 언닌 어때?"

"굉장히 피곤해. 결국 선생 없이 사전만 가지고 외국어를 공부한다는 것은 참 힘든 일이야."

"그래, 더구나 이 까다로우면서도 훌륭한 독일어는 말이야. 그런데 세인트 존은 언제쯤 돌아올는지."

"인제 곧 돌아올 거야. (허리띠에서 끄집어낸 조그만 금시계를 들여다보면서) 꼭 열 시군. 비가 막 쏟아지네. 해나, 수고스럽지만 객실의 난롯불 좀 봐 주겠어요?"

노부인은 자리에서 일어서서 방문을 열었다. 거기에 희미하게 복도가 보였다. 얼마 안 있어 그 안쪽의 방에서 난롯불을 휘젓는 소리가 들렸다. 그리고 곧 노부인은 돌아왔다.

"참말이지, 아가씨들!" 그녀가 말했다. "이런 때 저 방에 가는 건 재미없어요. 텅 빈 의자가 한쪽 구석에 치워져 있는 게 여간 쓸쓸해 보이질 않아요."

그녀는 앞치마로 눈을 닦았다. 그때까지 엄숙한 얼굴을 하고 있던 두 처녀는 이번에는 슬픈 표정이 되었다.

"하지만 주인님께서는 더 좋은 나라에 계시니까." 해나가 말을 계속했다. "돌아오시기를 바라서는 안 되죠. 게다가 주인님만큼 조용히 승천하신다면 더 할 말이 없어요."

"우리에 대한 말씀은 아무 말씀도 안 하셨다고요?"

"하실 겨를이 없었죠, 아가씨. 졸지에 돌아가셨으니까. 아버님께서는 전날과 마찬가지로 좀 편찮으시기는 했지만 별다른 일은 없었어요. 그런데 세인트 존 도련님께서 아가씨들 두 분께 기별을 해서 한 분이라도 오시도록 할까 하고 여쭈어보았더니, 주인님은 껄껄 웃기만 하시더군요. 그다음 날은 머리가 또 무겁다고 하셨어요. 꼭 이 주일이 되는데, 그러고 잠이 드셔 가지곤 다시 깨어나지 않으신 거죠. 도련님께서 방에 들어가셔서 돌아가신 걸 알았을 때에는 벌써 몸이 많이 굳어 가고 계셨답니다. 참말이지, 아가씨들 아버님은 오랜 혈통의 마지막 분이었답니다. 아가씨들이나 도련님은 돌아가신 아버님과는 다르니까요. 어머님께서는 두 분과 많이 같았죠. 공부도 많이 하시고요. 어머님은 아가씨와 빼다 박은 듯이 똑같았죠, 메리 아가씨. 다이애나 아가씨는 아버님을 더 닮으셨고."

나는 그들 둘이 꼭 닮았다고 생각했으므로(나는 그렇게 판단을 내리고 있었다.) 이 늙은 하인이 무얼 보고 둘이 서로 다르다고 하는지 알 수 없었다. 둘 다 얼굴이 곱고 체격이 날씬했다. 그리고 둘 다 품위 있고 지적인 얼굴을 하고 있었다. 확실히 말하자면, 한쪽이 좀 더 머리 색깔이 짙었다. 그리고 머리 모양이 서로 달랐다. 메리의 연한 갈색 머리채는 양쪽으로 갈라 매끈하게 땋아져 있었고 다이애나의 보다 진한 색깔 머리채는 굵은 고수머리로 그녀의 목덜미를 덮고 있었다.

"저녁 진지를 드셔야죠." 해나가 말했다. "세인트 존 도련님도 들어오시면 곧 저녁을 드실 텐데."

그러고는 그녀는 식사를 준비하기 시작했다. 아가씨들은 자리에서 일어섰다. 아마 객실로 가려는 모양이었다. 이때까지 나는 정신없이 그들을 보고 있었고, 또 그들의 모습이나 대화가 몹시 내 흥미를 끄는 것이었기 때문에 나는 자신의 비참한 입장을 거의 잊어버리고 있었다. 그러다가 그제야 그 생각이

다시 떠올랐다. 방 안의 사람들과 비교한 탓인지 그게 전보다도 더욱 비참하고 절망적인 것으로 생각되었다. 그리고 이 사람들에게 나의 사정 이야기를 하여 나의 기아와 고통을 곧이 듣게 하고 방황하는 내 몸을 뉘게 할 잠자리를 제공받는다는 것이 얼마나 불가능한 일로 생각되었던가! 손으로 더듬어 문을 찾아 주저하면서 노크를 하면서도, 잠자리를 제공받는다는 그 생각이 한낱 망상에 지나지 않는 것으로 생각되었다. 해나가 문을 열었다.

"무슨 일이시죠?" 손에 들고 있는 초의 불빛을 비춰 내 모양을 훑어보며 그녀가 놀란 목소리로 물었다.

"아가씨들께 드릴 말씀이 있는데요."

"아가씨들께 드릴 말씀이라면 나한테 하시구려. 어디서 오셨우?"

"먼 데서 왔는데요."

"이렇게 밤늦게 무슨 볼일인가요?"

"헛간이고 어디고 하룻밤 재워 주셨으면 하고요. 그리고 빵 한 조각만 주실 수 없을까요?"

무엇보다도 내가 두려워했던 불신의 표정이 해나의 얼굴에 떠올랐다. "빵은 한 조각 주지." 그녀가 잠깐 입을 다물고 있다가 말했다. "그러나 떠돌아다니는 사람을 집에 재울 수 없소. 당치도 않은 일이지."

"주인 아가씨들께 직접 이야기를 하게 해 주세요."

"안 돼요, 안 되겠소. 그분들이 당신을 위해서 해 주실 수 있는 일이 없으니까. 그리고 밤에 그렇게 이리저리 떠돌아다니면 못써요. 수상하게 보여요."

"하지만 여기서 쫓겨나면 어디로 가야 하죠? 어떻게 하면 좋죠?"

"어디로 가고 무엇을 해야 할지는 자기 자신이 알고 있겠지. 나쁜 짓만은 하지 마요. 여기 1페니가 있으니 어서 받아 가지고 가요."

"1페니 가지고는 무얼 사 먹을 수도 없고 더 걸을 기운도 없어요. 제발 문을 닫지 마세요. 아아, 닫지 마세요, 제발!"

"닫아야겠소. 비가 뿌려 들이치는걸."

"아가씨들께 말씀드려 주세요. 만나게 좀 해 주세요."

"정말 안 된다니까. 아무래도 좀 이상한 여자군. 그렇지 않다면 이렇게 떠들어 댈 리가 있나. 어서 가요."

"하지만 전 쫓겨나면 죽을 수밖에 없어요."

"죽긴 왜 죽어. 이렇게 밤늦게 남의 집 주위를 빙빙 돌아다니다니 무슨 흉계를 꾸미고 있는 모양이군. 만약 강도든지 뭐든지 패거리가 있거든 일러 줘. 집 안에는 우리만 있는 게 아니라 남자분도 계시고 개도 있고 총도 있다고." 정직하고 고집센 하녀는 이렇게 말하고는 문을 쾅 닫고 안에서 빗장을 질러 버리는 것이었다.

이젠 최후였다. 격렬한 고통, 최종적인 절망의 괴로움에 나의 가슴은 찢어지는 듯했고 숨이 막힐 듯이 벅차올랐다. 나는 정말로 지쳐 있었다. 한 발짝도 더 떼어 놓을 수가 없었다. 나는 비에 젖은 문간에 쓰러져 버렸다. 나는 신음했다. 두 손을 비틀었다. 극도의 괴로움에 나는 울음을 터트렸다. 아아, 눈앞에 다가선 죽음의 환상! 아아, 이렇게 무섭게 다가오고 있는 최후의 시간. 오오! 이 고독. 나와 똑같은 인간으로부터의 추방! 희망의 닻뿐만 아니라 인내의 발판마저 사라져 버렸다. 그러나 나는 적어도 그 순간만은 마지막으로 기운을 차리기 위해 안간힘을 썼다.

"죽음이 있을 뿐이다." 내가 말했다. "그리고 나는 하느님을 믿는다. 조용히 하느님의 뜻을 기다리기로 하자."

나는 이 말을 생각만 한 것이 아니라, 입 밖에 내서 말했다. 그리고 모든 슬픔을 가슴속에 잡아넣어 버리고 그것들이 그 안에 잠자코 조용히 갇혀 있게 하려고 기를 썼다.

"인간은 누구든 죽어야 하오." 바로 내 곁에서 어떤 목소리가 말했다. "그러나 만약 당신이 여기서 굶주림에 못 이겨 죽고 만다면 그것은 당신의 운명이 되겠지만, 모든 사람이 다 당신처럼 그렇게 방황하다가 천명을 다하지 못하고 죽게 되어 있지는 않습니다."

"누구세요, 그렇게 말하는 게?"

나는 의외의 소리에 깜짝 놀라 물었다. 이젠 나는 어떤 일이 일어난다고 하더라도 내게 무슨 도움이 온다는 것을 바랄 수 없다고 절망하고 있었던 것이다. 사람의 모습이 바로 곁에 있었다. 그것은 칠흑같이 어두운 밤인 데다 나의 시력은 말할 수 없이 약해져 있어 어떻게 생긴 모습인지 분간을 할 수가 없었다. 이 새로 나타난 사람은 요란스럽게 오랫동안 문을 두드렸다.

"세인트 존 도련님이셔요?"

"그렇소. 나요. 어서 문을 열어요."

"어머나 이렇게 날이 궂은 밤이니, 얼마나 적적하고 추우시 겠어요! 들어오셔요. 아가씨들께서는 아주 걱정들이시죠. 거 기다 나쁜 놈들이 돌아다니나 봐요. 거지 여자도 하나 있었는 데, 아마 아직 안 갔을 거예요! 저기 자빠져 있네요. 일어나! 뻔뻔스럽긴! 어서 가라니까!"

"그만둬요, 해나! 이 여인하고 내가 할 말이 있소. 저 여자 를 쫓아냈으니 해나가 할 일은 다 했소. 이번에는 내가 저 여 자를 집 안으로 들여놓을 내 의무를 다할 차례요. 아까 나는 바로 가까이에 있으면서 두 사람이 이야기하는 것을 듣고 있 었소. 좀 특별한 사정이 있는 것 같소. 그 사정을 좀 알아보기 라도 해야겠소. 아가씨, 일어나서 집 안으로 들어가시오."

나는 간신히 그가 하라는 대로 했다. 드디어 나는 그 밝고 깨끗한 부엌에, 부들부들 몸을 떨고 구역질이 나오는 것을 느 끼며 난로 바로 앞에 서 있었다. 비바람을 맞아 말할 수 없이 무섭고 초라한 모습을 스스로도 의식하고 있었다. 젊은 두 여 인과 오빠인 세인트 존과 늙은 하녀가 나를 응시하고 있었다.

"세인트 존, 누구시죠?" 한 사람이 묻는 소리가 들렸다.

"모르겠어, 문간에 있는 걸 봤어." 하는 게 대답이었다.

"얼굴빛이 창백하군요." 해나가 말했다.

"진흙이나 송장처럼 창백해. 저러다간 쓰러지겠군. 앉게 해 야지."

그런데 정말로 내 머리는 흔들거리고 나는 쓰러졌다. 그러 나 의자 하나가 나를 받아 주었다. 아직 나는 의식은 잃지 않고 있었다. 그러나 말은 할 수가 없었다.

"물을 좀 마시면 기운을 차리겠지. 해나, 물을 좀 가져와요. 뼈와 가죽뿐이군. 어쩌면 이렇게 마르고 이렇게도 핏기가 없을까!"

"꼭 유령 같아요."

"병이 난 걸까, 그렇지 않으면 굶주려서 그럴까?"

"굶주렸나 봐. 해나, 그거 우유죠? 이리 줘요. 빵도 좀 가져오고."

다이애나가(그녀가 내게 몸을 굽혔을 때 난롯불과 나 사이에 늘어진 긴 고수머리로 보아 나는 그녀인 줄 알았다.) 빵을 조금 떼어서 우유를 찍어 내 입에 넣어 주었다. 그녀의 얼굴은 바로 내 눈앞에 있었다. 거기엔 연민의 정이 있었고 그녀의 가쁜 숨결에서는 동정심을 느낄 수 있었다. 그녀의 말에도 역시 진통제와 같이 부드러운 감정이 담겨 있었다.

"먹어 봐요."

"그래요, 잡수세요."

메리도 부드럽게 말했다. 그리고 나의 젖은 보닛을 벗겨 주고 내 머리를 쳐들어 주었다. 나는 그들이 주는 것을 맛보았다. 처음에는 힘없이, 그러나 나중에는 정신없이 먹었다.

"처음엔 너무 많이 먹으면 안 돼. 좀 쉬었다가 먹여." 그녀의 오빠가 말했다. "그만하면 충분해." 이렇게 말하고 그는 우유 컵과 빵 접시를 가져갔다.

"조금만 더요, 세인트 존. 이 먹고 싶어 하는 눈 좀 봐요."

"지금은 더 먹어서는 안 된다니까. 인제 말을 할 수 있나 시켜 봐. 이름을 물어봐."

나는 이야기를 할 수 있을 것 같았다. 그래 대답했다. "제 이름은 제인 엘리엇입니다." 신원이 밝혀질 것이 두려워 나는 가명을 쓰기로 결심하고 있었던 것이다.

"어디 사시죠? 아는 분들은요?"

나는 잠자코 있었다.

"누구 아는 분들을 불러다 드릴까요?"

나는 고개를 흔들었다.

"도대체 어떻게 된 일인지 이야기를 해 주실 수 없겠습니까?"

나는 고개를 저었다.

일단 이 집의 현관을 들어오고, 집주인들과 얼굴을 마주하고 보니, 나는 자신이 쫓겨난 사람도 아니고 부랑자도 아니며 넓은 세상한테 버림받은 사람도 아니라는 생각이 들었다. 용기를 내어 거지 노릇을 그만두고, 내 본래의 태도와 성격으로 돌아가려고 했다. 나는 다시 한번 나 자신을 깨닫기 시작했다. 그리고 세인트 존 씨가 내게 설명을 요구했을 때 (현재는 피로 때문에 너무 약해져서 말을 할 수가 없었기 때문에) 잠깐 사이를 두었다가 말했다.

"저, 오늘 밤에 자세한 말씀을 드릴 수가 없어요."

"그럼 내가 어떻게 해 주었으면 좋겠소?" 그가 물었다.

"아무것도 없어요." 내가 대답했다. 나는 힘이 없어 짧은 대답밖엔 할 수가 없었다. 다이애나가 그 말을 받아 말했다.

"이젠 필요한 도움은 다 받았다는 말인가요? 그러니 비 오는 밤의 황야로 내보내 달라는 이야긴가요?"

198

나는 그녀를 바라보았다. 힘과 선의에 찬, 잘생긴 얼굴이었다. 나는 돌연히 용기를 냈다. 그녀의 동정적인 시선에 미소로 대답해 주며 내가 말했다.

"저는 당신을 믿겠어요. 설사 제가 주인 없는 길 잃은 개라할지라도 당신은 저를 오늘 밤 당신의 난롯가에서 쫓아내지 않을 거예요. 저에게 이렇게 해 주시니, 이젠 정말로 아무 두려움도 없어요. 좋으실 대로, 마음대로 하세요. 그러나 제발 긴 이야기는 시키지 말아 주세요. 숨이 차서, 이야기를 하려면 몸에 경련이 일어나는 것 같아요."

세 사람은 모두 나를 바라보고 있었다. 그리고 세 사람이 다 말이 없었다.

"해나." 드디어 세인트 존 씨가 말했다. "우선 그냥 앉아 있게 해 줘요. 아무 말도 묻지 말고. 십 분쯤 있다가 나머지 우유와 빵을 주어요. 메리 그리고 다이애나. 우리는 객실로 가서 의논을 좀 하자."

그들은 나갔다. 얼마 안 있다 한 여자가 되돌아왔다. 누군지는 알 수 없었다. 따뜻한 난롯가에 앉아 있는 동안에 일종의 기분 좋은 지각의 마비가 나를 엄습했다. 낮은 목소리로 그녀는 해나에게 몇 가지 지시를 내렸다. 얼마 안 있다 하녀의 도움을 받아 가지고 나는 간신히 계단을 올라갔다. 물방울이 뚝뚝 떨어지는 내 옷은 벗겨지고 곧 따뜻하고 마른 침대가 나를 맞아 주었다. 나는 하느님께 감사했다. 말할 수 없는 탈진 상태에서 감사에 찬 환희를 느꼈다. 그리고 잠이 들었다.

29장

그 후로 사흘 낮 사흘 밤 동안의 기억은 내 마음속에 희미하다. 그동안에 느낀 기분은 몇 가지 생각해 낼 수 있지만 무슨 생각을 했고 어떤 행동을 했는지는 거의 기억나지 않는다. 나는 조그만 방에 있었다. 그리고 조그마한 침대 위에 누워 있던 것은 안다. 나는 그 침대에 뿌리를 박아 버린 듯한 느낌이었다. 나는 돌처럼 움직이지 않은 채 누워 있었고, 거기에서 나를 떼어 놓는 것은 나를 죽이는 것과 다름없었으리라. 나는 시간의 흐름을 전혀 의식하지 못하고 있었다. 아침이 정오가 되고 정오가 저녁이 되고 하는 변화를 전혀 모르고 있었다. 누군가가 방으로 들어오고 나가고 하는 것은 알았다. 그러나 그게 누군지는 알 수 없었다. 누가 가까이 와서 이야기를 하면 알아들을 수는 있었다. 그러나 대답은 할 수 없었다. 입을 열거나 사지를 움직이는 것은 다 같이 불가능한 일이었다. 하인인 해나는 누구보다도 자주 찾아왔다. 해나가 나타나면 내 마음은 편치 않았다. 그녀가 나를 내쫓고 싶어 한다는 생각이 내 머릿속엔 있었다. 그리고 그녀는 나나 내 처지를 이해해 주지 못하고 나에게 편견을 품고 있다는 생각이 들었기 때문이다. 다이애나와 메리는 하루에 한두 번쯤 그 방에 나타났다. 그들은 으레 침대 곁에서 이런 말을 소곤거렸다.

"집 안에 불러들이길 참 잘했어."

"그럼. 밤새도록 그냥 내버려 두었더라면, 이튿날 아침에는 틀림없이 문간에서 죽어 있었을 거야. 얼마나 고생스러운 일을 겪었을까?"

"우리가 알 수 없는 여러 가지 고생을 했겠지. 가엾게도 수척하고 창백해져 가지고 여기저기 방랑을 했던 거야!"

"이야기하는 말씨를 보면 교육을 못 받은 사람 같지도 않아. 말씨에도 사투리가 없고, 벗어 놓은 옷도 흙탕물이 튀고 젖어 있기는 하지만 낡지 않은 좋은 옷이야."

"얼굴 모습도 독특해. 마르고 파리하긴 하지만, 저 얼굴이 난 좋아졌어. 다시 건강을 회복하고 기운을 차리면 보기 좋은 얼굴이 될 거야."

그들의 대화에서, 내게 친절을 베푼 것을 후회한다거나 내게 대해 무슨 의심을 한다거나 나를 싫어한다거나 하는 말을 나는 한마디도 들어 볼 수 없었다. 나는 마음을 놓았다.

세인트 존 씨는 한 번밖엔 오지 않았다. 그는 나를 보고, 이 혼수상태는 오래 계속된 극도의 피로에 대한 반동으로서 온 것이라고 말했다. 의사는 불러올 필요가 없고 자연의 치유에 맡겨 두는 것이 가장 좋을 것으로 확신한다고 말했다. 그리고 신체의 모든 신경이 너무 긴장을 했던 것이니 잠시 전신을 잠재워 두는 것이 좋다, 병은 아니다, 일단 회복하기 시작하면 금방 나을 것이다 하는 등의 의견을 조용하고 나지막한 몇 마디 말로 이야기하고 나서, 잠시 사이를 두었다가 수다스러운 비평에는 익숙지 않은 사람의 말투로 덧붙여 말했다.

"보기 드문 상(相)이야. 품위가 없거나 야비한 점은 조금도 찾아볼 수가 없어."

"야비하다니, 정반대예요." 다이애나가 대답했다. "사실을 말하자면, 세인트 존, 전 저 가엾은 분에게 정을 느껴요. 언제까지나 도움이 되어 주고 싶어요."

"그건 어려운 일이지. 아마 이 여자는 친구들과 무슨 오해가 생겨 무작정 그 사람들 곁을 뛰쳐나온 양갓집 아가씨 일지도 모른단 말이야. 고집 센 여자만 아니라면 다시 그들에게 돌려보내 줄 수는 있을지 모르지. 하지만 얼굴을 보아하니 고분고분 말을 들을 것 같지 않은 고집스러운 선이 보인단 말이야." 그는 한동안 나를 응시하며 생각에 잠겨 있다가 덧붙여 말했다. "똑똑하게는 생겼는데 예쁜 얼굴은 아니군."

"병이 났잖아요, 세인트 존."

"병이 났든 건강하든 예쁘지 않은 것은 틀림없어. 우아함이라든가, 미(美)의 조화 같은 건 전혀 볼 수 없는 얼굴이야."

사흘째 되는 날, 난 좀 나아졌다. 나흘째 되는 날에는 말도 하고 움직일 수가 있었고, 일어나 앉기도 하고 돌아눕기도 하게 되었다. 점심때쯤 되었다고 생각될 무렵 해나가 죽과 버터를 바르지 않은 토스트를 가지고 왔다. 나는 맛있게 먹었다. 음식은 맛이 있었다. 이제까지는 열 때문에 무엇을 먹어도 맛도 없고 쓰기만 하던 것이 없어져 버렸다. 그녀가 방을 나가자, 나는 제법 힘이 나고 몸이 회복된 것 같음을 느꼈다. 얼마 안 있어 휴식에 싫증이 나고 움직여 보고 싶은 욕구가 나를 충동했다. 나는 일어나고 싶었다. 그러나 무엇을 입어야 될까? 땅바닥에 입은 채로 누워 자고 늪에 넘어지기도 하여 흙탕물 투성이로 젖어 있는 그 옷밖에는 없었다. 그것을 입고 은인 앞에 나타난다는 것은 부끄러운 일이었다. 그러나 나는 그런 부끄러움을 당하지 않아도 되었다.

침대 곁에 놓여 있는 의자 위에 깨끗이 빨아 말린 내 옷가지들이 전부 놓여 있었다. 나의 검은 비단 웃옷은 벽에 걸려 있었고 늪의 자국은 지워지고, 젖어서 생겼던 주름도 다리미질이 되어 있어 보기 흉하지 않았다. 구두와 양말까지도 깨끗이 손질이 되어 어디에 나가도 부끄럽지 않게 되어 있었다. 방 안에는 세수를 할 수 있는 설비가 있었고 머리를 빗을 빗과 브러시도 있었다. 오 분마다 쉬면서 오래 걸려 가지고 나는 간신히 내 손으로 옷을 입을 수 있었다. 몸이 홀쭉 말라 옷은 헐렁하게 걸쳐져 있었다. 그러나 숄을 가지고 보기 흉한 것을 감추고, 다시 청결하고 부끄럽지 않은 차림으로, 내가 그렇게 싫어하고 또 나를 천하게 보이게 하는 더러운 점이나 털털한 티가 하나도 없이 나는 난간에 의지하여 좁은 복도를 향하여 돌층계를 기다시피 천천히 내려와서 부엌에 다다랐다.

부엌은 새로 구운 빵의 구수한 냄새와 활활 타는 불길의 훈훈한 온기로 가득 차 있었다. 해나는 빵을 굽고 있었다. 잘 알려져 있는 일이지만, 편견이란 교육에 의하여 곱게 다루어지거나 비료가 주어지지 않은 마음의 토방에서는 뿌리 뽑기가 힘든 법이다. 그것은 돌 틈에 돋아난 잡초처럼 거기에서 자란다. 해나는 맨 처음엔 냉담하고 딱딱하게 굴었지만 이 무렵엔 좀 누그러지기 시작했다. 그래 내가 깔끔한 옷차림으로 들어오는 것을 보자, 그녀는 미소까지 보여 주었다.

"어머나, 일어나셨군. 그럼 많이 나아지신 모양이지. 자, 그 난롯가의 내 의자에 좀 앉아요."

그녀가 흔들의자를 가리켰다. 나는 거기에 앉았다. 그녀는 가끔 흘깃흘깃 나를 쳐다보면서 바쁘게 돌아다니고 있었다. 오븐에서 빵을 꺼내며 그녀는 나를 돌아보고 불쑥 물었다.

"여기 오기 전에도 거지 노릇을 해 본 적이 있우?"

나는 잠시 화가 치밀어 올랐다. 그러나 성을 내 봐야 아무 소용도 없는 노릇이고 또 그녀에게는 내가 분명히 거지로 보였을 것을 생각하고는 조용히, 그러나 또렷또렷한 어조는 잃지 않은 채 대답했다.

"나를 거지로 생각한다면 오해예요. 난 거지가 아녜요. 당신이나 여기 아가씨들이 거지가 아닌 것과 마찬가지로요."

잠깐 사이를 두었다가 그녀가 말했다. "무슨 소린지. 집도 없고 쇠도 없잖우?"

"집도 없고 쇠도(아마 돈을 뜻하는 말인 모양인데) 없다고 해서 댁이 말하는 거지가 되는 건 아녜요."

"공부는 했소?" 해나가 물었다.

"네, 많이요."

"하지만 학교에는 못 다녔겠지?"

"팔 년 동안이나 학교에 다녔어요."

그녀는 두 눈을 크게 떴다. "그럼 혼자 벌어서 지낼 만할 텐데요?"

"혼자서 해 왔어요. 그리고 틀림없이 앞으로도 다시 혼자 힘으로 해 나갈 거예요. 그런데 그 구스베리로는 뭘 할 거죠?" 나는 그녀가 구스베리가 들어 있는 바구니를 꺼내는 것을 보고 물었다.

"파이를 만들려고요."

"이리 줘요. 내가 다듬어 줄게요."

"아녜요. 그런 걸 해 달라지는 않겠어요."

"하지만 뭣이든 해야겠어요. 이리 줘요."

그녀는 승낙했다. 그리고 내 무릎 위에 펴라고 깨끗한 수건까지 갖다주었다. "옷 버리면 안 되니까요." 그녀가 말했다.

"손을 보니 이런 부엌일은 안 해 본 모양이구먼." 그녀는 말했다. "재봉사였는지도 모르지."

"아녜요. 틀렸어요. 그런데 내가 뭘 했건 아무 상관 말아 주세요. 이 이상 더 나에 대해 마음을 쓰지 마요. 그 대신 이 댁의 이름이나 가르쳐 주세요."

"마시 엔드라고 하는 사람도 있고, 무어 하우스라고 하는 사람도 있죠."

"그럼 여기 사시는 신사분은 세인트 존 씨고요?"

"아니요. 여기 사는 게 아니라 한동안 머물고 계시는 거라오. 보통 때는 모턴에 있는 당신의 교구(教區)에 계시죠."

"2, 3마일 거리에 있는 그 마을 말이죠?"

"그래요."

"뭘 하시나요?"

"목사님이시라오."

나는 목사관에서 목사를 만나게 해 달라고 부탁했을 때 노부인의 대답을 생각해 냈다. "그럼 여기는 아버님 댁이군요?"

"그렇죠. 선대(先代)의 리버스 님도 여기에 사셨고, 그분의 아버님도, 조부님도, 증조부님도 여기 사셨죠."

"그럼 저 신사분 성함은 세인트 존 리버스 씨인가요?"

"그래요. 세인트 존이 세례명인 모양이오."

"그리고 두 분 누이동생들은 다이애나 리버스와 메리 리버스고요?"

"그래요."

"아버님은 돌아가셨나요?"

"삼 주 전에 뇌일혈로 돌아가셨죠."

"어머님은 안 계신가요?"

"마님은 훨씬 전에 돌아가셨고요."

"이 댁에서 오래 사셨어요?"

"삼십 년이나 살았죠. 저 세 분을 다 내 손으로 길렀다오."

"그걸 보니 댁께선 아주 정직하고 성실한 하인이었다는 것을 알 수 있군요. 나를 거지라고 하는 둥 실례의 말은 했지만 그것쯤은 용서해 드리지요."

해나는 깜짝 놀란 얼굴로 다시 나를 쳐다보았다. "제가 참말로 아가씨를 잘못 알아봤어요. 하지만 이 근처에는 나쁜 놈들이 많아서…… 용서해 주시구려."

"그런데 댁께서는 개라도 내쫓지 못할 그런 밤에 나를 문간에서 쫓아 버리려고 했어요." 내가 엄격하게 말을 이었다.

"참말, 그건 너무했어요. 하지만 어떻게 해요? 나는 내 일보다도 아가씨들의 일이 더 걱정이 되는걸. 가엾게도! 아가씨들은 나밖에는 아무도 돌봐 드릴 사람이 없다오. 그러니까 정신을 바짝 차리고 있어야죠."

나는 한동안 엄숙하게 침묵을 지키고 있었다.

"나를 너무 나쁘게 생각하지 말아 줘요." 그녀가 다시 말했다.

"그러나 역시 난 나쁘게 생각해요." 내가 말했다. "그 이유를 말하죠. 그건 내게 하룻밤 비바람을 피할 것을 거절했기 때문도 아니고, 나를 사기꾼으로 알았대서 그러는 것도 아네요. 그건 조금 전 내가 집도 없고 '쇠'도 없다는 것을 비난의 재료로 삼았기 때문이에요. 옛날부터 훌륭한 사람들 중에는 나처럼 가난한 사람들이 얼마든지 있었어요. 그리고 또 기독교인이라면 가난을 죄로 생각하면 못쓰는 거예요."

"인제 그러지 않겠어요." 그녀가 말했다. "세인트 존 도련님은 그렇게 말씀하시더군요. 나도 내 잘못을 알았어요. 하여튼 아가씨에 대한 나의 생각은 전과는 달라졌어요. 단정하고 올바른 분이셔요."

"그럼 됐어요. 용서해 드리겠어요. 악수해요, 자."

그녀는 밀가루가 묻은 길쭉길쭉한 손을 내게 쥐게 했다. 전과는 다른, 보다 다정스러운 미소가 그녀의 거친 얼굴을 밝게 빛내고 있었다. 그리고 이때부터 우리는 친구가 되었다.

해나는 확실히 말하기를 좋아하는 사람이었다. 내가 과실을 다듬고 자기는 파이 반죽을 하는 동안, 그녀는 별세한 주인 내외와 그녀가 '아기들'이라고 부르는 젊은 사람들에 대한 여러 가지 자질구레한 이야기를 이것저것 해 주었다.

작고한 선대의 리버스 씨란 분은 평범한 분이었지만 점잖은 신사였고, 아주 오래된 가문 출신이라고 했다. 마시 엔드는 주택으로 지어진 이래 리버스가(家)의 소유로서 모턴의 계곡에 있는 올리버 씨의 훌륭한 저택과 비교하면 조그맣고 오죽잖은 것이지만 무려 이백 년의 역사를 가지고 있었다. 그녀는 빌 올리버 씨가 바늘을 만드는 뜨내기 직공이었던 것을 아직도 기억하고 있었다. 반면 리버스가는 모턴 교회의 등록부를 보면 누구든지 알 수 있듯이 헨리 왕조 때부터 신사 계급이었다. 그러나 선대의 주인도 보통 사람들과 조금도 다름없이 사냥이나 농사일 등에 열중하고 있었다는 것이다. 그러나 안주인은 그와 달랐다. 그녀는 굉장히 책을 많이 읽었고 이것저것 공부를 많이 했다. '아기들'은 어머니를 닮았다고 했다. 그 근방에는 그들과 같은 사람은 없고 전에도 없었다. 세 사람은 다 말을 할 줄 알게 되면서부터 공부를 좋아했고 '독학처럼' 해 왔다. 세인트 존 씨는 성인이 되자 대학에 가 목사가 되려고 공부를 했고 아가씨들은 학교를 졸업하자 곧 가정교사 자리를 찾게 되었다. 그것은 리버스 씨가 신용하고 있던 사람이 파산을 하는 통에 많은 돈을 잃어버려 자식들한테 재산을 물려줄 만큼 풍부하지 못하게 되었기 때문이었다. 그러므로 그들은 자기들 손으로 돈을 벌어야 했다. 그래 그들은 오래전부터 집에는 좀처럼 오지 않는데 이번에 부친의 사망으로 인해 집에 와서 몇 주를 체류하고 있는 것이었다. 그러나 그들은 마시 엔드나 모턴 그리고 근방의 황야와 산들을 몹시 좋아했다. 그들은 런던에도 가 있었고 그 밖의 큰 도회지에도 가 있었던 사람들이지만 늘 고향처럼 좋은 곳은 세상에 없다고 말하곤 했다. 거기다 이들 세 남매는 아주 사이가 좋아서 싸우거나 언쟁을 하는 일이 한 번도 없었다. 그래 이들처럼 화목한 남매는 본 적이 없다고 그녀는 이야기하는 것이었다.

구스베리를 다 다듬은 후에 나는 그 세 분이 지금 어디 있는지를 물어보았다.

"모턴까지 산보를 하러 가셨는데, 삼십 분쯤만 있으면 차를 드시러 돌아오실 거예요."

해나가 말한 시간 안에 그들 세 사람은 돌아와서, 부엌문으로 해서 들어왔다. 세인트 존은 나를 보자 가볍게 목례를 하고 지나쳤지만 두 여자는 걸음을 멈추었다. 메리는 간단한 몇 마디 말로 내가 나아서 내려온 것을 보게 되어 기쁘다는 이야기를 친절하고 침착하게 말했다. 다이애나는 내 손을 잡았다. 그러고는 고개를 가로젓는 것이었다.

"내려와도 좋다고 할 때까지 기다리셨더라면 좋았을걸요. 아직도 얼굴이 창백해요. 몸도 야윈 채고요! 가엾게도! 정말 가엾게도!"

다이애나의 목소리는 마치 비둘기가 구구거리는 소리처럼 정답게 들렸다. 또 그녀의 눈길은 마주치면 기분이 아주 즐거워지는 눈길이었다. 그녀의 온 얼굴에는 매력이 가득 차 있었다. 메리의 얼굴도 역시 똑같이 이지적이며 똑같이 아름다웠지만, 그녀의 표정은 다이애나의 표정보다 내향적인 빛이 보였고, 그녀의 태도도 부드럽기는 했지만 어딘가 거리감이 느껴지는 것이었다. 다이애나의 표정이나 말씨에는 일종의 권위가 있었고, 강한 의지를 가지고 있음을 명백히 보여 주는 것이었다. 나는 천성적으로 그녀가 가지고 있는 것 같은 권위에 복종하고 나의 양심과 자존심이 허락하는 한 적극적인 의지에 따르는 데 기쁨을 느꼈다.

"그런데 무엇 하러 여기엔 오셨어요?" 그녀가 말을 계속했다. "오실 데가 아녜요. 메리나 나는 때때로 부엌에 와서 앉아 있기는 하지만, 그건 집에서만은 자유롭게, 멋대로 하고 싶어서 그러는 거예요. 하지만 당신은 손님이에요. 그러니까 객실로 가셔야죠."

"전 여기가 좋아요."

"천만의 말씀. 해나가 부산을 피워 밀가루를 덮어씌우는데요."

"거기다 당신한테는 불이 너무 뜨거워요." 메리도 끼어들었다.

"정말이에요." 그녀의 동생이 덧붙여 말했다. "자, 하라는 대로 하세요." 그리고 그녀는 내 손을 잡은 채, 나를 일으켜 안쪽에 있는 방으로 데리고 갔다.

"거기 앉아 계셔요." 그녀가 나를 소파에 앉히면서 말했다. "그동안에 옷을 갈아입고 차 준비를 할 테니까요. 우리가 마음이 내킬 때나, 해나가 빵을 굽는다든지 차를 끓인다든지 세탁이나 다리미질을 한다거나 할 때에, 우리 손으로 식사 준비를 하는 것은 이 조그만 황야의 집 안에서 우리가 누릴 수 있는 특권의 하나예요."

그녀는 나와 세인트 존 씨만을 남겨 놓고 문을 닫았다. 세인트 존은 책인지 신문인지를 손에 들고 나의 맞은편에 앉아 있었다. 나는 먼저 객실 안을 살펴보고, 그다음에 방의 주인을 바라보았다.

객실은 매우 간소한 가구를 갖춰 놓은 조그만 방이었지만 깨끗하고 깔끔하여 기분이 좋은 방이었다. 고풍의 의자들은 반들반들하게 닦여 있었고 호두나무로 만든 테이블도 거울같이 반들거렸다. 옛날 남녀를 그린 몇 점의 진기하고 낡은 초상화가 색칠한 벽을 장식하고 있었고, 유리문이 달린 장 안에는 몇 권의 책과 오래된 한 벌의 도자기가 들어 있었다. 방 안에 불필요한 장식이라곤 한 가지도 없었고, 큰 테이블 곁에 놓인 작은 탁자 위에 있는 두 개의 바느질그릇과 자단목(紫檀木)으로 만든 부인용 책상을 제외하고는 현대식 가구란 하나도 없이, 모든 것이(카펫이나 커튼까지 포함하여) 오랫동안 공들여 사용되고 잘 보존된 것들이었다.

세인트 존은 벽에 걸린 흐릿한 초상화처럼 꼼짝도 하지 않고 앉아서, 읽고 있는 페이지에 시선을 고정시킨 채 입술은 꼭 다물고 있었기 때문에 관찰하기가 쉬웠다. 그가 사람이 아니고 조각상이라 하더라도 이보다 더 쉽게 관찰할 수는 없었을 것이다. 그는 젊고(스물여덟 내지 서른쯤 되어 보였다.) 키가 크고 훤칠했다. 그의 얼굴은 보는 사람의 눈길을 끌었다. 그리스형의 얼굴로서 윤곽이 분명했고 콧날이 쭉 곧은 고전적인 코에 아테네 사람 그대로의 입과 턱을 가지고 있었다. 영국 사람의 얼굴이 그의 얼굴처럼 그렇게 고대의 전형에 가깝다는 것은 매우 드문 일이었다. 자기의 얼굴이 그렇게 완전한 조화를 이루고 있었기 때문에, 그가 부조화의 내 얼굴을 보고 놀란 것도 무리가 아니었다. 그의 눈은 크고 파랬고, 갈색 눈썹을 가지고 있었다. 그의 넓은 이마는 상아처럼 희었고 그 한쪽에는 금빛 머리칼이 늘어져 있었다.

이렇게 묘사하면 독자여, 한 점잖은 신사의 인물 묘사가 되지 않을까요? 그러나 이 묘사로 표현된 인물은, 점잖고 온순하고 감수성이 예민한 사람이라는 인상은커녕 침착한 사람이라는 인상조차 주지 않았다. 그는 조용히 앉아 있기는 했지만, 그 콧구멍이나 입이나 이마에는 내가 보기엔 무언가 내부의 불안이나 냉혹성이나 열망 같은 것이 나타나 있었다. 그는 누이동생들이 돌아올 때까지 나에게 단 한마디 말도 없었고 시선 한 번 돌리지 않았다. 다이애나는 차 준비를 하느라고 들락날락하면서도 오븐에다 구운 조그만 케이크를 하나 나한테 갖다 주었다.

"잡수세요, 지금." 그녀가 말했다. "시장하실 거예요. 해나가 그러는데 아침부터 여태까지 죽 조금밖에 안 드셨다더군요."

나는 사양하지 않았다. 이미 식욕이 눈을 뜨고 날카롭게 되어 있었기 때문이다. 세인트 존은 책을 덮고 테이블로 다가 갔다. 그리고 의자에 앉더니, 그림에 그려진 듯한 푸른 눈으로 나를 뚫어져라 쳐다보기 시작했다. 그의 응시엔 무례할 만큼 의 솔직성과 무언가를 찾아내려는 듯한 확고한 고집이 엿보였 고, 이는 여태까지 미지의 사람인 나에게서 시선을 피하고 있 었던 것은 무관심 때문이 아니라 확실한 어떤 의도에서였다 는 것을 말해 주고 있었다.

"몹시 시장하셨군요." 그가 말했다.

"네." 간단한 것에는 간단한 것으로, 솔직에는 솔직으로 응 하는 것이 나의 습관, 본능적인 나의 습성이다.

"사흘 동안 미열 때문에 아무것도 들지 못하신 게 오히려 잘된 일이군요. 처음부터 식욕이 요구하는 대로 드셨더라면 위험할 뻔했죠. 이젠 드셔도 좋습니다. 아직 도가 지나치면 안 됩니다만."

"언제까지나 이렇게 폐를 끼치지는 않겠어요." 서투른 말씨 의 세련되지 못한 나의 대답이었다.

"그러시겠죠." 그가 냉담하게 말했다. "친구분의 주소를 가 르쳐 주시면 우리가 편지를 내 드리죠. 그렇게 하면 댁으로 돌아가실 수 있게 되겠죠."

"분명하게 말씀드리겠는데, 저는 가르쳐 드릴 수가 없어요. 집도 친구도 전혀 없는걸요."

세 사람은 나를 쳐다보고 있었는데, 불신하는 빛은 보이지 않았다. 세 사람의 시선에는 의혹의 빛은 없고 오히려 호기심 이 나타나 있는 것 같았다. 특히 젊은 두 여자의 눈엔 더 그랬다. 세인트 존의 두 눈은 글자 그대로의 의미에서는 밝았지만 비유적인 의미에서는 깊이를 헤아릴 길이 없었다. 그는 자기의 두 눈을, 자기의 생각을 나타내 보이는 대행자로서가 아니라 남의 생각을 탐지해 내는 도구로서 사용하고 있는 것 같았다. 그 날카로움과 무엇을 숨기는 듯한 점이 결합되어, 남을 격려하기보다는 당황케 하는 데 적합했다.

"그러니까 당신은 일체의 연고 관계에서 완전히 떠나 있다는 말씀인가요?"

"네. 살아 있는 사람과 저를 맺어 주는 끈은 하나도 없습니다. 온 영국 안에 저를 받아들여 달라고 요구할 만한 집은 하나도 없답니다."

"당신 나이에는 참 특이한 사정이로군요."

이때 그의 눈이 내 앞에 있는 테이블 위에 맞잡아 올려놓고 있는 내 손으로 향하는 것을 나는 보았다. 그가 무엇을 찾아내려는지 나는 알 수 없었다. 그러나 그의 말이 곧 그 의문을 풀어 주었다.

"결혼은 안 하셨군요, 아직 독신이신가요?"

다이애나가 웃었다. "열일곱 아니면 열여덟밖에는 안 됐겠어요, 세인트 존."

"머지않아 열아홉이에요. 하지만 결혼은 안 했어요. 절대로요."

나는 얼굴이 화끈 달아오름을 느꼈다. 결혼이라는 말 때문에 쓰라리고 가슴 설레는 기억이 눈을 떴기 때문이다. 그들은 모두 나의 당황하고 동요하는 모습을 보았다. 다이애나와 메리는 새빨개진 내 얼굴에서 시선을 피함으로써 나를 구해 주었다. 그러나 그보다 더 싸늘하고 엄격한 그들의 오빠는 계속해서 나를 응시하여, 드디어 그가 불러일으킨 괴로움은 내 얼굴을 붉히게 했을 뿐만 아니라 눈물까지도 짜내게 했다.

"최근까지 어디서 살았습니까?" 그가 또 물었다.

"너무 귀찮게 물어 대는군요, 세인트 존." 메리가 낮은 목소리로 속삭였다. 그러나 그는 테이블 위로 몸을 기대며 두 번째의 강경하고 꿰뚫어 보는 듯한 시선으로 대답을 요구했다.

"제가 산 곳의 이름이나 같이 산 사람의 이름은 저만의 비밀이에요." 내가 간단히 대답했다.

"이야기하기 싫으면 세인트 존이나 그 밖의 누구한테도 말하지 않아도 되는 거예요." 다이애나가 말했다.

"그러나 당신 자신이나 당신의 과거에 대해 아무것도 모르고서는 나는 당신을 도와드릴 수가 없어요." 그가 말했다. "그런데 당신에게는 도움이 필요하죠. 안 그런가요?"

"네. 필요해요. 그리고 구하고 있어요. 어떤 진실한 자선가가 제가 할 수 있는 일을 찾아 주시고 그 일에 대한 보수로서 최저의 생활이라도 하게 해 주시길 원하고 있어요."

"내가 진실한 자선가인지 아닌지는 나도 모르겠습니다만, 그처럼 진실한 목적이라면 내 힘닿는 데까지 최대한으로 도와드리고 싶습니다. 그러니 우선 지금까지 무슨 일을 해 왔고 또 무슨 일을 할 수 있는지나 말해 주시오."

나는 차를 다 마셨다. 나는 술을 마시고 기운을 차린 거인처럼 차를 마신 덕분에 원기를 회복했다. 그것은 피로한 나의 신경에 새로운 힘을 불러일으켜 이 날카로운 젊은 재판관한테 침착하게 말을 할 수 있게 해 주었다.

"리버스 님." 나는 그를 향하고, 그가 나를 쳐다보듯이 툭 터놓고 거리낌 없이 그를 바라보며 이야기했다. "당신과 당신의 누이동생들께서는 제게 말할 수 없이 큰 도움을 주셨어요. 인간이 인간에게 줄 수 있는 가장 큰 도움을요. 당신의 고귀한 호의는 저를 죽음에서 구해 주었어요. 그 은혜는 아무리 해도 감사를 다할 길이 없어요. 그리고 또 어느 정도 제 비밀을 털어놓으라 말씀하시는 것도 당연한 일이에요. 그러면 저는 당신이 재워 주신 이 방랑자의 이야기를 제 마음의 평화를 깨치지 않는 한도에서, 저 자신의 정신적, 육체적인 안전이나 다른 사람들의 안전을 위협하지 않는 한도 내에서, 자세히 말씀드리겠어요.

저는 고아로서 자란 목사의 딸입니다. 양친께서는 제가 미처 양친을 알아볼 나이도 되기 전에 돌아가셨습니다. 저는 친척에게 맡겨져 자라났으며 자선 학교에서 교육을 받았습니다. 학교의 이름은 말씀드려도 좋습니다만, 거기에서 6년을 학생으로서 지냈고 2년을 교사로서 지냈습니다. ○○주의 로우드 자선 학교예요. 이름은 들으셨겠지만, 로버트 브로클허스트 목사가 거기 회계 감독입니다."

"브로클허스트 씨에 관해서는 들은 적이 있고 그 학교를 본 적도 있지요."

"저는 가정교사가 되기 위해 지금부터 일 년 전쯤 로우드를 떠났습니다. 저는 좋은 자리를 구하여 행복했지요. 그런데 여기 오기 나흘 전에 저는 부득이 그곳에서 나와야 했습니다. 그 이유는 말씀드릴 수도 없고 또 말씀드려서는 안 되는 일이에요. 이야기를 한들 아무 소용 없고, 위험하기도 하고, 또 도저히 믿을 수 없는 이야기로 들릴 테고요. 나에게 무슨 잘못은 없었습니다. 저는 당신들 세 분이나 마찬가지로 비난받을 점은 한 가지도 없습니다. 저는 비참하고, 이 비참은 한동안 계속되겠죠. 왜냐하면 제가 낙원이라고 생각했던 집에서 저를 쫓아낸 재난은 정말로 기괴하고 무서운 성질의 것이었기 때문이에요. 그 댁을 나오면서 제가 지킨 두 가지 것은 될수록 빨리, 아무도 모르게 떠나오는 것이었어요. 그러기 위해서는 조그만 보퉁이 하나만 빼고는 제 물건을 모조리 버려 두고 와야 했어요. 그런데 그 보퉁이마저 너무 서두르고 마음이 심란한 통에 저를 위트크로스까지 실어다 준 마차 안에 두고 내려 버린 거예요. 그래 저는 완전한 무일푼이 되어 가지고 이 근처까지 오게 된 거예요. 저는 이틀 밤을 한데서 잤어요. 그리고 이틀 동안을 사람이 사는 집 안에는 들어와 보지도 못하고 헤맸어요. 그동안에 음식을 먹은 건 두 번뿐이었어요. 그리고 굶주림과 피로와 절망으로 이젠 모든 게 끝장이다 하고 생각하는데, 리버스 님 당신께서 굶어 죽는 법은 없다고 하시며 저를 댁의 지붕 밑에 넣어 주신 거예요. 그 후로 누이동생 두 분께서 제게 여러 가지 해 주신 일, 저는 모두 알고 있어요. 혼수상태에 빠진 것 같았던 동안에도 의식만은 잃지 않고 있었기 때문이에요. 그래 저는 당신의 복음주의에 입각한 자선에 대해서와 마찬가지 정도로 두 분의 자발적인, 충심으로부터의 따뜻한 동정에 은혜를 입고 있는 거예요."

"이 이상 더 이야기를 시키면 안 돼요. 세인트 존." 내가 말을 쉬자 다이애나가 말했다. "아직 흥분을 하게 해서는 몸에 해로워요. 이 소파로 와서 앉아요, 엘리엇 양."

나는 그 가명을 듣고 나도 모르게 찔끔 놀랐다. 나는 나의 새 이름을 잊고 있었던 것이다. 눈치 빠른 리버스 씨는 벌써 그것을 눈치챘다.

"당신의 이름이 제인 엘리엇이라고 하셨죠?" 그가 말했다.

"그렇게 말했어요. 그리고 당분간은 그런 이름으로 불리는 것이 편리하리라고 생각해요. 하지만 그게 제 본명은 아네요. 그러니까 그 소리가 이상하게 들리는군요."

"당신의 본명은 가르쳐 주지 않으시겠단 말인가요?"

"네. 무엇보다도 저는 발견될까 봐 그게 두려워요. 무엇이든 저 자신을 알리는 단서가 되는 일은 피하겠어요."

"그럼요, 그렇고말고요." 다이애나가 말했다. "이젠 오빠, 제발 한동안 이분을 편안하게 내버려 두세요."

그러나 세인트 존은 몇 분 동안 생각에 잠겨 있다가 여전히 냉정하고 전과 조금도 다름없는 날카로움을 띠고, 다시 말을 시작했다.

"당신도 언제까지나 우리의 호의에 매달리기는 싫으시겠죠. 될 수 있는 대로 빨리 내 동생들의 동정에서, 특히 나의 자선에서 벗어나고 싶겠죠. 당신이 이 두 가지를 구별하신 것은 알고 있습니다. 하지만 성낸 것은 아니고요. 그것은 당연한 일이니까요. 하여튼 우리의 도움을 받지 않고 자립하고 싶으시겠죠?"

"네. 아까 이미 그렇게 말씀드렸습니다. 무슨 일을 해야 할지, 어떻게 일자리를 구해야 할지, 그것만 가르쳐 주세요. 그게 제가 원하는 전부예요. 그다음에는 아무리 오죽잖은 오두막집이라도 좋으니 보내 주세요. 하지만 그때까지만은 여기 머물러 있도록 좀 해 주세요. 집 없는 빈궁의 공포는 또다시 겪기가 무서워요."

"그럼요. 여기 계시게 해드리고말고요." 다이애나가 그 하얀 손을 내 머리에 얹으며 말했다. "계시게 하고말고요." 메리도 수줍은 듯하며 성실한 어조로 그렇게 되풀이했다.

"보시다시피 동생들은 기꺼이 당신을 도와드리려고 합니다." 세인트 존 씨가 말했다. "겨울바람에 쫓기어 창문으로 방 안에 날아든, 얼어 죽어 가는 새를 돌보듯이 말입니다. 나는 그보다는 당신이 자립할 수 있도록 해 드리고 싶고, 그러기 위해서 노력을 하겠습니다. 그러나 제 능력의 범위는 좁다는 것을 아셔야 해요. 나는 빈한한 시골 교구의 목사에 불과합니다. 내 도움이라는 게 아주 미력하기 짝이 없을 겁니다. 그러니 만약 '작은 일들의 날'[19]을 경멸하는 기분이시라면 제가 드리는 것 따위보다는 더욱 유력한 원조를 찾도록 하십시오."

"이분은 벌써 이야기하셨잖아요, 자기 힘으로 할 수 있는 일이라면 무엇이든지 하겠다고요." 다이애나가 나 대신 대답해 주었다. "그리고 세인트 존. 이분은 원조해 줄 분을 선택할

---

19) 「스가랴서」 4장 10절.

처지가 못 되잖아요? 그러니까 오빠처럼 무뚝뚝한 분이라도 그냥 견뎌 나가는 수밖에 없어요."

"재봉사도 좋아요. 여공도 좋아요. 그것밖에 도리가 없다면 하녀도 좋고 아이 보기라도 하겠어요." 내가 대답했다.

"됐습니다." 세인트 존이 극히 냉담하게 말했다. "그런 각오라면 도와드리기로 약속하겠습니다. 내가 편리한 때에 편리한 방법으로 말입니다."

그는 다시 차를 마시기 전에 읽던 책을 읽기 시작했다. 나는 곧 물러 나왔다. 그때의 나의 체력으로서는 더 이상 이야기를 할 수도 없고 더 이상 앉아 있을 수도 없었기 때문이다.

30장

무어 하우스 일가를 알게 되면 될수록 나는 점점 더 그들을 좋아하게 되었다. 며칠 후 나는 하루 종일 일어나 앉아 있고 때때로 산보를 하러 나갈 수 있을 만큼 건강을 회복했다. 나는 다이애나나 메리가 하는 일은 무엇이든지 함께 할 수 있게 되었다. 두 사람이 원하는 대로 이야기도 할 수 있었고 그들이 허락만 하면 그들을 도와줄 수도 있게 되었다. 그들과 이렇게 사귀는 데는 내가 처음으로 맛보는 재생의 기쁨이 있었다. 그것은 취미나 감정이나 생각 등이 완전히 일치하는 데서 생겨나는 기쁨이었다.

그들이 즐겨 읽는 것은 나도 즐겨 읽었고, 그들이 즐기는 것은 나도 즐겼으며, 그들이 인정하는 것은 나 역시 인정했다. 이 회색의 자그맣고 고풍스러운 건물에서, 낮은 지붕, 창살이 있는 창문, 무너지기 시작한 벽, 산바람으로 인해 비스듬히 쏠린 전나무의 고목이 늘어선 길, 주목(朱木)이나 서양감탕나무가 우거져 컴컴하고 극히 강한 종류의 꽃밖엔 자라지 못하는 정원 등이 있는 이 주택에서, 나 역시 힘차고 영속적인 매력을 느꼈다. 그녀들은 집 뒤와 주위의 보랏빛 황야에, 자갈을 깐 마찻길이 정문으로부터 내려가고 있는 아래쪽의 우묵한 계곡에 애착을 느끼고 있었다. 마찻길은 처음에는 고사리가 돋아 있는 둑으로 해서 꼬불꼬불 내려가다가, 원래 히스 황야에 접해 있어 가지고 이끼처럼 미끈미끈한 얼굴을 한 새끼 양들을 거느린 황야에 사는 회색 양들에게 풀을 제공하던 조그마한 풀밭들 사이로 뚫려 있었는데, 그녀들은 이러한 풍경을 아주 열광적으로 좋아했다. 나는 그들의 기분을 이해할 수 있었고, 거기서 풍기는 힘과 진실성에 공감을 가질 수 있었다. 나는 그 고장의 매력을 알았다. 나는 그 쓸쓸함에서 성스러움을 느꼈고, 나의 눈은 멀리 펼쳐진 산언덕들의 기복을 즐겼고, 이끼나 히스의 꽃이나 꽃을 뿌려 놓은 듯한 잔디밭이나 번쩍거리는 고사리나 연한 빛깔의 화강암 등이 언덕마루나 골짜기에 주고 있는 천연의 색채를 즐겼다. 이러한 자디잔 것들은 그들에게나 마찬가지로 나에게도 맑고 달콤한 즐거움의 원천이 되어 주었다. 강한 돌풍과 부드러운 미풍, 날씨 사나운 날이나 평온한 날, 해 뜰 때와 해 질 녘, 달 밝은 밤이나 구름 낀 밤, 이러한 모든 것은 이 고장에서는 그들에게와 마찬가지의 매력을 나에게도 주고 있었고, 그녀들을 매혹한 것과 마찬가지 매력으로 나를 에워쌌다.

집 안에서도 마찬가지로 우리는 뜻이 맞았다. 그들은 둘 다 나보다 재예(才藝)가 앞섰고 책도 많이 읽었다. 그러나 나는 그들이 앞서서 간 학문의 길을 열심히 따라 걸어갔다. 그들이 빌려주는 책을 정신없이 탐독했고, 낮에 내가 읽은 것을 저녁에 그들과 함께 이야기하는 것은 무상의 즐거움이었다. 생각이 서로 맞아 들어가고 의견이 서로 합치되었다. 다시 말하면 우리는 완전히 일치가 된 것이었다.

우리 세 사람 중에 우수한 사람 또는 지도자가 있다면, 그건 다이애나였다. 육체적으로도 그녀는 나를 훨씬 능가하고 있었다. 그녀는 아름답고 생기가 넘치고 있었다. 그녀의 혈기에는 생명력이 가득 차서 끊임없이 흐르고 있었고 그것은 나의 감탄을 자아내는 한편 이해를 어렵게 했다. 초저녁에는 나도 한동안 이야기를 할 수 있었지만 처음의 원기와 유창함이 사그라져 버리면 나는 다이애나의 발치의 조그만 걸상에 앉아 그녀의 무릎을 베고서 두 사람이 번갈아 이야기를 하는데 귀를 기울이기를 좋아했다. 그동안에 두 사람은 잠깐 내가 건드리기만 해 놓은 화제를 깊이 파고 들어가 논의를 하는 것이었다. 다이애나는 나에게 독일어를 가르쳐 주겠다고 했다. 나는 그녀한테서 배우는 것이 기뻤다. 교사의 역할은 그녀에게 적합하고 그녀를 기쁘게 해 주는 것이었다. 그리고 그와 마찬가지로 학생의 역할은 내게 어울리고 또 나를 기쁘게 해 주는 것이었다. 우리의 성질은 꼭 들어맞아 그 결과 상호 간의 애정이, 가장 강한 애정이 생겨났다. 그들은 내가 그림을 그릴 줄 아는 것을 발견하곤 곧 그들의 연필과 그림물감을 내 마음대로 쓰게 해 주었다. 단 한 가지, 그림에 있어서만은 그들보다 월등한 나의 재능은 그들을 놀라게 하고 매혹시켜 버렸다. 메리는 몇 시간씩이나 내 곁에 앉아서 그림 그리는 것을 바라보곤 하다가 자기도 그림을 배우겠다고 했다. 그래 그녀는 온순하고 똑똑하고 열성적인 학생이 된 것이다. 이렇게 무엇이든 해 가며 서로 즐겁게 해 주는 동안에 시간은 흘러 며칠이 몇 시간처럼, 몇 주는 며칠처럼 지나가 버렸다.

세인트 존에 관해서 말하자면, 나와 그 누이동생들 사이에서는 그렇게도 빨리 자연스럽게 생겨났던 친밀감이 그에게까지는 미치지 못했다. 이유의 하나는 그가 비교적 집에 있는 때가 많지 않다는 것이다. 그는 대부분의 시간을 자기 교구에 여기저기 흩어져 사는 병자나 가난한 사람들을 방문하는 데 사용하고 있는 것 같았다.

아무리 궂은 날씨라도 그의 이러한 방문을 저지할 수는 없는 것 같았다. 비가 오건 날이 개었건, 아침 학습만 끝나면 그는 모자를 집어 들고 그의 부친의 늙은 포인터 사냥개 카를로를 데리고 사랑 아니면 의무(그가 어느 쪽으로 생각하고 있는지는 모르지만)로서의 사명을 띠고 출발하는 것이다. 때때로 일기가 너무 나쁠 때에는 누이동생들이 만류하는 일이 있었다. 그러나 그런 때면, 그는 으레 특이한, 명랑하다기보다는 엄숙한 미소를 지으며 이렇게 말하는 것이었다.

"바람이 좀 분다거나 비가 좀 뿌린다 해서 이런 쉬운 일을 게을리한대서야 장래의 계획에 대해 무슨 준비가 되겠느냐?"

이 말에 대한 다이애나와 메리의 대답은 대개 한숨을 한

번 쉬고 한동안 슬픈 얼굴로 깊은 생각에 잠기는 것이었다.

그러나 그가 자주 출타를 한다는 것 외에도, 그와 나 사이의 우정을 방해하는 것이 또 하나 있었다. 그는 내향적이며 무엇엔가 마음을 빼앗기고 있는 듯하고 또 항시 무슨 깊은 생각에 잠겨 있는 것처럼 보였다. 목사로서의 직무에는 그렇게 열성적이며 일상생활이나 습관에 추호도 비난받을 점이 없는 사람이건만, 그는 모든 성실한 기독교인이나 실천적인 박애주의자에게 돌아오는 보상인 정신적인 평안이나 내심의 만족을 조금도 즐기지 않는 것처럼 보였다. 저녁때가 되면 흔히 책상과 종이를 앞에 놓고 창가에 앉아 있는데, 그런 때면 그는 책을 읽거나 무얼 쓰지도 않고 한 손으로 턱을 괴고 나로서는 짐작도 할 수 없는 생각에 잠겨 있는 것이었다. 그러나 그게 그의 마음을 어지럽히고 흥분시키는 생각이라는 것은, 그의 눈이 자주 번쩍이고 불안정하게 크게 떠졌다 감겼다 하는 것을 보아 알 수 있었다.

거기다 또 자연은 그의 누이동생들에게처럼 그에게는 기쁨의 보고(寶庫)가 되지 못하는 것으로 생각되었다. 그는 언젠가 내 귀로 듣기는 단 한 번, 거친 구릉의 매력이 지니는 강력한 의미와 그가 자기 집이라고 부르는 검은 지붕과 흰 벽에 대한 타고날 적부터의 애정을 이야기한 적이 있었다. 그러나 그러한 감정이 표명된 말이나 어조에는 즐거움보다는 우울함이 더 느껴졌다. 그리고 그는 마음을 달래 주는 정적을 찾으려 황야를 헤매는 일도 없었고, 황야가 줄 수 있는 무수한 평화로운 기쁨을 찾으려 하지도 않았고 거기 잠기려 하지도 않았다.

이처럼 그는 입이 무거웠기 때문에 내가 그의 심중을 짐작할 수 있는 기회를 갖게 되기까지는 한동안의 시일이 걸렸다. 나는 그가 모턴의 교회에서 설교하는 것을 듣고 비로소 그의 재능을 알았다. 할 수만 있다면 나는 그 설교를 전부 쓰고 싶다. 그러나 그것은 내 힘으로는 불가능한 일이다. 나는 그 설교가 내게 준 감명조차 충실하게 이야기할 수가 없다.

설교는 조용히 시작되었다. 그리고 사실 말하는 것이나 목소리의 고저만 가지고 본다면 그것은 끝까지 조용했다. 그러나 열렬하게 마음속에 느껴지고 엄격하게 억제된 열정은 곧 명확한 어조에 나타나기 시작하고 힘찬 말이 터져 나오게 했다. 이것이 압축되고 응축되고 억제되어 박력을 더해 갔다. 설교자의 힘에 의해 청중의 가슴은 떨리고 마음은 놀랐다. 그리고 그것은 누그러지지 않았다. 설교에는 시종 무언지 알 수 없는 냉혹함이 있었고 마음을 달래 주는 부드러움은 없었다. 하느님의 선발, 예정설, 하느님의 유기(遺棄) 등 엄격한 칼뱅주의 교리가 자주 인용되고 이에 대해 언급하는 한 마디 한 마디가 최후의 심판을 내리는 선고처럼 울렸다. 설교가 끝났을 때, 나는 그의 설교에 의해서 보다 기분이 좋고 마음이 안정되고 머릿속이 계발되기는커녕 오히려 형언할 수 없는 슬픔을 맛보았다. 왜냐하면, 다른 사람에게도 마찬가지였는지는 모르지만, 내가 들은 웅변은 실망이라는 침전물이 가라 앉아 있는 심연의 밑바닥으로부터, 그칠 줄 모르는 동경과 불안정한 갈망이라는 충격으로 뒤흔들리고 있는 심연의 밑바닥으로부터 뿜어 나온 것으로 생각되었기 때문이다. 나는 세인트 존 리버스가 순결하게 살아왔고 양심적이고 열정적이기는 하지만 '모든 지각을 뛰어넘는 하느님의 평화'[20]를 아직 발견하지 못하고 있다고 확신했다. 부서진 우상과 잃어버린 낙원에 대해 남모르게 가슴이 찢어지는 듯한 슬픔을 근래에는 될 수 있는 대로 생각하지 않으려고 노력하고 있건만, 내게 달라붙어 무자비하게 나를 괴롭히는 슬픔에서 헤어나지 못하고 있는 나와 마찬가지로, 그도 아직 하느님의 평화를 발견하지는 못하고 있는 것이었다.

이러는 중에 한 달이 지났다. 다이애나와 메리는 곧 무어 하우스를 떠나 가정교사로서 남부 잉글랜드의 근대적인 대도회에서 그들을 기다리고 있는, 지금과는 판이하게 다른 생활과 환경으로 돌아가야만 했다. 거기에서는 둘이 각기 딴 가정에 들어가 돈 많고 거만한 가족들한테 천한 고용인 취급을 받아야 하고 타고난 미점(美點) 같은 건 알려지지도 않거니와 관심 밖의 일인 채로, 습득한 재예(才藝)만을 요리사의 솜씨나 시녀의 취미가 평가되듯이 평가받아야만 했다. 세인트 존 씨는 아직 그가 구해 준다고 약속했던 일자리에 대해서 아무 말도 없었으나 나는 시급히 무슨 일자리든 구해야만 되었다. 어느 날 아침, 객실에 몇 분 동안 그와 단둘이 있게 되었을 때, 나는 용기를 내서 바깥으로 쑥 나간 창 앞으로 다가가(거기에 그의 테이블, 의자, 책상 등이 놓여 서재 비슷하게 되어 있었다.) 그와 같은 성품 위에 깔린 침묵의 얼음을 깨트리기란 언제나 쉬

---

20) 「빌립보서」 4장 7절.

운 일이 아님을 알고 있었기 때문에 어떻게 질문을 해야 할지도 잘 모르는 채 말을 꺼내려고 했다. 그때 그가 먼저 이야기를 시작하여 나의 고충은 사라졌다.

내가 가까이 가자 그가 고개를 들며 말했다. "나한테 뭔가 묻고 싶은 게 있나요?"

"네. 제가 할 수 있는 무슨 일자리가 구해졌는지 여쭈어보고 싶어서요."

"삼 주 전에 당신이 할 일을 찾았죠, 아니 생각해 냈죠. 그런데 보아하니 당신은 우리 집에서 도움이 되고 또 행복하게 지내는 것 같아서, 내 누이동생들이 당신과 아주 정이 두터워지고, 또 당신이 같이 있어 주시는 게 그 애들한테 여간 기쁨을 주는 게 아닌 것 같아서 말입니다, 머지않아 그 애들이 마시엔드를 떠나게 되어 당신도 이곳을 떠나야 할 때까지만은 서로 간의 화목한 정을 방해하지 않는 게 좋다고 생각을 했습니다."

"인제 사흘 후면 떠나시나요?"

"그렇죠. 그리고 그 애들이 가면 나도 모턴의 목사관으로 돌아갑니다. 해나도 나하고 함께 가죠. 그리고 이 고옥(古屋)은 문을 잠가 버립니다."

나는 처음에 꺼낸 일자리 이야기를 그가 계속하기를 기대하면서 잠시 기다리고 있었다. 그러나 그는 다른 생각을 하고 있는 것 같았다. 나나 나의 일에서는 멀리 떨어져 있는 듯한 표정이었다. 나는 나와 밀접한 관계가 있는 걱정스러운 문제로 그를 끌어들여야만 했다.

"생각하셨다는 일자리는 무슨 일자린가요, 리버스 씨? 지금까지 미루어서 혹시 일자리를 놓치게 되지나 않을는지요."

"아, 아닙니다. 일자리라는 게 내가 드리고 당신이 승낙하기만 하면 되는 것이니까요."

그는 다시 사이를 두었다. 이야기를 계속하기가 주저되는 모양이었다. 나는 조바심이 났다. 불안해하는 몸짓과 그의 얼굴에 고정시킨 나의 진지하고 엄격한 시선이 말보다도 효과적으로, 그리고 더 손쉽게 나의 생각을 그에게 전달해 주었다.

"이야기 듣는 게 그렇게 급할 건 없습니다." 그가 말했다. "솔직히 얘기하죠. 사실 나는 알려 드릴 적절하고 유리한 일거리가 있는 게 아닙니다. 설명을 듣기 전에, 요전에 내가 확실히 이야기해 드린 것을 다시 한번 생각하시기 바랍니다. 설사 내가 당신을 도와드린다 해도 그건 장님이 절름발이를 돕는 격이라는 이야기 말입니다. 나는 가난합니다. 왜냐하면 선친의 빚을 다 갚고 나면, 내게 남는 유산이란 이 쓰러져 가는 집하고 집 뒤에 늘어선 상처투성이의 전나무, 집 앞의 주목과 서양감탕나무가 들어선 황무지 약간뿐입니다. 나는 또 세상에 알려져 있지 않은 사람입니다. 리버스가(家)는 오래된 가문이죠. 그런데 셋밖에 없는 자손 가운데 둘은 생판 남들 속에 들어가 피고용자가 되어 있고, 나머지 하나는 살아 있는 동안뿐 아니라 죽은 후까지도 자기 자신이 이방인이라고 생각하고 있습니다. 그렇습니다. 그런 운명을 영광으로 생각하고 또 영광으로 생각해야만 되는 겁니다. 그리고 세속적 기반으로부터의 결별이라는 십자가가 등에 지워지고, 그도 그 미천한 종인 전투의 교회[21]의 우두머리이신 그리스도께서 '일어나 나를 따르라!'라고 명하실 그날만을 기다리고 있는 겁니다."

세인트 존은 설교를 할 때처럼 조용하고 낮은 목소리로, 얼굴도 붉히지 않고 다만 눈만을 번쩍번쩍 빛내면서 이 말을 했다. 그는 말을 계속했다.

"나 자신이 가난하고 하찮은 인간이기 때문에 당신에게도 그러한 일거리밖에는 줄 수가 없습니다. 혹시 당신은 그것을 남 보기에 창피하다 생각할는지도 모릅니다. 지금까지의 당신의 습관은 소위 세련된 것인 모양이고, 당신의 취미는 이상(理想)으로 기울어져 있고, 당신이 사귄 분들은 적어도 교양 있는 분들이었던 모양이니까 말이죠. 그러나 나는 우리 인류를 향상시킬 수 있는 일이라면 어떤 일이고 남 앞에 창피한 일일 수가 없다고 생각합니다. 기독교인이란 농부에게 경작이 명해진 토지가 불모지이고 미개간지일수록, 그의 노동의 대가가 박하면 박할수록 그 명예는 높다고 나는 생각합니다. 그런 상황에서는 그의 운명은 개척자의 운명입니다. 복음서의 최초의 개척자는 십이사도(十二使徒)들이었고 그 우두머리는 구세주 예수, 그분이었던 겁니다."

"그래서요?" 그가 다시 말을 끊자 내가 말했다. "말씀을 계속하세요."

그는 말을 계속하기 전에 내 얼굴을 쳐다보았다. 마치 이목구비나 얼굴의 선이 책에 찍혀 있는 글자이거나 한 것처럼 천

---

21) 현세에서 악과 싸우고 있는 지상의 교회를 가리킨다.

천히 내 얼굴을 읽고 있는 것같이 보였다. 그 숙독(熟讀)의 결과 끌어낸 결론의 일부를 그는 다음과 같은 말로 표현했다.

"나는 당신이 내가 전하는 일자리를 받아 주리라고 믿습니다. 그리고 영구히 계속되지는 않겠지만 당분간은 그 일을 해 주시겠지요. 그건 내가 평온하고 남의 눈에 띄지 않는 영국의 시골 목사라고 하는 이 좁고, 마음조차 좁게 만드는 직책을 영구히 붙들고 있을 수가 없는 것과 마찬가지죠. 왜냐하면 당신의 성질 가운데는, 종류는 다르지만 나와 마찬가지로 조용하게 있을 수 없는 기질이 있으니까요."

"설명해 주세요." 그가 다시 말을 쉬자 내가 재촉했다.

"설명하죠. 그 일이라는 게 얼마나 빈약하고 하찮고 갑갑한 일인가를 들어 보십시오. 나는 이제 아버님도 작고하시고, 내 일은 내 마음대로 할 수 있게 되었으므로 모턴에는 오래 안 있을 작정입니다. 아마 일 년 이내에 떠나게 되겠죠. 그러나 여기 있는 동안만은 이 지역의 개선에 전력을 다할 작정입니다. 이 년 전 내가 왔을 때, 모턴에는 학교도 없었습니다. 가난한 집 아이들은 진보의 희망에서 일절 제외되어 있었습니다. 나는 사내애들을 위해 학교를 하나 세웠습니다. 이번에는 계집애들을 위해 두 번째 학교를 세우려고 합니다. 그래 그러기 위해 이미 여교사용 숙사로 방 두 칸짜리 작은 집이 딸린 건물을 빌렸습니다. 교사의 봉급은 연봉 30파운드입니다. 올리버 양의 호의로 간단하기는 하지만 충분한 가재도구가 그 집엔 비치되어 있습니다. 올리버 양은 골짜기에 있는 바늘 공장과 주물 공장의 소유주이며, 우리 교구 유일의 부자인 올리버 씨의 외동딸입니다. 이분은 또 구빈원에서 고아를 하나 데려다 교육비와 의복비를 대 주고 있습니다. 단 그 조건은, 교사는 가르치는 일이 벅차서 자기 집이나 학교의 잡무에까지 손 갈 사이가 없으므로 그런 일은 그분이 교사를 도와준다는 조건입니다. 이 교사가 되어 주시겠습니까?"

그가 꽤 바쁜 어조로 물었다. 그는 이 제의에 대해 성을 내지 않으면 적어도 모멸적인 거절을 각오하고 있는 모양이었다. 짐작은 좀 했다 하지만, 그는 나의 생각이나 기분을 모르고 있었기 때문에 과연 그런 일자리를 내가 어떻게 여길지 알 수 없었던 것이다. 사실 그것은 천한 일자리였다. 그러나 사람의 눈에 띄지 않는 자리였다. 그런데 나는 안전한 피난처를 원하고 있었다. 그것은 고된 일이었다. 그러나 부잣집 가정교사와 비교하면 독립된 일이었다. 그리고 낯선 사람들과 함께 살며 남의 밑에서 노예처럼 일한다는 데 대한 두려움은 쇠처럼 나의 마음속에 박혀 있었다. 그런 면에서 이 일은 불명예도 아니고 값없는 일도 아니고 정신적으로 타락하는 일도 아니었다. 나는 결심을 했다.

"그 제의에 대해 감사를 드립니다, 리버스 씨. 기쁘게 그 일을 맡겠어요."

"내 말을 알아듣고서 하시는 말인가요?" 그가 말했다. "이건 촌 학교예요. 학생들이라는 게 다 가난한 집 딸들, 빈농의 애들이고 기껏해야 자작농의 딸들이에요. 가르친다고 해야 뜨개질에 재봉, 읽고 쓰기와 산수 정도입니다. 그동안 애써서 습득하신 것들은 어떻게 하시렵니까? 당신 마음의 태반을 차지

하고 있는 것, 정서나 취미는 어떻게 하시렵니까?"

"필요할 때까지 두어 두는 거죠. 썩지는 않겠죠."

"그럼 무슨 일을 맡는 건지 알고 맡으시는 거죠?"

"네."

그제야 그는 미소 지었다. 그러나 그것은 쓰다거나 슬픈 미소가 아니라, 기쁨과 만족에서 나오는 미소였다.

"그럼 언제 당신의 직무를 시작하시겠습니까?"

"내일 제가 살 집으로 가겠어요. 그리고 좋으시다면 다음 주부터 학교를 열죠."

"좋습니다. 그렇게 해 주십시오."

그는 자리에서 일어서서 방 안을 걸어 돌아다니다가 걸음을 멈추더니 다시 나를 쳐다보았다. 그러고는 고개를 가로저었다.

"못마땅한 게 있으신가요, 리버스 씨?" 내가 물었다.

"당신은 모턴에 오래 안 있을 거요, 아마 그럴 거요."

"아이참! 왜 그런 말씀을 하시죠?"

"당신의 눈을 보고 알았지요. 당신의 눈은 평온한 인생을 계속해 나가는 것에 만족할 눈이 아닙니다."

"전 야심가가 아녜요."

'야심가'라는 말에 그는 찔끔 놀랐다.

"야심가. 물론 아니겠죠. 그런데 어째서 야심이란 것을 생각하셨죠? 누가 야심가입니까? 내가 야심가입니다. 그런데 그걸 어떻게 아셨나요?"

"전 저 자신의 이야기를 한 거예요."

30장   233

"그럼 당신이 야심가가 아니라면 당신은……." 그는 말을 쉬었다.

"뭔가요?"

"열정적이라고 말하려고 했습니다. 하지만 아마 그 말을 오해하시고 불쾌하게 생각하셨을 겁니다. 인간적인 애정이나 동정이 당신을 강하게 지배하고 있다는 뜻의 말을 하고 싶었던 겁니다. 틀림없이 당신은 여가는 고독하게 지내고 일하는 시간은 아무 자극도 없는 단조로운 노동을 하면서 보내는 것에 오래 만족하고 있을 수가 없을 겁니다. 마치 내가……." 그가 강조해서 덧붙여 말했다. "습지에 묻혀, 산으로 갇혀, 하느님이 내려 주신 천성에 반(反)하여, 타고난 재능은 마비되고 무용지물이 된 채 사는 것에 만족할 수 없는 것과 마찬가지로 말입니다. 내가 얼마나 자기모순이 많은 인간인가를 이제는 아셨을 겁니다. 미천한 직업에 만족하라고 설교를 했고, 하느님께 봉사한다는 점에서는 나무 패며 물 긷는 자[22]도 훌륭한 천직이라고 말하는 내가, 하느님의 명을 받은 성직자인 내가 불안한 마음에 미칠 지경이 되어 있는 겁니다. 어쨌든 성벽과 이념만은 어떤 방법으로든 일치시키지 않으면 안 됩니다."

그는 방을 나갔다. 나는 이 짧은 시간에 그에 대해 지난 한 달 동안 안 것보다도 더 많은 것을 알게 되었다. 그러나 그에 대한 수수께끼는 아직도 남아 있었다.

다이애나와 메리는 그들의 오빠와 헤어져 집을 떠날 날이

---

22) 「여호수아」 9장 12절.

다가옴에 따라 날로 더 슬퍼하고 말수가 적어졌다. 그들은 둘 다 아무렇지도 않은 체하려 했지만, 그들이 싸워 이겨야 할 슬픔은 도저히 극복할 수도 없고 감출 수도 없는 것이었다. 이번의 헤어짐은 지금까지 그들이 맛보았던 어떤 이별과도 다른 것이 되리라고 다이애나는 말했다. 세인트 존에 관한 한, 오랜 세월에 걸친 이별이 될지도 모르고, 혹시 일생의 이별이 될지도 모른다는 것이었다.

"오빠는 오랫동안 계획해 온 결심을 위해서는 모든 것을 희생할 거예요." 그녀가 말했다. "무엇보다도 강한 육친에의 애정조차도 말이에요. 세인트 존은 조용한 분으로 보이겠죠, 제인. 그러나 그의 생명 속에는 열병이 숨어 있어요. 부드러운 성품인 것처럼 보이지만 어떤 점에서는 무섭도록 냉혹해요. 그리고 무엇보다도 곤란한 것은, 오빠의 그러한 무서운 결심을 단념케 하는 것을 제 양심이 허락하지 않는 거예요. 사실 오빠의 결심은 비난할 수가 없어요. 그것은 옳고 고귀하고 기독교인다운 결심이니까요. 하지만 전 가슴이 아파요."

그녀의 아름다운 눈에서는 눈물이 넘쳐흘렀다. 메리는 하고 있던 일감 위로 고개를 푹 숙여 버렸다.

"이제 우리에겐 아버지도 안 계셔요. 얼마 안 있어 오빠도 집마저도 없어지겠죠." 그녀가 중얼거렸다.

그때 조그마한 일이 또 한 가지 일어났다. '화불단행(禍不單行)'이라는 속담의 진실을 증명하고, 리버스 자매의 슬픔에, 무슨 일이고 끝날 때까지는 마음을 놓아서는 안 된다는 성가신 고통을 더해 주려고, 일부러 운명이 만들어 낸 일 같았다.

세인트 존이 편지를 읽으며 창문 앞을 지나 방으로 들어왔다.

"존 외삼촌이 돌아가셨구나."

두 자매는 움찔하는 것 같았다. 그러나 충격을 받은 것도 몹시 놀란 기색도 보이지 않았다. 이 소식은 슬픈 것보다는 무슨 중대한 의미를 가지고 있는 것처럼 보였다.

"돌아가셨어요?" 다이애나가 물었다.

"그래."

그녀는 자기 오빠의 얼굴에 무엇을 찾아내려는 듯한 시선을 못박았다. "그래서요?" 그녀가 낮은 목소리로 물었다.

"그래서요라니?" 그가 대리석처럼 굳은 얼굴로 말했다. "그래서 어떻게 되었느냐는 말이냐? 뭘, 아무렇게도 안 됐어. 읽어 보렴."

그는 편지를 그녀의 무릎 위에 던졌다. 그녀는 그것을 죽 훑어보고 메리에게 건네주었다. 메리는 말없이 그것을 다 읽고 나서 자기 오빠에게 돌려주었다. 세 사람은 얼굴을 마주보았다. 그리고 세 사람 다 미소 지었다. 쓸쓸하고 침울한 미소였다.

"아아멘! 우리야 어떻게 살아 나가겠죠." 한참 후에 다이애나가 말했다.

"어쨌든 이 때문에 지금까지보다도 더 살기가 어려워지지는 않겠지." 메리가 말했다.

"이렇게 됐을지도 모른다, 저렇게 됐을지도 모르겠다 하고 마음속에 공상을 하게 해 놓고는, 현재 상태와 선명한 대비를 마련했을 뿐이야." 리버스 씨가 말했다.

그는 편지를 접어 책상 속에 집어넣고는 다시 방을 나갔다.

한동안 아무도 입을 열지 않았다. 그러다가 다이애나가 나를 향했다.

"제인. 아마 우리 태도나 비밀을 이상하게 생각할 거예요. 그리고 외삼촌 같은 가까운 친척이 돌아가셨다는데 별로 슬퍼하지도 않는 우리를 매정스러운 사람들이라고 생각할 거예요. 하지만 우리는 그분을 만나 본 적도 없고 어떤 분인지 알지도 못해요. 어머니의 동생이시라는데, 옛날에 아버지하고 싸웠대요. 그분의 말을 듣고 아버지께서는 대부분의 재산을 투기사업에 집어넣었다가 결국 파산해 버리고 만 거예요. 서로 책임을 전가하려다가 싸우고 헤어지고는 영 화해를 못 하시고 말았죠. 외삼촌은 그 후로 더욱 번창하는 사업에 투신하여, 2만 파운드나 되는 재산을 모았다나 봐요. 그분은 생전 결혼도 안 했고, 친척이라고는 우리하고 또 한 사람, 우리와 같은 촌수의 혈연이 있을 뿐이죠. 아버지께서는 그분이 우리에게 재산을 물려주는 것으로 해서 자기 잘못을 속죄할 것이라고 생각하고 계셨어요. 그런데 저 편지를 보니, 그분은 자기의 전 재산을 또 한 사람의 친척에게 주고, 30기니만 세인트 존, 다이애나, 메리 이렇게 셋이서 나눠 가지고 조상(弔喪) 반지를 사라고 쓰여 있군요. 물론 하고 싶으신 대로 할 권리가 있죠. 하지만 그런 소식을 듣고 보니 일시적인 것이긴 하지만 서운하군요. 천 파운드만 받았어도 메리하고 나는 부자가 된 기분이었을 거고, 세인트 존에게 그만한 돈이 주어졌다면 값진 돈이었을 거예요. 그 돈으로 좋은 일도 할 수 있었을 테니까요."

이 정도의 설명으로 그 문제는 이야기가 끝났다. 리버스 씨도 두 자매도 더 이상 그에 대해서는 언급하지 않았다. 이튿날 나는 마시 엔드를 떠나 모턴으로 갔다. 다음 날 다이애나와 메리도 먼 B시를 향하여 그곳을 떠났다. 일주일 후에 해나와 리버스 씨는 목사관으로 돌아갔다. 그렇게 되어 그 고옥(古屋)은 텅 비어 버렸다.

31장

나의 집은, 간신히 나의 집을 찾고 보니, 한 채의 시골집이었다. 하얗게 벽이 칠해지고 바닥엔 모래를 깐 작은 방에는 페인트를 칠한 의자 네 개와 테이블이 하나, 괘종시계가 하나, 그리고 두서너 개의 큰 접시와 작은 접시, 한 벌의 델프트산(産) 다기가 들어 있는 식기장이 있었다. 이 층의 침실은 부엌과 똑같은 크기로, 전나무로 만든 침대와 조그맣지만 나의 근소한 옷을 넣기에는 너무 큰 옷장이 있었다. 마음씨 곱고 너그러운 나의 친구들이 필요한 의류를 주어 내 옷가지 수를 늘려주었지만.

저녁이었다. 하녀로 일해 주고 있는 고아 소녀는 오렌지 하나를 주어 돌려보냈다. 나는 난로 앞에 혼자 앉아 있었다. 오늘 아침 시골 학교가 열린 것이다. 학생은 스무 명이었다. 그러나 글을 읽을 줄 아는 애가 셋 있었고 글을 쓰거나 산수를 할 줄 아는 아이는 하나도 없었다. 뜨개질할 줄 아는 아이가 몇 있고 바느질을 할 줄 아는 아이가 두서넛 되었다. 애들은 이 지방 특유의 사투리를 썼다. 그래서 현재로서는 애들과 나는 서로의 말을 알아듣기가 힘들었다. 몇몇 아이들은 버릇없고 난폭하고 다루기가 힘들 뿐 아니라 무지했다. 그러나 나머지 애들은 양순하고 배우려는 의욕이 있고 나를 기쁘게 해 주는 성질을 보여 주었다. 이러한 남루한 옷차림의 농부의 자식들도 인간으로서는 좋은 가문의 자제 못지않은 것을 가지고 있으며, 날 때 타고나는 훌륭한 소질이나 세련이나 지성이나 고운 마음씨의 싹은 좋은 가정에서 태어난 아이들 못지않게 이 아이들의 마음속에 존재한다는 것을 나는 잊어서는 안 되었다. 나의 의무는 이러한 싹을 기르는 것이었다. 그 의무를 다하는 데 나는 기쁨을 느끼는 것이다. 내 앞에 열려 있는 이 생활에 많은 기쁨을 기대하고 있지는 않지만, 마음만 바로 가지고 내 능력을 충분히 발휘한다면 그날그날을 살아가는 보람쯤은 있을 것이다.

오늘 오전과 오후, 저기 보이는 저 아무 장식도 없는 초라한 교실에서 보낸 시각 중, 나는 과연 몹시 즐겁고 마음이 안정되고 만족스러웠던가? 나 자신을 속이지 않으려면 이렇게 대답해야 한다. "그렇지 않았다, 상당히 쓸쓸했다."라고. 나는(그렇다, 어리석은 나는) 전락한 기분이었다. 사회적인 계급이라는 면에서, 향상된 게 아니라 한 걸음 내려간 듯한 느낌이었다. 나는 내 주위에서 보고 들은 모든 무지와 빈곤과 비천함 때문에 마음 약하게도 낙담해 버린 것이었다. 그러나 이런 기분을 느꼈다고 나 자신을 지나치게 미워하거나 경멸하지는 말자. 나는 그게 나쁜 줄을 안다. 그것만 해도 큰 발전이다. 그런 기분을 극복할 수 있도록 노력하리라. 내일이면 일부는 극복할 수 있으리라. 그리고 몇 주일이 지나면 그러한 기분은 아주 없어지고, 몇 달이 지나면 나의 학생들의 진보와 향상의 모습을 보는 기쁨이 혐오 대신에 만족을 줄 수 있게 되리라.

한데 자신에게 한 가지 질문을 해 보자. 과연 어떤 쪽이 나을까? 유혹에 몸을 맡겨 정열에 귀를 기울이고, 고통스러운 노력도 하지 않고, 몸부림도 치지 않고, 오직 비단의 덫에 치여, 덫을 덮고 있는 꽃 위에서 잠이 들어, 쾌락의 별장의 사치에 묻혀 남국의 기후에서 잠이 깨어, 지금쯤 로체스터 씨의 정부로서 프랑스에 살면서 시간의 반을 그의 사랑에(분명히 그는 얼마 동안은 나를 열렬히 사랑해 줄 테니까.) 취해서 사는 인생. 그는 나를 사랑했다. 그처럼 나를 사랑해 주는 사람은 다시는 없으리라. 아름다움과 청춘과 기품에 바쳐지는 달콤한 경의는 다시 받지 못하리라. 왜냐하면 그 이외의 아무에게도 내가 그런 매력을 가진 것으로는 보이지 않을 테니까. 그는 나를 좋아했고, 나를 자랑삼았다. 그분 이외에는 아무도 그래 줄 사람이 없다. 그런데 지금 나는 어디를 헤매고 있는가, 뭘 이야기하고 있는가? 아니, 무엇보다도 무엇을 느끼고 있는가? 나는 묻고 있는 것이다, 어느 쪽이 나으냐고. 마르세유의 바보의 낙원에서 노예가 되어 잠시 동안 허망한 행복에 머릿속이 들려 있다가, 다음엔 쓰디쓴 회한과 치욕의 눈물을 흘리는 것인

가. 아니면 건강한 영국 중부의 산들바람 불어오는 산 구석에서 자유롭고 성실한 여교사가 되는 것인가?

그렇다, 이제야 나는 도의와 법률을 지키고 한때의 광적인 충동을 경멸하고 깨뜨려 버린 것이 옳은 일이었음을 알 수 있다. 하느님은 나를 인도하셔서 올바른 선택을 하게 해 주셨다. 나는 하느님의 섭리에 감사를 드린다!

저녁의 사색을 여기까지 끌어오고 나서 나는 자리에서 일어서서 문으로 갔다. 그리고 추수기의 낙조를 보기도 하고 학교와 함께 마을에서 반 마일이나 떨어진 내 오막살이 집 앞에 펼쳐진 고요한 들판을 바라보기도 했다. 새들은 그들의 그날치 마지막 노래를 부르고 있었다.

바람은 부드럽고, 이슬은 향기롭고.[23]

그 경치를 바라보면서 나는 스스로를 행복하다고 여겼다. 그러나 얼마 안 있어 울고 있는 자신을 발견하고 깜짝 놀랐다. 왜 울까? 주인의 곁에서 나를 떼어 놓은 운명 때문이었다. 이젠 다시는 만날 길 없는 그를 생각하고, 내가 떠나온 결과로 생겨나 지금쯤은 도저히 바른 길로 되돌아오게 할 희망도 없을 만큼 그를 벗어나게 한, 절망적인 슬픔과 격렬한 노여움을 생각하고 운 것이었다. 이 생각을 하고 나는 아름다운 저녁 하늘과 모턴의 쓸쓸한 계곡으로부터 눈길을 돌려 버렸다.

---

23) 월터 스콧의 시구(詩句).

내가 지금 쓸쓸하다고 말하는 것은, 내가 있는 곳에서 보이는 골짜기가 구부러진 곳에는 교회와 목사관이 반쯤 나무에 가려져 있는 게 보이고, 그보다 더 먼 곳에 부유한 올리버 씨와 그의 딸이 살고 있는 메일 장(莊)이 보일 뿐 그 밖에는 건물 하나도 없었기 때문이다. 나는 눈을 가리고 돌로 된 문설주에 머리를 기댔다. 그러나 나의 집 조그마한 정원과 그 너머의 풀밭을 경계 짓고 있는 쪽문 근처에서 나는 가벼운 소리를 듣고 고개를 들었다. 개 한 마리가(나는 금방 그것이 리버스 씨의 늙은 사냥개 카를로임을 알아보았다.) 코끝으로 쪽문을 밀고 있었고, 세인트 존이 팔짱을 끼고 거기에 기대서 있었다. 그는 이맛살을 찌푸리고 불유쾌하리만큼 엄숙한 시선을 내게 고정시키고 있었다. 나는 그에게 들어오라고 말했다.

"아닙니다. 오래 지체할 수 없어요. 동생들이 당신한테 드리라고 두고 간 조그만 꾸러미를 하나 전하러 왔을 뿐입니다. 그림물감 상자와 연필과 종이가 들어 있는 모양이군요."

나는 그것을 받기 위해 다가갔다. 반가운 선물이었다. 내가 다가가자 그는 엄한 눈초리로 나를 살펴보는 것 같았다. 나의 얼굴에는 아직 눈물 자국이 확실히 남아 있음에 틀림없었다.

"첫날 일은 생각보다 어려우셨나요?" 그가 물었다.

"아녜요, 안 그래요. 그와 반대로 얼마 있으면 학생들하고 즐겁게 지낼 수 있게 될 것으로 생각하는걸요."

"그러면 아마 여기 설비가, 집이나 가구류가 기대에 어긋났나 보죠? 사실 모두 빈약하기 짝이 없으니까요. 하지만……."

나는 그의 말을 가로 막았다.

"이 집은 깨끗하고 비바람도 들이치지 않아요. 가구는 충분하고 편리해요. 눈에 보이는 모든 게 고맙기만 할 뿐 낙담 같은 건 느끼지 않아요. 저는 카펫이 없다든가 소파나 은 접시가 없다고 섭섭해할 만큼 바보도 아니고 쾌락주의자도 아녜요. 그뿐만 아니라 다섯 주일 전에는 저는 무일푼이었어요. 의지할 곳 없는 떠돌이 거지였어요. 그런데 인제는 아는 분이 있고 집이 있고 할 일도 있어요. 저는 그저 하느님의 은혜와 친구의 호의와 저의 운명의 은혜로 놀라워하고 있어요. 불만이라곤 없어요."

"하지만 외로움은 무거운 짐이 아닙니까? 당신의 뒤에 있는 저 조그만 집은 어둡고 텅 비어 있군요."

"아직 저는 정적을 즐길 틈도 없고 외로움을 못 견뎌 할 여유도 없어요."

"좋습니다. 이야기하시는 그 만족을 느끼시길 바랍니다. 하여튼 과거를 되돌아보아 소금 기둥이 되었다는 롯의 아내처럼 흔들리는 불안에 굴복하기에는 아직 이르다는 것을 당신의 양식(良識)은 가르쳐 줄 겁니다. 내가 만나 뵙기 전에 당신이 어떤 과거를 남겨 두고 오셨는지는 물론 알 수 없지만, 아무쪼록 과거를 돌아보고 싶어 하는 모든 유혹을 꿋꿋하게 이겨 내십시오. 그리고 최소한 얼마 동안이라도 현재의 일을 착실하게 계속해 나가십시오."

"저도 그러려고 해요." 내가 대답했다.

세인트 존이 말을 계속했다. "성향의 작용을 억제하고 타고난 성품을 바꾼다는 것은 힘든 일입니다. 그러나 그게 가능하다는 것을 나는 경험을 통해서 알고 있습니다. 하느님은 우리에게 자신의 손으로 운명을 개척할 어느 정도의 힘을 주셨습니다. 그리고 우리의 힘이 구할 수 없는 양분을 필요로 하고, 우리의 의지가 갈 수 없는 길을 구하여 마지않을 때에도, 우리는 영양 부족으로 죽을 필요도 없고 절망에 빠져 있을 필요도 없습니다. 우리는 다만 다른(마음이 먹고 싶어 하는 금단의 음식만큼 순도 높은, 아마도 보다 알찬) 마음의 자양분을 찾기만 하면 되는 겁니다. 그리고 운명이 막아 놓았던 것과 똑같은 정도로 넓고 곧은 길을, 비록 그보다 험준하다 할지라도, 모험심에 찬 우리의 발걸음을 위해서 뚫어 놓으면 되는 겁니다.

일 년 전, 나는 말할 수 없이 비참했습니다. 성직에 들어온 것이 잘못이었다는 생각이 들고 그 변화 없는 틀에 박힌 직무가 죽어 버리고 싶을 만큼 싫증이 났습니다. 나는 세상의 좀 더 활동적인 생활, 문학가로서의 훨씬 더 자극적인 일 또는 화가나 저술가나 웅변가로서의 생애를 동경했습니다. 목사 이외의 일이라면 무엇이라도 좋았습니다. 그렇습니다. 정치가의 심장, 군인의 심장, 명성을 사랑하고 권력을 갈망하는 사람의 심장이 내 부목사의 법의 밑에서는 뛰고 있었던 겁니다. 나는 생각했습니다. 내 생애는 불쌍하다. 그러므로 바꿔야 한다. 그러지 못하면 죽어 버려야 한다. 암흑과 사투의 기간이 지나간 뒤, 빛이 비치고 구원이 내려왔습니다. 잔뜩 얽매어 있던 나의 생활은 돌연 끝없는 평원으로 펼쳐지고, 나의 힘은 천상으로부터 일어서서 온갖 힘을 모아 날개를 펴고 시계(視界)의 저 너머로 날아가라는 부름을 받았던 것입니다. 하느님이 나에게 사명을 마련해 주셨던 겁니다. 그 사명을 멀리 날라 골고루 전달하기 위해서는 재능과 힘, 용기, 웅변 등 군인이나 정치가나 웅변가가 필요로 하는 모든 자격이 필요했습니다. 우수한 선교사에게는 이러한 자질이 다 함께 구비되어 있는 까닭입니다.

나는 선교사가 되려고 결심했습니다. 그 순간부터 나의 정신 상태는 바뀌었습니다. 나의 능력을 묶어 놓고 있던 족쇄는 벗겨져 나가고, 시간만이 치유할 수 있는 아픔만 남게 된 겁니다. 선친께서는 이 결심에 반대를 하셨습니다만, 선친께서 돌아가신 지금엔 정면으로 싸워야 하는 장애도 없어졌습니다. 몇 가지 일거리도 정리하고, 모턴의 후임자도 결정하고, 한두 가지 감정적인 얽힘을 뚫고 나가든가 잘라 버리기만 하면 인간의 유약함이 겪는 최후의 싸움이지만 이길 수 있다고 생각합니다. 꼭 이겨 내고야 말겠다고 맹세를 했으니까요. 그러면 나는 유럽을 떠나 동방으로 출발하는 것입니다."

그는 그의 독특한 낮고 힘찬 목소리로 이 말을 했다. 그리고 말을 마치자 날 보지도 않고, 지고 있는 태양을 쳐다보았다. 나도 역시 지는 해를 바라보고 있었다. 우리는 들판에서 쪽문으로 올라오는 길을 등지고 서 있었다. 우리 모두 풀이 우거진 그 길로 걸어오는 발소리를 듣지 못했다. 골짜기에서 흐르고 있는 물소리가 그때 그 풍경 속에서 마음을 달래 주는 유일한 음향이었다. 그래 은방울 소리처럼 낭랑하고 아름다운 목소리가 이렇게 소리쳤을 때 우리가 깜짝 놀란 것도 무리는 아니었다.

"안녕하세요. 리버스 씨. 카를로도 잘 있었니? 목사님보다도 개가 먼저 친구를 알아보는군요. 제가 저 들판 밑에 오니까 벌써 귀를 쫑긋하게 세우고 꼬리를 내두르더군요. 그런데 목사님은 아직도 제게 등을 보이고 계시는군요."

그것은 사실이었다. 리버스 씨는 처음에 이 음악 소리와 같은 목소리를 듣자 마치 머리 위에서 벽력이 구름을 쪼개 놓은 듯이 깜짝 놀랐으나, 상대방의 말이 끝났어도 처음에 이야기하는 사람의 목소리에 놀랐던 때와 마찬가지 자세로 한 팔을 문 위에 올려놓은 채 서쪽 하늘을 향하고 있었다. 그러다가 그는 신중하게 천천히 돌아보았다. 나에게는 환상으로 생각되는 모습이 그의 곁에 나타나 있었다. 그에게서 3피트밖에 떨어지지 않은 곳에 순백의 의상을 입은 모습이 와 있었다. 젊고 우아한 자태였다. 풍만하기는 하지만 윤곽이 시원스럽고 아름다웠다. 허리를 구부리고 카를로를 쓰다듬어 준 후 고개를 들어 긴 베일을 젖히자, 그의 눈앞에는 완벽하리만큼 아름다운 얼굴이 꽃처럼 피어났다. 완벽하리만큼 아름다운 얼굴이란 좀 강한 표현이다. 그러나 나는 그 표현을 철회하거나 수정하지는 않으련다. 따뜻한 알비온의 풍토가 낳은 중에서 가장 아름다운 얼굴, 그 촉촉한 바람과 안개 긴 하늘이 키우고 지켜 온 백합이나 장미의 색깔이란 표현이 이런 경우 정당한 표현이었다. 매력이 빠지는 데가 없고, 결점도 눈에 띄지 않았다. 젊은 여인은 균형이 잘 잡혀 있는 정교한 이목구비를 갖추고 있었다. 눈은 훌륭한 그림에서 볼 수 있는 것과 같은 색깔과 모양으로서, 크고 검고 둥그랬다. 긴 속눈썹은 온화한 매력으로 예쁜 눈을 둘러싸고 그늘을 던져 주고 있었으며 눈썹은 선명하

게 그려져 있었다. 색조나 빛깔의 생생한 아름다움에 안정감
을 더해 주는 하얗고 판판한 이마, 계란형의 싱싱하고 매끄러
운 뺨, 역시 싱싱하고 빨갛고 건강해 보이는 예쁜 두 입술, 쪽
고르게 나서 흠 없이 빛나고 있는 이, 보조개가 팬 조그마한
턱, 숱이 많아 풍성하게 머리를 장식하고 있는 머리채. 한마
디로 말해, 함께 결합하여 이상적인 아름다움을 이루어 놓을
수 있는 모든 것이 다 그녀의 것이었다. 이 아름다운 사람을
바라보면서 나는 경탄했다. 그리고 마음속 깊이 그녀를 찬미
했다. 자연은 특별히 그녀의 편이 되어 그녀를 만든 것이었다.
보통 때는 계모처럼 인색한 선물이나 하는 자연이, 이 특별히
귀여워하는 여인에게는 할머니와 같은 너그러운 심정으로 아
낌없이 은혜를 베푼 것이었다.

   이 지상의 천사를 세인트 존 리버스는 어떻게 생각했을까?
그가 그녀에게 눈길을 돌리는 것을 보고 내가 이런 의문을 품
어 본 것은 당연한 일이었다. 그리고 그의 얼굴에서 그 질문에
대한 대답을 구한 것도 당연한 일이었다. 그러나 그는 이미 이
아름다운 요정에게서 눈을 돌려 쪽문 곁에 자라고 있는 들국
화 무더기를 바라보고 있었다.

   "아름다운 저녁이지만 혼자 나오시기엔 너무 늦었습니다."
그가 오므라든 꽃송이의 눈처럼 하얀 꽃잎을 발로 으깨면서
말했다.

   "아이참, S시에 갔다가 오후에야 돌아왔는걸요." 그녀는
20마일쯤 떨어져 있는 큰 도시의 이름을 댔다.

   "그런데 아빠께서 목사님이 학교를 시작하셨고 새 선생님

이 오셨다는 말씀을 하시더군요. 그래서 차를 마시자마자 모자를 쓰고는 목사님을 뵈려고 골짜기를 뛰어 올라온 거예요. 이분이 선생님이신가요?"

"그렇습니다." 세인트 존이 말했다.

"모턴이 마음에 드실는지요?" 그녀가 솔직하고 천진스러운 말씨와 태도로 나에게 물었는데, 약간 어린애 같기는 했지만 기분이 좋았다.

"그렇게 되겠죠. 좋아질 만한 여러 가지 일이 있으니까요."

"학생들은 기대하셨던 것만큼 열심이었나요?"

"그럼요."

"집이 마음에 드세요?"

"아주 마음에 들어요."

"가재도구는 그 정도로 될까요?"

"되고말고요."

"그리고 심부름할 애로 앨리스 우드를 고른 건 어때요?"

"아주 좋은 애를 골라 주셨어요. 말 잘 듣고 쓸모 있는 아이예요.' 그럼 이 여자가 천부의 미모와 함께 재산까지 타고난 상속자 올리버 양이로구나! 이 여자를 세상에 태어나게 하는 데 얼마나 많은 행운의 별들이 결합했을까?' 나는 생각했다.

"가끔 올라와서 가르치시는 일을 도와드리겠어요." 그녀가 덧붙여 말했다. "때때로 선생님을 찾아오는 것은 기분 전환도 될 거고요. 저는 기분 전환을 좋아해요. 리버스 씨, S시에서는 참 재미있었어요. 어젯밤엔, 아니 오늘 아침인 셈이죠, 두 시까지 춤을 추었어요. ○○연대가 폭동이 일어난 이후 거기 주둔하고 있었어요. 장교들이란 세상에서 가장 멋진 사람들이에요. 이 근처의 칼 가는 젊은 사람들이나 가위 장수들은 그 발밑에도 못 따라가죠."

나에게는 일순 세인트 존 씨의 아랫입술이 비쭉 나오고 윗입술이 오므라든 것같이 생각되었다. 아가씨가 웃어 대며 이이야기를 했을 때 그의 입은 확실히 꽉 다물리고, 얼굴의 아랫부분이 유난히 딱딱하고 모가 나 보였다. 그는 들국화에서 시선을 들어 그녀를 바라보았다. 웃지도 않고 무엇을 찾아내려는 듯한 의미심장한 시선이었다. 그녀는 두 번째 웃음으로 거기 응수했다. 그리고 그 웃음은 그녀의 젊음, 그녀의 장밋빛 얼굴, 그녀의 보조개, 그녀의 반짝이는 눈과 잘 어울리는 웃음이었다.

그가 말없이 심각한 얼굴로 서 있자 그녀는 다시 카를로를 쓰다듬기 시작했다. "귀여운 카를로는 나를 좋아해." 그녀가 말했다. "카를로는 친구한테 딱딱하게 굴지도 않고 서먹서먹해하지도 않지. 말을 할 줄 안다면 입을 다물고 있지도 않을 거야, 그렇지?"

개의 젊고 엄격한 주인인 세인트 존 앞에서 그녀가 천성적인 우아한 몸맵시로 몸을 구부리고 개의 머리를 쓰다듬고 있을 때, 그 주인의 얼굴이 붉게 달아오르는 것을 나는 보았다. 나는 그의 근엄한 눈이 갑자기 타오르는 불길에 휩쓸리고 누를 길 없는 감정으로 번쩍이는 것을 보았다. 이렇게 얼굴이 빨갛게 달아오른 그는, 그녀가 여성으로서의 아름다움을 보여 주는 것과 같은 정도로 남성으로서 아름답게 보였다. 그의 가슴은 마치 그의 심장이 가혹한 압박을 참을 길 없어 의지를 거슬러 확장되고, 자유를 얻으려고 힘차게 뛰어오르듯이(!) 불끈 솟아올랐다. 그러나 그는 과감한 기수가 곤두선 준마를 억제하듯이 그것을 억제한 것 같았다. 그는 그녀의 얌전한 접근에 대하여 말로도 행동으로도 응수를 하지 않았다.

"아빠께서 그러시는데, 근래에는 통 저희 집에 들르지도 않으신다고요." 올리버 양이 고개를 들며 말을 계속했다. "베일 장하고는 아주 남남처럼 되어 버리셨어요. 아빠는 지금 혼자 계시고 편찮으셔요. 저하고 같이 돌아가 만나 주지 않으시겠어요?"

"올리버 씨를 찾아뵙기에는 시각이 적당치 않습니다." 세인트 존이 대답했다.

"시각이 적당치 않다고요! 아녜요. 아빠께서 꼭 누구하고 같이 계시고 싶은 시각이에요. 공장 일도 파하고, 아빠는 하실 일이 없는 시간이니까요. 자, 리버스 씨. 오세요. 왜 그렇게 주저하고 침울하신 거예요?"

그녀는 상대방의 침묵 때문에 생긴 틈을 자기의 대답으로 메웠다. "참, 잊어버리고 있었군요!" 그녀는 자기 자신이 어처구니가 없다는 듯이 아름다운 고수머리를 흔들면서 소리쳤다. "정말 정신도 없고 얼이 빠졌나 봐요! 용서해 주세요. 제 잔소리에 응수를 해 주실 기분이 안 나시는 이유를 깜박 잊고 있었어요. 다이애나하고 메리가 떠나가고, 무어 하우스는 문을 닫고, 그래 그렇게 쓸쓸해하시는 것을 말이에요. 정말 안되셨어요. 오셔서 아빠나 만나 주세요."

"오늘 밤엔 안 됩니다. 로저먼드 양. 오늘 밤은."

세인트 존 씨는 마치 자동인형처럼 말을 했다. 이렇게 거절하기가 얼마나 괴로웠는지는 그 자신만이 알고 있었다.

"정 그러시다면, 혼자 가겠어요. 언제까지나 여기 있을 수도 없는 일이니까요. 이슬이 내리기 시작하는군요. 안녕히 주무세요."

그녀는 손을 내밀었다. 그는 잠깐 거기 손을 대기만 할 뿐이었다.

"안녕히 주무세요!" 그가 메아리처럼 낮고 공허한 목소리로 그 말을 되풀이했다.

그녀는 돌아섰다. 그러나 금방 다시 이쪽을 향했다.

"어디 편찮으신 거나 아녜요?" 그녀가 그런 질문을 할 만도 했다. 그의 얼굴은 그녀의 옷처럼 창백했다.

"아닙니다." 그는 이렇게 말해 버리고는 고개를 숙여 보인 후 문간을 떠났다. 두 사람은 좌우로 갈라졌다. 그녀는 요정처럼 가벼운 걸음걸이로 들판을 내려가면서 두 번이나 그를 돌아보았다. 그러나 그는 힘찬 걸음걸이로 성큼성큼 걸어가기만 할 뿐 한 번도 뒤를 돌아보지 않았다. 이러한 다른 사람의 고뇌와 희생을 보니까 나의 생각은 자기 본위적인 괴로움에서 벗어났다. 다이애나 리버스는 전에 자기 오빠를 "죽음처럼 용서 없다."라고 평한 적이 있었다. 그녀의 말은 결코 과장이 아니었던 것이다.

32장

나는 내 힘닿는 데까지 열심히 충실하게 마을 학교 일을 계속해 나갔다. 처음에는 정말로 고된 일이었다. 나는 온갖 노력을 다 했는데도 학생들이나 그들의 성질을 이해하기까지는 상당한 시일이 걸렸다. 교육이란 전혀 받은 적도 없고 능력도 극히 둔한 그들은 아무 가망이 없을 정도로 우둔해 보였고, 또모두 다 처음 보기에는 하나같이 둔해 보였다. 그러나 얼마 안가 그것은 나의 오해임을 발견했다. 그들 사이에도 교육을 받은 사람들 사이에서나 마찬가지로 차이가 있었다. 그리고 내가 그들을 알게 되고 그들도 나를 알게 되자 이 차이는 더욱판이해졌다. 나라고 하는 인간이나 나의 말씨, 생활 규칙이나생활 방식 등에 대한 놀라움이 일단 가라앉자 이 입을 딱 벌리고 있던 둔중한 시골 계집애들이 잠에서 깨어나 재치 있는 소녀들로 변해 가는 것을 나는 보았다. 많은 애들이 양순하고 귀여운 아이들임을 알게 되었다. 그리고 나는 그들 중 적지 않은 수의 애들이 우수한 능력과 더불어 타고난 예의와 자존심을 갖추고 있음을 발견했고, 그에 대해 호의와 상찬의 마음을 가지게 되었다. 그런 아이들은 곧 저희가 맡은 일을 잘 해내고 규칙적으로 공부를 하고 침착하고 예의 바른 몸가짐을 습득하는 것을 기뻐하게 되었다. 어떤 아이들은 그 향상의 속도가 너무 빨라 나를 놀라게 했고, 나는 그것을 진정으로 행복한 자랑으로 삼게 되었다. 그뿐만 아니라 나는 몇몇 아이들은 개인적으로도 좋아하게 되었다. 그들 역시 나를 좋아했다. 나의 학생들 중에는 거의 성숙한 여인이 된 농장 집 딸들이 몇 있었다. 이미 읽고 쓰고 바느질하는 것은 알고 있었기 때문에 나는 그들한테 문법과 지리와 역사의 초보를 가르쳐 주고 좀더 어려운 자수를 가르쳐 주었다. 나는 그들에게서 존중해야 할 성격, 지식욕과 향상욕을 가진 성격을 발견했다. 그리고 그녀들의 집에 초대를 받아 즐거운 저녁을 지낸 적도 여러 번 있었다. 그들의 부모(농부와 그 아내)는 나에게 극진한 대접을 해주었다. 그들의 소박한 친절을 받고, 그 친절을 존중하면서 갚음으로써 그들의 기분에 세심한 주의를 하면서 보답한다는 것은 하나의 즐거움이었다. 아마 그런 일은 그들에겐 익숙지 않은 일이었을 것이며, 그런 일은 그들에게 기쁨을 주고 이익도 되었을 것이다. 왜냐하면 그런 일은 그들의 눈에 자신들의 품격이 높아진 것처럼 보이게 해 주고, 그런 존중심에서 나온 그들에 대한 나의 태도에 합당한 사람이 되고자 노력을 하는 결과를 낳았기 때문이다.

나는 그 마을의 총아가 되어 버린 것 같았다. 밖에 나가기만 하면 이쪽저쪽에서 들려오는 진정에서 우러나오는 인사말을 들었고 다정한 미소로 반겨졌다. 모든 사람의 존경을 받으며 산다는 것은 설사 그것이 노동자의 존경이라 할지라도 안온하고 행복하게 양지에 앉아 있는 것과 같다. 그때 밝은 내심의 꽃이 햇빛을 받아 꽃봉오리를 맺고 꽃을 피우는 것이다. 나의 생애에 있어서 이 한 시기에는 실의에 잠기는 것보다 감사의 마음으로 부풀어 오르는 때가 훨씬 많았다. 그러나 독자여, 숨김없이 모조리 말한다면, 이 조용하고 유익한 생활을 하고 있으면서도(나의 학생들과 섞여 고귀한 노력을 하며 하루 낮이 지나고, 혼자 앉아 만족스러운 기분으로 그림을 그리고 독서를 하며 하룻밤이 지나고, 하는 생활 속에서도) 나는 밤이 되면 으레 이상한 꿈을 꾸게 되는 것이었다. 다채롭고 마음을 설레게 하는, 이상과 감동과 폭풍으로 가득 찬 꿈들이었다. 모험과 저릿저릿한 위기와 로맨틱한 기회 등으로 가득 찬 낯선 풍경 속에서 나는 여전히 로체스터 씨를 자꾸만 만나는데, 그럴 적마다 아슬아슬한 위급한 고비에 이르게 되는 꿈들이었다. 그러고 나면 그의 팔에 안기고 그의 목소리를 듣고, 그의 눈을 바라보고, 그의 손과 뺨을 만져 보고, 그를 사랑하고 그의 사랑을 받고, 한평생을 그의 곁에서 산다고 하는 희망이 맨 처음의 세찬 힘과 타오르는 불길로 되살아나는 것이었다. 이때 나는 잠이 깨어 나의 현재의 장소와 처지를 생각해 낸다. 그리고 커튼도 없는 침대 위에 일어나 앉아 몸을 떠는 것이다. 그러면 적요하고 깜깜한 밤만이 나의 절망의 몸부림을 보게 되고 터져 나오는 격정의 울음소리를 듣게 되는 것이다. 그러나 다음 날 아침 아홉 시에는 평안하고 안정된 기분으로 그날의 정해진 내 의무를 다하기 위한 마음의 준비를 갖추어 가지고 정시에 어김없이 학교를 여는 것이었다.

로저먼드 올리버는 약속을 어기지 않고 나를 찾아왔다. 대체로 그녀가 학교에 오는 것은 아침 승마를 할 때였다. 그녀는 으레 말을 탄 종자를 거느리고 망아지를 타고서 학교의 문 앞까지 달려왔다. 자주색 승마복을 입고 뺨을 스치고 어깨 위에 물결치는 고수머리에 그리스 전설의 여장부의 것과 같은 검은 벨벳의 캡을 쓴 그녀의 모습보다 더 아름다운 자태란 상상할 수가 없다. 그녀는 그러한 모습으로 시골 건물을 들어서 눈부신 듯한 얼굴로 줄지어 서 있는 시골 아이들 속을 미끄러지듯이 걸어오는 것이었다. 그녀는 대개 리버스 씨가 일과로 되어 있는 교리 문답을 가르치고 있을 때 학교에 찾아왔다. 이 방문객의 시선은 젊은 목사의 마음속을 꿰뚫는 것 같았다. 그가 보지 않아도 일종의 본능이 그녀가 들어오는 것을 알려 주는 모양이었다. 그래 그가 문 쪽을 보지 않고 있을 때에도 그녀가 거기 나타나면 그의 뺨은 달아오르고 그의 대리석과 같은 용모는 누그러지려 하지는 않았지만 무어라 말할 수 없는 변화를 일으켰다. 그리고 그 무표정한 속에도 근육의 움직임이나 시선의 움직임이 나타낼 수 있는 것보다 더 강한 억압된 열정이 나타났다.

물론 그녀는 자신의 힘을 알고 있었다. 그리고 그는 그것을 감출 수가 없으므로 그 여자에게 감추지 않았다.

　그의 기독교인으로서의 금욕주의에도 불구하고, 그녀가 그에게 다가가 말을 걸고 즐겁게 격려하는 듯이 부드럽게 미소를 지으면 그의 손은 떨리고 그의 눈은 불타올랐다. 비록 입으로는 말하지 않으나 우수에 찬 결연한 그의 표정은 이렇게 말하는 듯했다. "나는 당신을 사랑합니다. 그리고 당신도 나를 좋아함을 압니다. 내가 입을 다물고 있는 것은 사랑의 성공이 가망 없기 때문은 아닙니다. 내가 마음을 바치면 당신은 받아 줄 겁니다. 그러나 내 마음은 이미 성단에 바쳐졌습니다. 그리고 그 주변에는 불이 준비되어 있습니다. 내 마음은 얼마 안 있어 불타 버린 희생물에 지나지 않을 것입니다."

　그러면 그녀는 실망한 어린애처럼 입을 삐쭉 내민다. 우수의 구름이 그녀의 빛나는 쾌활함을 흐리게 하고 그녀는 성급히 그의 손에서 손을 빼고 영웅적이며 순교자 같은 그의 얼굴로부터 마지못해 고개를 돌린다. 그녀가 이렇게 그에게서 떠나갈 때 세인트 존은 틀림없이 그녀를 쫓아가고 다시 불러 붙잡아 두기 위해서라면 세상이라도 내던지고 싶었으리라. 그러나 그는 천국에의 기회를 하나도 버리려 하지 않았고, 그녀와의 사랑의 낙원을 얻으려고 참다운 영원의 낙원에 다다르는 희망을 버리려 하지도 않았다. 거기다 그는 자기 성격 가운데의 여러 가지 요소(방랑자, 야심가, 시인, 목사)를 단 한 가지의 정열 속에 잡아매어 둘 수는 없었다. 베일 장의 객실과 안락함을 얻기 위해 전도라고 하는 싸움을 하는 황막한 전투장을 버리려고는 하지 않았고, 버릴 수도 없었다. 언젠가 용기를 내어 그의 심중으로 파고 들어가 본 덕택에 나는 그 자신의 입으로 부터 이러한 것들을 알아낸 것이었다.

올리버 양은 벌써 여러 번 나의 집을 찾아 주었다. 나는 그녀의 모든 성격을 다 알 수 있었다. 숨기거나 속이려 하지 않는 성질로서, 아양은 떨었지만 몰인정하지 않았고 엄격하긴 했지만 손댈 수 없을 만큼 자기 본위는 아니었다. 출생 후로 여태까지 귀염둥이로 자라기는 했지만 그것으로 해서 성격이 버려지지는 않았다. 성미는 좀 급했지만 명랑했고, 허영심이 있기는 했지만(거울을 보기만 하면 아름다움이 쏟아지듯 하니 그럴 수밖에 없었을 것이다.) 잘난 체하지는 않았다. 너그럽고 재산 자랑을 하지 않았고, 순진하고 총명하고 명랑하고 쾌활했지만 생각이 깊지는 못했다. 간단히 말해서 그녀는 동성인 내가 보기에도 매혹적이었지만 깊은 관심을 끌거나 강한 인상을 주지는 못했다. 예를 들자면 세인트 존의 누이동생들과는 판이한 마음의 소유자였다. 그러나 나는 아델러만큼이나 그녀를 좋아했다. 돌봐 주고 가르친 아이에 대해서는 같은 정도로 마음을 끄는 성인 친구에게보다도 더욱 친밀한 정이 생겨나기는 하는 것이지만.

그녀는 나에게 귀여운 변덕을 부렸다. 내가 리버스 씨와 닮았다고 했다.(물론 "당신은 참으로 깔끔하고 훌륭한 분이지만, 리버스 씨는 천사이시니까, 아름답다는 점에서는 그의 10분의 1도 못" 된다고 하면서.) 내가 그와 마찬가지로 착하고 똑똑하고 침착하고 굳건하다고 했다. 그녀는 또 내가 마을 학교 교사로서는 괴짜이며, 몰라서 그렇지 지금까지의 나의 경력은 재미있는 소설이 될 수 있을 것이라고도 했다.

어느 날 저녁때, 그녀가 예의 어린애 같은 적극성과 경솔하기는 하지만 불쾌할 정도는 아닌 호기심으로 나의 조그마한 부엌의 식기장과 테이블 서랍 등을 뒤지다가 두 권의 프랑스어로 된 책과 실러의 저서와 그림 도구와 함께 몇 장의 스케치를 찾아냈다. 그 스케치에는 나의 학생 중의 하나로 작은 천사처럼 아름다운 소녀를 그린 연필화와 모턴 계곡과 근처의 황야에서 그린 여러 가지 풍경화 등이 포함되어 있었다. 그녀는 처음엔 놀라서 빳빳이 굳어 버린 것 같더니, 드디어 마치 전류가 통한 듯이 좋아하기 시작했다.

"선생님이 그렸어요? 프랑스어도 알고 독일어도 알아요? 어쩌면 그렇게 훌륭하실까. 정말로 놀라운 분이셔요! S시에 있는 제일 좋은 학교의 우리 선생님보다도 더 잘 그리셨어요. 아빠한테 보여 드리게 제 초상화 한 장 그려 주시지 않겠어요?"

"그려 드리고말고요." 내가 대답했다. 그처럼 완벽하고 눈부신 모델을 그린다고 생각하자 나는 화가로서의 환희가 전율처럼 등을 스치는 것을 느꼈다. 그녀는 그때 감색 비단옷을 입고 있었다. 팔과 목은 드러나 있었고 그녀가 걸친 유일한 장식물은 자연 그대로의 우아한 물결을 이루고 어깨 위에서 넘실거리는 그녀의 밤색 머리채뿐이었다. 나는 질이 좋은 두꺼운 종이를 갖다가 정성껏 윤곽을 그렸다. 거기에 색깔을 칠할 것을 생각하니 마음이 급했지만 날이 저물어 가고 있었으므로 다음 날 또 와서 모델이 되어 달라고 부탁했다.

그녀도 자기 부친에게 내 이야기를 어지간히 했던 모양으로, 그 이튿날 저녁때는 올리버 씨가 직접 그녀를 데리고 왔다. 키가 크고 육중한 체구를 가진 반백의 중년 신사였는데, 그의 곁에 붙어 있는 아름다운 딸은 낡은 탑 곁에 피어난 한 송이 화려한 꽃과 같았다. 그는 말수가 적고 자존심이 강한 사람처럼 보였다. 그러나 내게는 퍽 친절했다. 로저먼드의 초상화 스케치는 그를 몹시 기쁘게 했다. 그래 그는 그것을 꼭 완성시켜 달라고 했다. 그리고 그다음 날은 꼭 베일 장에 와서 저녁을 같이 지내자고 말했다.

나는 찾아갔다. 소유주의 부유함을 드러내는 여러 가지 면모를 풍부하게 보여 주는 크고 아름다운 집이었다. 로저먼드는 내가 거기 있는 동안 줄곧 좋아서 어쩔 줄 몰라 했다. 그녀의 부친은 붙임성이 있는 분이었다. 차를 마신 후 나와 이야기를 시작한 그는 모턴 학교에서 내가 한 일에 대해서 극구 칭찬했다. 그리고 자기가 보고 들은 바로 해서는 내가 그 고장에는 과분할 만큼 훌륭해서 좋은 곳을 찾아 떠나가 버리지 않을까 하는 게 걱정일 뿐이라고 했다.

"정말 그래요." 로저먼드가 말했다. "이분은 상류 계급의 가정에서 가정교사도 할 수 있을 만큼 훌륭해요, 아빠!"

나는 생각했다, 이 나라에서 제일 높고 훌륭한 가정에 들어가는 것보다 여기 있는 것이 좋다고. 올리버 씨는 리버스 씨와 리버스 일가에 대해서 매우 경의를 품고 이야기를 했다. 그 집안은 이 고장에서 매우 오랜 가문이며, 그 선조들은 부자였다는 것, 한때 모턴 전체가 그 댁 소유였던 적도 있었다는 것, 지금이라도 그 댁의 후계자가 원하기만 하면 가장 훌륭한 가문과 혼인도 할 수 있다는 것, 그런데 그만큼 재능도 있는 훌륭한 청년이 외국에 선교사로 가려고 계획을 세워 버렸다는 것은 가치 있는 일생을 내던져 버리는 것과 같아서 매우 딱한 일이라고 그는 이야기했다. 그러고 보니 그녀의 아버지는 로저먼드와 세인트 존이 결혼하는 데 대해 아무 반대 의사가 없는 것 같았다. 그리고 분명히 그는 젊은 목사의 훌륭한 출생과 오랜 가문과 신성한 직업이 재산이 없는 점에 대해 충분한 보상이 된다고 생각하고 있는 모양이었다.

11월 5일, 휴일이었다. 심부름하는 아이는 집안 청소를 하고 그 보수로 1페니를 받아 가지고는 매우 기뻐하며 돌아간 뒤였다. 내 주위는 먼지 하나 없이 번쩍거렸다. 싹 쓸어 낸 마루, 닦아서 윤이 나는 피살대, 잘 닦인 의자. 나 자신도 깔끔한 옷차림을 하고 남은 오후를 마음 내키는 대로 지낼 셈이었다.

독일어를 몇 페이지 번역하는 데 한 시간이 걸렸다. 그러고 나서 나는 팔레트와 연필을 들고 독일어 번역보다는 훨씬 쉽고 기분 전환이 되는, 로저먼드 올리버의 초상화를 완성하는 일에 착수했다. 머리 부분은 이미 완성되었으므로 남은 것은 배경에 색을 칠하고, 의상 주름의 명암을 완성하고, 풍만한 입술에 빨간색을 좀 더하고, 이곳저곳 머리채에 부드러운 물결을 만들어 주고, 하늘색 눈꺼풀 아래로 속눈썹 그늘을 좀 진하게 하는 것뿐이었다. 내가 이 세부의 완성에 열중해 있는데, 성급하게 문을 두드리는 소리가 나고 문이 열리며 세인트 존리버스가 들어왔다.

"휴일을 어떻게 지내시는지 보러 왔습니다." 그가 말했다. "무슨 생각에 잠겨 있는 것은 아니시겠죠? 아, 아니군요. 다행입니다. 그림을 그리는 동안만은 외로움을 느끼시지 않겠죠. 요컨대 나는 아직도 당신을 믿지 못하는 겁니다. 지금까지 용케도 잘 참아 오시기는 했지만. 그래 저녁의 위안이나 될까 하고 책을 한 권 가지고 왔죠."

그는 테이블 위에 신간의 책을 한 권 올려놓았다. 시집이었다. 근대 문학의 황금 시대였던 그 무렵의 행운의 독자에게 자주 주어졌던 순수한 작품 중의 하나였다. 아! 슬프게도 현대의 독자는 그때만큼 혜택을 못 받고 있는 것이다. 그러나 기운을 내자! 비난이나 불평을 말하기 위해서 쉬어서는 안 된다. 시는 죽지 않았다는 것, 천재도 죽지 않는다는 것을 나는 알고 있다. 부귀도 그 양자를 속박하고 살해할 힘이 없으며, 언젠가 다시 시와 천재는 그 생명을, 존재를, 그 자유와 힘을 주장하리라는 것을 나는 알고 있다. 하늘나라에서 평안히 쉬고 있는 시와 천재의 힘찬 천사들이여! 미천한 혼이 승리를 구가하고 가냘픈 혼이 자신의 파멸을 통곡할 때에 그들은 미소 짓는다. 시는 멸망했는가? 천재는 추방되었는가? 아니다. 범부들이여, 그런 게 아니다. 질투심이 그런 생각을 일으키게 하지 마라. 아니, 시와 천재는 살아 있을 뿐 아니라 권력을 쥐고 지위를 회복하리라. 그리고 온 세상에 그 신성한 힘이 충만치 않고서는 너희는 지옥에서, 자신의 비천함이라는 지옥에서 살리라.

내가 열심히 『마미온』(그것은 스코틀랜드의 서사시 『마미온』

이었다.)의 현란한 책장을 넘기며 읽고 있는 동안에 세인트 존은 몸을 구부리고 그림을 보고 있었다. 그의 키 큰 자태가 다시 펄쩍 놀란 것처럼 일어섰으나 그는 아무 말도 안 했다. 내가 고개를 들자 그는 시선을 피했다. 나는 그의 생각을 잘 알 수 있었고 분명하게 그의 마음을 읽어 낼 수 있었다. 그때 나는 그보다 더 침착하고 냉정한 처지였다. 일시적이나마 내가 그의 우위에 있었으므로 할 수만 있으면 그에게 무슨 도움이든 되어 주고 싶었다.

나는 생각했다. '아무리 마음이 굳고 자제력이 강하다 하더라도 그는 스스로에게 너무 무거운 짐을 지우고 있다. 모든 감정과 고통을 마음속에 가둬 두고, 아무것도 나타내지 않고 고백하지 않고 나에게 알리지를 않는다. 자기는 결코 결혼을 해서는 안 된다고 생각하고 있다. 이 아름다운 로저먼드에 대해서 무언가 이야기를 좀 하면 도움이 될 것이다. 이야기를 시켜 보자.'

우선 나는 말했다. "의자에 앉으세요, 리버스 씨." 그러나 그는 언제나 그랬듯 곧 가야 된다고 대답했다. '좋아요.' 나는 마음속으로 대답했다. '서 계시고 싶으면 서 계시죠. 하지만 아직 당신을 돌려보내 드리지는 못하겠어요. 고독이란 최소한 내게 해로운 만큼은 당신에게도 해로운 거예요. 나는 당신의 비밀의 원천을 찾아보고, 그 대리석과 같은 가슴에 동정의 향유를 한 방울이라도 떨어뜨릴 수 있는 틈이 있는지 없는지 찾아볼 작정이에요.'

"이 초상화, 닮았어요?" 내가 불쑥 물었다.

"닮아요? 누굴요? 자세히 보지 않아서 모르겠는걸요."

"자세히 보고 계셨어요, 리버스 씨."

그는 이 불의의 기이한 당돌함에 거의 펄쩍 뛰다시피 하며 놀란 눈으로 나를 쳐다보았다. '아, 아직 아무것도 아녜요.' 나는 마음속으로 중얼거렸다. '당신 편에서 좀 뻣뻣하게 군다고 쩔쩔매지는 않겠어요. 시간을 좀 끌면서 천천히 해 볼 작정이니까요.'

내가 말을 계속했다. "자세하게 똑똑히 보고 계셨어요. 하지만 다시 한번 보셔도 괜찮아요." 그러고는 자리에서 일어서서 그림을 그의 손에 들려 주었다.

"참 잘된 그림입니다." 그가 말했다. "아주 부드럽고 선명한 색채군요. 훌륭하고 정확하게 그려졌습니다."

"네, 그래요. 그런 건 저도 알아요. 그런데 닮은 것 말이에요. 누굴 닮았을까요?"

주저를 극복하고 그가 대답했다. "올리버 양이겠죠."

"물론이에요. 그럼 잘 알아맞히신 값으로 이와 똑같은 초상화를 또 한 장 정성껏 그려 드리겠어요. 받아 주신다면 말이에요. 쓸모 없는 짓이라고 생각하실 것을 드리기 위해 제 시간과 수고를 헛되이 버리기는 싫으니까요."

그는 계속해서 초상화를 보고 있었다. 보고 있으면 있을수록 그는 점점 더 힘 있게 그림을 움켜쥐었고, 점점 더 그 그림이 탐나는 모양이었다.

"꼭 같아!" 그가 중얼거렸다. "눈이 잘 그려졌어. 색채도 빛도 표정도 완전해. 정말로 웃고 있는 것 같아!"

"그것과 똑같은 그림을 가지시게 되면 마음에 위안이 될까요, 그렇지 않으면 마음에 상처를 드리게 될까요? 그걸 말씀해 주셔요. 목사님께서 마다가스카르나 희망봉이나 인도에 가 계실 때 이런 기념품을 갖고 계시면 위안이 될까요? 그렇지 않으면 그 그림을 보기만 해도 기력을 빼앗기고 마음 아프게 하는 추억이 되살아날까요?"

그는 몰래 시선을 들어 망설임과 곤혹의 표정으로 나를 쳐다보다간 다시 그림을 바라보았다.

"이걸 가지고 싶은 것은 확실합니다. 그게 현명한 짓인지 아닌지는 별개의 문제입니다."

로저먼드가 마음속 깊이 그를 좋아하고, 그녀의 부친도 이 결혼에 반대하지 않는다는 것을 안 이래로, 나는(세인트 존만큼 고매한 생각을 가지지 못한 나는) 두 사람의 결혼을 지지하고 싶은 생각을 강하게 가지고 있었다. 만약에 그가 올리버 씨의 막대한 재산을 소유하게 된다면 그는 그것을 가지고 열대의 태양 아래서 그 천분을 시들게 하고 힘을 낭비하는 것 못지않은 착한 일을 할 수 있을 것 같았다. 이렇게 믿은 나는 대답했다.

"제 생각에는 이 그림의 주인공을 당장 목사님의 소유로 하시는 것이 더 정당하고 더 현명한 일이라고 생각되는데요."

그는 이미 앉아 있었다. 눈앞의 테이블 위에 그림을 놓고 두 손으로 이마를 받치고서 정신없이 그림을 보고 있었다. 나는 이번에는 나의 당돌함이 그를 노엽게도 하지 않고 무슨 충격을 주지도 않았다는 것을 알았다. 오히려 자기는 지금껏 근접도 할 수 없는 것으로 치고 있던 화제를 이렇게 솔직하게 이야기하는 것, 이처럼 자유롭게 이야기하는 것을 듣는 것이 그에게는 새로운 기쁨, 감히 바라지도 못했던 위안으로 느껴지기 시작하는 모양이었다. 개방적인 사람보다도 내향적인 사람은 때때로 그들의 심정이나 괴로움에 대해 솔직히 털어놓고 이야기를 나눌 필요가 있다. 아무리 엄격하게 보이는 금욕주의자도 결국은 인간이다. 그러므로 선의를 가지고 대담하게 그들의 "침묵의 바다로 뛰어들어"[24]가는 것은 때로는 무엇보다도 은혜를 베푸는 일인 것이다.

"그분은 목사님을 좋아하고 있어요." 그의 의자 뒤에 서서 내가 말했다. "그리고 그분 아버님께서는 목사님을 존경하고 있어요. 거기다 두 분은 참으로 상냥한 분이에요. 생각이 없다 여겨질 정도로요. 하지만 목사님께서는 생각이 깊으시니까 두 분 몫을 다 생각하시면 되겠죠. 두 분은 결혼하셔야 해요."

"정말로 나를 좋아할까요?"

"그럼요. 누구보다도 더요. 늘 목사님 이야기를 해요. 그보다 더 즐겨 이야기하는 화제가 없어요."

"듣기에 대단히 즐거운 이야깁니다." 그가 말했다. "십오 분만 더 계속하시죠." 그리고 그는 실제로 회중시계를 꺼내 시간을 재기 위해 테이블 위에 놓는 것이었다.

"하지만 이야기를 더 계속하면 뭘 하겠어요? 이미 목사님께서 마음속에 반대의 철퇴를 준비하시고 마음을 묶어 놓을 새

---

24) 콜리지의 시 「늙은 선원」 중 한 구절.

로운 쇠사슬을 만들어 놓으신 모양인데요."

"그건 좀 심한 생각입니다. 나는 지금 이처럼 마음이 녹아 하라는 대로 하고 있는 걸 알아 주셔야죠. 지금 내 마음속에는 인간다운 애정이 새로이 뿜어 나오기 시작하는 샘물처럼 솟아 나오고, 지금껏 내가 그다지도 정성들여 애써 준비하고 선한 의도와 극기의 씨를 끊임없이 뿌려 온 밭 전체로 기분 좋은 홍수가 되어 넘쳐흐르고 있습니다. 지금 나의 마음은 물속에 잠긴 어린 싹처럼 신주(神酒)의 홍수에 잠겨 감미로운 독액에 그 싹을 썩히고 있는 겁니다. 지금 나의 눈앞에는, 베일장의 객실에서 나의 신부 로저먼드의 발치, 오토만 의자 위에 누워 있는 자신의 모습이 보이는 듯합니다. 그녀는 지금 그 달콤한 목소리로 나에게 이야기를 하고 있습니다. 재주 있는 당신의 손으로 이렇게 잘 그려 놓은 그 눈으로 지그시 나를 내려다보고 있습니다. 이 산호와 같은 입술로 미소 짓고 있습니다. 그녀는 내 것입니다. 나는 그녀의 것입니다. 이 현세의 생활과 무상한 세계로 나는 만족합니다. 가만! 아무 말도 마십시오. 내 가슴은 기쁨으로 가득 차 있습니다. 나의 감각은 황홀경에 빠져 있습니다. 내가 정한 시간만은 조용히 지나게 해 주십시오."

나는 그가 시키는 대로 했다. 시계가 재깍재깍 가고, 나는 가쁘게 소리 없이 숨을 쉬었다. 나는 잠자코 서 있었다. 그 정적 속에서 정해진 십오 분이 지나갔다. 그는 시계를 집어넣고 그림을 놓고는 자리에서 일어나 난로 앞으로 가 섰다.

"자, 이 짧은 동안이 망상과 공상 속에 지나갔습니다. 나는 유혹의 품속에 내 머리를 쉬고, 꽃으로 만든 유혹의 멍에 밑에 목을 집어넣고 유혹의 술잔을 맛보았습니다. 그러나 베개는 뜨겁게 타오르고 화환 속에는 독사가 숨어 있었으며 술은 쓰디썼고, 유혹의 약속은 공허한 것이었고, 유혹의 제안은 거짓이었습니다. 내 눈에는 모든 것이 보이고 나는 모든 것을 알 수 있습니다."

나는 의아하다는 얼굴로 그를 쳐다보았다.

"이상한 일입니다." 그가 말을 계속했다. "이처럼 열렬히 로저먼드 올리버를 사랑하건만 첫사랑의 강렬한 정열을 다해 사랑을 하고, 또 그 사랑의 대상은 기막히게 아름답고 우아하고 매혹적인 여성이건만, 동시에 그녀는 훌륭한 아내가 될 수 없고, 나에게 어울리는 배우자가 못 되며, 결혼 후 일 년 이내에 내가 이것을 깨닫게 될 것이며, 열두 달의 환희 뒤에는 평생의 후회가 따르리라는 것을 침착하고 분명하게 의식한다니 말입니다."

"참말로 이상하군요!" 나는 외치지 않을 수가 없었다.

"나의 내부의 무엇인가가 그녀의 매력을 강하게 느끼는가 하면, 또 다른 무엇인가가 그녀의 결점을 똑같은 정도로 강하게 느껴 버리는 겁니다. 그 결점이란 내가 열망하고 있는 데 대해서 그녀는 공감을 할 수가 없다는 것, 내가 하는 일에 협력을 할 수가 없다는 것입니다. 로저먼드가 수난자, 노동자, 하느님의 사도가 될 수 있을까요? 로저먼드가 선교사의 아내가 될 수 있겠습니까? 못 됩니다!"

"하지만 꼭 선교사가 되셔야 하는 건 아니죠. 그 계획을 버리시면 되죠."

"버린다고요! 무슨 말씀을! 나의 천직을 말입니까? 나의 대
사업을 말입니까? 천국의 거처를 위해 지상에 마련한 초석을
말입니까? 인류를 향상시키고, 무지의 영역에 진리를 가져오
고, 속박 대신에 자유를, 미신 대신에 종교를, 지옥의 공포 대
신에 천국의 희망을 가져오려는 포부에 모든 야심을 융합시켜
버린 사람들 중의 한 사람이 되고 싶은 희망을 말입니까? 그
것을 내가 버려야 한단 말입니까? 그것은 내 혈관 속의 피보
다도 소중합니다. 그것은 내 인생의 목표이며 살아 나가는 보
람입니다."

한참 후에 내가 말했다. "올리버 양은요? 그분의 실망이나
슬픔은 아무 관심사가 아닌가요?"

"올리버 양은 항상 구혼자와 추종자들에게 둘러싸여 있습
니다. 한 달 후면 그녀의 마음속에서는 내 모습도 지워져 버릴
것입니다. 그녀는 나를 잊겠죠. 그리고 나보다 더 그녀를 행복
하게 해 줄 수 있는 사람과 결혼하게 되겠죠."

"퍽 냉정하게 말씀을 하시는군요. 하지만 지금 마음속의 갈
등으로 괴로워하고 계셔요. 수척해지셨어요."

"아닙니다. 수척해졌다면, 그건 아직 확정되지 않은 미래에
대한 불안 때문입니다. 자꾸 출발이 지연되고 있기 때문입니
다. 오늘 아침만 해도, 나는 그렇게 오래전부터 도착을 고대해
오던 나의 후임자가 앞으로 삼 개월 안에는 오지 못한다는 통
지를 받았습니다. 그리고 그 삼 개월이라는 게 또 육 개월이
될지도 모르는 겁니다."

"올리버 양이 교실에 들어오기만 하면 목사님은 얼굴을 붉히면서 떠시더군요."

놀란 표정이 또다시 그의 얼굴을 스쳤다. 여자가 남자에게 감히 그런 말을 하리라고는 생각지 못했던 것이다. 그러나 나에게는 이런 이야기를 하는 것이 마음 편했다. 나는 상대가 남자건 여자건 개성이 강하고 주도적이고 세련된 사람들과 이야기를 할 때에는, 겸양이라고 하는 세속적인 외벽을 뚫고 신뢰의 문턱을 넘어서서 상대방의 마음속의 화롯가에 자리를 잡을 때까지는 침착하게 이야기를 할 수가 없었다.

"당신은 참 기발한 사람이군요." 그가 말했다. "그리고 겁쟁이도 아니고. 당신의 눈에 사물을 꿰뚫어 보는 힘이 있듯이 당신의 마음속에는 무언가 용감한 것이 있는 모양이오. 그런데 실례지만 당신은 나의 심정을 약간 오해하고 있는 것 같습니다. 당신은 지금 나의 심정을 실제보다도 깊고 강력한 것으로 알고 있습니다. 그리고 그에 대해 당신은 분에 넘치는 동정을 하고 있습니다. 나는 올리버 양 앞에서 얼굴을 붉히고 떨때에 자신을 동정하지는 않습니다. 다만 자신의 약함을 꾸짖을 뿐입니다. 그게 창피한 일임은 알고 있습니다. 단순한 육체의 열병에 불과할 뿐이지 혼의 떨림은 아닙니다. 혼은 소란한 바다 밑바닥에 단단히 뿌리박고 있는 바위처럼 움직이지 않습니다. 사실 그대로의 나로, 냉혹한 인간으로 알아 주셔야겠습니다."

나는 믿을 수 없다는 듯이 미소 지었다.

"당신은 억지로 나의 비밀을 캐내었습니다." 그가 말을 계속했다. "그래 이젠 그 태반이 당신의 수중에 들어갔습니다. 나란 사람은 인간으로서의 결함을 감싸 주는 저 그리스도의 피로 정화된 법의를 벗기고 보면, 단지 냉혹하고 매정한 야심가에 지나지 않습니다. 모든 감정 가운데 나에게 불변의 힘을 가지고 있는 것은 육친에 대한 애정뿐입니다. 감정이 아니라 이성이 나를 이끄는 길잡이입니다. 나의 야심은 한정이 없습니다. 남보다 높이 올라가고 남보다 더 많은 일을 하고 싶은 나의 욕망은 만족할 줄을 모릅니다. 나는 인내, 노력, 근면, 재능을 존중합니다. 왜냐하면 바로 이것들이 위대한 목표를 달성하고 높은 영예에까지 올라가는 수단인 까닭입니다. 나는 당신의 생애를 깊은 관심을 가지고 주시하고 있습니다. 그것은 당신이 지금까지 겪어 왔고 아직도 겪고 있는 고초에 대해 충심으로 동정을 하기 때문이 아니고, 당신을 부지런하고 규율바르고 끈기 있는 여인의 전형이라고 생각하기 때문입니다."

"목사님 자신은 이교적인 철학자라고 하고 싶으시겠죠."

"아닙니다. 나와 자연신교(自然神教)적 철학자 사이에는 이러한 차이가 있습니다. 즉 나는 하느님을 믿고, 복음을 믿는다는 것입니다. 당신은 형용사를 잘못 쓰셨습니다. 나는 이교적이 아니라 그리스도교적 철학자입니다. 예수 종파의 신봉자입니다. 나는 예수 그리스도의 제자로서 예수의 순수하고 자비롭고 은혜로운 교리를 믿습니다. 나는 그 교리를 옹호하며, 세상에 널리 전파시키기로 맹세했습니다. 어릴 때부터 종교를 믿었기 때문에 종교는 나의 타고난 소질을 이렇게 키워 놓았습니다. 육친에의 사랑이라는 작은 싹으로부터 넓은 그늘을 드리우는 박애라는 나무로 길러 놓았습니다. 인간의 정직이라는 야생의 질긴 뿌리로부터 신의 정의라는 정당한 의식을 길러 냈습니다. 미천한 자신을 위해 권력과 명성을 얻으려고 하는 야심을 주님의 영토를 넓히고 십자가의 깃발의 승리를 얻으려고 하는 야심으로 만들어 냈습니다. 즉 소재를 충분히 활용하여 자연의 모습을 깎고 단련시키는 등 종교는 나를 위해 많은 일을 해 준 것입니다. 그러나 종교라 하더라도 자연을 뿌리 뽑을 수는 없었고 '죽을 몸이 죽지 않는 것을 입을 때'[25]까지 근절시킬 수가 없을 것입니다."

여기까지 말하자 그는 팔레트 곁에 있는 테이블 뒤의 모자를 집어 들었다. 그는 한 번 더 초상화를 바라보았다.

"정말 아름답다." 그가 중얼거렸다. "이 세상의 장미란 뜻의 로저먼드란 이름은 잘 지은 이름이야!"

"이것과 똑같은 것을 그려 드릴까요?"

"무슨 소용이 있습니까? 필요 없습니다."

그는 초상화 위에다 내가 그림을 그릴 때 도화지를 더럽히지 않으려고 손 밑에 깔던 얇은 종이를 올려놓았다. 이 백지 위에서 그가 무엇을 발견했는지 나는 알 수가 없었다. 그러나 무엇인가 그의 시선을 끈 것이 있는 모양이었다. 그는 잡아채듯이 종이를 집어 들고 그 가장자리를 보았다. 그리고 무어라 말할 수 없이 기묘하고 전혀 이해할 수 없는 시선을 나에게 쏘아 보냈다. 그것은 나의 몸맵시, 얼굴, 의복 등 모든 점을 빠뜨

---

25) 「고린도전서」 15장 53절.

리지 않고 보아 두려는 듯한 일별(一瞥)이었다. 그 눈초리는 번개처럼 날카롭고 빠르게 내 전신을 스쳐 갔다. 그는 무슨 말을 하려는 것처럼 입을 벌렸다. 그러나 나오려고 하던 무슨 말인가를 눌러 버렸다.

"왜 그러세요?" 내가 물었다.

"아무것도 아닙니다." 하는 게 대답이었다. 그 종이를 다시 내려놓을 때, 나는 그가 그 가장자리에서 조그만 조각을 재빨리 떼내는 것을 보았다. 그것은 그의 장갑 속으로 사라졌다. 그는 성급히 목례를 하며 "안녕히 계십시오." 하고는 사라져 버렸다.

"아이참!" 나는 이 지방의 표현을 빌려 소리쳤다. "눈엣가시라더니, 무슨 영문인지를 모르겠군!"

이번에는 내가 그 종이를 샅샅이 살펴보았다. 그러나 내가 화필로 색조를 보기 위해 물감을 칠한 몇 개의 거무스름한 얼룩밖에는 아무것도 없었다. 나는 잠시 이 이상한 사건을 생각해 보았다. 그러나 아무리 생각해도 풀 길이 없었고 또 어차피 별스러운 일은 아니리라고 생각되어 더 이상 그 일은 생각하지 않고 곧 잊어버리고 말았다.

33장

세인트 존 씨가 간 후 눈이 내리기 시작했다. 눈보라는 밤새도록 소용돌이처럼 휘몰아쳤다. 다음 날은 뼈에 스밀 듯한 바람이 새로이 눈코 뜰 새 없는 눈을 몰고 왔다. 황혼이 깔릴 무렵에는 온 계곡이 다 눈에 묻혀 버리고 사람이 나다닐 수도 없이 되어 버렸다. 나는 덧문을 닫고 눈이 새어 들어오지 않도록 현관문에 매트를 갖다 대었다. 그리고 난롯불을 돋우고서 한 시간쯤 불 앞에 앉아 미친 듯이 불어 대는 폭풍의 좀 멀어진 듯한 소리에 귀를 기울이면서 앉아 있다가, 촛불을 밝힌 후 『마미온』을 꺼내서 읽기 시작했다.

해는 노램의 성벽에,
트위드의 넓고 깊은 강물에,

체비어트의 산그늘에 지고,

고탑(高塔)과 불락(不落)의 아성,

그걸 에워싼 성벽은,

황금빛으로 빛나도다.

나는 곧 시의 음악에 취하여 눈보라를 잊어버렸다.

그런데 무슨 소리가 들렸다. 처음엔 바람이 문을 흔드나 보다 했다. 그러나 아니었다. 걸쇠를 벗기고 얼어붙은 눈보라와 포효하는 암흑 속에서 나타나 내 앞에 선 것은 세인트 존 리버스였다. 키가 큰 그의 몸을 싸고 있는 외투는 빙하처럼 하얬다. 나는 깜짝 놀랐다. 그러한 밤에 눈으로 길이 막혀 버린 골짜기에서 손님이 오리라고는 생각지 못했던 까닭이었다.

"무슨 좋지 않은 소식이라도?" 나는 물었다. "무슨 일이 생겼나요?"

"아닙니다. 원, 그렇게 쉽사리 놀라시다니……." 그가 대답하고 외투를 벗어서 문 뒤에다 걸고, 들어오느라고 움직여 놓았던 매트를 침착한 동작으로 다시 원래대로 해 놓았다. 그리고 발을 굴러 장화의 눈을 떨었다.

"깨끗한 방바닥을 더럽히게 되는군요. 하지만 이번만은 용서해 주십시오."

그는 불 앞으로 다가왔다. 그리고 타오르는 불에 손을 쬐면서 말했다. "여기까지 오느라고 큰 고생을 했습니다. 눈이 몰려 쌓인 곳은 허리까지 차는 데가 있더군요. 다행히 눈이 아직 부드러워 괜찮습니다만."

"그런데 무슨 일로 오셨죠?" 나는 묻지 않을 수 없었다.

"손님한테 묻는 말치고는 불친절한 질문이군요. 하지만 이왕 물으셨으니 간단히 대답하죠. 당신하고 이야기를 좀 하고 싶어서 왔죠. 나는 말 없는 책과 텅 빈 방에 싫증이 나 버렸으니까요. 거기다 또 나는 어제부터 이야기를 반쯤밖에 못 들어 나머지를 마저 듣고 싶어 못 견뎌 하는 사람의 흥분을 경험하고 있었으니까요."

그는 자리에 앉았다. 나는 어제의 그의 수상한 행동을 생각해 내고, 혹시 정신이 이상해지지나 않았는지 걱정이 되기 시작했다. 그러나 머리가 돌았다 하더라도 매우 침착하고 냉정하게 돈 것이었다. 그는 눈에 젖은 머리를 이마에서 쓸어 넘기고 창백한 이마와 뺨을 불빛에 드러냈는데, 이때처럼 그의 아름다운 얼굴이 조각된 대리석처럼 보인 적이 없었다. 나는 거기에 분명히 새겨져 있는 근심과 슬픔의 허전한 자취를 보고 가슴이 아팠다. 나는 최소한 내가 이해할 수 있는 이야기를 하겠지 하고 기대하면서 기다리고 있었다. 그러나 그는 손은 턱에, 손가락은 입술에 대고서 생각하고 있었다. 그의 손 역시 얼굴처럼 파리해진 것을 보니 또 가슴이 뭉클했다. 반갑지도 않은 동정심이 복받쳐 올라 나는 말하지 않을 수 없었다.

"다이애나와 메리가 돌아와서 같이 사셨으면 좋겠어요. 혼자서 사신다는 것은 재미없는 일이에요. 거기다 또 목사님은 자신의 건강에 관해서는 너무 무관심하시니까요."

"천만의 말씀." 그가 대답했다. "나는 필요한 때면 내 건강을 염려합니다. 지금은 건강한걸요, 왜 어디가 나쁜 것 같습니까?"

그는 아무렇지도 않은 듯 무관심하게 말했다. 그 어조는 내 위로가 최소한 그의 생각엔 전혀 불필요한 것이었다는 투였다. 나는 입을 다물어 버렸다. 그는 여전히 손가락으로 윗입술을 천천히 문지르고 있었고, 눈은 꿈꾸는 듯이 불에 달아오른 난로의 쇠살대를 응시하고 있었다. 나는 무슨 말이든 해야 되겠다고 생각하고 이번에는, 그의 등 뒤 문에서 찬바람이 들어오지 않느냐고 물었다.

"아니, 아닙니다." 그가 짤막하게 약간 성난 듯이 대답했다.

'그래요?' 나는 생각했다. '말하기 싫으면 잠자코 계셔요. 인제 당신은 놓아 주고 난 다시 책이나 읽을 테니까요.'

그래 나는 촛불의 심지 끝을 잘라 낸 후, 다시 『마미온』을 읽기 시작했다. 그러자 얼마 안 있어 그가 몸을 움직였다. 나의 시선은 금방 그의 동작으로 끌려갔다. 그는 모로코가죽으로 된 수첩을 꺼냈을 뿐이었다. 그리고 거기에서 편지를 한 통 꺼내어 조용히 읽은 후, 다시 접어서 집어넣고는 깊은 생각에 잠겨 버렸다. 눈앞에 이런 속을 알 수 없는 사람이 붙박이처럼 앉아 있어 가지고는 책을 읽으려 해야 읽어지지 않았고, 조마조마한 마음에 입을 다물고 가만히 앉아 있을 수도 없었다. 퇴짜를 놓을 테면 놓으라고 하고, 나는 이야기를 해야 했다.

"최근에 다이애나와 메리한테 무슨 소식이 있었나요?"

"일주일 전에 보내 드린 편지가 최근의 편집니다."

"목사님이 준비하시는 일에는 아무 변화도 없나요? 예정보다도 빨리 영국을 떠나시게 되지는 않으시려나요?"

"그렇게는 안 될 겁니다. 나 같은 사람에게 그런 좋은 기회가 올 리 없습니다."

도무지 당해 낼 수가 없어서 나는 화제를 바꾸었다. 학교 일이나 학생들에 관한 이야기를 하자고 생각한 것이었다.

"메리 개릿의 어머니가 많이 나아서 오늘 아침엔 메리가 학교에 나왔더군요. 내주부터는 주물 공장에서 새로 학생 넷이 오기로 됐어요. 눈만 아니었더라도 오늘부터 나왔을 텐데."

"흐음!"

"올리버 씨께서 두 사람 몫의 학비를 내 주시겠대요."

"그래요?"

"크리스마스 때에는 학생 전체에게 한턱 내시겠대요."

"알고 있어요."

"목사님의 제안이었나요?"

"아닙니다."

"그럼 누구의 생각인가요?"

"따님의 생각이겠죠."

"그분다워요. 참 마음씨 고운 분이에요."

"그렇죠."

또다시 말이 끊어졌다. 시계가 여덟 시를 쳤다. 그 소리에 그는 정신을 차렸다. 꼬고 있던 다리를 내려놓고, 몸을 펴고 앉아 나를 향했다.

"잠깐 책은 놓아 두시고, 이쪽 불 가까이로 오시죠."

의아하게 생각하며, 그러나 의아하게 생각해 보아야 쓸데가 없으므로 나는 하라는 대로 했다.

"삼십 분 전에……." 그가 이야기를 시작했다. "나는 이야기의 나머지를 마저 듣고 싶어 못 견뎌 한다고 했습니다. 그런데 생각해 보니 오히려 내가 이야기를 하고 당신이 이야기를 듣는 편이 형편상 좋을 것 같군요. 그런데 이야기를 시작하기 전에 양해를 구해 두어야 할 것은, 이 이야기는 당신이 듣기에는 좀 진부한 이야기일는지 모른다는 겁니다. 하지만 전에 들어서 재미없는 이야기는 새 입을 통해서 다시 들으면 어느 정도 새 맛을 되찾게 되는 수가 종종 있지요. 하여튼 들은 이야기건 처음 듣는 이야기건 간에, 내용은 간단합니다.

이십 년 전, 어느 가난한 목사보가(지금으로 해서는 그 이름은 누구라도 상관없습니다.) 어느 부잣집 딸을 사랑했습니다. 여자 역시 그를 사랑해서 두 사람은 주위 사람들의 반대를 무릅쓰고 결혼을 했습니다. 그래 결혼하자마자 그들은 모든 친척과 친지한테 돌림을 받고 말았습니다. 이 년도 못 되어 이 무분별한 부부는 둘 다 사망해서 한 묘석 밑에 나란히 묻혔습니다. 나도 그들의 무덤을 본 적이 있습니다만, ○○주의 큰 공업 도시에 있는데, 시커멓게 그은 음침하고 낡은 대성당을 둘러싸고 있는 커다란 교회 묘지의 포석이 되어 있더군요. 그들에겐 딸이 하나 있었는데 출생하자마자 자비의 품에 맡겨졌습니다. 오늘 밤 내가 빠졌던 눈구덩이처럼 차가운 자비 말입니다. 자비는 이 의탁할 곳 없는 어린아이를 부유한 외가 쪽으로 보내어, 이 아이는 외숙모의 손으로 키워졌습니다. 이름을 말하죠. 게이츠헤드의 리드 부인입니다. 놀라시는군요. 무슨 소리가 났나요? 아마 옆의 교실에서 쥐들이 서까래 위를 뛰어다니는 소릴 겁니다. 전에는 헛간이었던 것을 내가 개조했습니다. 헛간에는 으레 쥐가 꼬이는 법이죠. 이야기를 계속합시다. 리드 부인은 십 년간 그 아이를 길렀습니다. 그동안에 그 아이가 행복했는지 어쨌는지는 난 들은 적이 없어 모르겠습니다만, 십 년이 지나자 그녀는 그 고아를 당신도 알고 있는 곳으로(다름 아닌 당신 자신이 오랫동안 있었던, 로우드 학교니까요.) 보내 버렸습니다. 그 학교에서의 그녀의 경력은 꽤 훌륭했었나 봅니다. 그녀는 당신처럼 학생에서 교사가 되었습니다. 그녀의 경력과 당신의 경력이 너무도 흡사해서 놀라울 지경입니다. 학교를 그만둔 후 그녀는 가정교사가 되었습니다. 이 점에서 또 당신의 운명과 똑같습니다. 그래 그녀는 로체스터 씨라는 분이 돌봐 주고 있는 아이의 교육을 맡았습니다."

"리버스 씨." 내가 말을 가로막았다.

"당신의 심정은 짐작이 갑니다만, 잠깐 동안만 진정해 주십시오. 얘기가 거의 끝나 가니까요. 끝까지 들어주십시오. 로체스터 씨의 인품에 대해서는 잘 모릅니다만, 다만 한 가지, 그분이 이 젊은 여자에게 정식으로 결혼을 신청한 것, 그러나 결혼 당일 교회의 성단 앞에서, 그에게는 광인이기는 하지만 아직도 생존해 있는 부인이 있다는 것을 알았다는 얘기만은 들었습니다. 그 후의 그의 행동이나 제안 같은 것은 순전히 추측의 영역을 벗어날 수 없는 겁니다. 그런데 그 가정교사의 안부를 알아야만 할 사태가 발생했을 때, 그녀는 이미 종적을 감춘 후였습니다. 언제, 어디서, 어떻게 사라졌는지는 아무도 몰랐습니다. 그녀는 밤중에 손필드 장을 빠져나왔던 것입니다. 팔방으로 그녀의 행방을 찾아봤으나 허사였습니다. 그 지방

일대를 빠짐없이 찾아보았지만, 그녀의 소식에 대해서는 아무런 단서도 찾을 수 없었습니다. 그런데 그녀를 찾아내는 일이 중대하고 긴급한 일이 되어, 모든 신문에는 광고가 났고, 나자신도 브리그스 씨라는 변호사한테서 지금 말씀드린 것과 같은 글을 자세히 쓴 편지를 받았습니다. 이상한 이야기 아닙니까?"

"이것만 말씀해 주세요." 내가 말했다. "그렇게 여러 가지를 알고 계시니까 틀림없이 가르쳐 주실 수 있을 거예요. 로체스터 씨는 어떻게 됐나요? 어디에, 어떻게 하고 계신가요? 무얼하고 계신가요? 병이나 나지 않으셨나요?"

"나는 로체스터 씨에 관해서는 아무것도 모릅니다. 편지에는 제가 지금 이야기한 기만적이며 불법적인 계획 이외에는 아무 말도 쓰여 있지 않으니까요. 그보다는 오히려 당신은 그 가정교사의 이름을, 그녀를 찾고 있는 사건의 성질을 물어보아야 할 줄로 생각하는데요."

"그럼 아무도 손필드에 가 본 사람이 없나요? 아무도 로체스터 씨를 보지 못했나요?"

"그런가 봅니다."

"그렇지만 그분에게 편지는 보냈어요?"

"물론이죠."

"그래 어떤 내용의 회답이었나요? 누가 그 편지를 가지고 있나요?"

"브리그스의 말에 의하면, 그 문의에 대한 답장은 로체스터 씨한테서가 아니라 어떤 부인한테서 온 것이었답니다. 앨리스 페어팩스란 서명이 있더군요."

나는 몸이 싸늘해지는 것을 느끼고 낙담해 버렸다. 내가 무엇보다도 걱정스러웠던 것이 사실이 되어 버린 모양이었다. 그는 틀림없이 영국을 떠나 자포자기 끝에 전에 갔던 적이 있는 유럽 대륙의 어느 곳으로 가 버린 것이 틀림없었다. 그런데 과연 그가 거기에서, 자신의 고통을 치유하기 위해, 강렬한 정열의 대상으로 무엇을 구했을 것인가? 나는 대답할 용기가 없었다. 아아, 가련한 나의 주인, 한때 거의 내 남편이 될 뻔했고, 몇 번이고 "내 사랑하는 에드워드!"라고 불러 보았던 사람!

"그 사람은 나쁜 사람일 겁니다." 리버스 씨가 말했다.

"당신은 그분에 대해서 아무것도 몰라요. 그분에 관해서는 이러니저러니 말씀하지 마세요." 내가 흥분해서 말했다.

"그러죠." 그가 조용히 말했다. "사실 내 머릿속은 딴 일로 가득 차 있는 판입니다. 우선 내 얘기를 끝내야겠습니다. 당신이 그 가정교사의 이름을 묻지 않으니 내 편에서 말해야 되겠군요. 가만있자, 여기 있군요. 중요한 사항은 분명히 서류에 적어 넣고 보는 것이 좋은 법이지요."

아까의 그 수첩을 다시 신중하게 꺼냈다. 그는 그것을 열어 그 속을 뒤졌다. 그중 한 칸에서, 성급히 찢어 낸 때 묻은 종이쪽지 하나를 꺼냈다. 나는 그 지질(紙質)이나 군청색, 진홍색, 주황색 등의 물감으로 된 얼룩으로 보아 그것이 초상화 위에 놓여 있던 얇은 종이의 한 조각이라는 것을 알았다. 그는 일어서서 그것을 내 눈앞에 들이밀었다. 내 필적으로 '제인 에어'라고 먹물로 써 놓은 것을 읽을 수 있었다. 아아, 무심결에

어쩌다가 써 놓은 것이리라.

"브리그스 씨는 나에게 제인 에어라는 사람에 대해서 써 보냈습니다." 그가 말했다. 신문 광고도 제인 에어라는 사람을 찾고 있었습니다. 그런데 나는 제인 엘리엇이라는 사람을 알고 있었습니다. 털어놓고 말씀드리자면, 사실 나는 의심을 하고 있었습니다. 그런데 어저께 오후에서야 나의 의심은 확신으로 변했습니다. 당신은 가명을 버리고, 자신이 제인 에어임을 인정하시죠?"

"네, 네, 그런데 브리그스 씨는 어디 계시나요? 그분은 아마 로체스터 씨에 관해서 목사님보다는 더 알고 계시겠죠?"

"브리그스 씨는 런던에 있지만 아마 로체스터 씨에 관해서는 아무것도 모를 거요. 그는 로체스터 씨한테는 아무 관심도 없습니다. 그런데 당신은 사소한 것에 마음 쓰느라고 아주 중요한 것을 잊고 있어요. 즉, 왜 브리그스 씨가 당신을 찾고 있는지, 그가 당신한테 무슨 볼일이 있는지를 물어보시지 않으시는군요."

"그럼 무슨 볼일로 찾나요?"

"다만 마데이라에 사시던 당신의 숙부님인 에어 씨께서 작고하셨다는 것 그리고 그분이 당신에게 전 재산을 양도했다는 것, 그래서 당신은 부자가 되었다는 걸 전해 드리는 것, 그것뿐. 그 밖엔 아무것도 없습니다."

"제가요! 부자라고요?"

"그렇습니다, 당신이. 부잡니다. 유산의 상속인입니다."

침묵이 뒤를 이었다.

"물론 당신은 본인이라는 것을 증명하지 않으면 안 되지만……." 세인트 존은 이번에는 이렇게 말을 계속했다. "그건 조금도 어려울 게 없는 한 개의 계단이지요. 그것만 올라서면 재산은 금방 당신 소유가 됩니다. 당신의 재산은 지금 영국의 공채(公債)로 되어 있습니다. 유언장과 필요한 서류는 브리그스 씨가 가지고 있습니다."

이렇게 해서 새로운 카드가 펼쳐진 것이다! 독자여, 눈 깜짝할 사이에 빈곤에서 부유로 끌어올려진다는 것은 신나는 일이다. 참으로 신나는 일이다. 그러나 그 자리에서 금방 실감을 느끼고 즐거워할 수 있는 일은 아니다. 인생에는 이보다 더 가슴이 뛰고 환희에 찬 기회가 있는 법이다. 그러나 이것은 확고한 현세의 일이다. 관념적인 것은 아무것도 없다. 여기에 부수되는 모든 생각은 확고하고 진지한 것이어야 하고, 그 표현도 역시 마찬가지다. 큰 재산이 손에 들어왔다는 소리를 듣자마자 껑충껑충 뛴다거나 만세를 부르지는 않는다. 우선 여러 가지의 책임을 생각하고, 사무적인 일을 생각하기 시작하는 것이다. 든든한 만족감 위에 엄숙한 근심이 생겨나고, 우리는 자신을 억제하고, 엄숙한 얼굴로 우리 자신의 요행을 곰곰이 생각해 보는 것이다.

그뿐만 아니라 유산이니 유증(遺贈)이니 하는 말은 죽음이나 장례 등의 말과 병행하는 법이다. 나의 숙부님, 나의 단 하나의 친척은 작고하셨다고 했다. 그분이 계시는 것을 알고 나서부터 나는 늘 언젠가는 만나게 되겠지 하는 희망을 품고 살아왔다. 그런데 이젠 만날 수가 없이 되어 버렸다. 그리고 그

돈은 나 혼자에게만 주어졌다. 나와 함께 기뻐할 수 있는 가족에게가 아니고, 외톨박이인 나 혼자에게만 주어진 것이었다. 그것은 확실히 굉장한 은혜였다. 그리고 자립할 수 있다는 것은 말할 수 없이 기쁜 일이었다. 그렇다, 나는 그걸 느꼈다. 그 생각이 나의 가슴을 부풀게 했다.

"드디어 이맛살을 펴셨군요." 리버스 씨가 말했다. "나는 메두사가 쳐다보아 돌로 변해 버리신 줄 알았죠. 자, 그럼 재산이 얼마나 되는지 물어보지 않으시렵니까?"

"얼마나 되나요?"

"뭐, 몇 푼 안 됩니다. 이야깃거리도 되지 않는 액수죠. 2만 파운드라고 하던가. 그렇지만 그까짓 것 뭐 대수롭습니까?"

"2만 파운드라고요?"

또 한 가지 놀라운 사실이었다. 나는 기껏해야 4000~5000파운드 정도이리라 생각했다. 그래 그 소리를 듣고는 잠깐 숨이 꽉 막히는 것 같았다. 여태까지 웃는 소리를 들어 본 적이 없는 세인트 존 씨가 처음으로 웃었다.

"원, 설사 당신이 살인을 했는데, 그게 발각되었다고 말했더라도 그렇게 놀라지는 않겠습니다."

"굉장한 액수예요. 혹시 무슨 착오가 있는 게 아닐까요?"

"절대로 착오는 없습니다."

"숫자를 잘못 읽으신 게 아닐까요. 2000일지도 모르죠."

"숫자가 아니라 글자로 '이만 파운드'라고 적혀 있습니다."

나는 또다시, 남들과 같은 소화 능력밖에 없는 사람이 혼자서 백 명분의 잔칫상 앞에 앉아 있는 듯한 기분을 느꼈다. 세인트 존은 자리에서 일어서서 외투를 입었다.

"날씨만 이렇지 않았더라면, 말벗이라도 되어 드리게 해나라도 보내 드리겠습니다만, 혼자만 쓸쓸하게 계신 걸 보고 그냥 가게 되니 몹시 마음이 안됐습니다. 그런데 해나 역시 딱하게도 다리가 길지 못하기 때문에 나처럼 눈구덩이 속을 걸어올 수가 없군요. 그래 하는 수 없이 당신을 슬픔 가운데 남겨두고 갈 수밖에 없군요. 안녕히 주무십시오."

그는 걸쇠를 벗기고 있었다. 갑자기 한 생각이 나의 머릿속에 떠올랐다.

"잠깐만 기다리세요." 내가 소리쳤다.

"왜요?"

"왜 브리그스 씨가 내 일을 목사님께 문의했는지 알 수 없군요. 또 그분이 목사님을 어떻게 알고 있는지, 이렇게 외딴곳에 살고 있는 분이 저를 찾아내는 데 어떻게 도움이 될 수 있다고 생각했을까요?"

"아아, 그야 내가 목사이기 때문이죠. 그리고 목사란 흔히 이런 이상한 일에 대한 부탁을 많이 받는답니다." 다시 걸쇠가 떨걱거렸다.

"아녜요. 그 정도로는 만족하지 못하겠어요!" 내가 소리쳤다. 그런데 정말로 그의 성급한, 설명도 되지 못하는 대답 가운데에는 나의 호기심을 가라앉히기는커녕 오히려 전보다 더 자극하는 것이 있었다.

"참 이상한 일이에요." 내가 덧붙여 말했다. "그 점에 대해 좀 더 알고 싶어요."

"다음 기회에 말씀드리죠."

"안 돼요. 오늘 밤에, 오늘 밤에 말씀해 주세요!" 그리고 그가 이쪽으로 돌아서자, 나는 그와 문 사이를 가로막아 서 버렸다. 그는 몹시 난처한 표정이었다.

"모든 이야기를 다 해 주시기 전에는 돌려보내 드리지 않겠어요."

"지금은, 이야기하고 싶지가 않군요."

"안 돼요, 이야기해 주셔야 해요! 꼭요!"

"다이애나나 메리를 시켜서 알려 드리죠."

이러한 거절이 오히려 나의 열의를 부채질해 정점에 달하게 했음은 물론이다. 아무래도 이야기를 들어야 했다. 그것도 당장 그 자리에서 나는 그에게 그렇게 말했다.

"하지만 저는 전에도 말씀드렸습니다만 고집이 센 사람이라서." 하고 그는 말했다. "쉽사리 설복당하지를 않습니다."

"저도 고집 센 여자예요. 우물쭈물 속아 넘어가진 않아요."

"나는 또 냉혹한 사람이라서 어떠한 열도 나에게 옮아올 수가 없습니다."

"그렇다면 저는 뜨겁게 타오르고 있고 물은 얼음을 녹입니다. 저 난롯불로 당신의 외투의 눈을 다 녹여 버렸어요. 게다가 눈 녹은 물이 방바닥에 흘러 발에 밟힌 길바닥처럼 되어 버렸어요. 리버스 씨, 만약 모래를 깐 제 부엌을 더럽힌 대죄와 비행을 용서받고 싶으시거든 제가 알고 싶어 하는 것을 가르쳐 주세요."

"허, 참. 내가 졌습니다. 당신의 열성이 아니라 하더라도 그

끈기한테 말입니다. 끊임없이 떨어지는 빗방울엔 돌도 닳는다고 하지요. 그뿐만 아니라 언젠가는 알게 될 테니까요, 조만간 말입니다. 당신의 이름은 제인 에어죠?"

"물론이에요. 그 이야기는 전에 끝났죠."

"내가 당신과 같은 이름이라는 것은 아마 모르시겠죠. 내 이름이 세인트 존 에어 리버스라는 것은."

"아, 전혀! 전에 가끔 빌려주신 책에 쓰인 이름의 머리글자에 E 자가 있는 것을 본 일이 이제야 생각이 나는군요. 그런데 여태까지 그게 무슨 이름의 머리글자인지는 여쭈어본 적이 없죠. 그런데 그게 어떻게 된 거죠? 설마……."

나는 말을 끊었다. 별안간 마음속에 떠올라 형체를 이루고 순식간에 강하고 명확한 가능성이 되어 버린 생각을 도저히 가슴속에 품고 있을 수가 없고 말로 표현할 수는 더욱 없었기 때문이다. 여러 가지 사정이 서로 엮이고 부합되고 질서 정연해졌다. 지금까지는 형체를 이루지 않는 고리의 무더기에 불과했던 쇠사슬이 똑바로 늘어져 고리 하나하나가 완전해지고, 그 고리의 연결도 또 완전해졌다. 나는 미처 세인트 존의 다음 말도 듣기 전에 본능적으로 사정을 짐작했다. 그러나 나는 독자 역시 마찬가지의 직관력을 가지고 있으리라고 기대할 수는 없으므로 그의 설명을 되풀이해야겠다.

"내 어머니의 성은 에어였습니다. 어머니에게는 남동생이 둘 있었는데 하나는 목사로 게이츠헤드의 제인 리드 양과 결혼을 했고, 하나는 마데이라의 푼샬에서 무역상을 하고 있던 존 에어 씨입니다. 에어 씨의 변호사인 브리그스 씨는 지난 8월 우리의 외숙이 돌아가셨음을 알려왔습니다. 외숙과 나의 아버지는 싸움을 하고 끝까지 화해를 하지 않았기 때문에 우리는 무시되고 유산은 목사를 하고 있던 형의 딸인 고아에게 양도되었습니다. 브리그스 씨한테서는 수주일 전에 또 편지가 왔는데 유산 상속자가 행방불명이 되었으니 우리가 혹시 아는 바가 없는지 문의해 왔습니다. 우연히 종이쪽지에 적혀 있던 이름 덕택에 나는 그 사람을 찾아낼 수가 있었습니다. 그 다음은 당신도 아는 바와 마찬가지입니다."

그가 또 가려고 했다. 그러나 나는 문에 등을 기대고 막아섰다.

"잠깐만 제 말을 들으세요." 내가 말했다. "숨을 돌리고 생각을 좀 하게 해 주세요." 나는 말을 중지했다. 그는 모자를 손에 들고 침착한 얼굴로 내 앞에 서 있었다. 내가 말을 이었다.

"당신의 어머님은 저의 아버지의 누님이시군요."

"그렇죠."

"그럼 저의 고모가 되시죠?"

그는 고개를 끄덕였다.

"저의 숙부님인 존은 바로 당신의 외삼촌이신 존이시군요. 당신과 다이애나와 메리는 그분의 누님의 소생이고, 저는 그분의 형님의 딸이군요?"

"틀림없어요."

"그럼 당신들 세 분은 저의 사촌이시군요. 우리의 피의 반씩은 같은 근원에서 흘러나왔군요?"

"그래요. 우리는 내외종 간이죠."

나는 그를 바라보았다.

나는 오빠 한 분을 찾아낸 것 같은 기분이었다. 내가 자랑할 수 있고 사랑할 수 있는 오빠를, 그리고 두 사람의 언니를. 그 두 사람의 훌륭한 인품은 단지 하나의 타인으로서 보았을 때에도 나의 가슴속에 진정한 애정과 경탄을 불러일으켰다. 내가 비에 젖은 땅 위에 무릎을 꿇고 무어 하우스의 부엌, 낮은 창살문으로 들여다보며 흥미와 절망이 섞인 쓰디쓴 기분으로 바라보았던 두 처녀가 바로 나와 핏줄을 같이한 친척인 것이었다. 그리고 문간에서 죽어 가고 있는 나를 발견해 준 이 젊고 위엄 있는 신사는 나와 피를 나눈 친척이었다. 외로운 고아에게 이 얼마나 훌륭한 발견이랴! 이것이야말로 진정한 부귀였다! 마음의 부귀, 맑고 순수한 애정의 광맥이었다! 이것은 무거운 황금의 선물과는 다른, 빛나고 생생하고 가슴 뛰는 축복이었다. 황금도 제 나름으로 환영할 만한 것이긴 하나 그 무게 때문에 마음을 어둡게 하는 것이다. 나는 돌연한 기쁨으로 손뼉을 쳤다. 심장은 뛰고 혈관은 떨었다.

"아아, 기뻐요. 정말 기뻐요!" 내가 소리쳤다.

세인트 존은 미소 지었다. "내 아까도 당신은 사소한 것에 마음을 쓰느라 중요한 것은 잊고 있다고 말했지요? 재산이 자기 것이라고 일러 주었을 때는 무거운 표정을 하고 있더니, 이번에는 중요하지도 않은 일을 가지고 좋아하고 있으니 말이오."

"그건 무슨 말씀이에요? 당신에게는 중요하지 않은 일일지 모르죠. 누이동생들이 있으니까 사촌쯤은 흥미가 없으시겠죠. 그러나 전 아무도 없었어요. 그런데 이젠 세 사람의, 당신을 그 속에 넣어선 안 된다면 두 사람의 친척이 어른의 모습으로 나의 세계에 나타난 거예요. 다시 한번 말하겠어요. 정말로 기뻐요!"

나는 부산하게 방 안을 걸어 돌아다녔다. 미처 받아들여 이해하고 해결할 틈도 주지 않고 계속해서 끓어오르는 생각들 때문에 숨이 막힐 듯해서 나는 또 멈추어 섰다. 그것은 머지않은 장래에 어떻게 될 것인지, 어떤 일이 가능하고 또 어떻게 해야 되는가 하는 생각들이었다. 나는 텅 빈 벽을 응시했다. 벽은 떠오르는 별들이 총총한 하늘처럼 보였다. 그리고 그 별들은 하나하나가 목적과 기쁨을 향해 가는 나를 비춰 주는 것 같았다. 나의 생명을 구해 준 분들, 지금 이 시간까지 아무 보답도 못 하면서 내가 그저 사랑해 왔던 분들에게 이제야 은혜를 갚을 수 있게 된 것이었다. 그들은 멍에를 메고 있었다. 나는 그들을 자유롭게 해 줄 수 있었다. 그들은 흩어져 있었다. 그런데 나는 그들을 함께 모이게 할 수 있었다. 독립이란 부(富)는 내 것이며 동시에 그들의 것일 수 있었다. 우리는 넷이 아닌가? 2만 파운드를 똑같이 나누면 5000파운드씩이 된다. 충분하고도 남을 만한 금액이다. 공평하게 분배하여 서로 행복할 수 있도록 하자. 그렇게 생각하니 부는 나에게 아무런 부담도 주지 않았다. 이젠 그것이 단순히 금전적인 유산이 아니라 생명과 희망과 기쁨의 유증(遺贈)이었다.

이러한 생각들이 폭풍처럼 내 마음속에 휘몰아치는 동안 내가 어떤 얼굴을 하고 있었는지는 모르겠다. 그러나 나는 곧 리버스 씨가 내 뒤에다 의자를 갖다 놓고 친절하게 나를 거기

앉히려고 하고 있는 것을 알아차렸다. 그 역시 나보고 침착해 지라고 말했다. 나는 내가 무력하고 얼이 빠져 있다고 암시하는 듯한 그의 태도에 성이 나서 그의 손을 뿌리치고 다시 방 안을 걷기 시작했다.

"내일 다이애나와 메리한테 편지를 하세요." 내가 말했다. "그래 곧 돌아오시라고 하세요. 1000파운드만 있으면 부자라고 생각하겠다고 다이애나는 말했어요. 그러니 5000파운드씩만 있으면 충분하겠죠."

"냉수를 좀 드려야겠는데, 어디에 있나요?" 세인트 존이 말했다. "정말로 좀 기분을 가라앉혀야 되겠는데요."

"쓸데없는 말씀 하지 마세요! 그런데 그 유산이 있으면 당신은 무얼 하시겠어요? 영국 안에 머물러서 올리버 양과 결혼하여 딴 사람들처럼 정착을 하시겠어요?"

"잠꼬대를 하시는군. 머릿속이 혼란을 일으켰나 봅니다. 내가 너무 갑자기 그 소식을 전해서 걷잡을 수 없이 흥분해 버린 거로군요."

"리버스 씨. 참말 못 견디겠군요. 제 정신은 맑아요. 오해하신 건 당신 쪽이에요. 아니, 오해하는 체하시는 거죠."

"좀 자세히 설명을 하면 나도 알아듣겠는데요."

"설명을 하라고요! 설명할 게 뭐 있어요? 지금 문제가 되고 있는 총액인 2만 파운드를 조카 네 사람이 똑같이 분배하면 5000파운드씩이 된다는 걸 모르세요? 제가 부탁하는 건, 두 분에게 편지를 내서 두 분에게 재산이 생겼다는 걸 알려 달라는 거예요."

"당신한테 생겼죠."

"이 문제에 대한 제 생각은 이미 말씀드렸어요. 달리는 생각
할 수 없어요. 저는 지독한 이기주의자도 아니고, 먹통같이 불
공평한 사람도 아니고, 도깨비같이 은혜도 모르는 사람은 아
네요. 그뿐만 아니라 저는 제 집과 가족을 가지기로 결심했어
요. 저는 무어 하우스가 좋아요. 거기서 살겠어요. 그리고 다
이애나와 메리도 좋아요. 그래 한평생 떨어지지 않고 살겠어
요. 제가 5000파운드만 가지면 기쁜 일도 되고 도움도 되지
만, 2만 파운드는 고통이 되고 압력이 돼요. 그리고 그 2만 파
운드란 법률적으로는 제 것이지만 도의적으로는 절대로 전부
제 것이 아네요. 그러니까 제 몫을 초과하는 금액을 당신들께
서 받아 주십사 하는 거예요. 반대도 하지 마시고 논의도 할
필요가 없어요. 우리 모두 뜻을 합해서 곧 요점을 결정하십
시다."

"최초의 충동으로 결정을 해서는 안 됩니다. 이런 일에 대해
서는 며칠이고 심사숙고를 한 후에 이야기를 하지 않으면 신
빙성이 없습니다."

"아아, 당신이 의심쩍게 생각하시는 게 제 성실성뿐이라면
안심이에요. 그럼 제 생각이 정당하다는 것은 인정하시죠?"

"어느 정도의 정당함은 인정하죠. 그러나 이것은 세상의 관
습에 위배됩니다. 그뿐만 아니라 이 재산은 전부가 당신의 권
리입니다. 외숙께서는 자신의 노력으로 그 재산을 모았습니
다. 그러니까 누구든 자기가 주고 싶은 사람한테 그 재산을
줄 수 있는 겁니다. 그래 그분은 당신한테 준 거죠. 결국 당신

이 그것을 받아 갖는 것이 정당합니다. 그러니까 당신은 그것을 전부 당신의 것이라고 생각해도 조금도 양심에 거리낄 것이 없습니다."

"하지만 나에게는 이것이 양심의 문제인 동시에 감정의 문제이기도 해요. 저는 제 마음 내키는 대로 하지 않으면 안 돼요. 지금까지 그러고 싶어도 그럴 기회가 저에겐 없었어요. 설사 당신이 일 년을 두고 논의를 하고 반대를 하고 방해를 하신대도, 나는 이미 한번 보아 버린 기막힌 기쁨을, 커다란 은혜를 조금이라도 갚고 평생의 친구를 구한다고 하는 기쁨을 버릴 수는 없어요."

"지금은 그렇게 생각하시겠지." 세인트 존이 대답했다. "부를 소유하고, 그걸 즐길 줄을 아직 모르는 까닭이죠. 아마 당신은 2만 파운드란 돈이 얼마만큼 대단한 것인가, 그만한 돈이면 사회적으로 어떤 지위를 차지할 수 있는가, 어떠한 미래를 얻을 수 있는가 하는 것을 알지 못하는 겁니다. 당신은 또⋯⋯."

"그리고 당신은⋯⋯." 나는 그의 말을 가로막았다. "제가 형제자매 간의 우애를 얼마나 갈망했는지를 생각도 못 하시는 거예요. 저는 여태까지 한 번도 내 집이라는 것을, 동기간이라는 것을 가져 본 적이 없어요. 인제는 좀 가지고 싶고 가져야겠어요. 설마 저를 누이동생이라고 부르고 누이동생으로서 받아들이기 싫으신 것은 아니겠죠?"

"제인, 오빠가 되어 주지. 그 애들도 언니가 되어 주고. 당신의 정당한 권리를 희생하지 않더라도 말이오."

"오빠라고요? 그래요, 천 리나 떨어져서 사는 오빠죠! 언니라고요? 타인들 속에서 노예처럼 일하고 있는 언니들이죠! 그리고 나 혼자만은 부자고. 내 손으로 벌지도 않았고 가질 값어치도 없는 돈들을 배 속에 잔뜩 채우고 말이죠! 세 분들은 무일푼인데! 그럴듯한 평등과 우애로군요. 화목한 화합이군요! 친밀한 애정이군요!"

"그러나 제인, 당신이 갈구하고 있는 가족의 유대나 가정의 행복은 당신이 지금 생각하고 있는 것과는 다른 방법으로도 이룰 수가 있는 거요. 결혼을 하면 돼요."

"또 쓸데없는 말씀! 참말! 저는 결혼하고 싶지 않아요. 한평생 안 할 거예요."

"그건 지나친 이야기예요. 그렇게 아무렇게나 무엇을 단정한다는 것은 역시 흥분하고 있다는 증거요."

"지나치지 않아요. 저는 제 기분을 알고 있고 결혼이란 생각만 해도 지긋지긋하다는 것도 알아요. 저를 사랑해서 아내로 맞아 줄 사람은 아무도 없어요. 단지 재산 때문에 데려가겠다는 사람은 제가 싫어요. 도대체 저는 타인이, 저하고는 전혀 다르고 생각도 다른 타인이 싫어요. 저하고 마음이 꼭 맞고 공감을 가질 수 있는 친척이 필요해요. 제 오빠가 되어 주겠다고 다시 한번 말씀해 주세요. 아까 그 말씀을 하셨을 때 저는 만족스럽고 행복했어요. 제발 진심으로 다시 한번 말씀해 주세요."

"그러지요. 나는 누이동생들을 언제나 사랑해 왔다는 것을 알고 있어요. 그리고 그들에 대한 내 애정의 근거가 무엇인지도 알고 있어요. 그것은 그들의 가치를 존중해 주는 것이고 그들의 재능을 상찬해 주는 것입니다. 당신 역시 절조(節操)와 심지(心志)를 가지고 있고, 당신의 취미나 습관은 다이애나나 메리와 비슷합니다. 당신이 내 앞에 있다는 것은 항시 나에게 즐거운 일이었고, 당신과의 대화에서 나는 벌써부터 유익한 위안을 얻고 있습니다. 그러니 당신을 나의 셋째 동생이며 막냇동생으로 맞아들일 마음의 여지는 쉽게 그리고 자연스럽게 마련할 수 있어요."

"고맙습니다. 그 말씀으로 오늘 밤 제 기분은 만족해요. 인제 그만 가셔야죠. 더 오래 계시다간 또 이것저것 의심쩍은 생각으로 저를 못 견디게 하실지 모르니까요."

"그럼 학교는 어떻게 하시겠어요, 에어 선생님? 문을 닫아 버리셔야겠지요?"

"아네요. 누굴 제 대신으로 구해 오실 때까지 그냥 교사의 일을 계속하겠어요."

그는 미소로 찬동의 뜻을 표했다. 우리는 악수를 하고, 그는 돌아갔다.

유산 상속에 관계되는 일을 내 생각대로 처리하기 위해 그 뒤로 내가 어떤 싸움이나 논의를 겪었나 하는 것을 자세히 이야기할 필요는 없으리라. 그 일은 상당히 어려운 일이었다. 그러나 나는 확고히 결심을 하고 있었고 나의 사촌들도 결국 재산을 똑같이 나누겠다는 나의 결심이 움직일 수 없는 것임을 인정하고(그들도 마음속으로는 내 의도의 공평함을 느끼고 또 입장이 바뀌었다면 자기들 역시 나와 마찬가지 처사를 했을 것이라는 것을 생각했던지) 결국 그들도 고집을 꺾어 이 문제를 중재 재판(仲裁裁判)에 맡기기로 합의를 보았다. 선발된 판사는 올리버 씨와 어느 유능한 변호사였다. 그들은 둘 다 내 의견에 동의를 해서 나의 주장은 관철되었다. 재산 양도 증서가 작성되고, 세인트 존과 다이애나와 메리와 나는 각각 상당한 재산을 소유하게 되었다.

34장

　모든 문제가 다 정리된 것은 크리스마스가 가까워질 무렵이
었다. 전국적인 축제의 계절이 다가오고 있었다. 나는 학교 문
을 닫았지만, 작별에 임하여 나로서도 무언가 해 주어야겠다
고 마음을 썼다. 행운이란 신기하게도 사람의 마음만 열어 놓
는 것이 아니라 손까지 열어 놓는다. 행운을 잔뜩 얻었을 때
그중 얼마를 남에게 준다는 것은 이상하게 들끓어 오르는 감
정의 출구를 마련해 준다. 나는 오래전부터 나의 시골 학교 학
생들 대다수가 나를 좋아하는 것을 기쁘게 생각하고 있었다.
그런데 그러한 의식은 우리가 작별을 할 때 더욱 확고해졌다.
학생들은 그들의 애정을 강하고 분명하게 표현했다. 나는 그
들의 소박한 마음 가운데에 나 자신이 확고한 위치를 차지하
고 있음을 알고 깊은 만족을 느꼈다. 나는 그들에게 이후로도

매주 한 번씩은 꼭 찾아와서 한 시간씩 수업을 해 주겠다고 약속을 했다.

세인트 존이 왔을 때, 나는 (이제는 예순 명을 헤아리는 학생들이 나의 앞으로 줄지어 나가는 것을 본 후에 문을 잠그고) 열쇠를 손에 든 채 대여섯 명의 가장 우수한 학생들과 특별한 작별 인사의 말을 하고 있는 참이었다. 영국의 소작인 계급에서 발견할 수 있는 가장 고상하고 존경할 만하고 얌전하고 지식이 풍부한 소녀들이었다. 이렇게 말하면 좀 지나칠지 모르지만, 뭐니 뭐니 해도 영국 농민은 유럽의 어떤 나라의 농민보다도 가장 교육을 많이 받고 가장 예의 바르고 가장 자존심이 강하기 때문이다. 그 후 나는 프랑스나 독일의 농촌 부녀자들을 보아 왔지만 그중에서 가장 훌륭한 사람들도 내가 가르친 모턴의 소녀들과 비교하면 무지하고 조야하고 어리석어 보였다.

"한 학기 동안 수고를 하시고 그 보람은 있었다고 생각하나요?" 학생들이 가 버리자 리버스 씨가 물었다. "젊을 때에 무언가 아주 좋은 일을 했다고 생각하면 기쁘지 않습니까?"

"정말 그래요."

"겨우 몇 달 간 일했는데도 그렇다면 우리 인류를 향상시키기 위한 일에 평생을 바친다면 보람 있는 생애가 아니겠습니까!"

"그럼요. 하지만 언제까지나 이러고만 있을 수는 없어요. 다른 사람들의 재능도 개발시켜야 하지만 저 자신의 재능도 활용을 하고 싶어요. 이제부터 해야겠어요. 그러니 제 마음이나 몸을 도로 학교로 불러들이려 하진 마세요. 전 인제 학교를 떠났어요. 그리고 휴가를 충분히 즐길 작정이에요."

그는 엄숙한 표정을 지었다. "무슨 일인가요? 왜 갑자기 그렇게 열을 내시는 거죠? 뭘 하려고요?"

"좀 움직여야겠어요, 제 능력껏. 우선 해나를 놓아 주셔야겠어요. 그리고 누구 다른 사람을 두세요."

"당신이 필요해서요?"

"네. 무어 하우스로 데리고 가야겠어요. 일주일만 있으면 다이애나와 메리가 돌아올 텐데 거기 대비해서 모든 것을 준비해 놓아야겠어요."

"알겠어요. 난 또 훌쩍 무슨 여행이라도 떠나는 줄 알았지요. 그렇다면 잘됐어요. 해나를 데리고 가시오."

"그럼 내일까지는 준비를 하고 있으라고 전해 주세요. 여기 교실 열쇠가 있어요. 제 집의 열쇠는 내일 아침에 드리겠어요."

그는 그것을 받아 들었다. "퍽 즐거운 듯이 열쇠를 넘겨 주시는데, 당신의 그 명랑하게 들떠 있는 기분을 나는 알 수가 없군요. 이제 학교 일을 그만두는 대신 무슨 일을 하려고 하는지 내가 모르기 때문이죠. 대관절 당신은 지금 어떠한 목표와 목적과 야심을 가지고 있는 겁니까?"

"저의 첫 번째 목표는 청소를,(이 말의 의미를 충분히 이해하실까요?) 무어 하우스의 침실에서 지하실까지 청소를 하는 거예요. 두 번째 목표는 밀랍과 기름을 듬뿍 묻힌 헝겊을 가지고 번쩍번쩍 윤이 날 때까지 닦는 거예요. 세 번째는 의자와 테이블과 침대와 카펫을 수학적인 정확성을 기하여 배치하고 당신이 파산할 만큼 석탄을 많이 때서 모든 방을 다 따뜻하게 해 놓고 마지막으로는 두 분이 돌아오시기 전 이틀 동안 해나하고 저하고 둘이서 달걀을 젓고, 건포도를 고르고, 양념을 갈고, 크리스마스 케이크의 재료를 섞고, 다진 고기 파이의 재료를 썰고, 기타 당신 같은 문외한으로서는 말로만 들어서는 잘 알 수도 없는 여러 가지 부엌 안에서의 의식을 행할 참이에요. 간단히 말해서 저의 목적은 다이애나와 메리를 맞아들이기 위해 다음 목요일까지는 모든 것을 완전히 정돈해 놓는 것이고, 저의 야심은 두 분이 돌아왔을 때에 가장 이상적인 환영을 해 드리는 거예요."

세인트 존은 약간 미소를 지었으나 그래도 만족스럽지 못한 모양이었다.

"지금으로 해서는 그것도 좋지만, 처음 한바탕 유쾌했던 기분이 사라지고 나면 당신은 가족적인 애정이라든가 가사의 즐거움 같은 것보다는 좀 고상한 것을 찾게 될 것이라고 생각하는데요."

"이것이 이 세상에서 가장 좋은 거예요!" 내가 그의 말을 막으며 말했다.

"아니야, 제인. 그렇지 않아요. 이 세상이란 결실의 장소는 아니오. 그러한 곳으로 만들려 해서는 안 됩니다. 휴식의 장소도 안 됩니다. 게으름뱅이가 되어서는 안 돼요."

"전 그와는 반대로 바쁘게 일할 작정이에요."

"제인, 지금은 용서해 드리지. 두 달의 유예를 드릴 테니 그 동안에 당신의 새로운 처지를 마음껏 즐기시고 늦게나마 찾게 된 친척과 어울리는 기쁨을 실컷 즐기시오. 그러나 두 달 후에는, 무어 하우스나 모턴이나 자매의 정이나 이기적인 형식이나 윤택한 문화생활이 주는 감각적인 안락을 넘어선 곳에 눈을 돌리기 바랍니다. 그리고 그때 다시 한번 당신의 힘이 넘쳐흘러서 주체할 수 없을 정도가 되길 바랍니다."

내가 놀란 얼굴로 그를 바라보며 말했다. "세인트 존, 그런 말씀을 하시다니 심술꾼이시군요. 전 지금 여왕만큼이나 만족스러운데 당신은 저를 또 불안 속에 몰아넣으려고 하시는군요! 왜 그러시죠?"

"하느님께서 당신에게 맡기셨고 언젠가는 반드시 엄격한 보고를 요구하실 것임에 틀림없는 능력을 유익하게 이용하기 위해서입니다. 제인, 나는 당신을 주의 깊게 근심스러운 눈으로 주시할 것입니다. 이것만은 미리 말해 둡니다. 그리고 평범한 가정적인 즐거움에 몸을 맡겨 버리려고 하는, 당신에게는 어울리지 않는 열정을 제발 억제해 주기 바랍니다. 육친의 의리에 그렇게 매달려서는 안 돼요. 좀 더 적절한 목적을 위해 당신의 지조와 열의를 아껴 두어야지, 하찮고 덧없는 목적을 위해 낭비해서는 안 돼요. 듣고 있습니까, 제인?"

"네. 꼭 제가 모르는 그리스어를 하고 계시는 것처럼요. 저도 행복해도 좋은 충분한 이유가 있다고 생각해요. 그리고 행복해질 거예요. 안녕히 가세요."

무어 하우스에서 나는 행복했다. 그리고 열심히 일했다. 해나 역시 그랬다. 온 집 안이 뒤죽박죽이 된 속을 뛰어다니며 내가 즐겁게 일을 하고 먼지도 털고 손질도 하고 걸레질도 하고 요리도 하는 것을 보고 그녀는 좋아했다. 확실히 이루 말할 수 없는 혼란 중의 하루 이틀이 지난 후, 우리 자신이 만들어 놓은 혼돈 속에서 차츰 질서를 세워 나가는 것은 즐거운 일이었다. 나는 미리 S시에 가서 새로운 가구를 사 들여왔다. 하고 싶은 대로 개조를 해도 좋다는 백지위임을 사촌들한테 받아 놓았고, 가구의 구입비는 별도로 준비가 되어 있었던 까닭이었다. 평상시에 사용하는 침실과 거실은 대체로 먼저대로 그냥 두었다. 그것은 다이애나나 메리는 최신식 가구를 바라보는 것보다는 낡고 검소한 테이블이나 의자나 침대를 다시 보는 것을 더 좋아하리라고 생각했기 때문이다. 그러나 두 사람의 귀향에 내가 원했던 짜릿한 매력을 부여하려면 무언가 새로운 것이 필요했다. 진한 색깔의 아름다운 새 카펫과 커튼, 세심한 주의를 기울여 선택한 도자기나 청동제 골동품, 새로 장만한 커버, 거울, 화장대에 놓은 화장품 상자 등이 이 목적을 이루어 주었다. 그것들은 지나치게 으리으리해 보이지 않고 청신해 보였다. 평소에 쓰지 않는 객실과 내객용 침실은 오래된 마호가니 가구와 진홍색 실내 장식으로 완전히 고쳐 꾸몄다. 복도에는 올이 굵은 캔버스 천을 깔고 계단에는 카펫을 깔았다. 이러한 일을 모두 끝내고 나자 바깥 세계가 겨울철의 불모와 황야의 서글픔의 표본인 것과 대조적으로 무어 하우스 안은 밝고 검소한 아늑함의 완전한 표본처럼 보였다.

그 중대한 목요일이 드디어 왔다. 그들은 어두울 무렵에 도착할 예정이었으므로 황혼이 되기 전에 이 층에도 아래층에도 불이 피워졌다. 부엌은 완전히 치워져 있었고 해나와 나는 옷을 갈아입고 모든 준비는 완료되어 있었다.

세인트 존이 맨 먼저 도착했다. 나는 모든 준비가 될 때까지는 얼씬도 하지 말아 달라고 부탁을 했다. 그리고 사실 집 안에서 벌어지고 있는 답답하고 자질구레한 소동은 생각만 해도 정이 떨어져 뒷걸음질치게 만들기 십상이었다. 그가 들어왔을 때, 나는 부엌에서 차와 함께 내놓을 케이크가 구워지는 것을 보고 있던 참이었다. 난로 앞으로 다가오며 그가 물었다.

"드디어 식모 일에 만족을 얻으셨나요?"

나는 대답하는 대신 내 수고의 결과를 함께 보아 주지 않겠느냐고 권유했다. 그는 얼른 따라나서지 않았지만 나는 그를 설복하여 집 안을 돌아보도록 안내했다. 내가 문을 열면 그는 그저 문간에 서서 방 안을 들여다보기만 했다. 그리고 이 층과 아래층을 다 돌아본 후에 그는, 이렇게 짧은 시일에 이렇게 대단하게 집 안을 바꿔 꾸미느라고 굉장히 수고를 했겠다고 말했다. 그러나 자기 집의 면모가 일신된 것을 보고 기뻐하는 눈치의 말은 한마디도 없었다.

이 침묵에 나는 시무룩해졌다. 혹시 집 안을 바꿔 꾸민 것이 그가 귀중히 여기고 있는 옛날의 추억을 깨뜨려 버린 것이나 아닌가 하고 나는 생각했다. 그래 혹시 그런 게 아니냐고, 약간 낙담한 목소리로 물어보았다.

"천만의 말씀. 오히려 추억이 될 만한 것들을 신중히 잘 간직해 주셨는걸요. 정말이지 지나칠 정도로 배려를 해 주셨습니다. 예를 들자면, 이 방 안의 배치를 생각하는 데에도 상당히 시간이 걸렸겠죠? 그런데 찾고 싶은 책이 있는데 어디에 있나요?"

나는 책꽂이에 꽂힌 그 책을 가리켰다. 그는 그 책을 내려 가지고, 그가 언제나 잘 가는 창틀이 바깥으로 쑥 나간 창문 앞으로 가서 읽기 시작했다.

그런데 독자여, 이것이 나의 마음에 들지 않았다. 세인트 존은 좋은 사람이었다. 그러나 그가 자기는 냉혹한 인간이라고 한 것은 자신의 성격을 옳게 말한 것이라고 나는 생각하기 시작했다. 인간이라든가 인생의 즐거움 따위는 그에게 아무 매력도 없고, 호화로이 인생을 즐긴다는 것도 그의 마음을 끌지는 않았다. 문자 그대로 그는 오직 선한 것과 위대한 것만을 갈망하면서 살고 있는 것이었다. 더구나 그는 자신도 쉬지 않고, 주위 사람들의 휴식도 용납하지 않았다. 하얀 돌처럼 창백하고 움직이지 않는 그의 넓은 이마를 바라보고 독서에 열중하고 있는 그 훌륭한 자태를 바라보면서, 이 사람은 도저히 좋은 남편 노릇은 못 할 것이며 그의 아내가 된다는 것은 어려운 일일 것이라는 생각을 했다. 나는 또 무슨 영감이라도 받은 것처럼 올리버 양에 대한 그의 애정을 이해했다. 그것이 관능적인 사랑에 불과하다는 데는 나도 동감이었다. 그러한 사랑의 열병에라도 걸린 것처럼 들떠 있는 자신을 그가 얼마나 경멸하고 얼마나 그러한 감정을 눌러 없애고 싶어 하는지, 그런 사랑이 두 사람의 행복에 오래오래 기여할 수 있다는 것을 그가 얼마나 불신하고 있는지를 나는 알 수 있었다. 그는 대자연의 영웅들을,(기독교도든 이교도든) 입법자나 정치가나 정복자들을 빚어 놓은 것과 같은 질료로 만들어져 있었다. 그러므로 큰 이익을 가져올 수 있는 대사업에 있어서는 의지할 만한 굳건한 성채가 될 수 있지만 가정의 벽난롯가에서는 어울리지도 않고 음침한, 차갑고 다루기 힘든 기둥과 같은 존재일 것이었다.

'이 객실은 그가 있을 곳이 아니야.' 나는 생각했다. '히말라야 산맥이나 카피르족(族)이 사는 밀림이나 역병의 저주를 받은 기니 해안의 소택지가 그에게는 어울릴 거야. 그가 평온한 가정생활을 피하는 것도 무리는 아니야. 그건 그의 활동 영역이 아니니까. 거기서 그의 재능은 침체되고, 진보할 수도 두드러지게 나타날 수도 없다. 그가 지도자로서, 우월자로서 말을 하고 행동할 수 있는 곳은 위험한 투쟁의 장소인 것이다. 용기가 증명되고 정력이 발휘되고 인내력이 요구되는 장소인 것이다. 이런 벽난롯가에서는 명랑한 어린이들이 오히려 그보다 낫다. 그가 선교사의 직업을 택한 것은 잘한 일이었다. 인제야 나는 그걸 알 수가 있다.'

"오셔요! 지금 오셔요!" 해나가 객실의 문을 열어젖히면서 소리쳤다. 동시에 늙은 카를로가 기쁜 듯이 짖어 댔다. 나는 밖으로 뛰어나갔다. 밖은 어두워져 있었지만 덜커덕거리는 마차 바퀴 소리가 들려오고 있었다. 해나는 곧 초롱불을 밝혔다. 마차는 쪽문 앞에서 멎고, 마부가 마차 문을 열었다. 눈에 익은 자태가 먼저 내려서고 또 한 사람의 자태가 내려섰다. 잠시 후, 나는 얼굴을 그들의 보닛 밑으로 가져가 처음에는 메리의 부드러운 뺨에, 다음에는 다이애나의 물결치는 머릿결에 대고 있었다. 그들은 웃으면서 나에게 키스를 하고 다음에는 해나에게 키스를 했다. 그들은 또 기뻐서 어쩔 줄 모르며 날뛰고 있는 카를로를 쓰다듬어 주고, 집안의 안부를 묻고, 아무 일도 없다는 대답을 듣자 급히 안으로 들어갔다.

그들은 위트크로스에서부터 덜컹거리는 마차 속에서 오래 시달리고, 차가운 밤공기에 얼어 몸이 꼿꼿하게 굳어 있었다. 그러나 그들의 명랑한 얼굴은 기분 좋은 난롯불 앞에서 활짝 펴졌다. 해나와 마부가 짐짝들을 들여놓는 동안에 그녀들은 세인트 존을 찾았다. 그때 그가 객실에서 나왔다. 그들은 얼른 그의 목을 끌어안았다. 그는 두 사람에게 조용히 키스를 하고 낮은 목소리로 몇 마디 환영의 말을 하고 나서, 잠깐 동안 그들의 이야기를 듣고만 서 있다가, 조금 있으면 객실에서 모두 만나게 될 것이라고 말하곤 마치 피난이라도 가듯이 객실로 물러가 버렸다.

나는 그들을 이 층으로 안내하기 위해 촛불을 켜 들고 있었는데, 다이애나는 먼저 마부를 잘 대접하라고 지시를 하고 나서 둘이서 내 뒤를 따랐다. 그들은 새 벽걸이니 새 카펫, 채색이 영롱한 도자기 화병 등으로 새로 단장되고 다시 꾸며진 자기들의 방을 보고 몹시 기뻐하면서 아낌없이 감사의 뜻을 표했다. 나도 내 마음대로 꾸며 놓은 것이 그들의 마음에 꼭 들고 내가 한 일이 그들의 즐거운 귀가에 싱싱한 매력을 더해 준 것이 여간 기쁘지 않았다.

그날 밤은 참으로 즐거웠다. 나의 사촌 언니들이 기분이 최고조에 달해 가지고 유창하게 떠들어 대는 바람에 그것이 세인트 존의 침묵을 벌충해 주었다. 그는 동생들을 만나게 된 것을 진심으로 기뻐하고 있기는 했으나 두 사람의 타는 듯한 열의와 넘쳐흐르는 듯한 기쁨에는 공감할 수가 없었다. 그날의 일, 즉 다이애나와 메리의 귀가는 그를 기쁘게 했다. 그러나 그 일에 뒤따르는 일들, 즐거운 소란과 반가워하는 수다스러운 이야기들은 그를 따분하게 했던 것이다. 좀 더 조용한 내일이 왔으면 하고 마음속으로 원하고 있는 그의 심정을 나는 알수가 있었다. 차를 마신 후 한 시간쯤 지나서 그날 밤의 즐거움이 고비에 다다랐을 때, 문을 두드리는 소리가 들려왔다. 해나가 들어와서 알려 주었다.

"이렇게 밤늦게, 어떤 초라한 사내아이가 목사님을 모시러 왔군요. 제 어머니가 숨을 거두고 있다고요."

"어디 살고 있지, 해나?"

"위트크로스 브라우의 훨씬 위쪽인데 여기서 4마일은 되는 곳이에요. 도중에는 줄곧 황무지와 늪뿐이에요."

"가겠다고 말해 줘요."

"가시지 않는 게 좋을 거예요. 어두워진 후에는 도저히 갈수가 없는 곳인걸요. 늪지대에는 길도 없어요. 거기다 날씨가 이렇게 무섭게 추운데요. 그렇게 매서운 바람은 생전 처음이에요. 내일 아침에나 가신다고 말씀을 하세요, 목사님."

그러나 그는 이미 복도로 나가서 외투를 입고 있었다. 그리고 한마디의 불평도 하지 않고 그는 출발했다. 그때 시간은 아홉 시였다. 그런데 그가 돌아온 것은 자정이 지나서였다. 그는 시장하고 지쳐 있었지만, 집을 나갈 때보다 행복해 보였다. 그는 의무를 다한 것이었다. 노력을 다한 것이었다. 그리고 자신의 자제력을 실감하고, 스스로에 만족해 있는 것이었다.

그 후로 일주일간은 그의 인내력의 시련기였던 것 같다. 크리스마스 주간이었다. 우리는 특별히 정해 놓은 일을 한 것이 아니고, 그저 즐겁게 이것저것 집안일을 하며 지냈다. 황야의 공기, 내 집에 산다는 자유로움, 유복한 생활의 서광 등은 다이애나와 메리에게 마치 생명을 불어넣는 영약(靈藥)처럼 작용했다. 그들은 아침부터 저녁까지 온종일 명랑했다. 그들은 쉬지 않고 이야기를 했고, 기지에 차고 간결하고 기발한 그들의 이야기는 나를 아주 매혹시켜 버렸기 때문에 그 이야기를 듣고 나도 한몫 끼는 것이 나는 무엇보다도 좋았다. 세인트 존은 우리의 쾌활함을 비난하지는 않았지만, 그것을 피했다. 그는 집에 있는 일이 별로 없었다. 그의 교구는 넓고 주민들은 여기저기 흩어져 살고 있었기 때문에 각기 다른 지역에 사는 병자나 가난한 사람들을 방문하기에 매일같이 바빴다.

어느 날 아침 식사 때 다이애나가 잠깐 동안 깊은 생각에 잠겨 있다가 그에게 물었다. "아직 계획이 변경되지 않았어요?"

"변경되지 않았고 변경될 수도 없어." 하는 대답이었다. 그리고 그는 말을 이어 그가 영국을 떠날 날짜가 내년으로 확정되었다고 일러 주었다.

"그럼 로저먼드 올리버는요?" 메리가 물었다. 자신도 모르는 사이에 그 말이 입술에서 새어 나왔는지 그녀는 말을 하자마자 그 말을 다시 불러들이려는 듯한 몸짓을 했다. 세인트 존은 이때 손에 책을 들고 있었다.(식사 도중에 책을 읽는 것은 그의 비사교적인 습성이었다.) 그는 책을 덮고 고개를 들었다.

"로저먼드 올리버는 그랜비 씨와 결혼을 할 게다. S시에서 가장 훌륭한 친척을 가졌고 가장 존경받는 집안으로 프리드리히 그랜비 경(卿)의 손자이며 후계자지. 어저께 그녀의 부친한테서 들은 이야기야."

그의 두 누이동생들은 서로 시선을 마주치고 나를 향했다. 우리는 셋이서 그를 쳐다보았다. 그는 유리처럼 잔잔했다.

"틀림없이 급하게 서두른 혼담이에요." 다이애나가 말했다. "서로 안 지도 얼마 안 됐을 텐데."

"두 달 됐지. 그들은 지난 10월, S시에서 열린 자선 무도회에서 만난 거야. 그러나 이런 혼담처럼 아무런 장애물이 없고 모든 점에서 바람직한 혼사일 때에는 지체할 필요가 없지. 그들은 아마 프리드리히 경이 그들에게 선사하는 S시의 저택의 개축이 끝나는 대로 곧 결혼식을 올리게 될 거다."

이 말을 들은 후 맨 처음으로 세인트 존이 혼자만 있는 것을 발견했을 때, 나는 이번 일이 그의 마음을 괴롭히지 않는지 물어보고 싶은 생각이 났다. 그러나 그는 동정이 필요 없는 듯이 보였으므로, 나는 동정의 말을 건네기는커녕 그전에 내가 용기를 내서 그에게 했던 이야기들이 생각나서 부끄럽다는 생각까지 들었다. 게다가 근래 나는 그와 별로 이야기를 하지 않았다. 그의 침묵은 다시 얼음처럼 굳어지고, 나의 솔직성도 그 밑에 얼어붙어 버렸다. 그는 나를 자기의 친누이동생처럼 대해 주겠다는 약속을 지키지 않았다. 그는 여전히 우리 사이에 썰렁한 거리를 두어 서로 친밀해지는 것을 막았다. 한마디로 말해서, 내가 그의 친척으로 인정받고 같은 지붕 밑에서 사는 지금이, 마을 학교의 일개 여교사로 나를 알고 있던 때보다도 더욱 두 사람 사이의 거리를 느끼게 해 주는 것이었다. 한때 우리 둘이 얼마나 서로 흉금을 털어놓을 수가 있었던가를 생각하면, 나는 그의 현재의 냉담함을 이해할 길이 없었다.

그런 사정이 있기 때문에 그가 무엇을 읽느라고 몸을 구부리고 있던 책상에서 벌떡 몸을 일으키며 이렇게 말했을 때 나는 적잖이 놀랐던 것이다.

"그렇소, 제인. 싸움은 끝났고 승리는 쟁취된 겁니다."

이런 말을 듣고 깜짝 놀란 나는 얼른 대답을 할 수가 없었다. 잠깐 동안 주저한 끝에 나는 대답했다.

"하지만 승리는 했다 해도 너무 비싼 대가를 지불한 정복자가 되신 게 아닐까요? 또 한 번 그런 승리를 거두셨다간 아주 멸망해 버리는 게 아닐까요?"

"그렇지는 않을 겁니다. 설사 그렇다고 하더라도 대수롭지 않습니다. 이제 다시는 그런 승리를 얻기 위해 싸우는 일은 없을 테니까요. 싸움의 결과는 결정적이었어요. 내 진로도 이젠 명백해지고요. 여기에 대해 나는 하느님께 감사를 드립니다!" 그렇게 말하며 그는 다시 책상 위의 서류와 침묵으로 돌아갔다.

우리(즉, 다이애나와 메리와 나) 상호 간의 행복이 한결 조용한 행복으로 귀착되고, 다시 평상시의 습관과 규칙적인 공부로 되돌아감에 따라서 세인트 존이 집에 있는 때가 많아졌다. 그는 어떤 때는 몇 시간씩 우리와 한 방에 앉아 있을 때가 있었다. 메리는 그림을 그리고, 다이애나는 이미 시작한 백과사전의 통독에 몰두하고(이건 참 놀라운 일이었다.) 나는 독일어 공부에 열중해 있는 동안, 그는 자기의 신비적인 학문에 전념하고 있었다. 그건 어떤 동양어였는데 그의 계획을 수행하는 데 그것을 습득하는 일이 불가결하다고 생각하는 모양이었다. 이렇게 그는 언제나 찾아 들어가는 깊숙한 곳에 앉아 조용히 연구에 몰두하고 있는 것처럼 보였다. 그러나 그의 파란 눈은 걸핏하면 기이해 보이는 문법책에서 떠나 이쪽저쪽으로 헤매다가, 때로는 같은 연구 동료인 우리 쪽을 이상하리만큼 강한 시선으로 관찰하곤 했다. 그러다가 눈이 마주치면 얼른 시선을 피해 버리는데, 얼마 안 있어 무엇을 찾는 것처럼 우리 쪽으로 돌아오곤 했다. 나는 또 내게 있어서는 아무것도 아닌 일, 즉 매주 한 번씩 모턴의 학교에 나가는 일에 반드시 그가 만족의 뜻을 표해 주는 것이 이상스러웠다. 그리고 또 날씨가 나빠 눈이나 비가 온다든가 바람이 몹시 불면 그녀들은 나를 못 가게 하는데도 그는 여러 가지 말로 그녀들의 만류를 일소에 부치고, 일기 같은 것엔 구애받지 말고 의무를 다하도록 나를 격려해 주는 경우에는 더욱이 영문을 알 수가 없었다.

"제인은 너희가 생각하고 있는 것 같은 약골이 아니야." 그는 으레 말했다. "우리 아무한테도 지지 않을 정도로, 산바람이건 비건 눈이건 이겨 낼 수가 있어. 이 사람의 신체는 건전할 뿐만 아니라 순응성을 갖추고 있어. 더 몸이 튼튼한 사람들보다도 여러 가지의 기후 조건을 이겨 낼 수가 있게 되어 있단 말이다."

그래 학교에 갔다 돌아와서는, 어떤 때는 몹시 피곤하고 또 어떤 때는 날씨 때문에 녹초가 되어 가지고서도, 나는 감히 불평을 하지 못했다. 왜냐하면 내가 두런거리면 그가 속상해할 것을 알고 있기 때문이었다. 어떤 경우건 불굴의 정신이 그를 기쁘게 했고, 그 반대의 것은 그를 화나게 할 뿐이었다.

그러나 어느 날 오후, 나는 정말로 감기에 걸려서 집에 있을 허락을 받았다. 그래 나 대신 그의 누이동생들이 모턴엘 가고, 나는 앉아서 실러를 읽고 있었다. 그리고 그는 난해한 동양의 두루마리 책을 판독하고 있었다. 나는 번역을 쉬고 연습 문제로 바꾸려 하다가, 문득 그가 있는 쪽으로 눈길을 돌렸다. 그런데 그가 그 파란 눈으로 언제부터인지 나를 열심히 쳐다보고 있는 것을 발견했다. 도대체 언제부터 그렇게 나를 뚫어져라 하고 계속해서 쳐다보고 있었는지 나는 알 수 없었다. 그것은 날카롭고도 냉혹한 시선이었는데, 나는 문득 무슨 무시무시한 것과 한 방에 앉아 있는 것 같은 섬뜩한 기분이 들었다.

"제인, 지금 뭘 하고 있지요?"

"독일어를 공부하고 있어요."

"독일어는 집어치우고 힌두스타니어를 공부했으면 좋겠습니다."

"진정으로 하시는 말씀인가요?"

"꼭 그래 주었으면 하고 진정으로 말하는 겁니다. 그 이유를 말해 드리죠."

그리고 그는 힌두스타니어는 지금 자기가 공부를 하고 있는 중인데 공부를 해 나가면 처음 부분은 잊어버리기가 쉽다는 것, 만약 가르칠 학생이 있다면 기초를 몇 번이고 되풀이할 필요가 있기 때문에 완전히 기억할 수가 있게 되어 도움이 된다는 것, 얼마 전부터 그 학생을 나로 할까 자기 누이동생으로 할까 망설이고 있었으나 결국 세 사람 중에 내가 가장 오랫동안 한 가지 일에 전념할 수 있다는 것을 알았기 때문에 나로 결정했다는 것 등을 설명했다. 제발 나를 위해 이 소청을 들어주지 않겠는가? 언제까지나 이런 희생을 해 달라는 것은 아니다. 출발까지는 이제 겨우 석 달밖에 남지 않았으니까, 하는 이야기를 하는 것이었다.

세인트 존은 쉽사리 거절을 해 버릴 수 있는 상대가 아니었다. 고통에 대한 것이든 즐거움에 대한 것이든 한번 받은 인상은 그의 마음속에 깊이 아로새겨지고 영원히 지워지지 않는다. 나는 승낙했다. 다이애나와 메리가 돌아왔을 때, 다이애나는 자기의 학생이 자기 오빠의 학생으로 변해 버린 것을 알고는 웃었다. 그리고 그들은 자기네 같았으면 절대로 그러한 설복은 당하지 않았겠다고 이구동성으로 말했다. 그가 조용히 대답했다.

"그런 줄은 나도 안다."

나는 그가 대단히 끈기 있고 참을성이 많고 엄격한 교사임을 알았다. 그는 나에게 많은 것을 기대했고, 내가 그 기대를 충족시켜 주면 그는 자기 나름의 방식으로 충분한 칭찬의 말을 해 주었다. 점차로 그는 나의 마음의 자유를 빼앗는 것 같은 일종의 영향력을 나에 대해 가지기 시작했다. 그의 칭찬과 주의의 말은 무관심보다도 나를 더욱 부자유스럽게 했다. 이젠 나는 그가 곁에 있으면 자유롭게 이야기를 하거나 웃을 수도 없이 되어 버렸다. (적어도 나의) 쾌활함은 그에게 있어서는 불쾌한 것이라는 것을, 직감이 귀찮을 정도로 나에게 일깨워 주기 때문이었다. 그저 진지한 마음가짐과 일만이 그의 마음에 들 수 있다는 것을 알고 있었기 때문에 그의 앞에서 다른 기분을 가지려 한다거나 다른 일을 하려 하는 노력은 헛수고라는 것을 나는 충분히 알고 있었다. 나는 몸도 마음도 얼어붙을 듯한 마력에 걸려 버리고 만 것이었다. 그가 '가라' 하면 나는 갔다. '오라' 하면 왔다. '이걸 해라' 하면 그걸 했다. 그러나 나는 나의 노예와 같은 복종이 싫었고, 여태까지처럼 그가 나를 무시해 주었으면 하고 생각한 것이 몇 번인지 몰랐다.

어느 날 밤, 취침 시간이었다. 그의 누이동생들과 나는 밤인사를 하며 그의 주위에 서 있었다. 그는 습관대로 누이동생들에게 각각 키스를 해 주었다. 그리고 나에게는 습관대로 손을 내밀었다.

마침 그때 장난스러운 기분이 되어 있었던 다이애나는(그녀는 쉽사리 자기 오빠의 뜻을 따르지는 않았다. 다른 의미에서 그녀 역시 의지가 강했기 때문이다.) 이렇게 소리쳤다.

"세인트 존! 전부터 늘 제인을 셋째 동생이라고는 하시면서 왜 그렇게 대해 주시지는 않는 거죠? 우리한테와 마찬가지로 키스를 해 주셔야죠."

그녀는 그를 나한테 밀었다. 나는 다이애나가 밉살머리스러움을 느꼈다. 그리고 가만히 있을 수도 없을 정도로 당황했다. 그런데 내가 이런 생각을 하고 있는 동안에 세인트 존은 고개를 숙여(그 그리스적인 얼굴이 나의 얼굴 가까이까지 다가와서, 그의 두 눈이 내 두 눈을 꿰뚫을 것처럼 응시했다.) 나에게 키스를 했다. 대리석의 키스라든가 얼음의 키스 같은 게 세상에 있을 리 없다. 그런데 성직자인 내 사촌 오빠의 키스가 바로 그 둘 중의 하나였다. 또 시험적인 키스라는 게 있다면 그의 키스가 바로 그 시험적인 키스였다. 키스를 한 후, 그는 그 결과를 보려고 나를 쳐다보고 있었다. 그러나 특별히 감격적인 것은 아니었다. 나는 얼굴을 붉히지는 않았다. 오히려 내 얼굴은 약간 창백해졌을지도 몰랐다. 마치 그 키스는 족쇄에 찍히는 봉인처럼 느껴졌으니까. 그 후로 그는 이 의식을 한 번도 마다하지 않았고, 꼼짝달싹도 않은 채 키스를 받는 나의 태도가 그에게는 일종의 매력으로 느껴지는 모양이었다.

나로서는 매일 그를 좀 더 기쁘게 해 주고 싶었다. 그러나 그 때문에 나 자신의 성격을 반은 부정하고, 나의 재능의 반은 눌러 두고, 나의 취향을 원래의 성향에서 바꾸어 놓고, 타고난 소질도 없는 일도 억지로 하지 않으면 안 되는 것을 날이 갈수록 점점 더 느끼게 되었다. 그는 도저히 나로서는 다다를 길이 없는 높이에까지 나를 훈련시켜 이르게 하려고 했다. 그래 그가 높여 놓는 수준까지 다다르려고 노력하고 있는 것은 끊임없는 고통이었다. 그것은 마치 나의 되는대로 생긴 이목구비를 그의 정확하고 고전적인 전형으로 개조하거나, 도저히 바꿀 수 없는 녹색의 내 눈동자 빛깔에 자기의 눈처럼 바다와 같이 파란 색깔과 엄숙한 광채를 주려는 것만큼이나 불가능한 일이었다.

그러나 현재 나를 묶어 놓고 있는 것은 그의 지배력만은 아니었다. 근래 나는 툭하면 슬픈 얼굴을 하기가 일쑤였다. 마음을 좀먹는 병독, 불안이라고 하는 병독이 나의 가슴에 들어앉아 나의 행복을 뿌리에서부터 시들게 하고 있었다.

독자여, 혹시 이러한 장소나 운명의 변화에 휩쓸려 내가 로체스터 씨를 잊었다고 생각할는지도 모른다. 그러나 나는 한시도 잊은 적이 없다. 그분 생각은 아직도 내 마음속에 살아 있었다. 그것은 햇빛을 받으면 사라지는 수증기도 아니고 폭풍이 불면 지워 져버리는 모래에 그린 모습도 아닌 까닭이다. 그것은 석판에 새겨진 이름이며, 그 대리석이 없어지지 않는 한 지워지지 않도록 운명으로 정해진 이름인 까닭이다. 그의 안부를 알고 싶은 갈망이 어디를 가든 나를 따라다녔다. 모턴에 있을 때, 나는 매일 저녁 집으로 들어가기만 하면 그 생각을 했다. 그리고 이제 무어 하우스에서는 매일 밤 침실에 들어가기만 하면 그 생각을 했다.

유언장과 관련해 브리그스 씨와 필요한 서신을 주고받는 동안에, 나는 로체스터 씨의 현재의 주소와 건강 상태에 대하여 무언가 아는 것이 없느냐고 물어보았다. 그러나 세인트 존의 추측대로 그는 로체스터 씨에 관해서는 아무것도 아는 것이 없었다. 그래 나는 그 일에 대해 알려 달라고 부탁하는 편지를 페어팩스 부인에게 냈다. 나는 이로써 목적은 달성된 것이라고 생각했다. 그리고 곧 답장이 오려니 하고 생각했다. 그러나 두 주가 지나도 답장이 없는 데는 놀랐다. 그리고 매일 우편은 배달되는데 나에게는 아무 소식도 없이 두 달이 지나게 되자 나는 심한 불안에 사로잡히고 말았다.

나는 다시 편지를 썼다. 혹시 첫 번째 편지는 유실되었을지도 몰랐다. 새로운 노력에 새로운 희망이 뒤따랐다. 그것은 먼젓번 희망처럼 몇 주 동안은 찬란하게 빛을 발했다. 그러나 차츰 빛은 흐려지고 껌벅거렸다. 단 한 줄의 글도, 한마디의 말도 오지 않는 것이었다. 헛되이 기다리며 반년이란 시일이 흘러가자, 그 희망은 죽어 버렸다. 그리고 그때 나는 정말로 눈앞이 캄캄해졌다.

화창한 봄이 내 주위에서 빛나고 있었으나 나는 그것을 즐길 수가 없었다. 여름이 다가왔다. 다이애나는 나의 기운을 돋우어 주려고 애를 썼다. 병이 난 것 같으니 해변으로라도 데리고 가겠다고 했다. 세인트 존이 이것을 반대했다. 그는 내게 필요한 것은 기분 전환이 아니라 일이라고 말했다. 나의 현재의 생활에는 아무 목적이 없으므로 확고한 목표를 세워야 한다는 것이었다. 그래 그 결함을 메우기라도 하려는 듯 그는 나의 힌두스타니어 학습 시간을 더 연장시키고 어서 숙달되어야 한다고 독촉이 성화같아졌다. 그리고 나는 바보처럼 그를 거역할 생각을 하지 못했다. 사실 거역할 수가 없었던 것이다.

어느 날 나는 다른 때보다도 더 기분이 우울해 가지고 공부를 시작했다. 격심한 실망을 느꼈기 때문에 기분이 저하되어 버린 것이었다. 해나가 아침나절에 나한테 편지가 왔다고 해서 오랫동안 기다려 오던 소식이 드디어 왔다고 확신하고 아래층으로 뛰어 내려가 보니 그건 브리그스한테서 온 대수롭지 않은 사무상의 편지였다. 기대가 어긋난 쓰라림에 눈물이 났다. 그러고 나서 인도인 필경사가 쓴 난해한 글자와 장황한 형용사 등을 들여다보고 있는데 또다시 눈에 눈물이 괴어 오는 것이었다.

세인트 존이 자기 옆에 와서 읽으라고 나를 불렀다. 나는 읽으려고 했으나 목소리가 나오지 않았다. 말이 흐느낌 속에 잠겨 버렸다. 방 안에는 그와 나, 둘뿐이었다. 다이애나는 응접실에서 음악을 연습하고 있었고 메리는 정원 일을 하고 있었다. 그날은 아주 화창한 5월의 어느 하루였다. 하늘은 맑고 햇빛 밝고 산들바람 부드러웠다. 나의 상대는 이러한 감정의 발로를 보고도 놀라지 않았고, 그 원인을 묻지도 않았다. 그는 다만 이렇게 말했다.

"마음이 안정될 때까지 기다립시다, 제인." 그리고 내가 다시금 솟구치는 오열을 황급히 누르고 있는 동안, 그는 책상에 기대어 예상하고 있었고 미리 다 알고 있었던 환자의 병세의 악화를 과학의 눈으로 바라보고 있는 의사처럼, 조용히 참을성 있게 앉아 있었다. 간신히 흐느낌을 멈추고 눈물을 닦은 후 아침에 기분이 좋지 않았다는 이야기를 몇 마디 중얼거리고 나는 다시 공부를 시작하여 끝을 맺었다. 세인트 존이 내 책과 자기의 책을 치워 놓고 책상 서랍을 잠그고는 말했다.

"자, 제인. 산보를 하러 갑시다. 나하고 함께."

"다이애나와 메리를 부르겠어요."

"부르지 마요. 오늘은 한 사람하고만 같이 있고 싶은데, 그게 당신입니다. 준비를 해 가지고 부엌 곁문으로 나가서 마시 글렌 위쪽으로 통하는 길로 가시오. 내 곧 따라가리다."

나는 중용이란 걸 모른다. 지금까지 살아오는 동안, 내 성격과는 정반대의 독단적이며 냉혹한 성격의 소유자를 대하는데 있어서, 절대적인 복종과 결정적인 반항 사이의 중용의 길을 걸어 본 적이 없다. 때로는 활화산처럼 격렬하게 반항이 폭발하는 수도 있기는 하지만 그 순간까지는 항상 충실하게 복종을 해 왔다. 그리고 지금은 주위의 사정도, 나의 기분도 반항을 하도록 되어 있지는 않았기 때문에 나는 주의 깊게 세인트 존의 지시에 따랐다. 그래 십 분 후에는 그와 나란히 사람이 다니지 않는 골짜기의 오솔길을 걷고 있었다.

미풍이 서쪽에서 불어오고 있었다. 바람은 히스와 등심초의 향기로운 냄새를 싣고 언덕을 넘어 불어왔다. 하늘은 구름한 점 없이 파랗게 개어 있었다. 계곡을 내려오는 개울물은 지난번의 봄비로 물이 불어서 태양으로부터는 황금빛 광휘를, 하늘로부터는 사파이어의 색조를 받으며 맑고 풍성하게 흘러내리고 있었다. 좀 더 앞으로 나가 오솔길을 벗어난 우리는, 자디잔 흰 꽃들로 색칠되고 별 모양의 노란 꽃이 흩어져 있는, 이끼처럼 부드럽고 에메랄드처럼 진한 녹색의 폭신한 잔디밭을 걸었다. 그러는 동안에 주위의 언덕들은 우리를 둘러싸고 있었다. 위로 올라갈수록 계곡은 언덕의 중심부로 말려들어가 있었기 때문이다.

"여기서 좀 쉽시다." 산길을 지키고 있는 바위의 대군(大軍)에서 혼자 따로 떨어진 첫 번째 바위에 이르자 세인트 존이 말했다. 그 바위 너머에서는 개울물이 폭포가 되어 쏟아지고 있었다. 그리고 좀 더 멀리에서 산은 잔디와 꽃을 벗어 던지고 히스의 옷을 입고 바위로 장신구를 삼고 있었다. 거기에서 산은 황량함을 무서움으로까지 과장하고, 신선함을 찡그린 얼굴로 바꾸고, 고독이라는 버림받은 희망과 침묵을 위한 최후의 피난처를 지키고 있었다.

나는 앉고 세인트 존은 내 곁에 섰다. 그는 산길을 올려다보고 계곡을 내려다보았다. 그의 시선은 물줄기를 따라 먼 곳을 헤매다가 다시 돌아와 개울물에 푸른빛을 던지고 있는 구름 한 점 없는 하늘을 가로질렀다. 그는 모자를 벗고 살랑거리는 미풍에 머리카락과 이마를 내맡겼다. 그는 늘 찾아오던 이곳의 수호신과 마음을 통하고, 무엇인가에게 눈으로 작별을 고하고 있는 것처럼 보였다.

"나는 이 광경을 다시 보게 되리라." 그가 큰 소리로 말했다. "갠지스 강가에서 잠들었을 때 꿈속에서, 그리고 또 더 먼 앞날, 다른 또 하나의 잠이 나에게 엄습할 때, 보다 더 검은 저승의 개울가에서."

이상한 애정이 깃들어 있는 이상한 말! 조국에 대한 근엄한 애국자의 정열이었다! 그는 앉았다. 삼십 분쯤이나 우리는 말이 없었다. 그도 입을 열지 않았고 나도 입을 열지 않았다. 드디어 침묵의 시간이 지나고, 그가 다시 입을 열었다.

"제인, 여섯 주 후에 나는 갑니다. 6월 20일에 출범하는 동인도 항로의 배에 선실을 예약했습니다."

"하느님께서 보호해 주시겠지요. 하느님의 일을 맡으셨으니까요." 내가 대답했다.

"그래요." 그가 말했다. "거기에 나의 영광이 있고 기쁨이 있습니다. 나는 절대로 실수가 없을 주님의 종이니까요. 나는 인간의 인도를 받아, 나의 동류인 연약한 인간의 결함투성이의 법률이나 오류투성이의 지배에 의해 떠나가는 것은 아닙니다. 나의 왕, 나의 입법자, 나의 선장은 전능하신 하느님입니다. 내 주위의 모든 사람이 다 같은 깃발 아래 모여들어, 같은 사업에 참가하기 위해 불타오르지 않는 것은 이상한 일입니다."

"모두가 다 당신과 같은 힘을 가지고 있는 것은 아니니까요. 약자가 강자와 보조를 맞추려는 것은 어리석은 짓이죠."

"나는 약자한테 말하고 있는 것도 아니고 약자를 생각하고 있는 것도 아닙니다. 나는 이 일을 할 만한 자격이 있고 이 일을 성취할 능력이 있는 사람들에게 이야기하고 있는 겁니다."

"그런 사람은 몇 사람 안 되고, 찾아내기도 힘들어요."

"당신 말이 맞습니다. 그러나 일단 발견하게 되면, 그들의 잠을 깨우고(그 노력을 하도록 설득하고, 권유하고, 그들이 어떠한 재능을 타고났으며, 어째서 그 재능이 주어졌는지를 가르쳐 주고) 그들의 귀에 하느님의 사명을 전달하고, 하느님이 선택하신 지위를 직접 하느님의 명령으로 그들에게 주는 것은 옳은 일입니다."

"하지만 그들이 그 일을 할 수 있는 자격이 있는 사람들이라면, 누구보다도 먼저 그들 자신의 마음이 우선 본인에게 그런 걸 가르쳐 주는 게 아닐까요?"

나는 마치 어떤 무서운 마력이 나의 주위를 둘러싸고 달려드는 것같이 느꼈다. 듣는 순간에 주문에 묶여 버리게 되는 무슨 치명적인 말이나 들려오지 않을까 하여 나는 몸을 떨었다.

"그럼 당신의 마음은 무어라고 합니까?" 세인트 존이 물어 왔다.

"내 마음은 아무 말도 안 해요. 내 마음은 아무 말도 안 해요." 나는 놀라서 몸을 떨며 말했다.

"그럼 내가 대신 말하죠." 나지막하고 가차 없는 목소리가 말을 계속했다. "제인, 나하고 함께 인도로 갑시다. 나의 협력자로서, 같이 일하는 사람으로서."

계곡과 하늘이 빙글빙글 돌고 언덕이 부풀어 올랐다. 마치 하늘에서 들려오는 부름 소리를 들은 것 같았다. 사도 바울의 베갯머리에 선 마케도니아의 사자(使者)와 같은 환영이 나타나 "와서 우리를 도우라!"[26]라고 말한 것같이 생각됐다. 그러나 나는 사도가 아니었다. 나에게는 사자가 보이지 않았고 그 부름을 받을 수가 없었다.

"오오, 세인트 존!" 내가 소리쳤다. "용서해 주세요!"

자기 스스로 의무라고 생각한 일을 수행하는 데 있어서는 자비도 동정도 모르는 사람을 향해 나는 호소했다. 그가 말을 계속했다.

"하느님과 자연은 당신을 선교사의 아내로 만들려고 정하셨습니다. 하느님과 자연이 당신에게 주신 것은 외모의 아름다움이 아니라 정신적인 재능입니다. 당신은 사랑을 위해 생겨난 것이 아니고 노동을 위해 생겨났습니다. 당신은 선교사의 아내가 되어야 합니다. 내가 그렇게 만들 작정입니다. 나의

---

26) 「사도행전」 16장 9절.

아내가 되는 겁니다. 나는 당신을 요구합니다. 그건 나 자신의 기쁨을 위해서가 아니라 주님께 봉사하기 위해서입니다."

"전 합당치 않아요. 제겐 하느님의 소명이 없었어요."

그는 이러한 반대가 나올 것이라고 예상하고 있었던지 화를 내지는 않았다. 사실 그가 뒤에 있는 바위에 몸을 기대고 팔짱을 낀 채 딱딱하게 표정이 굳는 것을 보니, 그는 길고 어려운 반대에 대비하여 마음의 준비를 하고, 끝까지 버텨 나갈 인내력을 준비하고, 마지막에 가서는 자기의 승리로 끝날 것을 확신하고 있는 모양이었다.

"겸손이란 것은 제인, 그리스도교적 미덕의 기초가 되는 것이오. 당신이 그 일에 적합하지 않다고 말한 것은 옳은 태도였습니다. 그러나 그 일에 합당한 자가 누굽니까? 아니, 지금까지 신의 소명을 받은 사람 중에서 자신이 소명을 받을 만한 자격이 있다고 생각한 사람이 누구 있습니까? 예컨대 나는 티끌이나 재에 불과합니다. 사도 바울과 함께 나는 자신을 죄인 중의 괴수[27]라고 인정합니다. 그러나 나는 이 스스로의 비천함을 의식하기 때문에 기가 죽지를 않습니다. 나는 나를 인도하시는 주님을 알고, 주님은 위대한 권능을 가지신 동시에 공정하다는 것을 알고 있습니다. 그리고 주님은 커다란 역사를 이루기 위해 연약한 연장을 택하셨으니, 그 다하지 않는 섭리로써 목적을 위한 방법의 부실함을 보충해 주실 것입니다. 제인. 나처럼 믿으시오. 내가 당신에게 기대라고 하는 것은 '영원

---

27) 「디모데전서」 1장 15절.

한 반석'[28]입니다. 그것이 당신의 인간적인 유약이라는 무거운 짐을 져 준다는 것을 의심해서는 안 됩니다."

"저는 전도 생활을 이해하지 못해요. 전도의 노고를 곰곰이 생각해 본 적도 없어요."

"아, 그것이라면, 보잘것없는 사람이지만, 내가 힘이 되어 드리죠. 그때그때 할 일을 정해 주고, 언제든 당신 곁에서 수시로 도와드리겠습니다. 처음에는 이렇게 해 드리지만 당신은 곧 나와 마찬가지로 힘도 세어지고 일에도 익숙해져 나의 도움을 필요로 하지 않게 될 거요."

"하지만 제 능력은, 이런 일을 할 수 있는 힘은 어디에 있을까요? 저는 그런 힘이 있는 걸 느낄 수 없어요. 당신이 말씀하시는 동안 제 마음속에서는 아무것도 이야기를 하는 것이 없었고, 움직이는 것도 없었어요. 마음속에 타오르는 불빛도, 살아나는 생기도, 조언이나 격려를 해 주는 목소리도 저는 느낄 수 없어요. 아아, 지금 이 순간, 제 마음이 빛도 들어오지 않는 지하 토굴과 똑같다는 것을 알아주실 수만 있다면! 토굴의 밑바닥에는 족쇄를 채운 공포가 옴츠러들어 있어요. 제가 할 수 없는 일을 하도록, 억지로 설복당할 것 같은 공포예요."

"내가 당신을 대신해서 대답할 말이 있습니다. 들어 보세요. 나는 우리가 처음 만난 후로 줄곧 당신을 주의해 보아 왔습니다. 열 달 동안 나는 당신을 연구 재료로 삼은 겁니다. 그동안에 나는 여러 가지 방법으로 당신을 시험해 보았지요. 그

---

28) 「이사야」 26장 4절.

결과 내가 무엇을 알았고 무엇을 끌어냈는지 아십니까? 마을 학교에서는 당신이 자기의 습관이나 성격에 맞지 않는 일을 훌륭히 해내는 것을 보았습니다. 재능과 수완을 발휘하여 척척 해낼 수 있는 것을 보았습니다. 학생들을 장악하는 동시에 그들의 신뢰를 얻었습니다. 또 갑자기 부자가 되었다는 것을 당신이 알았을 때의 그 침착한 태도로 보아, 나는 데마의 죄[29]에 물들지 않은 당신의 마음을 알아보았습니다. 부(富)도 당신에게 부당한 지배력을 가지지는 못했습니다. 재산을 네 등분하여 자신은 그중 하나를 취했을 뿐 나머지 4분의 3을 이론적 정의가 명하는 대로 버리고 만 당신의 그 결연한 태도 가운데 나는 희생의 불길과 흥분을 기뻐하는 정신을 인정했습니다. 나의 소망을 받아들여 지금까지 흥미를 가지고 있던 공부를 집어치우고, 그것이 나에게 흥미 있는 것이란 이유로 다른 공부하기를 받아들여 준 양순함. 그 후로 쉬지 않고 계속해 준 피로를 모르는 근면 그리고 어려운 문제에 부닥쳤을 때의 줄기찬 정력과 흔들리지 않는 기력. 이러한 것 속에서 나는 내가 찾고 있던 성격의 총화(總和)를 인정했습니다. 제인, 당신은 온순하고 부지런하고 사심 없고 성실하고 절조가 굳고 용기가 있는 사람입니다. 또 매우 부드럽고 대담하기도 합니다. 자신을 불신하지 마십시오. 나는 완전히 당신을 믿습니다. 인도의 학교 지도자로서, 인도 여성의 조력자로서, 당신의 협

---

29) 「디모데후서」 4장 10절. 데마는 현세를 사랑하여 사도 바울의 말씀을 저버렸다.

력은 나에게 있어서 다시없이 귀중한 것이 될 겁니다."

쇠로 된 수의가 나의 몸을 죄어들었다. 설복은 천천히 확고한 걸음걸이로 다가왔다. 아무리 눈을 감고 있어도 그가 마지막으로 한 말은 여태까지는 막혀 있는 것 같던 길을 꽤 분명하게 비춰 보여 주었다. 여태까지 분명하지도 않고 가망 없이 흐트러져 있던 나의 일이 그의 이야기가 진행됨에 따라서 응축되기 시작하여, 그의 손에 의해 확실한 형체를 갖추게 되었다. 그는 대답을 기다리고 있었다. 나는 십오 분쯤 더 생각할 시간을 달라고 했다.

"좋고말고요." 그는 대답하고는 일어서서 산길 위로 약간 올라가다가 히스가 우거진 둔덕에 몸을 던지고 잠잠히 누워 있었다.

'나는 그가 내게 시키는 일을 할 수는 있다. 나는 그것을 확실히 알며, 인정하지 않을 수 없다.' 나는 생각했다. '즉 나의 생명이 지속된다면. 그러나 나의 생명은 인도의 태양 아래에서는 도저히 오래 계속될 수 없을 것 같다. 그럼 뭐야? 그는 그 점은 조금도 생각해 주지 않는다. 내가 죽게 되면, 그는 침착하고 경건한 태도로 나를 주셨던 하느님의 손에 인도할 것이다. 그 점은 확실하다. 영국을 떠난다는 것은, 사랑하는 그러나 텅 빈 땅을 떠나는 것이다. 로체스터 씨가 없는 땅이기 때문에. 그러나 설사 그분이 여기 있다고 하더라도, 뭐야, 그게 네게 무슨 소용이 있단 말이야? 이제 나의 할 일은 그분 없이 사는 것이다. 마치 그분과 나를 다시 결합시킨다고 하는 가망도 없는 상황에 변화를 기다리듯이, 하루하루 우울한 세월을 보내고 있는 것처럼 어리석고 못난 짓은 없다. 말할 것도 없이 (세인트 존도 언젠가 그런 말을 했지만) 나는 잃어버린 흥미 대신 다른 흥미를 인생에서 찾아내지 않으면 안 된다. 그가 지금 제공하고 있는 일은 인간으로서 선택할 수 있는, 하느님이 내려 주실 수 있는 일 중에서도 가장 영광스러운 일이 아닐까? 그 고귀한 노고와 숭고한 결과를 생각하면, 찢어진 사랑과 부서진 희망 때문에 생겨난 공백을 메워 줄 가장 훌륭한 일이 아닐까? 나는 네, 하고 대답을 해야 하겠지. 그러나 내 몸이 떨린다. 아아! 세인트 존하고 같이 간다면, 그것은 나의 반 조각을 버리는 것이다. 만약 내가 인도로 간다면, 그것은 나의 생명을 단축시켜 버리는 것이다. 그리고 영국을 떠나 인도에 간 후, 인도를 떠나 무덤으로 갈 때까지는 어떻게 메워야 하는가? 아아, 나는 잘 알고 있다! 그것 역시 내 눈앞에 선연하다. 온몸의 근육이 아플 때까지 세인트 존을 만족시키려 노력한다면 그를 만족시킬 수도 있으리라. 그의 기대의 중심에서 구석구석까지 모조리. 만약 내가 그와 함께 간다면, 그가 강요하는 희생을 바친다면, 나는 철저히 희생이 되리라. 나는 모든 것을, 몸도 마음도 온통 그대로 제물로서 제단에 내어 바칠 것이다. 그는 나를 사랑하지는 않으리라. 그러나 나의 노력을 인정은 해 주겠지. 그가 여태껏 보지 못한 정력과, 그가 짐작도 못 했던 수완을 나는 보여 주리라. 그렇다, 나는 그만 못지않게 열심히, 조금도 몸을 아끼지 않고 일할 수 있는 것이다.

그렇다면 그의 요구에 동의하는 것은 가능하다. 단 한 가지 조건, 한 가지의 무서운 조건만 아니라면. 그것은 그가 나보고 자기 아내가 되어 달라는 것이다. 그러면서도 그는 저기 보이는 골짜기에서 거품을 일으키며 쏟아져 내리고 있는 개울 위로 찌푸린 얼굴을 내보이고 있는 커다란 바위와 마찬가지로 나에 대해 남편으로서의 애정을 전혀 가지고 있지도 않은 것이다. 그는 병사가 좋은 무기를 존중하듯이 나를 존중할 뿐이다. 그것뿐이다. 그와 결혼을 하지 않는대도, 그건 내게 고통이 될 게 없다. 그러나 그에게 그 계산대로 일을 진행시켜, 냉정하게 계획을 실행에 옮기게 하여 결혼식을 올리도록 하는 것이 내게 가능할까? 그에게서 결혼반지를 받고, 가장 중요한 혼이 빠져 있는 것을 알면서도, 모든 사랑의 형식을(그가 그런 사랑의 형식을 충실히 지킬 것은 틀림없으므로) 견뎌 낼 수 있을까? 그가 주는 모든 애정의 표현 하나하나가 다 도덕적 동기에서 나온 희생이라는 것을 알면서도 참아 낼 수 있을까? 아니다. 그건 순교치고도 괴상한 순교다. 나는 그런 건 당할 수 없다. 하지만 그의 아내로서가 아니고 누이동생으로서라면 나는 그와 동행할 수 있다. 그렇게 말하자.'

나는 언덕 꼭대기를 바라보았다. 그는 거기에 쓰러진 원주(圓柱)처럼 잠잠히 누워 있었다. 그의 얼굴이 나를 향했다. 그의 두 눈은 날카롭게 긴장해서 빛나고 있었다. 그는 일어서서 나에게로 다가왔다.

"자유로운 입장에서 갈 수 있다면, 인도에 가도 좋아요."

"그 대답에는 주석이 필요하군요. 좀 더 확실히 말해 주십시오."

"당신은 여태까지 저의 친척 오빠였어요. 그리고 저는 당신의 친척 누이동생이고요. 앞으로도 그대로 계속했으면 좋겠어요. 우리는 결혼하지 않는 게 좋아요."

그는 고개를 가로저었다. "지금의 경우 친척 남매간으로는 안 돼요. 만약에 당신이 내 친동생이라면 사정은 다르지요. 나는 당신을 데리고 가고, 아내를 구하지는 않을 거요. 그러나 현재 상태로 해서는, 우리 두 사람의 결합은 결혼에 의해 맺어져 신성화되든지, 그렇지 않으면 그런 결합이란 그만두어 버리든지 둘 중의 하나요. 그 밖의 다른 어떤 방법도 현실적인 장애가 따르게 됩니다. 알겠지요, 제인? 잠깐 생각을 해 보시오. 당신의 우수한 분별력이 인도를 해 줄 겁니다."

나는 생각해 보았다. 그러나 내가 가지고 있는 분별력은 우리는 남편과 아내로서의 애정으로 서로 사랑하고 있지 않다는 사실을 보여 줄 따름이었다. 즉 결혼을 해서는 안 된다는 것이었다. 나는 그렇게 말했다. "세인트 존, 나는 당신을 오빠로 생각해요. 당신은 나를 누이동생으로 생각해 주시고요. 그러니까 이대로 계속해 주세요."

"그럴 수가 없어요. 그건 안 돼요." 그는 짧은 말에 날카로운 결의를 담아 말했다. "그래 가지고는 안 됩니다. 당신은 나하고 인도에 간다고 했어요. 잊지 마요. 분명히 그렇게 말했어요."

"조건부로요."

"그래요. 하지만 무엇보다도 중요한 점, 나와 함께 영국을 떠나는 것, 나의 장래의 일에 협력해 주는 것에 대해서는 이의가 없겠죠. 당신은 이미 괭이자루를 잡은 겁니다. 당신처럼 절조 있는 분이 새삼스럽게 번복할 수는 없는 일입니다. 그러니 이젠 단 한 가지 목표만 바라보고 있으면 되는 겁니다. 어떻게 하면 당신이 맡은 일을 가장 훌륭히 수행할 수가 있는가 하는 것입니다. 복잡한 흥미나 감정, 사상, 소망, 목표 등을 간단히 하고 모든 고려를 한 가지 목적에 융합시키는 겁니다. 위대한 주님의 사명을 온갖 힘을 다해 효과적으로 수행한다는 목적에서 말입니다. 그러기 위해서 당신에게는 오빠가 아니라 협력자가 필요한 거요. 남매간의 기반이란 약한 겁니다. 남편이라야 합니다. 나도 누이동생은 필요 없습니다. 누이동생은 언제 남한테 빼앗길지 모르는 거니까요. 내가 원하는 것은 아닙니다. 죽는 날까지 온전히 내 것으로 해 둘 수 있는 단 한 사람의 협력자가 필요한 겁니다."

그가 말하는 소리를 듣고 나는 몸을 부르르 떨었다. 골수에까지 그의 영향력을 느끼고 나의 사지가 그의 손에 꽉 잡혔음을 느꼈다.

"저 이외의 딴 분을 구하세요, 세인트 존. 당신에게 적합한 분을 구하세요."

"나의 목적에 적합한 사람을 말이죠. 나의 천직에 적합한 사람을 말이죠. 다시 한번 말하지만, 내가 반려자로서 구하고 있는 것은 변변찮은 한 개인, 인간으로서의 이기적인 생각을 가지고 있는 단순한 인간이 아니라 선교사란 말입니다."

"그러니까 그 선교사에게 저 자신이 아니라, 저의 활동력을 드리겠어요. 원하고 계시는 것은 그것뿐이니까요. 저 자신을 드린다면 그건 괜히 알맹이에 껍질이나 껍데기를 씌우는 일이 될 테니까요. 그런 것은 아무 소용도 없는 거죠. 그러니까 그런 건 제가 가지고 있겠어요."

"안 됩니다. 그래서는 못씁니다. 하느님께서 반 조각 공물(供物)로 만족하시리라 생각합니까? 손발을 잘라 버린 희생을 받아 주실 줄 압니까? 내가 변호하고 있는 것은 하느님의 정의입니다. 내가 당신을 끌어들이려 하는 곳은 하느님의 깃발 아래입니다. 나는 하느님을 대신하여 반 토막 충성을 받아들일 수 없습니다. 완전한 것이 아니면 안 됩니다."

"아아, 전 제 마음을 하느님께 바치겠어요." 내가 말했다. "당신은 그걸 원하지 않으시니까요."

독자여, 내가 이 말을 한 어조와 거기 따르는 감정에 억압된 야유 비슷한 것이 없었다고 나는 맹세할 수 없다. 나는 여태까지 세인트 존을 이해하지 못하고 있었기 때문에 말없는 가운데 그를 두려워해 왔다. 그는 나에게 외경심을 주어 왔다. 그것은 그라고 하는 인간을 내가 파악할 수 없었기 때문이다. 그가 어디까지가 성자고 어디까지가 인간인지 나는 지금까지 알지를 못했다. 그러나 이번 이야기를 통하여 그것이 드러나기 시작했다. 그의 본성이 내 눈앞에서 분석되고 있었다. 나는 그도 오류에 빠지지 않을 수 없는 인간임을 알았다. 그리고 그것을 이해했다. 그때 그 히스의 둑 위에서 아름다운 한 사람과 더불어 앉아 있을 때, 나와 마찬가지로 과오가 많은 한 남자의 발밑에 내가 앉아 있는 것임을 느꼈다. 그의 냉혹함과 전제(專制)를 가리고 있던 베일이 벗겨졌다. 그의 속에 숨어 있는 이러한 성질을 느낀 나는 그의 불완전함을 알고 용기를 내었다. 나는 나와 동등한 사람, 내가 싸울 수도 있고 정당한 이유만 있다면 반항을 해도 상관없는 사람과 함께 있었던 것이다.

내가 그 마지막 말을 한 후로 그는 말없이 앉아 있었다. 그리고 나는 이젠 용기를 내어 눈을 들고 그의 얼굴을 살펴보았다. 나를 향하고 있던 그의 눈은 격렬한 놀라움과 예민한 의혹을 동시에 나타냈다. '이 여자는 빈정대는 건가, 나를 보고 빈정대는 건가?' 그 눈은 그렇게 말하는 것 같았다. '이건 대체 무슨 의미인가?'

그는 곧 입을 열었다. "이것은 엄숙한 문제라는 것을 잊지 맙시다. 가볍게 생각한다면 죄악이 될지도 모를 문제입니다. 제인, 나는 당신이 당신의 마음을 하느님께 바친다고 했을 때 진정이었다고 믿습니다. 그게 바로 내가 원하는 전부입니다. 일단 마음을 인간으로부터 돌려 창조주에게로 향한다면 그때부터는 이 지상에서의 하느님의 나라의 발전이 바로 당신의 무상의 기쁨이 될 것이고 노력이 됩니다. 그리고 그 목적을 전진시키는 거라면 무슨 일이든지 당장에 실행하고 싶어집니다. 결혼에 의해서 우리가 육체적, 정신적으로 결합이 되면 당신과 나의 노력에 어떠한 자극이 가해지는지를 알게 됩니다. 그것은 인간의 운명과 계획에 영구히 합치되는 성격을 부여하는 유일한 결합인 것입니다. 그러므로 모든 사소한 기분이나 하찮은 감정의 애로 사항이나, 미묘한 뒤얽힘은 집어던지고, 단지 개인적인 취향의 정도나 종류나 강도나 취약성에 대한 의구심을 버리고, 당장에 이 결합 속으로 들어오는 겁니다."

"그럴까요?" 내가 간단히 말했다. 그리고 아름답게 균형 잡힌, 그러나 조용한 냉혹성이 이상스러이 무섭게 느껴지는 그의 얼굴을 바라보고, 위엄은 있지만 탁 트이지 못한 이마와 밝고 깊고 무엇을 찾아내려는 것 같지만 부드러움이라고는 전혀 느낄 수 없는 두 눈과, 키가 크고 당당한 체격을 바라보면서, 그의 아내가 되어 있을 자신을 마음속에 그려 보았다. 아아! 그것은 안 될 일이었다! 그의 부목사로서라면, 그의 동료로서라면 문제가 없었다. 그런 자격에서라면 그와 더불어 대양도 건널 수 있고, 그런 직책이라면 그와 더불어 동방의 태양 아래 아시아의 사막에서도 일할 수 있었다. 그의 용기와 헌신과 활력을 보고 경탄하고, 나도 지지 않도록 노력하고, 그의 지배에 얌전히 순응하고, 그의 뿌리 깊은 야심에 의연히 미소를 보이고, 그의 기독교인으로서의 일면과 인간으로서의 일면을 구별하고, 전자를 깊이 존경하고 후자를 너그러이 용서하기도 하리라. 물론 이러한 자격만으로 그에게 소속되어 있다면 고통을 받는 일도 많으리라. 그러나 내 몸은 가혹한 멍에를 지고 있을망정 내 마음과 혼은 자유로우리라. 때에 따라 의지할 수 있는, 아직은 시들지 않은 자아가 있고, 외로운 때면 이야기를 나눌 수 있는, 아무 데도 예속되지 않은 자연 그대로의 감정을 유지할 수도 있으리라. 내 마음속에는 그는 들어오지 못하고 나만이 들어갈 수 있는 은신처가 마련되어, 거기에서는 그의 가혹함으로도 시들게 할 수 없고 그의 정확한 병사의 행진으로도 짓밟을 수 없는 나의 감정이 싱싱하고 안전하게 자라고 있으리라. 그러나 그의 아내로서는(항시 그의 곁에 있고, 항시 속박을 받고 항시 억제되고, 항시 내 본성이라는 불은 조그맣게 해 놓으라고 강요당하고, 감금된 불길이 차례차례 내장이나 기관을 태워 갈지라도 그 불은 마음속에서만 태워야 하고, 그러면서도 소리 한번 지를 수 없다는 것은) 도저히 참을 수 없는 일이었다.

여기까지 생각한 나는 큰 소리로 "세인트 존!" 하고 불렀다.

"왜 그러죠?" 그가 냉랭하게 대답했다.

"다시 한번 말씀드리겠어요. 저는 동료 선교사로서는 기쁘게 동행하겠지만 당신의 아내로서는 가지 않겠습니다. 저는 당신과 결혼할 수가 없고 당신의 일부가 되어 드릴 수 없어요."

"나의 일부가 되어야 합니다." 그는 여전히 고집했다. "그러지 않으면 이 이야기는 전부 무효입니다. 아직 서른도 되지 않은 내가, 결혼도 하지 않고서 어떻게 열아홉 살의 처녀를 인도까지 데리고 가겠습니까? 어떤 때는 사람도 살지 않는 델 가기도 해야 하고, 어떤 때는 야만족들의 한가운데로 들어가기도 해야 하는데 어떻게 우리가 결혼도 하지 않고서 항시 같이 있을 수가 있겠습니까?"

"알겠어요." 내가 짤막하게 말했다. "그런 경우에는 당신의 친동생이거나, 당신과 마찬가지로 남자 목사인 셈 치면 되겠죠."

"당신이 내 친동생이 아닌 것은 세상이 다 압니다. 그러므로 친동생이라고 소개할 수가 없어요. 그런다면 우리 둘에게 불리한 의심만 씌워질 뿐이죠. 거기다 또 비록 당신이 남자와 같은 강건한 두뇌를 가지고 있다 하더라도 마음은 여잡니다. 그러니 그것도 안 됩니다."

"돼요." 내가 약간의 경멸을 섞어서 단언했다. "아주 잘 될 수 있어요. 나는 여자의 마음을 가졌어요. 하지만 그것은 당신을 향해서가 아네요. 당신에 대해서는 동지로서의 불변의 지조가 있을 뿐이에요. 전우로서의 솔직함, 신의, 우애라고 해도 좋겠죠, 원하신다면. 그리고 사제에 대한 견습승의 존경과 복종심. 그것뿐이에요. 걱정 마세요."

"그거야말로 내가 원하는 겁니다." 그가 혼잣말처럼 말했다. "그게 바로 내가 원하는 겁니다. 그런데 앞길에는 장애가 있습니다. 그것을 쳐 넘어뜨려야 합니다. 제인, 당신은 나하고 결혼을 해도 후회는 안 할 겁니다. 그것만은 믿어 주십시오. 우리는 무슨 일이 있어도 결혼을 해야 합니다. 다시 한번 말합니다. 다른 방도란 없어요. 그리고 결혼만 하게 되면 당신 눈에도 그 선택이 옳았다고 생각될 만한 충분한 애정이 틀림없이 생겨날 겁니다."

"애정에 대한 당신의 생각을 전 경멸해요." 나는 벌떡 일어나 그의 앞에 서서 바위에 등을 기대면서 그렇게 말하지 않을 수 없었다. "나는 당신이 제게 주는 가짜 애정을 경멸해요. 그래요, 세인트 존. 그런 애정을 줄 때에는 당신도 경멸해요."

그는 뚫어져라 나를 주시하고 있었다. 그러면서 그는 그 잘생긴 입술을 깨물고 있었다. 그가 성이 났는지 놀랐는지 어쨌는지 나는 잘 알 수 없었다. 그는 자기 표정을 마음대로 지을 수가 있었기 때문이다.

"당신한테 그런 말을 들으리라고는 생각지도 못한 일이군요. 경멸을 받을 만한 짓은 하지도 않았고, 그럴 만한 말도 한 기억이 없습니다만."

나는 그의 부드러운 말씨에 마음이 뭉클하고, 고상하고 침착한 태도에 위압을 느꼈다.

"실례되는 말을 한 것을 용서하세요, 세인트 존. 그러나 제가 흥분해서 그렇게 함부로 입을 놀린 것은 당신 책임이에요. 성격 면에서 우리 둘의 의견이 맞지 않는 화제를, 건드려선 안 될 화제를 꺼내신 때문이에요. 사랑이란 말 자체가 우리 사이에서는 불화의 씨예요. 만약에 정말 애정이 있거든 내놓아 보라고 한다면, 어떻게 하면 좋죠? 어떤 기분일까요? 제발, 오빠, 결혼 계획은 포기해 주세요. 잊어버려 주세요."

"안 돼요. 이것은 내가 오래전부터 생각한 계획이고, 나의 대목적(大目的)을 달성할 수 있는 단 하나의 길이오. 그러나 지금은 더 이상 재촉하지는 않겠어요. 내일 나는 케임브리지로 갑니다. 거기에는 작별 인사를 해 두고 싶은 친구들이 많으니까요. 두 주쯤 집에 없게 될 겁니다. 그동안에 나의 청을 잘 생각해 보세요. 그리고 만약에 당신이 거절한다면 그것은 내가 아니라 하느님을 거절하는 것임을 잊지 마세요. 하느님은 나라고 하는 수단을 통해서 숭고한 생애를 당신에게 열어 주시려는 겁니다. 나의 아내로서만이 당신은 그리로 들어갈 수 있는 겁니다. 내 아내가 되기를 거절한다면, 그건 영원히 이기적인 안일과 불모의 어둠 속에 당신 자신을 가둬 놓는 일입니다. 그런 경우, 신앙을 거부한 자들 중의 하나로 꼽히고, 이교도만도 못한 인간이 된다는 것을 두려워해야 할 것입니다!"

그는 말을 끝마쳤다. 나에게서 돌아서며 그는 한 번 더 "강을 바라보고, 언덕을 바라보았다."30)

---

30) 월터 스콧의 장시 「최후의 음유시인」 중 한 구절.

그러나 이제 그의 감정은 모두 가슴속에 갇혀 있었다. 나는 그것을 들을 자격이 없었다. 그의 곁을 따라 집으로 걸어오면서, 그의 무쇠 같은 침묵 속에서 나에 대한 그의 기분을 읽어 낼 수 있었다. 그것은 복종을 예상했던 곳에서 반항에 부닥친 냉혹하고 독단적인 성질이 겪는 실망이었다. 공감할 수 없는 감정과 견해를 타인 속에서 발견한 차디차고 융통성 없는 판단력의 소유자가 터뜨리는 비난이었다. 요컨대 그는 일개의 남성으로서 나를 억지로라도 자기 의지에 복종시키고 싶어 했다. 나의 고집에 그만큼 참을성 있게 견뎌 내고, 숙고와 반성의 시간을 넉넉히 허락한 것은 다만 성실한 기독교인으로서였을 것이다.

그날 밤, 그는 누이동생들에게 키스를 한 후, 나하고 악수도 하지 않는 것이 낫다고 생각했는지 말없이 방을 나가 버렸다. 애정은 가지고 있지 않았지만 마음속으로부터 우정은 가지고 있었던 나는 이러한 눈에 띄는 무시를 당하고는 마음이 아파 상심한 끝에 눈에 눈물이 괴었다.

"아마 들길을 산보하면서 세인트 존하고 싸움이라도 한 모양이지, 제인?" 다이애나가 말했다. "따라가 봐요. 지금 복도에서 제인을 기다리며 서성거리고 있어요. 화해를 하고 싶어 그러는 걸 거야."

그런 경우에 나는 별로 자존심을 내세우지 않는다. 체면을 세우는 것보다는 마음이 편한 것이 좋았다. 나는 그를 뒤쫓아 뛰어갔다. 그는 계단 아래에 서 있었다.

"안녕히 주무세요, 세인트 존." 내가 말했다.

"잘 자요, 제인." 그가 조용히 말했다.

"그럼 악수를 해야죠." 내가 덧붙여 말했다.

얼마나 차갑고 맥 빠진 촉감을 그는 나의 손가락에 남겼던가! 그는 낮의 일로 해서 몹시 불쾌해 있었다. 다정함도 그의 마음을 따뜻하게 풀어 줄 수 없었고, 눈물도 그의 마음을 움직일 수 없었다. 원만한 화해는 불가능했다. 밝은 미소도, 너그러운 말도. 그러나 그래도 이 기독교도는 참을성이 있고 조용하기만 했다. 내가 용서를 비니까 화가 났던 일을 언제까지나 마음속에 꽁하고 넣어 두고 있는 습관이 자기한테는 없으며, 감정을 상한 일이 없으니 용서할 일도 없다고 대답하는 것이었다.

그 말을 하고 그는 가 버렸다. 차라리 나를 주먹으로 때려 눕히는 편이 나을 것만 같았다.

35장

　그는 이튿날 케임브리지에 간다고 했으나 가지 않았다. 그
는 출발을 꼭 일주일 연기했다. 그리고 그동안에 그가 내게 느
끼게 한 것은, 선량하면서도 엄격하고 양심적이면서 집념 깊
은 사람이 자기를 거역한 사람에게 얼마나 가혹한 형벌을 내
릴 수 있는가 하는 것이었다. 눈에 띄는 적대적인 행위는 하지
않고 비난 섞인 말 한마디 없이, 그는 내가 자기의 관심 밖의
사람이 되었다는 것을 뼈저리게 느끼게 했다.

　그가 기독교인답지 않게 앙심을 품고 있었다는 것은 아니
다. 그는 넉넉히 그렇게 할 힘이 있었지만, 나의 털끝 하나 건
드리지 않았다. 천성으로나 그의 신조로 봐서나 그는 저열한
복수심을 만족시킬 사람은 아니었다. 그는 내가 자기나 자기
의 애정을 경멸한다고 말한 것을 용서했다. 그러나 그 말을 잊

어버린 것은 아니었다. 그리고 두 사람이 세상에 살아 있는 한 그것을 잊어버리지는 않을 것이었다. 그가 나를 향했을 때의 표정으로 보아, 이 말이 항상 두 사람 사이의 공간에 쓰여 있는 것을 알았다. 내가 무슨 이야기를 하기만 하면 그 말은 나의 목소리를 타고 그의 귀에 들리고, 그의 대답에도 그 말의 메아리가 실려 있는 것 같았다. 그는 나와 이야기하는 것을 피하지는 않았다. 그뿐만 아니라 종전과 마찬가지로 매일 아침 그의 책상 앞으로 불렀다. 혹시 그의 내부에 숨어 있는 배덕자가 진정한 기독교인에게는 알려져 있지도 않고 같이 즐길 수도 없는 어떤 쾌락을 맛보고 있었던 거나 아닌지, 겉보기에는 아무렇지도 않게 행동하고 이야기도 하면서, 지금까지 그의 언행에 일종의 근엄한 매력을 주었던 나에 대한 관심과 시인을 모든 동작이나 말에서 교묘한 수법으로 쏙 빼 버릴 수 있는가 하는 것을 보여 주고 있는 것으로 생각되었다. 나에게 있어서 그는 이미 살아 있는 육신이 아니라 대리석이었다. 그의 눈은 차갑고 빛나는 푸른 보석이었고, 그 혀는 말을 하는 기구였다. 그뿐이었다.

이런 것이 모두 나에게는 고문이었다. 언제 끝날지 모르는 세련된 고문이었다. 그것은 분노의 불길을 끈질기게 타게 하고 비탄으로 인한 몸부림을 지속시켜 나를 괴롭히고 짓밟아 버렸다. 내가 만약 그의 아내였더라면, 햇빛도 비치지 않는 깊은 샘물처럼 순결한 이 착한 사나이가 나의 혈관에서 피 한 방울 흘리지 않고, 수정같이 맑은 그의 양심에는 눈곱만 한 죄의식도 없이 금방 나를 죽여 버릴 수 있다는 것을 느꼈다. 그의 기분을 달래 주려고 할 때 특히 더 이런 것을 느꼈다. 나의 슬픔에 대답해 주는 슬픔이 없었다. 그는 둘 사이의 소원함을 조금도 괴로워하지 않았다. 화해를 열망하지도 않았다. 그리고 걸핏하면 흘러 버리는 내 눈물이 둘이 함께 읽고 있던 책장을 적신 적이 한두 번이 아니었건만, 그의 심장은 돌이나 금속으로 되어 있는 듯 아무런 효력도 발휘하지 못했다. 그러면서도 자기의 누이동생들에게 대해서는 전보다 더 친절해진 듯했다. 냉담함만으로는 내가 따돌림을 받고 있다는 것을 알려 주는 데 부족하다고 생각했던지, 거기에다 그는 대조의 힘까지 사용하는 것이었다. 그러나 이것도 악의에서가 아니고, 그의 신조에 의한 것이었음에 틀림없다.

그가 떠나기 전날, 해 질 무렵 나는 그가 정원을 산보하고 있는 것을 보았다. 그러자 지금은 서로 사이가 멀어졌지만 그는 지난날 내 생명을 구해 준 사람이며, 또 우리는 가까운 친척이라는 것을 생각하자, 나는 그의 우정을 되찾기 위해 최후의 노력을 해 보고 싶은 생각이 났다. 나는 조그만 문에 기대어 서 있는 그에게로 다가갔다. 내가 단도직입적으로 말했다.

"세인트 존. 저는 지금 불행해요. 당신이 아직도 화가 안 풀리셨으니까요. 서로 사이좋게 지내요."

"사이좋게 지내는 것으로 아는데요." 그는 냉정하게 말하고 내가 다가갈 때나 마찬가지로 여전히 막 떠오르고 있는 달만 바라보고 있었다.

"아녜요, 세인트 존. 우리는 전처럼 사이좋게 지내지 못하고 있어요. 잘 아시면서."

"사이가 좋지 않다고요? 그건 잘못된 생각이죠. 나는 당신에게 아무 악의도 없고, 오직 잘되기만 바랄 뿐입니다."

"그 말씀은 믿겠어요, 세인트 존. 남이 못되기를 바랄 수가 없는 분이시니까요. 하지만 저는 당신과 친척이니만큼, 생판 남에게 주는 것과 같은 박애보다는 좀 더 진한 애정을 받고 싶어요."

"물론이죠. 당신이 바라는 것은 지당합니다. 나는 절대로 당신을 생판 남이라고는 생각지 않습니다."

싸늘하고 조용한 어조로 말해진 이 말은 나를 분통이 터지게 하고 화가 나게 했다. 내 자존심과 분노에 따랐다면 나는 당장에 그의 곁을 떠났을 것이다. 그러나 내 마음속에서는 이러한 감정보다 좀 더 강한 것이 움직이고 있었다. 나는 내 사촌 오빠의 재능과 신조를 깊이 존경했다. 그의 우정은 나에겐 값비싼 것이었으며, 그것을 잃는다는 것은 나에게 격렬한 고통을 주었다.

그 우정을 되찾으려는 노력을 그렇게 쉽사리 버리고 싶지는 않았던 것이다.

"우리는 이렇게 헤어져야 하나요, 세인트 존? 지금까지의 말씀보다 좀 더 친절한 말 한마디 없이, 이대로 저를 놓아 두고 인도에 가시려는 거예요?"

그제야 그는 달에서 눈을 돌려 나를 향했다.

"제인, 당신을 놓아 두고 인도에 간다고요? 무슨 소릴! 당신은 인도에 안 간다는 겁니까?"

"결혼을 안 한다면 못 간다고 그러셨죠."

"그럼 결혼을 않겠다는 말인가요? 여전히 그 결심을 고집하고 있는 거군요?"

독자여, 나와 마찬가지로 알고 계시는지. 이런 냉혹한 사람들이 얼음처럼 차가운 질문 속에 얼마만큼의 공포를 담을 수 있는지? 그들의 분노가 얼마나 무서운 눈사태를 가져오는지를? 그들의 불쾌는 얼어붙은 바다도 깨뜨릴 수 있는 힘이 있다는 것을?

"네, 세인트 존. 당신과 결혼은 하지 않겠어요. 저는 제 결심을 버리지 않아요."

눈사태가 뒤흔들리며 조금 앞으로 밀려왔다. 그러나 아직 무너져 내리지는 않았다.

"한 번 더 묻겠는데, 거절하는 이유가 뭡니까?" 그가 물었다.

"전에는 당신이 저를 사랑하시지 않기 때문이었어요. 지금은, 확실히 말해서, 당신이 저를 미워하시는 까닭이에요. 만약 제가 당신과 결혼하면 당신은 저를 죽일 거예요. 벌써 죽이려 하고 계시는걸요."

그의 입술과 뺨이 하얗게 질렸다. 아주 핏기가 가셔 버렸다.

"내가 당신을 죽인다고? 벌써 죽이려 하고 있다고? 당신의 말은 입에도 담아서는 안 될 말이오. 난폭하고 여자답지 못하고 거짓말이오. 그것은 불쌍한 정신 상태를 나타내는 말입니다. 혹독한 비난을 받아 마땅한 말입니다. 일흔 번씩 일곱 번까지라도 용서하는 것이 인간의 의무입니다만 그런 게 아니라면 도저히 용서받지 못할 말입니다."

이것으로 나의 볼일은 끝났다. 전에 준 상처를 어떻게든지 그의 마음에서 지우기를 간절히 원했으나 오히려 그 집요한 마음의 표면에 또 하나의 보다 더 깊은 인상을 새겨 놓아 버린 것이었다. 나는 그것을 낙인처럼 찍어 놓고 만 것이다.

"이젠 정말로 저를 미워하시는군요." 내가 말했다. "노염을 풀어 드리려고 해 봐야 소용없군요. 당신을 영원한 적으로 만들었나 봐요."

이 말은 또 하나의 새로운 과오를 가져왔다. 진실을 건드린 말이기 때문에 더욱 고약했다. 핏기 없는 입술이 잠깐 경련하듯 떨렸다. 나는 내가 일으켜 놓은 강철 같은 분노를 알았다. 나는 가슴이 아팠다.

"당신은 제 말을 전적으로 오해하시는군요." 내가 곧 그의 손을 잡으며 말했다. "난 조금도 당신을 슬프게 하거나 괴롭히고 싶지 않아요. 정말이에요."

그는 아주 쓰디쓴 미소를 지었다. 그리고 다시없이 단호한 태도로 손을 빼 버렸다. 그는 한동안 말을 끊었다가 이었다.

"그래 이젠 당신이 한 약속을 철회하고, 인도에는 가지 않겠다는 거죠?"

"아녜요, 가겠어요. 당신의 조수로서."

오랜 침묵이 뒤를 이었다. 그동안에 그의 마음속에서 천성과 덕성 사이에 어떠한 싸움이 있었는지 나는 모른다. 다만 그의 눈에 기이한 빛이 번쩍이고 이상한 그림자가 그의 얼굴을 스쳐 지나갈 뿐이었다. 그러다가 드디어 그가 말했다.

"나는 전에도 당신과 같은 나이의 독신 여성이 나와 같은 독신 남자와 함께 외국에 가겠다고 하는 것이 도저히 말도 안 되는 일이라는 이야기를 한 적이 있어요. 두 번 다시 그런 이야기는 하지 못하게 할 셈으로 이야기했습니다만 당신은 또 그런 말을 하는군요, 유감스럽게도. 당신을 위해서 말입니다."

나는 그의 말을 막았다. 분명한 비난조의 말을 듣게 되자 금방 용기가 났다.

"양식을 잃지 마세요, 세인트 존. 당신은 지금 무슨 소린지를 모를 말씀을 하고 계시군요. 당신은 제 말에 놀란 체하셔요. 그러나 사실은 놀라지 않으셨어요. 당신처럼 머리가 좋으신 분이 제 말을 오해하실 정도로 둔하거나 이상한 생각을 하실 리가 없으니까요. 다시 한번 말씀드리겠어요. 저는 원하신다면 당신의 부목사가 되어 드리겠어요. 그러나 당신의 아내는 절대로 안 되겠어요."

그의 얼굴은 또다시 잿빛으로 변했으나 아까와 마찬가지로 완전히 감정을 억제했다. 그는 강조하는 어조로, 그러나 조용하게 말했다.

"아내가 아닌 여자 부목사는 나에겐 적합하지 않습니다. 그러고 보니 나와 함께 가 주실 수가 없는 거군요. 그러나 당신의 제안이 진심에서라면, 런던에 있는 동안에 내가 결혼한 선교사 한 분에게 이야기를 해 주죠. 그 부인이 조수를 구하고 있으니까요. 당신은 재산이 있으니까 전도 협회의 원조를 받을 필요도 없고, 또 이렇게 함으로써 약속을 어기고 참가하기로 계약한 대열을 버렸다는 불명예도 면할 수 있게 됩니다."

독자도 아시다시피, 나는 무슨 정식 약속을 한 적도 없고 계약을 한 적도 없었다. 그런데 그의 말은 이 경우에 있어서 너무도 가혹하고 독단적이었다. 나는 대답했다.

"이 문제에 불명예니 위약(違約)이니 버렸다느니 하는 말은 당치도 않아요. 저에게는 인도에 가지 않으면 안 될 의무는, 특히 모르는 사람들과 가야 한다는 의무는 없어요. 당신과 함께라면 가 보고 싶었어요. 그것은 제가 당신을 존경하고 신임하고, 누이동생으로서 사랑하기 때문이에요. 그러나 언제 누구하고 같이 가든지, 그런 풍토에서는 저는 오래 살지 못할 것이라는 것은 알고 있어요."

"아하, 자기 몸이 걱정이라는 얘기로군." 그가 입술을 말아 올리면서 말했다.

"그래요. 하느님께서는 내버리라고 제게 생명을 주신 것은 아녜요. 당신이 제게 원하시는 대로 하는 것은 자살이나 다름없다는 생각이 들었어요. 또 저는 영국을 떠나기로 결심하기 전에, 제가 영국 안에 머물러 있는 편이 떠나는 것보다 오히려 더 유용하지 않을는지 하는 것을 확실하게 알아야 되겠어요."

"그건 무슨 뜻입니까?"

"설명을 해 봐야 소용없겠죠. 하지만 제게는 오래전부터 마음속에 숨겨 두고 가슴 아파해 온 궁금한 것이 한 가지 있어요. 무슨 방법으로든지 그 궁금증을 풀기 전에는, 아무 데도 갈 수 없어요."

"당신의 마음이 어디로 향하고, 어디에 매달리고 있는지 알 만하겠소. 당신이 품고 있는 관심은 법에 어긋나는 것이고 하느님이 용납하지 않으시는 것입니다. 당신은 벌써 오래전에 그런 기분은 깨쳐 없애 버렸어야 했던 겁니다. 이제 와서 그런 말을 입에 담다니 당신은 부끄러워해야 합니다. 당신은 로체스터를 생각하고 있는 거지요?"

그것은 사실이었다. 나는 침묵으로 그것을 고백했다.

"로체스터를 찾으려는 겁니까?"

"어떻게 되었는지를 알아봐야겠어요."

"그러면 내게 남아 있는 일은, 기도를 할 때 당신을 잊지 않고 당신이 하느님의 버림받은 자식이 되지 않도록 당신을 위해 진심으로 기도드리는 일이군요. 나는 당신에게서 하느님의 선택하신 사람을 발견했다고 생각했습니다. 그러나 하느님의 눈은 인간의 눈과 다릅니다. 하느님의 뜻에 따를 뿐입니다."

그는 쪽문을 열고 밖으로 나서서 골짜기 쪽으로 어슬렁어슬렁 걸어갔다. 그러다가 시야에서 사라졌다.

객실로 다시 들어가다가 나는 다이애나가 창가에서 깊은 생각에 잠겨 서 있는 것을 보았다. 다이애나는 나보다 키가 훨씬 더 컸다. 그래 그녀는 내 어깨에 손을 얹고 고개를 숙여 내 얼굴을 들여다보았다.

"제인." 그녀가 말했다. "언제나 흥분해 있는 것 같더니 지금은 창백하기까지 하군. 아무래도 무슨 일이 있는가 보지. 세인트 존하고 사이에 무슨 문제가 있나 말해 봐요. 지금까지 삼십 분 동안이나 두 사람을 보고 있었어요. 몰래 엿본 것은 용서해 줘요. 하지만 난 오랫동안 참 엉뚱한 생각을 하고 있었어. 세인트 존은 좀 이상한 사람이에요."

그녀는 말을 끊었다. 나는 입을 열지 않았다. 그러자 그녀가 말을 계속했다.

"오빠는 확실히 제인에게 무언가 특별한 생각을 품고 있는 것 같아. 벌써 오래전부터, 여태까지 남에게는 보인 적이 없는 주의와 관심으로 제인을 보고 있었고. 무엇 때문일까? 제인을 사랑한다면 좋겠지만. 어때요, 제인?"

나는 다이애나의 차가운 손을 내 뜨거운 이마에 갖다 대었다. "아뇨, 다이애나. 조금치도 사랑하지 않아요."

"그럼 왜 그렇게 항상 눈으로 제인의 뒤를 좇는 거지? 그리고 그렇게 번번이 둘이만 있고, 제인을 늘 곁에 두고 있으려고 하지? 메리하고 나는, 오빠는 제인과 결혼하고 싶어 하고 있다고 결론을 내려 버렸어요."

"그래요. 제게 아내가 되어 달라고 하셨어요."

다이애나는 손뼉을 쳤다. "그게 바로 우리가 원하고 생각했던 거예요! 그래, 결혼해 주는 거지요, 제인? 그러면 오빠도 영국에 있어 줄 거야!"

"그것하곤 거리가 먼 얘기예요, 다이애나. 그분이 제게 청혼을 한 단 한 가지 목적은, 인도에 가서 일하는 데 적합한 조수를 얻으려는 것이었어요."

"뭐라고? 제인을 인도에 데리고 간다고요?"

"네."

"미쳤어." 그녀가 소리쳤다. "거기 갔다간 석 달도 못 살 거야. 가면 안 돼요. 아직 승낙은 안 했지요, 제인?"

"청혼을 거절했어요."

"그렇게 돼서 화가 난 건가요?"

"몹시 화가 나셨어요. 절대로 용서해 주지 않으실 거예요,

아마. 하지만 누이동생으로서라면 같이 가겠다고 했어요."

"정신없는 소리를 했군요, 제인. 생각해 봐요, 무슨 일을 맡았는지. 쉴 새 없는 노동의 연속이에요. 그 고역에는 튼튼한 사람도 쓰러지는데, 제인은 몸도 약하잖아요? 세인트 존은(어떤 사람인지는 알고 있잖아요?) 불가능한 일을 마구 시킬 거예요. 오빠하고 같이 있으면 한낮에 더운 때도 쉬지 못해요. 그리고 불행하게도, 제인은 오빠가 강제로 시키는 일은 억지로라도 해 놓고 말 거예요. 용케 오빠의 청을 거절할 용기를 가지고 있었군요. 그럼 제인은 오빠를 사랑하지 않아요?"

"네, 남편으로서는."

"하지만 오빠는 미남잔데."

"그리고 전 못생겼고요. 어울리지 않아요."

"못생겼다고! 제인이? 천만에. 제인은 캘커타에서 산 채로 불에 타 죽기엔 너무 예쁘고 너무 착해요." 그리고 그녀는 다시 한번 자기 오빠를 따라갈 생각은 아예 하지 말아 달라고 간곡히 부탁하는 것이었다.

"정말 그래야 되겠어요." 내가 대답했다. "조금 아까 제가 부목사로서라면 따라가겠다고 또 한 번 말하니까, 그런 망측한 일이 어디 있느냐고 놀라시더군요. 결혼을 하지 않고 그분을 따라가겠다고 한 것을 무슨 몹쓸 생각을 한 것으로 생각하시는 것 같더군요. 마치 제가 처음부터 그분을 오빠로는 생각하려 하지도 않고, 그분을 늘 그런 식으로 간주하고 있었던 것처럼요."

"오빠가 제인을 사랑하지 않는다는 것은 어떻게 알았어요?"

"그 문제는 직접 오라버니께 여쭈어보시면 되겠는데요. 벌써 몇 번이나 말씀하셨어요, 저와 함께 가고자 하는 것은 자기 자신이 아니라 직무라고요. 저는 또 사랑을 위해서가 아니라, 노동을 위해서 만들어졌다고 하시더군요. 그건 의심할 여지가 없는 사실이에요. 하지만 제 생각에는, 제가 만약 사랑을 위해서 만들어지지 않았다면, 결혼을 위해서 만들어진 것도 아녜요. 자기를 쓸모 있는 연장으로밖에는 생각하지 않는 사람에게 한평생 매어져 있다는 것은 우스운 일 아니겠어요, 다이애나?"

"참을 수 없어요. 그럴 수 없어요. 말도 안 되는 소리예요!"

"그리고 또……." 내가 말을 계속했다. "설사 지금은 누이동생으로서의 애정밖에는 가지고 있지 않지만, 억지로라도 결혼을 하고 보면, 아마 불가피하고 기묘하고 괴로운 애정이 생겨날 거라고 생각해요. 그분은 그렇게 재주 있는 분이고, 그 표정이나 태도나 말씀하시는 데에도 무언가 위대하고 훌륭하신 점이 있으니까요. 그렇게 되면 제 운명은 말할 수 없이 가련한 것이 되고 말아요. 그분은 제 사랑을 원하지도 않을 것이고, 제가 애정을 보인다 하더라도 그건 그분에겐 필요 없는 것이며 제 꼴에는 어울리지도 않는다고 하실 거예요. 틀림없이 그러실 거예요."

"하지만 세인트 존은 선량한 사람이에요."

"선량하고 위대한 분이에요. 그러나 그분은 매정스럽게도 자신의 커다란 포부를 찾는 데 급급해서, 위대하지 못한 사람의 감정이나 권리는 생각지 않는 분이에요. 그러니까 하찮은 인간들은 그분 앞에서 물러나야 해요. 그분의 발에 밟히지 않도록. 저기 오시는군요. 전 가 봐야겠어요." 그가 정원으로 들어오는 것을 보고 나는 이 층으로 급히 올라갔다.

그러나 저녁 식사 때 나는 그를 또 만나지 않을 수 없었다. 식사 시간 내내, 그는 평상시와 조금도 다름없이 침착해 보였다. 나는 설마 그가 말을 걸어오지는 않을 것이라 생각했고 결혼 이야기도 그 이상 더 추구해 오지 않으리라 믿었다. 그러나 그 후에 일어난 일은 내가 그 두 가지 점에서 다 생각이 틀렸음을 보여 주었다. 그는 평상시와 똑같이 몹시 정중한 태도로 말을 걸어왔다. 나로 인해 생긴 분노를 진정시키기 위해 성령의 도움이라도 구했는지 다시 한번 나를 용서한 것같이 생각되었다.

기도 전의 저녁 낭독에 그는 「묵시록」의 21장을 골랐다. 그의 입에서 흘러나오는 성경 말씀에 귀를 기울이는 것은 언제나 즐거웠다. 하느님의 계시를 전할 때만큼 그의 아름다운 목소리가 감미롭고 힘차게 울리는 때는 없으며 그때만큼 구김 없는 고귀한 기품으로 그의 태도가 눈에 비치는 적이 없었다. 그날 밤, 가족들에게 둘러싸여 앉아 있는 그의 목소리는 전에 없이 장중한 음조를 띠었고, 그의 태도도 한층 더 감동적으로 생각되었다.(5월의 달이 커튼을 치지 않은 창문으로 비쳐 들어와 테이블 위의 촛불 빛을 무색하게 하고 있었다.) 그는 거기에 앉아서 커다란 성서 위에 몸을 기울이고 그 책장에서 새로운 하늘과 새로운 땅의 모습을 묘사하고, 하느님이 어떻게 되어 인간과 더불어 살게 되고, 어떻게 인간의 눈에서 눈물을 닦아

주시고, 이전의 하늘과 땅이 이미 다 지나갔으므로, 이젠 죽음도 없고 슬픔도 울음도 고통도 없을 것을 약속하시었나 하는 것을 이야기했다.

그의 입에서 다음 말이 나왔을 때, 나는 이상한 감동을 느꼈다. 특히 약간의 미묘한 목소리의 변화에 의해 그가 읽어 나가면서 눈은 나에게로 향하고 있음을 알았을 때에는 더욱 그랬다. 그는 천천히 분명하게 읽어 내려갔다.

"이기는 자는 이것들을 유업으로 얻으리라. 나는 저의 하느님이 되고 그는 나의 아들이 되리라. 그러나 두려워하는 자들과 믿지 아니하는 자들과…… 불과 유황으로 타는 못에 참예하리니 이것은 두 번째 죽음이라."[31]

이것으로 나는 세인트 존이 어떠한 운명을 나 때문에 두려워하고 있었는가를 알게 된 것이었다.

그 장(章) 최후의 영광에 찬 시구를 읽는 그의 목소리에는 열렬한 소망이 깃든 조용하고 억제된 승리감이 넘치고 있었다. 봉독자(奉讀者)는 이미 자기 이름이 '어린양의 생명책'에 기록되어 있음을 믿고 지상의 왕들이 자신들의 영광을 가지고 오며, 하느님의 영광을 밝히고, 어린양이 등불이 되고 있으므로 해나 달이 비춰 줄 필요가 없는 성도(聖都)로 들어가는 것이 허락될 날을 고대하고 있는 것이었다.

그 장에 이어지는 기도에서, 그의 모든 힘이 집중되고 그의 모든 엄숙한 열의가 잠을 깼다.

---

31) 「요한계시록」 21장 8절.

그는 열에 불타서 하느님께 기도를 하고 승리를 결의했다. 약한 자에게는 힘을, 우리에서 나와 헤매는 양에게는 인도를 주시고, 현세와 육신의 유혹이 좁은 길로부터 꼬여 내고 있는 자들을 최후의 순간에 가서라도 옳은 길로 돌아오도록 하여 주시옵소서 하고 기도를 했다. "불붙는 가운데서 꺼낸 나뭇조각"[32]의 은혜를 내려주시옵소서 하고 원하고 간구하고 호소했다. 열성이란 것은 항시 엄숙한 것이다. 처음에 그의 기도를 들으면서 나는 그의 열성을 의심했다. 그러나 기도가 계속되고 고조됨에 따라서 나는 감동되고 마지막엔 외경(畏敬)을 느꼈다. 그는 자신의 목적이 위대하고 올바르다는 것을 진심으로 믿고 있었다. 그의 기도를 듣는 사람들도 그것을 느끼지 않을 수가 없었다.

기도가 끝나자 우리는 작별을 고했다. 그는 내일 아침 일찍 떠날 예정이었다. 다이애나와 메리는 그에게 키스하고 방을 나갔다. 그가 무어라고 귀띔을 한 모양이었다. 나는 손을 내밀며 즐거운 여행이 되기를 빈다고 인사를 했다.

"고마워요, 제인. 전에도 말했지만 두 주 후에는 케임브리지에서 돌아오겠소. 그러니까 그동안에 잘 생각해 두시도록. 인간적인 자존심을 중시한다면 나는 더 이상 결혼 문제에 대해서는 말을 꺼내서는 안 될 겁니다. 그러나 나는 나의 의무를 중시하고 하느님의 영광을 위한 모든 일을 한다는 나의 최대의 목표를 항시 지켜보고 있어야 합니다. 내 주님은 오랜 세

---

32) 「아모스」 4장 2절.

월을 참으셨습니다. 나도 그러렵니다. 나는 당신을 '진노(震怒)의 그릇'[33]으로서 파멸에 맡겨 버릴 수는 없습니다. 회개하십시오. 결심하십시오. 시간이 늦기 전에. 우리는 낮에 일하라고 명령을 받은 것을 잊지 마십시오. '밤이 오리니 그때는 아무도 일할 수 없느니라.'[34] 하는 경고가 있다는 것을 잊지 마십시오. '살았을 때 좋은 것을 소유했던 부자의 운명'을 잊지 마십시오. 하느님이 당신에게 '빼앗기지 아니할 좋은 편을 택할'[35] 힘을 내려 주시기를 빕니다!"

세인트 존은 이 마지막 말을 하면서 한 손을 내 머리 위에 얹었다. 조용하면서 열띤 목소리였다. 그의 표정은 애인을 바라보고 있는 남자의 표정이 아니었다. 그것은 방황하는 양을 불러들이는 목사의 표정이었다. 아니, 그보다도 지킬 책임을 지고 있는 인간을 지키고 있는 수호천사의 얼굴이었다. 재능 있는 모든 사람은, 감정이 있는 사람이건 없는 사람이건 열광자이건 야심가이건 폭군이건, 진지하기만 하다면 인간을 위압하고 지배하는 숭고한 순간이 있는 법이다. 나는 세인트 존에게 외경을 느꼈다. 그 외경의 느낌이 몹시 강했기 때문에 그렇게 내가 극력 피하고 있던 점에 나를 밀어다 붙일 정도였다.

나는 그와의 싸움을 중지하고 그의 의지의 분류에 뛰어들어 그의 존재의 심연 속으로 흘러 들어가, 거기서 나 자신을 잃어버리고 싶은 유혹을 느꼈다. 지난날 다른 남성에 의해 전

---

33) 「로마서」 9장 22절.
34) 「요한복음」 9장 4절.
35) 「누가복음」 10장 42절.

혀 다른 방식으로 마음의 자유를 잃었던 것과 마찬가지로, 나는 그에 의해 마음의 자유를 잃고 있는 것이었다. 그때나 이제나 나는 바보였다. 그때 굴복했더라면 그것은 신조의 과오였으리라. 그리고 이제 굴복한다면 판단의 과오가 될 것이었다. 시간이라고 하는 조용한 매개물을 통해 지난날의 위기를 돌아다보니 그런 생각이 들지만, 그때의 나는 나의 어리석음을 알지 못했다.

나는 성직자의 손 아래 꼼짝도 못 하고 서 있었다. 거절도 잊고, 공포도 싸울 힘도 사라져 마비되어 버렸다.

'불가능', 즉 세인트 존과의 결혼이 '가능'으로 변하려 하고 있었다. 돌연히 모든 것이 한꺼번에 변화하려 하고 있었다. 신앙이 부르고 천사가 손짓하고 하느님은 명령하고 생명은 두루마리처럼 말리고 죽음의 문이 열리면서 멀리에 있는 영겁의 세계가 보였다. 내세의 평안과 지복(至福)을 위해서라면 모든 것을 일순간에 희생해도 좋을 것 같았다. 그 어두컴컴한 방 안에는 환영(幻影)이 가득 차 있었다.

"지금 결정할 수 있습니까?" 전도사가 물었다. 부드러운 질문이었다. 그는 부드럽게 나를 끌어당겼다. 아아, 그 부드러움! 그것은 힘보다도 얼마나 효과적이었던가! 나는 그의 분노에 반항할 수 있었다. 그러나 그의 부드러움 앞에서는 갈대처럼 유순해지고 말았다. 그러나 지금 내가 굴복한다면, 언젠가는 먼젓번에 로체스터 씨를 거역한 일을 후회하게 될 날이 올 것이라는 것을 나는 줄곧 생각하고 있었다. 한 시간 동안의 엄숙한 기도를 했다고 그의 성질이 변할 수는 없었다. 다만 고상해졌을 뿐이었다.

"확신만 선다면 결심을 할 수 있어요." 내가 대답했다. "내가 당신과 결혼하는 것이 하느님의 뜻이라는 것만 납득이 되면, 지금 이 자리에서 결혼의 맹세를 할 수 있어요. 나중에는 어떻게 되든!"

"나의 기도가 이루어졌습니다!" 세인트 존이 소리쳤다. 그는 마치 나를 자기 것이라고 주장이라도 하듯이 나의 머리를 힘주어 손으로 눌렀다. 그리고 다른 한쪽 팔로는 사랑 같은 것이라도 하는 것처럼 나를 안았다.(나는 '사랑 같은 것'이라고 말한다. 나는 그 차이를 안다. 왜냐하면 사랑받는다는 것이 무엇인지를 내가 아는 까닭이다. 그러나 그때 그와 마찬가지로 나는 애정은 문제로 하지도 않고 의무만을 생각했던 것이다.) 나는 아직도 구름이 용틀임하는 내 마음속의 몽롱한 환영과 싸우고 있었다. 나는 옳은 일을 하기를 진지하게, 진심으로 열렬하게 원했다. 그 생각뿐이었다. "가르쳐 주소서, 나의 갈 길을 가르쳐 주소서." 나는 하느님께 간구했다. 나는 그때까지의 어느 때보다도 흥분해 있었다. 그 뒤에 일어난 일이 과연 흥분의 결과였는지 아니었는지는 독자가 판단해 주리라.

온 집 안이 조용했다. 세인트 존과 나를 제외하고는 모두들 자리에 들었기 때문이었으리라. 단 하나의 촛불이 꺼져 가고 있었고 방 안에는 달빛이 가득 차 있었다. 나의 심장은 빠르고 격하게 뛰었다. 나에겐 그 소리가 들렸다. 그러자 갑자기 그 고동이 멈춰 버렸다. 무어라 표현할 수 없는 감동이 찌르르 심장을 꿰뚫고 머리에 다다라 손끝 발끝까지 퍼져 나갔다. 그것은 전기 충격과는 달랐다. 그러나 그것과 마찬가지로 예리하고 기이하고 화드득 놀라게 하는 것이었다. 그리고 그 감동이, 그때까지의 나의 오관의 활동은 마비 상태에 불과했다는 듯이 나의 오관에 작용하여, 그것들은 부름을 받고 억지로 잠을 깨는 것이었다. 그래 그것들은 웬일인가 하고 자리에서 일어나고, 귀와 눈이 대기하고, 살은 뼈 위에서 떨었다.

"무슨 소리를 들었지요? 무엇이 보입니까?" 세인트 존이 물었다. 나의 눈엔 아무것도 안 보였다. 그러나 나는 어디에선가 소리쳐 부르는 소리를 들은 것이었다.

"제인! 제인! 제인!" 그뿐이었다.

"오오, 하느님! 저게 뭐죠?" 나는 숨을 헐떡였다.

나는 "저게 어디죠?" 하고 물었는지 모른다. 왜냐하면 그 소리가 들려온 것은 방 안에서도 아니고 집 안에서도 아니고 정원에서도 아니었기 때문이다. 그건 하늘에서 들려오는 것도 아니었고 땅속에서 들려온 것도 아니었고 머리 위에서 들려온 것도 아니었다. 나는 분명히 그 소리를 들었다. 그러나 어딘지, 어디서 들려온 것인지는 영원히 알 수 없다! 그런데 그것은 인간의 목소리였다. 귀에 익은, 그리운, 잊을 수 없는 목소리, 에드워드 페어팩스 로체스터의 목소리였다. 그리고 그것은 고통과 고뇌에 찬, 거칠고 무시무시하고 다급한 목소리였다.

"가겠어요!" 내가 소리쳤다. "기다려 주세요! 아아, 지금 곧 가겠어요." 나는 문으로 달려가서 복도를 둘러보았다. 깜깜했다. 나는 정원으로 뛰어나갔다. 텅 비어 있었다.

"어디 계셔요?" 나는 소리쳤다.

마시 글렌 너머 쪽의 언덕이 가냘프게 메아리쳤다. "어디 계
셔요?"

나는 귀를 기울였다. 바람이 전나무 숲속에 낮은 한숨 소
리를 내고 있었다. 주위엔 황야의 적막함과 한밤중의 정적뿐
이었다.

"미신이여, 물러가라!" 나는 문간의 검은 주목나무 곁에 시
커멓게 유령이 나타난 것처럼 생각하고 말했다. "이것은 너의
속임수도 아니고, 너의 요술도 아니다. 이것은 자연의 작용이
다. 자연이 잠을 깨어 기적을 행한 것이 아니고 신기(神技)를
발휘한 것이다."

나는 나를 뒤쫓아와 붙들려고 하는 세인트 존의 손을 뿌리
쳤다. 이제는 내가 우위에 설 차례였다. 나의 모든 힘이 움직
여 활동을 시작했다. 나는 그에게 아무 말도 아무 질문도 못
하게 했다. 나는 그에게 나한테 참견을 말아 달라고 했다. 나
는 혼자가 되고 싶었고, 또 되어야 했다. 그는 곧 순순히 물러
갔다. 충분한 힘을 가지고 명령을 하면, 사람은 반드시 복종하
는 법이다. 나는 내 방으로 올라가 문을 잠갔다. 그리고 무릎
을 꿇고 앉아 내 식으로 기도를 드렸다. 세인트 존의 식과는
달랐으나 그 나름대로의 효력이 있었다. 나는 성령의 바로 곁
에까지 이른 느낌이었다. 나의 혼은 감사에 넘쳐 그 발밑에 엎
드렸다. 감사의 기도를 끝낸 나는 일어서서 결심을 하고 아무
두려움도 느끼지 않고 훤히 트인 마음으로 오직 밝은 낮만을
고대하며 자리에 누웠다.

36장

날이 밝아 왔다. 나는 새벽에 일어났다. 잠시 방을 비워 두는 동안 방 안을 정돈해 두고 싶은 생각이 들어 한두 시간쯤 서랍과 옷장 속이나 방 안의 물건들을 정돈하기에 바빴다. 그러는데 세인트 존이 자기 방을 나오는 소리가 들려왔다. 그는 내 방문 앞에서 걸음을 멈추었다. 금방이라도 그가 노크를 할 것만 같았다. 그러나 노크는 없었고, 대신 한 장의 종이쪽지가 문 밑으로 들어왔다. 나는 그것을 집어 들었다. 이런 말이 쓰여 있었다.

어젯밤, 당신은 너무 돌연히 자취를 감추셨습니다. 조금만 더 계셨더라면 그리스도의 십자가와 천사의 관에 손을 얹어 주셨을 것을 그랬습니다. 이 주 후의 오늘 내가 돌아올 때에는 확실한 결심을 알려 주실 줄로 기대하겠습니다. 그동안 "시험에 들지 않게 깨어 있어 기도하라. 마음에는 원이로되 육신이 약하도다."라는 말씀을 잊지 마시도록. 나는 항상 당신을 위해 기도하겠습니다.

당신의 세인트 존

'나의 마음은⋯⋯.' 나는 마음속으로 대답했다. '옳은 일을 하고자 원하고, 나의 육체는 하느님의 뜻을 분명히 알기만 하면, 그 뜻을 이룰 만한 힘을 가지고 있다. 하여튼 이 의문의 혼잡에서 빠져나가는 출구를 찾고(구하고) 손으로 더듬어 확신에 찬 밝은 해를 발견할 만큼의 힘은 있을 것이다.'

그날은 6월 초하루였다. 그러나 그날 아침 하늘엔 구름이 끼었고 날씨는 썰렁했다. 그리고 빗줄기가 세차게 내 방의 창문을 때리고 있었다. 현관문이 열리고 세인트 존이 나가는 소리가 들렸다. 나는 창문 너머로 그가 정원을 가로질러 가는 것을 보았다. 그는 안개 낀 황야로 해서 위트크로스 쪽으로 걸어갔다. 거기서 합승 마차를 기다릴 모양이었다.

'이제 몇 시간 후면 나도 당신을 따라 그 길을 갈 거예요.' 나는 생각했다. '나도 위트크로스에서 합승 마차를 기다려야 하니까요. 영국을 영원히 떠나기 전에 꼭 안부를 묻고 만나 보아야 할 사람이 나한테도 있어요.'

아침 식사까지는 아직도 두 시간이나 더 있어야 했다. 그동안 나는 조용히 방 안을 거닐며, 나의 계획을 현재의 방향으로 바꾸게 한 그 부름 소리를 곰곰이 생각해 보았다. 나는 그때 경험한 나의 내부의 감동을 생각해 냈다. 그 말할 수 없이 이상한 느낌과 함께 그 일이 아직 기억에 생생했기 때문이다. 나는 내 귀에 들려왔던 목소리를 생각해 보았다. 그리고 다시 한번 그 소리는 어디에서 들려온 소린가 하고 자문해 보았으나, 전날 밤과 마찬가지로 역시 알 수 없었다. 그것은 외부 세계에서가 아니고 나의 내부로부터 들려온 것 같았다. 나는 자문해 보았다. 그것은 단순히 신경 탓으로 생겨난 느낌, 환각이 아니었을까? 나는 이해할 수도 없었고 믿을 수도 없었다. 그건 오히려 영감과 같은 것이었다. 그 신비스러운 충격적인 감동은 마치 바울과 실라[36]가 갇혀 있던 감옥의 토대를 뒤흔든 지진처럼 닥쳐와서 영혼의 감방 문을 열고 묶인 것을 풀었다. 혼을 잠에서 깨워 일으켰다. 혼은 몸을 떤 후, 귀를 기울이고 있다간, 깜짝 놀랐다. 그러곤 세 번, 그 부름 소리가 내 놀란 귀에, 나의 떨리는 가슴에, 그리고 나의 마음을 꿰뚫고 울려 나온 것이었다. 나의 마음은 떨지도 않고 두려워하지도 않은 채, 마치 성가신 육체와는 따로 떨어져 마음에게만 허락된 노력을 한 끝에 얻은 성공을 기뻐하듯이 환희에 차 있었다.

"이제 얼마 안 있어, 어제저녁에 나를 부르던 그 목소리의 주인일지도 모를 그분의 소식을 알게 된다. 편지는 효력이 없었다. 편지 같은 건 집어치우고 직접 나서서 알아보아야 한다."

아침 식탁에서 나는 다이애나와 메리에게 여행을 떠나게

36) 「사도행전」에 등장하는 인물들로 로마 식민지의 이교도들에게 선교를 하다가 빌립보에서 감옥에 갇혔다.

되어 최소한 나흘은 집을 비울 것이라는 것을 알렸다.

"혼자서, 제인?" 그들이 물었다.

"네. 오래전부터 궁금하게 생각하고 있는 어떤 친구를 만나고 오려고요. 못 만나면 소식이라도 듣고요."

자기들 이외에는 나에게 한 사람도 친구가 없는 줄 알았다는 이야기가 나오는 것은 당연했고, 또 그녀들은 그렇게 생각했을 것이다. 내가 그 말을 여러 번 했으니까. 그러나 그들은 천성적으로 얌전한 성격을 가지고 있었으므로 거기에 대해서는 이러니저러니 한마디 말도 안 했다. 다만 다이애나가 여행을 해도 괜찮겠느냐고 물을 뿐이었다. 그녀는 내 낯빛이 좋지 않다는 것이었다. 그래 나는 마음의 불안밖에는 아무 데도 아픈 데가 없으며 그 불안도 곧 가벼워질 것이라고 대답해 주었다.

그러고 나서 나는 마음 가볍게 여행 준비를 할 수가 있었다. 질문이나 억측으로 괴롭힘을 받지 않았기 때문이다. 내가 현재로서는 앞으로의 나의 계획에 대해 분명한 설명을 해 줄수 없다고 이야기하자, 그들은 현명하게 알아차리고 친절하게도 내가 말없이 계획을 진행시키는 것을 묵인해 주었다. 그것은 입장이 바뀐다면 내가 그들에게 허용했을 자유행동의 권리를 나에게 준 것이었다.

오후 세 시에 나는 무어 하우스를 떠났다. 그리고 네 시가 조금 지나서 위트크로스에 있는 도표(道標) 밑에 도착하여 나를 멀리 손필드까지 태워다 줄 합승 마차를 기다리며 서 있었다. 행인도 없는 쓸쓸한 길과 인가도 없는 산들만이 정적을 지키고 있었기 때문에, 마차 소리는 아주 먼 거리에서부터 귀에 들려왔다. 그것은 일 년 전 어느 여름날 오후, 내가 바로 그 자리에서 내렸던 바로 그 마차였다. 그때 나는 얼마나 쓸쓸하고, 앞이 캄캄하고, 막막하기만 했던가! 내가 손짓을 하자 마차는 멎었다. 나는 탔다. 인제 마차 삯으로 나의 전 재산을 내주지 않아도 되었다. 또다시 손필드로 통하는 길 위를 달리면서, 나는 자신이 집으로 돌아가는 통신용 비둘기인 것 같은 기분이 들었다.

서른여섯 시간의 여행이었다. 나는 화요일 오후에 위트크로스를 출발했는데, 목요일 아침 일찍 마차는 말에게 물을 먹이기 위해 길가의 여관 앞에서 멎었다. 그 집을 둘러싸고 있는 녹색의 산울타리와 넓은 들 그리고 나지막한 목장의 언덕은(북중부 지방의 황야 지대인 모턴과 비교하면, 얼마나 지세는 평탄하고 색깔은 푸르렀던가!) 나의 눈에는 마치 낯익은 사람의 얼굴 모습이었다. 그랬다, 나는 이 풍경의 특징을 알고 있었던 것이다. 나는 목적지에 가까워 왔음을 알았다.

"여기서 손필드까지는 얼마나 되나요?" 나는 여관집 마부에게 물었다.

"이 들판을 건너서 꼭 2마일입죠."

'여행은 끝났다.' 나는 생각했다.

나는 마차에서 내려, 나중에 찾으러 올 때까지 맡아 달라고 여관집 마부에게 짐을 맡기고, 마부에게 마차 삯을 서운치 않게 주고 걷기 시작했다. 눈부신 햇살이 여관집 간판에 쏟아져 내렸고, 거기엔 금빛 글자로 '로체스터 암스'라고 쓰여 있었다.

나의 가슴은 뛰었다. 나는 이미 주인님의 영지에 들어와 있는 것이었다. 그러나 나의 가슴은 다시 내려앉았다. 이러한 생각이 가슴을 친 까닭이었다. '너의 주인은 혹시 영국 해협을 건너 유럽 대륙에 가 계시는지도 모른다. 또 네가 지금 서둘러 가고 있는 손필드 장에 그분이 계신다 하더라도, 그분 이외에 또 누구들이 있을까? 정신병자인 그분의 아내가 있다. 너는 그분과는 아무 관계가 없는 것이다. 너는 감히 그분에게 말도 못 붙이고, 그분이 계시는 곳을 찾지도 못하는 것이다. 너는 헛수고를 하고 있다. 이 이상 더 가지 않는 것이 좋다.' 나의 마음속의 훈계자는 나에게 자꾸 권하는 것이었다. '여관에 가서 거기 있는 사람들한테 물어봐라. 그러면 네가 알고 싶은 건 다 가르쳐 줄 수 있을 것이다. 그들이 너의 의문을 금방 풀어 줄 것이다. 저 사람한테 가서 로체스터 씨가 댁에 계시는가 안 계시는가를 물어봐라.'

현명한 권고였다. 그러나 나는 실행할 마음이 나지 않았다. 절망으로 나를 바스러뜨릴 대답을 듣게 되지나 않을까 하는 두려움에서였다. 의문을 연장시키는 것은 희망을 연장시키는 것이었다. 나는 희망의 별빛 아래 다시 한번 그 저택을 볼 수 있을지 몰랐다. 나의 눈앞에는 층계가 있었다. 손필드에서 도망친 그날 아침, 앙심 깊은 원령(怨靈)에게 괴롭힘을 당하면서 쫓기어, 눈도 보이지 않고 귀도 들리지 않고 미친 듯이 달려나온 들판이었다. 어떤 길로 가겠다고 작정도 하기 전에 나는 이미 들의 밭 가운데 와 있었다. 얼마나 빨리 걸었던가! 때로는 뛰기도 했다! 눈에 익은 숲이 어서 보고 싶어 얼마나 앞을 내다보았던가! 기억에 남아 있는 나무들과 그 사이의 풀밭과 언덕을 나는 어떤 기분으로 반겼던가!

드디어 숲이 나타났다. 땅까마귀가 새까맣게 떼 지어 있었고, 그 시끄러운 울음소리가 아침의 정적을 깨뜨렸다. 야릇한 기쁨이 내 마음에 부채질을 했다. 나는 걸음을 재촉했다. 또 하나의 밭을 지났다. 오솔길을 누볐다. 그러자 안마당의 담이 있었고, 광이 있었다. 그러나 저택은 아직도 땅까마귀에 가려 보이지 않았다. '우선 정면에서 봐야겠다.' 나는 마음을 결정했다. 그러면 우람하게 솟아오른 흙벽이 곧 늠름한 모습을 보일 것이다. 그리고 나의 주인님의 방 창문도 분간할 수 있을 것이다. 혹시 그분은 지금 그 창가에 서 계실지도 모른다. 아침엔 일찍 일어나시니까. 그러나 또 혹시 과수원을 산책하고 계실지도 모른다. 그렇지 않으면 집 앞의 포도(鋪道)를, 뵙기만 했으면! 잠깐이라도! 그렇게 되면 정말 나는 정신없이 그분에게로 뛰어간다는 정신 나간 짓을 하지 않고 견딜 수 있을까? 모르겠어. 자신 없어. 그런데 내가 정말 그런다면, 그럼 어떻단 말이야? 아아! 그럼 어떻단 말이야? 그분의 눈길이 내게 주는 인생을 내가 또 한 번 맛본다고 한들 그 때문에 누가 해를 입는단 말이야. 나는 헛소리를 하고 있는 거다. 아마 지금쯤 그분은 피레네 산맥 위로 솟아오르는 태양이나, 조석(潮汐)이 없는 남쪽 바다의 해돋이를 바라보고 계실지도 모르지 않는가.

나는 과수원의 낮은 담을 따라 걸어가서 모퉁이를 돌아섰다. 바로 거기에 문이 있었고 공 모양의 돌 장식을 얹어 놓은 두 개의 돌기둥 사이로 해서 목초지로 나가게 되어 있었다. 돌기둥 하나의 뒤에 숨어서 나는 저택의 전면 전부를 남몰래 둘러볼 수 있었다. 나는 혹시 창문의 덧문이 걷혀 있는 침실이 하나라도 있나 하고 조심스럽게 고개를 들이밀었다. 그러자 흙벽, 창문, 기다란 건물의 정면 등이 내가 몸을 숨기고 있는 곳에서 전부 보였다.

내가 이렇게 들여다보고 있는 모양을 머리 위에 날고 있는 땅까마귀들은 아마 지켜보고 있었을 것이다. 그것들이 나를 어떻게 생각했을는지는 모른다. 아마도 처음에는 내가 몹시 조심스럽고 겁쟁이 같더니 차츰차츰 대담해지고 분별없이 되어 간다고 생각했으리라. 남몰래 한번 들여다보고 나서는, 오랫동안 정시하다가, 숨어 있던 곳에서 빠져나와 목초지로 걸어가서, 거대한 저택의 바로 정면에서 갑자기 걸음을 멈추고는, 오래오래 건물을 대담하게 바라보고 있었던 것이다. "처음엔 무어라고 그렇게 수줍어하는 체했던 거야! 그리고 인제는 뭐라고 저렇게 철없이 대담하게 굴까?" 까마귀들은 이렇게 묻고 있을지 몰랐다.

독자여, 하나의 예를 들어 보시라.

사랑을 하는 어느 남자가, 자신이 사랑하는 여인이 이끼 낀 둑 위에 잠이 들어 있는 것을 발견했다고 하자. 그는 그녀의 잠을 깨우지 않고 그녀의 고운 얼굴이 보고 싶다. 그는 소리가 나지 않게 가만가만 풀밭 위로 몰래 다가간다. 걸음을 멈춘다. 그녀가 몸을 움직인 것 같아서다. 그는 물러선다. 절대로 그녀의 눈에 띄기 싫었기 때문이다. 모든 것이 조용하다. 그는 또 나아간다. 그는 그녀 위에 몸을 구부린다. 그녀의 얼굴 위에 가벼운 베일이 씌워져 있다. 그는 그것을 벗기고 몸을 굽힌다. 이제 그의 두 눈은 기대에 차 있다. 따뜻하고, 피어나는 꽃처럼 곱고 편안히 휴식을 취하고 있는 아름다운 모습을 보게 되리라 하고. 얼마나 조급하게 던져진 첫 시선인가! 그러나 그의 시선은 굳어 버렸다! 그의 놀라움! 조금 전까지도 손끝도 대어 보지 못하던 그 몸뚱이를 그는 돌연히 우악스럽게 끌어안아 버린다! 그는 한 이름을 소리쳐 부르고는, 안고 있던 몸을 놓아 버리고, 미친 듯한 얼굴로 그걸 응시하는 것이다. 그는 이렇게 끌어안고, 소리치고, 응시한다. 이젠 어떤 목소리도, 어떤 동작도 그녀의 잠을 깨울 염려가 없었기 때문에. 그는 그녀가 곤히 잠자고 있는 줄 알았다. 그러나 그녀는 이미 완전히 죽어 있었던 것이다.

나는 머뭇머뭇하면서도 기쁨에 차서 당당한 저택으로 눈을 향했다. 그러나 보인 것은 새카만 폐허였다.

문기둥 뒤에 숨어 있을 필요는 없었다! 집 안에 누가 깨어 있을까 봐 창틀을 남몰래 엿볼 필요도 없었다! 혹시 문 열리는 소리는 나지 않나 귀를 기울일 필요도 없었고, 포도나 자갈길에서 발소리나 나지 않는지 귀를 기울일 필요도 없었다. 잔디밭도 마당도 온통 짓밟히고 황폐해 있었고 정문은 문짝이 떨어져 나가 뻐끔하게 입을 벌리고 있었다. 집의 정면은, 내가 꿈에서 보았던 것과 마찬가지로, 창문도 없이 뻥뻥 구멍이 뚫린 채, 금방 무너져 버릴 듯이 높이 솟아 있는 뼈대만 남은 벽 하나뿐이었다. 지붕도, 흙벽도, 굴뚝도 모조리 무너져 버린 것이었다.

그리고 그 주변에는 죽음 같은 침묵과 쓸쓸한 황야의 적막 감이 있을 뿐이었다. 여기로 낸 편지에 답장이 없었던 것도 무리가 아니었다. 교회의 측당(側堂)에 있는 납골소에 서신을 낸 것과 마찬가지였다. 무시무시하게 시커멓게 그을린 돌들이 이 저택에 어떤 운명이 몰아쳐 왔는지를 말해 주었다. 큰 화재였다. 그런데 어떻게 해서 불이 났을까? 이 재난에는 어떤 내력이 숨이 있을까? 모르타르와 대리석과 목조물의 손실 외에 또 어떠한 손실이 있을까? 재산과 함께 인명 손실도 있었나? 그랬다면 그건 누구일까? 끔찍스러운 의문이었다. 거기엔 그 대답을 해 주는 것이 아무것도 없었다. 말 없는 표시도, 무언의 증거물도 없었다.

무너진 벽과 황폐한 집 안을 돌아다녀 보니, 이 재난이 최근에 일어난 것이 아니라는 증거가 한두 가지가 아니었다. 겨울 눈이 저 문짝도 없는 아치로 휘말려 들어왔고 겨울비가 저 텅 빈 창틀을 휘때렸음에 틀림없었다. 젖어 있는 쓰레기 무더기에는 봄이 식물을 키워 놓고 있었고, 석재(石材)와 허물어져 버린 서까래 사이에서는 여기저기 잡초가 우거져 있었다. 아아, 그런데 폐허의 불운한 주인은 어디에 있는 것일까? 어느 땅에? 어떤 보호 아래? 나도 모르는 사이에 나의 눈은 정문 앞에 있는 회색빛 교회의 탑 쪽으로 향해 자문했다. '조상인 데이머 드로체스터와 함께 저 안에 있는 좁은 대리석의 거처를 같이 쓰고 계시는 것이나 아닐까?'

이 의문에는 무슨 대답이 꼭 필요했다. 그 대답은 그 여관 집에서밖에 구할 수 없었다. 그래 나는 곧 그리로 갔다. 바깥

주인이 직접 아침 식사를 가지고 객실로 들어왔다. 나는 그에게 문을 닫고 자리에 앉으라고 했다. 그리고 좀 물어볼 말이 있노라고 했다. 그래 그가 자리에 앉자, 나는 무슨 말부터 물어야 할지 알 수가 없었다. 무서운 대답을 듣게 될 것이 두려워서였다. 그러나 내가 방금 보고 온 황폐한 광경이 이 불행한 이야기를 시작할 마음의 준비를 갖추어 주었다. 여관 주인은 점잖게 생긴 중년의 남자였다.

"손필드 장을 아시죠?" 내가 간신히 말을 꺼냈다.

"예, 부인. 전에는 거기서 살기도 했습니다."

"그러셨어요?" '나 있을 때는 아니겠지. 도무지 처음 보는 사람인걸.' 하고 나는 생각했다.

"저는 돌아가신 로체스터 님의 하인장(下人長)이었습죠." 그가 덧붙였다.

돌아가신! 나는 여태껏 극력 피해 왔던 타격을 된통으로 얻어맞은 것 같았다.

"돌아가신!" 나는 숨이 찼다. "그럼 돌아가셨나요?"

"지금 주인님이신 에드워드 님의 부친 말씀입니다." 그가 설명했다. 다시 숨이 통하고, 굳어 버렸던 피가 흐르기 시작했다. 이 말을 듣고 나는 에드워드 님이, 나의 로체스터 님이(어디에 계시든, 축복하여 주시옵소서!) 적어도 살아 계신다는 것은 알았다. 즉 '지금 주인님'이신 것이었다. 반가운 말이었다! 이제는 어떤 사실이 밝혀진다고 하더라도 앞으로의 이야기는 비교적 침착한 기분으로 들을 수 있을 것 같았다. 무덤 속에 계시는 것만은 아니니 설사 지구의 반대편에 계신다고 하더라도 참을 수 있을 것 같았다.

"로체스터 님은 지금 손필드에 살고 계시나요?" 내가 물었다. 물론 나는 무슨 대답이 나올지는 알고 있었지만, 그가 실제 어디 계시는가 하는 것을 직접 물어보는 것은 미루어 두고 싶어 그렇게 물은 것이었다.

"아닙니다, 부인. 그렇지 않습니다. 지금 거기에는 아무도 살고 있지 않습니다. 아마 이 근방엔 처음 오시는 모양이죠? 그렇지 않다면 작년 가을에 있었던 일을 모르실 리가 없는데. 손필드는 아주 폐허가 되어 버렸습니다. 꼭 추수 때에 타 버렸습죠. 무서운 재난이었습니다! 살림 하나 못 건지고 그 엄청나게 많은 값진 재산이 송두리째 타 버렸으니 말입죠. 불은 한밤중에 났습죠. 그래 밀코트에서 소방차가 왔을 때는, 집은 이미 불덩어리였습니다. 참 무시무시한 광경이었습죠. 제 눈으로 보았습니다."

"한밤중에요!" 나는 중얼거렸다. 그랬다. 손필드에 흉변이 일어나는 것은 언제나 그 시각이었다. "화재의 원인은 무엇이었나요?" 내가 물었다.

"알지는 못하고, 모두 짐작으로 이러쿵저러쿵했죠. 하지만 제게는 의심할 여지가 없습니다. 아마 모르시겠지만서도……." 그가 의자를 좀 더 테이블 가까이 끌어다 놓으면서 낮은 목소리로 말을 계속했다. "그 집에는, 여자가 하나…… 그러니까, 저어…… 미친 여자가 숨겨져 있었답니다."

"그 비슷한 이야기를 들은 적이 있어요."

"그 여자는 아주 엄중히 감금되어 있었습죠. 그래 남들은 몇 년 동안이나 집 안에 그런 여자가 있다는 것조차 확실히 몰랐답니다. 아무도 그 여자를 본 사람이 없기 때문에 그저 소문으로 그런 사람이 저택 안에 있다는 걸 알고 있을 뿐이었답니다. 하지만 그 여자가 누구며 어떤 사람인지는 알 수가 없었지요. 에드워드 님이 외국에서 데려왔다고도 하고 또 옛날에 그분의 정부였다고도 하고. 그런데 일 년 전에 이상한 일이, 매우 이상한 일이 한 가지 생겼습죠."

이제 나 자신의 이야기를 듣게 될 모양이었다. 그래 나는 이야기를 원 줄거리로 몰고 가려고 애를 썼다.

"그래 그 여자는요?"

"이 여자가 바로 로체스터 님의 부인이라는 사실이 드러났습니다그려! 그것도 또 기묘한 일로 드러나게 된 것이었습니다. 그 댁에는 가정교사로 와 있는 젊은 여인이 있었는데, 로체스터 님께서는 그 처녀에게……."

"그런데 불은 어떻게 됐어요?"

"인제 말씀드리렵니다, 부인. 에드워드 님께서는 그만 그 처녀에게 홀딱 반해 버리셨답니다, 글쎄. 하인들이 그러는데 그렇게 홀딱 빠져 버리는 분은 생전 처음 봤다더군요. 항상 그 여자의 뒤만 쫓아다녔던가 봅니다. 하인들은 늘 그분을 눈여겨보고 있었는데(하인들이라는 게 그러지 않습니까, 부인?) 그분 아니라면 아무도 미인이라고는 생각할 수 없는 여자였건만, 그분은 세상 무엇보다도 그 여자를 소중히 여기셨답니다. 그 처녀는 마치 어린애 같은, 조그마한 여자였답니다. 저는 직접 본 적이 없지만 그 댁 하녀인 리어한테 이야기를 들었습죠. 리어도 그 여자를 꽤 좋아했던가 봅니다. 로체스터 님은 나이 마흔이 됐는데 그 가정교사는 스무 살도 안 됐습니다. 그리고 아시다시피, 그 나이의 남자가 젊은 여자와 사랑에 빠지게 되면, 남자는 마치 귀신에 홀린 사람처럼 되는 것이라서, 그래 그분은 그 여자와 결혼을 하시려고 했답니다."

"그런 이야기는 나중에 해 주시고요." 내가 말했다. "전 지금 화재가 났던 일에 대한 자초지종을 듣고 싶은 특별한 까닭이 있어요. 그 정신이상의 여자, 즉 로체스터 부인은 그 화재하고 무슨 관련이 없었나요?"

"바로 그 얘깁니다, 부인. 불을 놓은 것이 그 여자고 그 여자 이외의 아무도 아니라는 것은 틀림없는 사실입니다. 그 여자에게는 풀 부인이라고 하는 시중드는 사람이 하나 붙어 있었는데, 그 방면에는 아주 유능하고 믿을 만한 사람이었는데, 단 한 가지 결점이 있었습죠. 간호부니 보모니 하는 사람들에겐 흔히 있는 결점입니다만, 술병을 몰래 숨겨 두고선 가끔 좀 지나치게 마셨답니다. 원체 고되고 어려운 일을 하며 사는 사람이니 그럴 만하다고 할 수도 있겠지만, 그건 위험한 일입죠. 풀 부인이 술에 취해 가지고 쓰러져 잠든 동안에 마녀처럼 교활한 그 미친 여자는 풀 부인의 주머니에서 열쇠를 꺼내가지고 방을 빠져나와 온 집 안을 돌아다니며, 생각나는 대로 마구 못된 짓을 하곤 했으니까요. 한번은 침대에서 잠자고 있는 자기 남편을 태워 죽일 뻔하기까지 했다니까요. 난 그 일에 대해서는 잘 모릅니다만. 어쨌든 그날 밤, 미친 여자는 자기 바로 옆방의 벽걸이에 불을 질렀습니다. 그리고 아래층으로 내려가 전에 그 가정교사가 쓰던 방으로 갔습니다. 꼭 앞뒤 사정을 다 알고 있는 것 같았고, 그래 가정교사를 미워하고 있는 것 같았습니다. 그리고 거기 있는 침대에 불을 놓았습죠. 그런데 다행히 그 방에는 그때 아무도 자고 있지 않았습니다. 가정교사는 이미 두 달 전에 도망을 가 버리고 없었으니까요. 그래 로체스터 씨는 마치 세상에서 가장 귀중한 것을 잃은 것처럼 백방으로 그 행방을 찾았습니다만, 종내 아무런 소식도 듣지 못하고 말았습죠. 그 후로 그분은 난폭해지기 시작했습니다. 실망 끝에 아주 난폭해지시고 만 것입니다. 그분은 절대로 성질이 거친 분이 아니었습니다만, 그 처녀를 잃어버린 후에는 아주 위험한 분이 되어 버렸습죠. 그분은 또 사람을 싫어하게 되었습죠. 그래 가정부인 페어팩스 부인도 먼 고장에 사는 그 부인의 친구분한테로 보내 버렸습니다. 하지만 잘해 주시기는 했죠, 그 부인에게 종신 연금을 주셨으니까요. 사실 그 부인도 그만한 대우는 받을 분이었습니다. 아주 착한 부인이었죠. 주인께서 돌봐 주시던 아델러 양은 학교에 보내 버렸습니다. 그러고는 신사분들과도 일절 친교를 끊으시고 은자처럼 혼자 저택에 틀어박혀 계셨습죠."

"어머나! 그럼 영국을 떠나신 게 아니로군요?"

"영국을 떠나다니요? 원, 당치도 않은 말씀입죠! 그분은 댁의 문턱도 넘어서지 않으셨답니다. 그리고 밤에만 마치 정신 나간 사람 모양으로 마당이나 과수원을 유령처럼 걸어 돌아다니셨답니다. 제 생각에는 정말로 정신이 나간 것 같았습니다. 그 꼬마 가정교사가 망쳐 놓기 이전의 그분같이 씩씩하고 대담하고 똑똑한 신사는 아마 없었을 겁니다. 남들처럼 술이나 노름이나 경마 같은 것도 좋아하지 않으셨습니다. 그리고 얼굴이 잘나신 편은 아니었지만, 누구 못지않은 용기와 강한 의지를 가지고 계셨습니다. 전 그분을 어렸을 적부터 잘 알고 있으니까요. 그리고 제 마음 같아서는, 그 에어 양이라는 여자가 손필드로 오기 전에 바닷물에라도 빠져 버렸더라면 얼마나 좋았을까 하고 생각한 적이 한두 번이 아니었답니다.”

“그럼 화재가 일어났을 때, 로체스터 씨는 댁에 계셨나요?”

“그러셨습죠, 네. 아래위 할 것 없이 모두 불덩어리가 됐을 때, 지붕밑 방에까지 가셔서 하녀들을 깨워 손수 손을 잡아 주어 아래로 내려오게 해 주시고, 그리고 미친 부인을 방에서 데리고 나오시려고 또 들어가셨죠. 그때 사람들이 부인은 지붕 위에 계신다고 소릴 질렀습니다만, 정말로 부인은 지붕 위에 서서 흉벽 위로 칼을 내두르면서 1마일 밖에서도 들릴 정도로 소리를 지르고 있었습죠. 저는 이 눈으로 보고 이 귀로 들었습니다만, 정말로 덩치가 큰 여자로 길고 검은 머리를 가지고 있었습니다. 우리는 그 여자가 거기 서 있을 때, 그 머리채가 타오르는 불길을 배경으로 휘날리고 있는 것을 보았습죠. 나하고 그 밖의 몇 사람이 로체스터 님이 천창(天窓)으로 빠져나가 지붕으로 올라가시는 것을 보았습니다. 우리는 그분이 ‘버사!’ 하고 부르시는 소리를 들었습니다. 그분은 그 여자에게로 다가갔습니다. 그러니까 그 여자는 꽥 소리를 지르고 펄쩍 뛰더니, 다음 순간에는 포석 위에 으깨어져 있었습니다.”

“죽었나요?”

"죽었느냐고요? 그럼요. 골수와 피가 흐트러져 있고 돌덩이
처럼 죽어 있었습죠."

"끔찍해라!"

"그렇습니다, 부인. 사실 끔찍스러운 일이었습죠." 그는 몸서
리쳤다.

"그러고선 어떻게 됐어요?" 내가 재촉했다.

"네, 부인. 그 뒤로 저택은 불타서 내려앉고 지금은 벽이 조
금 남아 있을 뿐입죠."

"누구 또 죽은 사람이 있나요?"

"없습니다만…… 있었더라면 좋을 뻔했습니다."

"그건 무슨 말씀이죠?"

"가엾은 에드워드 님!" 그가 갑자기 큰 소리로 말했다. "그렇
게 되리라고는 꿈에도 생각지 않았죠. 세상에는, 저렇게 된 것
이 그분께서 최초의 결혼을 비밀로 하시고 그 부인이 아직 살
아 있는데 또 결혼을 하시려 한 데 대한 당연한 벌이라고 하
는 사람도 있습니다만, 저로서는 그분을 동정합니다."

"그분이 살아 계신다고 하셨죠?" 내가 큰 소리로 물었다.

"예, 그렇고말고요. 살아 계십니다. 그러나 모두 차라리 돌
아가시니만 못하다고들 하죠."

"왜요? 어째서요?" 내 피는 다시 싸늘하게 식기 시작했다.
"어디 계신가요? 영국 안에 계신가요?"

"예, 예, 영국 안에 계십니다. 영국을 떠나실 수가 없을 겝니
다. 이젠 몸도 못 움직이시죠."

이 무슨 고통인가! 그런데 여관집 주인은 그 고통을 더 연

장시키려는 모양이었다.

"그분은 아주 장님이 되셨습니다." 드디어 그가 말했다. "그렇습죠. 아주 장님이 되셨습죠. 에드워드 님께서는."

나는 그보다 더 무서운 사태를 각오하고 있었다. 나는 그분도 발광해 버리지나 않았나 하고 두려워하고 있었다. 나는 용기를 내어 이 재난의 원인은 무엇인가를 물어보았다.

"그분의 용기 때문이었습니다. 그분의 친절한 마음씨 때문이라고 말하는 사람도 있겠죠. 집 안의 모든 사람들이 먼저 피난하기 전에는 집 밖으로 나오려고 하지를 않으셨습니다. 로체스터 부인이 흉벽에서 몸을 던진 후 그분이 드디어 큰 계단을 내려오셨는데 바로 그때 굉장한 소리가 나며 모든 것이 무너져 내렸습니다. 그 무너져 내린 무더기 밑에서 끌어내 놓고 보니, 살아 계시기는 해도 중상을 입고 계셨습니다. 서까래 하나가 용케 그분을 막아 주는 형국으로 떨어지긴 했지만, 한쪽 눈은 튀어나오고, 한쪽 손은 아주 으깨어져 버려서, 외과 의사인 카터 선생이 곧 절단 수술을 해야 했습니다. 다른 한쪽 눈도 염증을 일으켜 그쪽도 실명을 하고 말았습죠. 그분은 인젠 폐인이나 마찬가집니다. 장님인 데다 불구자죠."

"어디 계신가요? 지금 어디에 살고 계신가요?"

"펀딘에 계십니다. 30마일쯤 되는 곳에 있는 그분 소유의 농장 안에 있는 저택입니다. 아주 쓸쓸한 곳입죠."

"누가 함께 계시나요?"

"존 영감 부부입죠. 다른 사람은 싫다고 하십니다. 인젠 아주 쇠약해지셨다고 하더군요."

"거기까지 뭐 타고 갈 것이 없을까요?"

"이륜마차가 한 대 있습죠. 아주 훌륭한 마찹니다."

"곧 준비해 주세요. 그리고 만약 당신의 마부가 오늘 어둡기 전까지 거기 도착시켜 준다면 두 분에게 다 보통 요금의 배액을 드리겠어요."

37장

펀딘의 저택은 이렇다 할 건축상의 특징이 없는 별로 크지 않은, 아주 오래된 집으로서, 숲속에 깊이 묻혀 있었다. 나는 전에도 그 저택에 관해서는 이야기를 들은 적이 있었다. 로체스터 씨는 자주 이 집 이야기를 하고 가끔 거기에 가기도 했다. 그의 부친이 사냥을 할 때 짐승의 숨을 장소로 이 영지를 샀다고 했다. 로체스터 씨는 이 집을 세놓으려고 했지만, 들 사람이 없었다. 장소가 불편하고 건강에도 좋지 않기 때문이었다. 그래 펀딘은 사냥철이 되어 로체스터 씨가 가게 되면 묵을 수 있도록 두서너 개의 방을 제외하고는 아무도 살지 않았고 가구의 설비도 없었다.

나는 어두워지기 조금 전에 이 집에 도착했다. 구름 낀 하늘은 서글퍼 보였고, 찬바람은 거세게 불어오고, 뼈에 스며들

듯이 차가운 가랑비가 계속해서 내리고 있었다. 약속한 대로 마부에게 배액의 마차 삯을 지불하고, 나는 마지막 1마일은 걸어서 갔다. 저택의 바로 가까이에 가도 건물의 모습이 보이지 않을 정도로 주위의 음침한 숲은 울창하게 우거져 있었다. 화강암 기둥 사이의 철문이 입구를 가리키고 있었고, 그걸 지나자 나는 금방 촘촘히 들어선 나무들의 어두운 그늘 속에 들어와 있는 자신을 발견했다. 하얗게 바랜 마디투성이의 나무줄기들 사이, 엉클어진 나뭇가지로 된 아치 밑으로 숲속을 내려가는 풀로 덮인 오솔길이 있었다. 나는 곧 주택이 나타나려니 하고 그 길을 따라 걸었다. 그러나 길은 한없이 계속되며 꾸불꾸불 멀어져 나가기만 할 뿐 주택이나 마당 같은 것은 눈에 띄지 않았다.

나는 방향을 잘못 잡아 길을 잃은 줄 알았다. 밤의 어둠과 더불어 숲의 어두움이 한꺼번에 덮쳐 왔다. 나는 혹시 다른 길이 있나 하고 주위를 돌아보았다. 그러나 길은 하나뿐이었다. 온통 뒤엉킨 가지, 기둥 같은 나무줄기 무성한 여름의 나뭇잎뿐이지 아무 데도 열린 곳이라곤 없었다.

나는 계속해서 나아갔다. 드디어 길이 열리고 나무들이 듬성해졌다. 그러다가 목책이 나타나고 집이 나타났다. 무너져 내리고 있는 벽은 습기 차고 녹색이 되어 버렸기 때문에 그 어렴풋한 빛 속에서는 나무들하고 잘 구별이 되지 않을 지경이었다. 걸쇠만을 걸어 놓은 문을 밀고 들어서자 나는 울타리로 둘러싸인 마당 한가운데 서 있었다. 그곳만이 나무가 반원형으로 치워져 있었다. 꽃도 없었고 화단도 없었다. 다만 폭이 넓은 자갈길이 풀밭을 에워싸고, 그것은 숲의 묵지근한 테 속에 끼워져 있었다. 건물은 정면에 두 개의 뾰족한 박공이 붙어 있었고 창살을 끼운 창문은 좁았으며 현관문 역시 좁고 한 단(段)의 계단이 있을 뿐이었다. 그 전체의 모양은 '로체스터 암스'의 주인이 말한 바와 마찬가지로 "아주 쓸쓸한 곳"이었다. 그것은 마치 평일의 교회처럼 고요했다. 숲의 나뭇잎에 떨어지는 빗방울 소리가 그 근방에서 들려오는 유일한 소리였다.

'이런 데서 살 수 있을까?' 나는 자문했다.

그러나 거기에서는 무엇인가가 살고 있었다. 나는 무엇이 움직이는 소리를 들었다. 그 좁은 현관문이 열리고 있었다. 그리고 그 틈으로 어떤 형체가 나타나려 하고 있었다.

문은 천천히 열렸다. 한 사람의 모습이 황혼 속으로 나와 계단 위에 섰다. 모자도 쓰지 않은 남자였다. 그는 비가 오는지 안 오는지를 알아보려는 듯이 한 손을 뻗었다. 비록 어두웠지만, 나는 그를 알아보았다. 그것은 나의 주인, 에드워드 페어팩스 로체스터, 바로 그 사람이었다.

나는 걸음을 멈추고, 숨조차 멈추고, 선 채로 그를 지켜보았다. 그를 살펴보았다. 내 몸은 숨기고, 아아! 그의 눈엔 보이지 않고서. 그것은 뜻밖의, 기쁨이 고통으로 억눌린 만남이었다. 격정에 못 이겨 튀어나오려는 목소리를 삼키고 그에게 달려가려는 발걸음을 억제하는 것은 힘든 일이 아니었다.

그의 체구는 전과 마찬가지로 억세고 튼튼해 보였다. 그의 자세도 쪽 곧았고, 머리카락도 검었다. 용모도 변하지 않고 살도 빠지지 않았다. 지난 일 년 동안, 어떤 슬픔도 그의 왕성한 체력을 억누르거나 그의 생기에 넘치는 활력을 시들게 할 수는 없었던 것이다. 그러나 그의 표정에는 변화가 있었다. 절망과 수심에 잠긴 얼굴이었다. 그것은 분노해 있어 접근도 할 수 없이 위험한, 학대를 당하고 쇠사슬에 매인 야수나 맹금을 연상케 했다. 황금빛 테가 있는 두 눈이 뽑혀 조롱에 갇힌 독수리는 아마 저 눈먼 삼손과 똑같이 보였으리라.

그러나 독자여, 장님이 되어 광포해진 그를 내가 두려워했다고 생각하시는지? 그렇다면 당신은 나라는 인간을 모르는 것이다. 이제 얼마 안 있어 저 바위 같은 이마와 그 아래 굳게 닫혀 있는 두 입술에 키스를 한다고 생각하니 부드러운 희망이 나의 슬픔과 뒤섞였다. 그러나 아직은 안 되었다. 아직은 그에게 말을 걸어서는 안 되는 것이었다.

그는 한 개밖에 없는 계단을 내려서서 풀밭을 향하여 천천히 더듬어 나갔다. 그의 당당한 걸음걸이는 어디로 사라졌는가? 그는 어디로 가야 할지를 모르는 것처럼 멈춰 섰다. 그는 한 손을 들고 눈꺼풀을 떴다. 멍청하니 허공을 응시하다가 있는 힘을 다하여 하늘을 올려다보고 주위를 둘러싸고 있는 숲을 보았다. 그러나 그에게 있어서는 텅 빈 암흑뿐이라는 것을 곁에서 보아도 알 수 있었다. 그는 오른손을 뻗었다.(절단된 왼쪽 팔은 가슴에 감추고 있었다.) 그는 자신의 주위에 있는 것이 무엇인지 손으로 만져 알아보고 싶은 모양이었다. 그러나 아직 손에 닿는 건 허공뿐이었다. 나무들은 아직도 그에게서 몇 야드나 떨어져 있었기 때문이다. 그는 노력을 포기하고 팔짱을 끼고는, 모자도 쓰지 않은 머리 위로 쏟아지고 있는 비를 맞으며 벙어리처럼 말없이 서 있었다. 이때 존이 어디에선가 나타나서 그에게 다가섰다.

"제 팔을 잡으십시오, 서방님." 그가 말했다. "소나기가 한바탕 되게 퍼부어 댈 모양인데, 들어가시는 게 좋지 않겠어요?"

"내버려 둬요."

존은 나를 발견하지 못한 채 물러갔다. 로체스터 씨는 이쪽 저쪽 걸어 보려 했으나, 안 되었다. 모든 것이 너무도 불확실했다. 그는 다시 더듬더듬 집 쪽으로 걸어가 안으로 들어가서 문을 닫았다.

그제야 나는 다가가서 노크를 했다. 존의 아내가 문을 열었다. "메리, 잘 있었어요?" 내가 말했다.

그녀는 유령이나 본 것처럼 깜짝 놀랐다. 나는 그녀를 진정시켰다.

"이런 시간에 이렇게 쓸쓸한 곳을 찾아오시다니 정말로 선생님이셔요?" 하고 급히 말하는 그녀에게 나는 손을 잡으며 대답해 주고 부엌으로 따라 들어갔다. 존이 거기에서 후끈후끈한 불 앞에 앉아 있었다. 나는 그들에게 간단하게, 내가 손필드를 떠난 후에 일어난 일을 다 들어서 알고 있다는 것 그리고 로체스터 씨를 만나기 위해서 왔다는 것을 말해 주었다. 나는 존에게 아까 내가 마차를 내렸던, 통행세 받는 사무소에 가서 맡겨 두었던 트렁크를 가져다 달라고 했다. 그러고 나서 보닛과 숄을 벗으며, 메리에게 오늘 밤 여기에서 재워 줄 수 있느냐고 물었다. 그리고 어렵기는 하지만 어떻게 준비가 되겠다는 말을 듣고, 묵어 가야겠다고 그녀에게 말했다. 바로 그때 거실의 초인종이 울렸다.

"들어가거든 주인님께 누가 만나 뵙고 싶어 한다고 전해 주어요. 이름은 밝히지 말고요." 내가 말했다.

"만나 보시지 않을걸요." 그녀가 대답했다. "아무도 안 만나시니까요."

그녀가 돌아오자, 나는 무어라고 하시더냐고 물었다.

"성명과 용건을 말하라는 거예요." 그녀가 대답했다. 그리고 유리잔에 물을 따라 촛대와 함께 쟁반 위에 놓았다.

"그것 때문에 부르셨나요?"

"예. 앞이 안 보여도 어둡기만 하면 꼭 촛불을 가져오라고 하신답니다."

"이리 주세요. 내가 가지고 들어갈게요."

나는 그녀의 손에서 쟁반을 받아 들었다. 그녀는 거실의 문을 가리켜 주었다. 손에 들고 있는 쟁반이 흔들리고 유리잔에서는 물이 엎질러졌다. 나의 심장은 소리를 내며 강하게 늑골을 쳤다. 메리는 문을 열어 주고 내가 들어서자 뒤에서 문을 닫았다.

음울한 느낌의 거실이었다. 잘 돌보지 않은 한 줌의 불이 난로 안에서 맥없이 타고 있었다. 그리고 앞 못 보는 방임자는 높직한 고풍의 벽로대 위에 머리를 기대고 불 위에 몸을 수그리고 있었다. 그의 늙은 개, 파일럿이 발에 걸리지 않도록 한쪽으로 비켜 누워서 무심코 밟혀서는 안 되겠다는 듯이 오그라들어 있었다. 내가 들어가자 파일럿은 귀를 쫑긋 일으켜 세웠다. 그리고 크게 한 번 짖고는 킁킁거리면서 내게로 뛰어왔다. 나는 하마터면 그 통에 쟁반을 놓칠 뻔했다. 나는 책상 위에 쟁반을 놓았다. 그러고 나서 개를 쓰다듬어 주며 부드럽게 말했다.

"앉아!"

로체스터 씨는 기계적으로 몸을 돌려 무슨 소란인가 보려고 했다. 그러나 아무것도 안 보였기 때문에 다시 돌아서서 한숨을 지었다.

"물을 줘요, 메리." 그가 말했다.

나는 반쯤밖에 안 남은 물 잔을 들고 그에게 다가갔다. 파일럿은 아직도 마음이 들떠 나를 따라왔다.

"왜 그래?" 그가 물었다.

"앉아, 파일럿!" 내가 다시 말했다.

그는 입으로 가져가던 물 잔을 도중에서 멈추고 귀를 기울이고 있는 것 같았다.

"거기 온 게 메리가 아닌가?"

"메리는 부엌에 있어요." 내가 대답했다.

그는 재빨리 손을 뻗쳤으나 내가 어디 서 있는지를 보지 못하므로 손은 내 몸에 닿지 않았다.

"누구야? 거기 있는 게 누구야?"

그는 보이지도 않는 눈으로 보려고 애쓰는 듯한 자세로 물었다. 부질없는 가슴 아픈 노력이었다!

"대답을 해. 다시 한번 말해 봐!" 그가 위엄 있게 큰 소리로 명령했다.

"물을 좀 더 갖다드릴까요? 가지고 오다가 반이나 엎질렀어요."

"누구야? 웬 사람이야? 말하고 있는 게 누구야?"

"파일럿은 저를 알아요. 존과 메리도 제가 여기 와 있는 것을 알고 있어요. 오늘 저녁에서야 왔어요." 내가 대답했다.

"제기랄. 무슨 놈의 망상이 나에게 덮쳐 온 거야? 무슨 들척지근한 광기가 나를 사로잡고 있는 거야?"

"망상이 아녜요. 광기가 아녜요. 이렇게 튼튼한 당신의 마음이 망상을 품을 수가 없고, 이렇게 건강하신데 광기에 사로잡히실 리가 없어요."

"어디 있소? 목소리뿐이오? 아아, 나는 보이지가 않아, 그러니 손으로 만져 봐야겠어. 그러지 않고서는 심장은 멎어 버리고 머릿속은 터져 버릴 것 같소. 무엇이라도 좋아. 누구라도 좋아. 내 손으로 만져 보게 해 줘. 그러지 않으면 나는 살 수가 없어!"

그는 손을 더듬었다. 나는 허우적거리는 그의 손을 잡았다. 그리고 그것을 내 두 손으로 감싸 쥐었다.

"그녀의 손가락이다!" 그가 외쳤다. "그녀의 조그맣고 가는 손가락이다. 그렇다면 또 남아 있는 그녀의 다른 부분이 있을 것이다!"

힘센 그의 손이 내 손에서 빠져나갔다. 내 팔이 잡혔다. 다음엔 어깨, 목, 허리. 나는 그에게 껴안기고 그와 합해졌다.

"제인이지? 뭐야? 제인의 몸맵시다. 제인의 크기다."

"그리고 제인의 목소리예요." 내가 덧붙여 말했다. "제인의 전부가 여기 있어요. 제인의 마음이 또 여기 있어요. 하느님이

축복을 내려 주시기를! 다시 당신 곁에 오게 되어 기쁘기 한
이 없어요."

"제인 에어, 제인 에어." 하고 부를 뿐이었다.

"그리웠던 주인님." 내가 대답했다. "제가 제인 에어예요, 드
디어 당신을 찾았어요. 드디어 당신에게 돌아왔어요."

"정말로, 살아 있는 몸으로? 살아 있는 나의 제인이오?"

"이렇게 만져 보고 계셔요. 이렇게 꼭 껴안고 계셔요. 시체
처럼 차갑지도 않고 공기처럼 가볍지도 않잖아요!"

"아아, 살아 있는 내 사랑! 이게 그녀의 팔, 다리. 이게 눈,
코, 입, 귀. 그러나 그렇게 불행했던 내가 이렇게 축복을 받게
될 리가 없어. 이건 꿈이야. 지금처럼 그 사람을 다시 껴안았
던 밤중의 그 꿈이야. 이렇게 키스하고 그녀가 나를 사랑하는
것을 느끼고, 다시는 나에게서 떠나가지 않을 것을 믿었던 그
꿈이 틀림없어."

"오늘부터는 절대로 곁을 떠나지 않겠어요."

"떠나지 않겠다고 환영은 말하는가? 그러나 언제나 깨어 보
면 그것은 한낱 의미 없는 우스갯소리에 지나지 않았소. 그리
고 나는 버림받고 잊히고, 나의 인생은 어둡고 쓸쓸하고 아무
희망도 없고, 나의 혼은 목마르나 마시는 것은 허락되지 않고,
내 마음은 굶주렸으나 먹을 수가 없었소. 지금 나의 품에 안
겨 있는 부드럽고 아름다운 꿈이여, 너도 네 자매들과 마찬가
지로 떠나가겠지. 그러나 가기 전에 나에게 키스해 다오. 나를
껴안아 다오, 제인."

"자, 이렇게요. 이렇게!"

한때는 빛났으나 이젠 빛을 잃은 그의 두 눈에 나는 입을 맞추고 그의 이마에서 머리를 쓸어 넘기고 그 이마에 키스했다. 그는 갑자기 자신을 되찾은 듯했다. 이 모든 것이 현실이라는 확신이 그를 사로잡은 것이었다.

"당신이지? 정말 당신이지, 제인?"

"네. 저예요."

"그럼 당신은 어딘가 강바닥에 죽어서 누워 있는 게 아니로군? 낯모르는 사람들 틈에 끼어 고향을 그리면서 헤매고 있는 건 아니군그래?"

"아녜요. 저는 이제 독립한 여자예요."

"독립했다고! 그건 무슨 뜻이지, 제인?"

"마데이라에 사시던 숙부님이 작고하시고, 그분이 제게 5000파운드의 유산을 주셨어요."

"아아, 이것은 실제적인 이야기야. 이것은 현실임에 틀림없어." 그가 소리쳤다. "내가 이런 꿈을 꿀 리가 없어. 거기에다 부드러우면서 생기를 주는 날카로운 그 사람의 목소리가 있어. 그 목소리가 나의 시든 마음에 생기를 주고 생명을 불어넣어 주는군. 참, 재닛! 당신은 독립한 여자라고 했지? 돈이 많다고?"

"아주 부자예요. 당신과 함께 사는 것을 허락하지 않으신다면, 전 바로 이웃에 제 집을 지을 수 있어요. 하룻밤 이야기 상대가 필요하실 때에는 저의 집 거실로 오셔도 좋아요."

"그러나 당신이 부자가 되었다면, 제인. 당신에게는 아마 많은 친구가 있어 당신을 돌봐 주고, 당신이 나 같은 소경에다 불구자인 사람에게 몸을 바치는 것을 내버려 두지 않을 게 아니오?"

"저는 부자일 뿐만 아니라 독립해 있다고 말씀드렸어요. 저의 주인은 저 자신이에요."

"그럼 나와 함께 있어 주겠다는 말이오?"

"네. 반대만 안 하신다면. 저는 당신의 이웃이 되고 간호부가 되고 가정부가 되겠어요. 당신이 쓸쓸하시니 말동무가 되어 드리고, 책을 읽어 드리고, 함께 산보하고, 곁에 앉아 있고, 보살펴 드리고, 눈이 되고 손이 되어 드리겠어요. 제발 그렇게 우울한 표정을 짓지 마세요. 제가 살아 있는 한 다시는 당신 곁을 떠나지 않겠어요."

그는 대답하지 않았다. 심각한 표정으로 생각에 잠겨 있었다. 한숨을 쉬고 무슨 말을 하려고 입을 열었다가 도로 다물어 버렸다. 나는 마음이 꺼림칙해졌다. 혹시 내가 너무 함부로 세속적 관습을 따라 온 것인지 알 수 없었다. 그리고 그도 세인트 존과 마찬가지로 나의 경솔함을 못마땅하게 생각하고 있는지도 몰랐다. 나는 그가 나를 아내로서 원하고 또 그렇게 말해 줄 것이라는 생각으로 그런 제안을 한 것이었다. 말은 안 했지만 그가 틀림없이 나를 자기 것으로 하겠다고 말해 주리라는 기대가 내 마음을 들뜨게 했던 것이다. 그러나 그에게서 눈곱만큼도 그런 눈치를 챌 수가 없고, 그의 안색이 차츰 어두워지자, 내가 전혀 오해를 하고 나도 모르는 사이에 바보 노릇을 하고 있는 것이나 아닌가 하는 생각이 갑자기 떠올랐다. 그래 나는 살그머니 그의 품에서 몸을 빼내려 했다. 그러자 그는 와락 나를 끌어안아 버렸다.

"안 돼, 안 돼, 제인. 가면 안 돼. 그래, 나는 당신을 손으로 만졌고 당신의 목소리를 들었고, 당신이 내 앞에 있어 주는 즐거움을 느꼈고, 당신의 위안의 달콤함을 맛보았소. 나는 이 기쁨을 버릴 수 없소. 나에게는 거의 기쁨이라는 게 없소. 나는 당신을 가져야겠소. 세상 사람은 비웃을지도 모르지. 제 생각만 하는 바보라고 부를지도 모르지. 하지만 그런 건 상관없소. 나의 혼은 당신을 구하고 있소. 그것을 충족시켜야겠소. 그러지 않으면 나의 혼은 나의 육체에 무서운 복수를 할 거요."

"네, 그러니까 제가 곁에 있겠어요. 이미 말씀드린 것처럼요."

"알았소. 그런데 당신이 내 곁에 있어 준다는 뜻과 내가 생각하는 의미는 다른 것 같소. 아마 당신은 내 손이 되어 주고 의자가 되어 준다는 결심을, 말하자면 친절한 간호부가 되어 나를 돌봐 주겠다는 결심을 한 것 같소. 당신은 마음씨 곱고 너그러운 사람이니까, 당신이 불쌍하게 생각하는 사람을 위해 희생도 할 수 있을 테니까. 물론 나는 그것으로 족하오. 그럼 난 당신에게 어버이 같은 애정을 가지고 있으면 되겠지. 그렇게 생각 안 하오? 자, 말해 봐요."

"당신 좋으신 대로 생각하겠어요. 그게 좋다고 생각하신다면 단지 간호부로서 만족하겠어요."

"그러나 당신은 언제까지나 내 간호부일 수가 없지, 재닛. 당신은 젊고, 언젠가는 결혼을 해야지."

"결혼 같은 건 생각 안 해요."

"생각해야 하오, 재닛. 내가 옛날의 나라면, 당신이 그걸 생각하게 할 테지만. 그러나…… 눈도 안 보이는 먹통이라서!"

그는 다시금 침울해졌다. 나는 그와는 정반대로 마음이 밝아지고 새로운 용기가 솟아올랐다. 이 마지막 말로 어디에 난점이 있는가 하는 것을 깨달았기 때문이다. 그리고 그런 것은 나에게는 전혀 난점이 아니었기 때문에 나는 좀 전의 꺼림칙함에서 완전히 해방되어 버렸다. 그래 나는 좀 더 명랑하게 계속 다시 대화를 이어 갔다.

"이젠 누군가가 당신을 다시 인간의 모습으로 바꿔 놓기 위해 애를 써도 좋을 시간이에요." 나는 그의 숱이 많고 길게 자란 머리를 가르며 말했다. "당신은 꼭 사자나 뭐 그런 걸로 변신해 버리신 것 같아요. 당신은 꼭 들판으로 쫓겨난 느부갓네살 왕 같은 모양을 하고 계셔요, 정말로. 머리는 독수리의 털과 같고. 발톱이 새 발톱처럼 자랐는지 어쨌는지는 아직 못 봤지만요."

"아, 이쪽 팔에는 손도 없고 손톱도 없소." 그가 절단된 팔을 가슴에서 꺼내어 내게 보이면서 말했다. "나무토막 같지. 끔찍스러운 꼴이야! 그렇게 생각 안 하오, 제인?"

"애처로워요. 눈도 그렇고. 불에 덴 흉터가 남아 있는 이마도. 하지만 무엇보다도 곤란한 것은, 그런 모든 것과 상관없이 당신을 사랑하고, 당신을 소중히 생각하지 않을 수 없는 사람이 하나 있다는 사실이에요."

"내 팔이나 화상투성이의 이 얼굴을 보면 당신이 질색을 하고 도망칠 줄 알았소."

"그런 생각을 하셨어요? 그런 말씀은 하지 마세요. 사람을 볼 줄 아는 판단력도 없다고 당신을 얕잡아 보는 말이 제 입에서 나올지도 모르니까요. 저, 인제 잠깐만 절 놓아 주세요. 불을 좀 돋우고 난로를 깨끗이 해야 되겠어요. 불이 잘 타면 아실 수 있으세요?"

"알지. 오른쪽 눈에는 밝은 빛은 보이니까. 뻘건 안개 같은 것이."

"그럼 촛불도 보이세요?"

"아주 흐릿하게 보이지. 하나하나가 맑은 구름처럼."

"저는요?"

"안 보여, 요정 아가씨. 하지만 당신의 목소리를 듣고, 당신을 만져 보는 것만으로 나는 가슴이 벅차도록 고맙기만 하오."

"저녁 진지는 언제 잡수세요?"

"난 언제나 저녁밥은 안 먹어요."

"하지만 오늘 저녁은 좀 잡수셔야 해요. 전 배가 고파요. 당신도 배고프실 거예요, 잊으셨다 뿐이지."

메리를 불러 가지고 나는 곧 방을 깨끗하게 치우고 즐거운 식사를 준비시켰다. 내 마음은 들떠 올라 식사 도중에는 즐겁게 마음 놓고 그에게 이야기를 했고 식사가 끝난 후에도 오랫동안 이야기를 했다. 그와 함께 있으면 애써 체면을 차리지 않아도 되고 기쁨이나 즐거운 기분을 억제할 필요가 없었다. 그와는 서로 마음이 맞는 것을 알고 있기 때문에 아주 마음을 푹 놓고 있었다. 내가 하는 말이나 행동 전부가 그에겐 위안이 되고 그의 생기를 돋워 주는 것 같았다. 그것을 느끼는 것이 얼마나 기뻤던지! 그 느낌은 내 전부를 송두리째 생명과 광명 속으로 끌어냈다. 그의 앞에서 나는 완전히 살았고 내 앞에서 그도 완전히 살았다. 비록 눈은 보이지 않았으나, 그 얼굴에는 미소가 감돌고 이마는 기쁨으로 빛났으며, 그의 표정은 부드럽고 따뜻해졌다.

저녁 식사 후에 그는 내게 여러 가지 것을 물었다. 그동안 어디에 살고 있었으며, 무엇을 했으며, 어떻게 자기를 찾아냈는가 하는 등의 질문이었다. 그러나 나는 조금씩밖에는 대답해 주지 않았다. 그날 밤에 자세한 이야기로 들어가기에는 너무 시간이 늦었던 까닭이었다. 그뿐만 아니라 나는 크게 떨리는 그의 심금을 건드리고 싶지 않았고, 그의 마음속에 새로운 감정의 우물을 파 놓고 싶지가 않았기 때문이다. 현재로서 나의 단 하나의 목표는 그의 힘을 돋워 주는 일이었다. 확실히 그는 지금까지 말한 바와 같이 기운이 나 있었다. 그러나 아직은 발작적인 것에 불과했다. 잠깐만이라도 대화가 끊기면 그는 불안해하고 나의 손을 만지며 "제인." 하고 부르는 것이었다.

"당신은 확실히 사람이지, 제인? 틀림없지?"

"틀림없이 그런 것 같아요. 로체스터 님."

"그런데 어떻게 해서 하필이면 이런 어둡고 우울한 밤에 당신은 갑자기 외로운 나의 노변에 나타나게 된 거요? 나는 손을 뻗치고 하인한테서 물그릇을 받으려고 했소. 그런데 물그릇을 준 것은 당신이었지. 나는 존의 아내가 대답한 줄로 알고 한마디 물었더니, 당신의 목소리가 내 귀에 들려오더군."

"메리 대신 제가 쟁반을 들고 들어갔으니까 그렇죠."

"난 당신과 함께 지내고 있는 지금 이 시간에는 마법에 걸린 것 같은 기분이오. 지난 몇 달 동안 내가 얼마나 어둡고 쓸

37장

쓸하고 암담한 생활을 해 왔는지는 아무도 모를 거요. 아무것
도 하지 않고, 아무것도 기대하지 않고, 밤과 낮의 구별도 없
이, 난롯불을 끄고 나서는 춥다고 느끼고, 밥 먹는 것을 잊고
있을 때는 공복을 느낄 뿐이었소. 그러다가 가끔 나의 제인을
보고 싶은 미칠 것 같은 욕망, 그렇소, 나는 내 잃은 시력을 찾
기보다 제인을 다시 찾고 싶은 마음이 더 간절했소. 제인이 내
곁에 와 있고, 나를 사랑한다고 말해 준다는 게, 어디 생각이
나 할 수 있었던 일이오? 제인은 나타날 때와 마찬가지로 또
다시 돌연히 사라지는 것이 아닐까? 내일 아침이 되고 보면,
당신이 또 없어져 버릴 것만 같구려."

혼란된 그의 생각의 줄기와는 동떨어진, 평범하고 실제적인
대답이 이러한 심리 상태에 있는 그를 안심시키는 데는 가장
적합하다는 것을 나는 확실히 느꼈다. 그래 나는 손끝으로 그
의 눈썹을 만져 보고, 이렇게 그슬어 버렸으니 다시 전처럼 굵
고 진하게 만들기 위해서 무엇을 좀 발라 드리고 싶다고 말
했다.

"그렇게 나한테 친절하게 해 주는 것이 무슨 소용이 있겠
소, 인정 많은 요정 아가씨. 어차피 중대한 고비에 가서는 또
나를 버리고 사라져 버릴 텐데. 어디로 어떻게 사라지는지 모
르게, 그림자처럼. 그리고 나한텐 찾을 길 없는 사람이 되어
버리는 거지?"

"조그만 빗을 가지고 계셔요?"

"뭘 하려고 그래, 제인?"

"갈기같이 헝클어진 이 머리를 빗겨 드리려고요. 가까이에

서 보니까 무서워요. 당신은 저보고 요정이라고 하시지만 당신은 꼭 브라우니[37] 같아요."

"내 꼴이 무섭소, 제인?"

"아주 무서워요. 전부터 그랬지만요."

"흠. 어딜 가 있었는지 몰라도, 고약한 입심은 여전하군."

"하지만 전 훌륭한 분들하고 살았는걸요. 당신보다 훨씬 훌륭한 사람, 백배나 더 훌륭한 사람들하고요. 당신은 생각조차 해보지 못한 생각과 의견을 가진 사람들이에요. 훨씬 세련되고 훨씬 훌륭한 분들이었어요."

"도대체 어떤 놈들하고 같이 있었소?"

"그렇게 머리를 움직이시면 머리카락이 뽑혀요. 하지만 머리라도 빠지면 제가 꿈이 아니라 현실의 사람이라는 것을 의심하지 않게 되시겠죠."

"누구하고 같이 지냈소, 제인?"

"오늘 밤에 그 이야기는 않겠어요. 내일까지 기다리세요. 제가 이야기를 반쯤만 하고 놓아 두어야 내일 아침 식탁에 제가 다시 나타난다는 보증이 되는 거예요. 그런데 이번에는 물그릇만 가지고 오지 않도록 해야 되겠어요. 적어도 달걀은 가지고 와야지요. 햄 지짐은 물론이고요."

"요런, 사람을 놀려 먹는 '바꿔치기'[38] 같으니! 자라기는 인간이지만 낳기는 요정이었어! 당신은 최근 열두 달 동안 내가

---

37) 스코틀랜드 전설에 나오는, 밤에 나타나는 갈색 괴물.
38) 요정이 예쁜 아이를 데리고 가고 그 대신 남겨 놓았다고 하는 조그만 아이.

맛보지 못했던 기분을 느끼게 하는군. 만약 사울이 다윗 대신에 당신을 옆에 두고 있었더라면 수금(竪琴) 없이도 악신을 쫓아 버릴 수 있을 뻔했구려."

"자, 이젠 말끔하고 단정해졌어요. 그럼 전 이만 가 보겠어요. 사흘 동안이나 여행을 했더니 몹시 피곤하군요. 안녕히 주무세요."

"한마디만 더, 제인. 그동안 당신이 살던 집에는 여자만 있었소?"

나는 웃고 도망쳐 나왔다. 그리고 계단을 올라가면서도 웃었다. "좋은 생각이야!" 나는 기쁜 마음으로 생각했다. "이렇게 한동안 그분의 약을 올려 가지고, 우울한 기분에서 끌어낼 수가 있겠어."

이튿날 아침 일찍, 나는 그가 일어나 이 방 저 방으로 돌아다니는 소리를 들었다. 메리가 내려가자마자 그가 묻는 소리가 들려왔다. "에어 양은 여기 있나?" 그러고는 "어떤 방에 재운 거야? 방이 마르기나 했던가? 가서 뭐 불편한 게 없나 물어봐요. 언제쯤 내려오실는지도."

아침 식사가 준비된 것 같은 기색이 보이자 나는 곧 아래층으로 내려갔다. 발소리를 죽여 방으로 들어갔기 때문에, 나는 내가 들어온 것을 그가 알아차리기 전에 그를 볼 수 있었다. 그 씩씩한 정신이 육체적 결함에 굴복하고 있는 것을 목격한다는 것은 애처로운 일이었다. 그는 의자에 앉아 있었다. 조용하기는 했으나 편안한 모습은 아니었다. 무엇인가를 기다리고 있었다. 인제는 언제나 사라지지 않는 슬픔이 그의 굵직굵

직한 용모에 새겨져 있었다. 그의 표정은 마치 다시 불이 켜지기를 기다리고 있는 불 꺼진 램프 같은 모습이었다. 그러나 아아, 그 표정에 불을 붙여 생생히 빛나게 할 수 있는 것은 그 자신이 아니었다. 누군가 딴 사람의 힘을 빌리지 않으면 안 되는 것이었다. 나는 명랑하고 거리낌 없이 대하려고 했으나 힘을 잃어버린 강자의 애처로움에 가슴이 찌르르했다. 그러나 나는 될수록 쾌활하게 그에게 말을 걸었다.

"맑고 화창한 아침이군요. 비도 개고, 비 갠 후의 첫 햇볕이 부드러워요. 조금 있다 산보를 가시도록 하세요."

내 말이 불꽃을 깨워 놓았다. 그의 얼굴이 반짝 빛을 발했다.

"아아, 당신이 정말 있었군, 나의 귀여운 종달새! 이리 와요. 가질 않았군? 사라지질 않았군? 나는 한 시간 전에 숲 위의 상공에서 당신의 동류가 노래하는 소리를 들었어. 그러나 솟아오르는 태양이 빛이 없는 것과 마찬가지로, 그 노래도 내게는 음악이 아니었어. 지상의 모든 선율은 나에게는 제인의 혀로 집중되어 들려왔소. 그 혀가 날 때부터 말 못 하는 것이 아닌 것이 기쁘오. 그리고 모든 햇빛은 내가 느낄 수 있는 제인이 내 앞에 있어 주는 곳에 있소."

이렇게 전적으로 나를 의지로 삼고 있다는 그의 이야기를 들으니 눈물이 앞을 가렸다. 그것은 마치 쇠사슬로 홰에 매인 독수리의 왕이 참새에게 먹이를 날라다 달라고 사정하고 있는 것과도 같았다. 그러나 나는 눈물만 흘리고 있을 수는 없었다. 그래 찝찔한 눈물을 재빨리 닦아 내곤 부지런히 아침 식사 준비를 했다.

그날 오전 중에는 거의 밖에서 보냈다. 나는 그를 이끌고, 젖어 있는 울창한 숲속을 빠져나가 기분 좋은 들판으로 나갔다. 나는 그에게 녹색 들판이 얼마나 눈부시게 곱고, 비를 맞은 꽃이나 산울타리가 얼마나 싱싱해 좋으며, 하늘은 얼마나 파랗게 빛나고 있는가를 자세히 설명해 주었다. 나는 사람의 눈에 띄지 않는 아늑하고 기분 좋은 곳에 그가 앉을 장소(마른나무 그루터기)를 찾아 주었고, 거기에 앉은 그가 나를 무릎 위에 앉히려는 것을 거절하지 않았다. 떨어져 있는 것보다 서로 붙어 앉아 있는 것이 더 좋은데, 내가 왜 그걸 거절할까 보냐? 파일럿도 우리 곁에 있었다. 사위는 고요했다. 그는 두 팔로 나를 꼭 끌어안고 있다가 갑자기 입을 열었다.

"나를 버리고 갔던, 매정한 사람아! 아아, 제인. 당신이 손필드에서 도망쳐 버렸다는 것을 알았을 때, 그리고 아무리 찾아봐도 찾을 수가 없고, 당신이 쓰던 방을 뒤져 보니 돈도 한 푼 안 가지고 갔을 뿐만 아니라 돈이 될 만한 것도 아무것도 가지고 가지 않았음을 알았을 때 내 심정이 어땠던지! 내가 선사한 진주 목걸이는 손도 대지 않은 채 상자 속에 들어 있었소. 당신의 짐은 신혼여행을 가려고 꾸려서 묶어 놓고 열쇠를 채워 놓은 그대로였소. 아무것도 가진 게 없고 돈도 한 푼 없이 나의 제인은 어떻게 하려는 건가, 하고 나는 생각했소. 그런데 실제로 어떻게 지냈소? 이야기를 해 주오."

이렇게 독촉을 받고 나는 지난 일 년 동안에 내가 겪은 일을 이야기하기 시작했다. 나는 사흘 동안의 방황과 굶주림에 대한 것은 많이 줄여서 이야기를 했다. 그런 이야기를 하면 그에게 불필요한 고통을 줄 것이기 때문이었다. 그러나 그렇게 줄여서 조금밖에 이야기를 안 했건만 그의 성실한 마음은 내가 생각한 것보다 훨씬 더 상처를 받았다.

살아 나갈 아무런 방책도 없이 그렇게 뛰어나가서는 안 되었다는 것이다. 나는 그에게 내 의도를 이야기해야만 했다. 그렇게 털어놓고 이야기를 했더라면 절대로 자기의 정부가 되어 달라고 강제하지는 않았을 것이라는 것이었다. 절망에 빠져 광포해 보이기는 했지만 속으로는 진정으로 나를 사랑하고 있기 때문에 자기는 나의 폭군 노릇은 할 수가 없었으며, 친구 하나 없이 넓고 험악한 세상에 내가 내던져지는 것을 보기보다는 그 보상으로 키스 한 번 안 해 주어도 자기 재산의 반을 떼어 주었을 것이라는 이야기였다. 그리고 내가 지금 이야기를 한 것보다 실제로는 더 많은 고초를 겪었으리라고 그는 말했다.

"아녜요. 아무리 고생을 했대도 그건 잠깐이었어요." 그리고 나는 계속해서 내가 무어 하우스에 들어가 살게 된 경위, 마을 학교의 교사직을 맡게 된 경위, 유산 상속을 받은 것, 친척을 찾게 된 것 등을 순서에 따라 이야기해 주었다. 물론 세인트 존 리버스란 이름이 이야기 도중에 빈번히 나왔다. 내가 이야기를 끝내자, 로체스터 씨는 금방 그 이름을 끄집어냈다.

"그럼 그 세인트 존이란 사람이 당신의 사촌 오빠요?"

"네."

"그 사람 이야기를 자주 하더군. 그 사람을 좋아하오?"

"퍽 훌륭한 분이었어요. 좋아하지 않을 수가 없었어요."

"훌륭한 사람? 점잖고 행실이 바른 오십 대의 사나이란 뜻이오? 그렇지 않다면?"

"세인트 존은 인제 스물아홉 살이에요."

"프랑스 사람들이 말하는 '죈 앙코르'[39)]로군. 키가 작고 무기력하고 못생긴 사나인가? 원숙한 미덕을 가지고 있는 게 아니라 악덕에 물들지 않은 게 장점인 정도의 사나인가?"

"그분은 지칠 줄을 모르는 활동가예요. 위대하고 숭고한 사업을 하는 것이 그분의 인생의 목표예요."

"두뇌는 어때? 좀 모자라는 편 아닌가? 말은 그럴듯하게 잘하지만, 듣고 앉았으려면 어처구니가 없어지는 사람이겠지?"

"말수가 적은 분이에요. 그분은 언제나 요점만을 얘기해요. 두뇌는 일급이에요. 감성적이 아닌 편이긴 하지만 적극적인 힘이 있어요."

"그럼 유능한 사람이란 말이오?"

"정말로 유능한 분이에요."

"교육도 충분한 사람이고?"

"세인트 존은 박학하고 심오한 학자예요."

"그럼 그의 태도가 당신 취미에 맞지 않는다고 했던가? 까다롭고 목사 냄새가 나나?"

"그분의 태도에 대해서는 말을 꺼낸 적이 없어요. 하지만 제 취미가 못된 게 아니라면, 맞지 않을 수가 없어요. 세련되고 조용하고 품위가 있는걸요."

---

39) Jeune encore, '아직 젊다'라는 뜻.

"풍채는 어때? 그 작자의 풍채를 당신이 어떻게 설명했는지 잊어버렸는데 필경 하얀 넥타이를 숨이 막힐 정도로 꽉 졸라 매고 두꺼운 창을 댄 편상화(編上靴)를 신고 잔뜩 허세를 부리는 풋내기 목사보겠지, 응?"

"세인트 존의 옷차림은 말쑥해요. 그리고 키가 크고 살결이 희고 눈이 푸르고 그리스인 같은 얼굴선을 가진 미남자예요."

그가 나에게는 들리지 않게 혼잣말로 "빌어먹을!" 하고는 나에게 "그 사람을 좋아했소, 제인?" 하고 물었다.

"네, 로체스터 님. 좋아했어요. 아까도 그건 물어보시고서."

물론 나는 그가 이렇게 묻는 뜻을 알고 있었다. 질투가 그를 사로잡은 것이었다. 그래 그를 괴롭혔지만, 그 괴로움은 그에게 도움이 되었다. 그 덕분에 그는 가슴속을 물어뜯는 우울의 이빨에서 벗어나 휴식을 취할 수가 있었던 것이다. 그러므로 나는 이 질투의 뱀을 즉시 달래고 싶지는 않았다.

"인젠 내 무릎에 더 이상 앉아 있고 싶지가 않겠지, 에어 양?" 그다음에 나온 약간 의외의 말이었다.

"왜요, 로체스터 님?"

"당신이 지금 눈앞에 그려 준 초상화는 아주 압도적인 대조를 생각나게 하는구려. 당신의 말은 우아한 아폴로의 모습을 아름답게 그려 놓았소. 키가 크고 살결이 희고 눈이 파랗고 그리스풍의 얼굴선을 가진 그의 모습은 당신의 상상 속에 살아 있소. 그런데 지금 당신의 눈이 보고 있는 것은 불카누스[40]

---

40) 로마 신화에 나오는 불과 대장장이의 신.

요. 살결이 검고 어깨가 넓적한, 진짜 대장장이요. 거기에다 소경에 절름발이고."

"전에는 그런 생각을 안 했는데, 원체 불카누스를 닮으셨군요."

"자, 인제는 나를 버리고 가도 좋소. 그러나 가기 전에 (전보다도 더 강하게 나를 끌어안으면서) 몇 가지 질문에 대답을 해 주오." 그는 말을 쉬었다.

"무슨 질문이신데요, 로체스터 님?"

그러자 심문이 시작되었다.

"세인트 존은 당신이 사촌이라는 것을 알기 전에 모턴의 학교 선생을 시켰지?"

"네."

"자주 만났소? 학교로 그가 가끔 찾아왔겠지?"

"매일요."

"당신의 여러 가지 계획에 찬성해 주었겠지, 제인? 당신은 재주 있는 사람이니까, 계획도 현명한 것이었을 거야."

"네, 찬성해 주었어요."

"그 사람은 예기치 못했던 좋은 점을 당신에게서 많이 발견했겠지? 당신의 재능은 비범한 곳이 있으니까 말이오."

"그건 모르겠어요."

"당신은 학교 옆의 조그마한 오두막집에서 살았다고 했는데, 그 사람이 당신을 만나러 집으로 찾아오기도 했소?"

"가끔요."

"밤에는?"

"한두 번요."

"사촌 간이라는 것을 안 후에는 그 사람들과 얼마나 함께 살았소?"

"다섯 달이에요."

"리버스는 집 안에서 식구들과 함께 지내는 시간이 많았소?"

"네. 안에 있는 거실은 그분의 서재이기도 했고 우리의 서재이기도 했어요. 그분은 창 가까이에 앉고 우리는 테이블 있는 데에 앉았어요."

"그 사람은 공부를 많이 했소?"

"상당히 했어요."

"무슨 공부요?"

"힌두스타니어예요."

"당신은 뭘 했소, 그동안에?"

"처음에는 독일어를 공부했어요."

"그 사람이 가르쳐 주었소?"

"그분은 독일어를 몰라요."

"그럼 당신에게 그 사람은 아무것도 가르쳐 주지 않았소?"

"힌두스타니어를 약간요."

"리버스가 당신에게 힌두스타니어를 가르쳐 주었다고?"

"네."

"자기 누이동생들한테도 가르쳐 주었소?"

"아뇨."

"당신에게만 가르쳐 주었단 말이오?"

"저에게만요."

"당신이 가르쳐 달라고 했소?"

"아뇨."

"자기가 가르쳐 주겠다고 합디까?"

"네."

침묵이 흘렀다.

"왜 가르쳐 주고 싶었을까? 힌두스타니어가 당신에게 무슨 소용이 있단 말이오?"

"저를 인도로 데리고 가려고 했던 거예요."

"옳지. 이제야 문제의 핵심에 도달했소. 그 사람은 당신하고 결혼을 하고 싶었던 거지?"

"저에게 청혼을 했어요."

"그건 거짓말이야. 나를 괴롭히려고 일부러 꾸며 낸 뻔뻔스러운 거짓말이야."

"말씀을 어겨서 죄송하지만, 이건 틀림없는 사실이에요. 몇 번이나 청혼을 했고, 당신 못지않게 집요하게 자기주장을 고집했어요."

"에어 양, 다시 한번 말하겠는데, 인젠 나를 두고 가도 좋아요. 똑같은 소리를 몇 번 반복해야 알아듣겠소? 가도 좋다는데, 왜 이렇게 고집스럽게 내 무릎 위에 앉아 있는 거요?"

"여기가 마음이 편하니까 그래요."

"아니야, 제인. 당신의 마음이 딴 데 가 있는데 여기 앉아 있어 가지고 마음이 편할 리가 없어. 당신의 마음은 지금 그 사촌이라는 사람, 세인트 존이란 사람한테 가 있소. 아아, 지금 이 순간까지 나는 제인이 송두리째 내 것인 줄로만 알고 있었지! 나는 당신이 떠나간 후에도, 당신은 나를 사랑하고 있다는 것을 믿고 있었소. 그것은 쓰디쓴 고통 속에서 맛보는 다디단 한 방울 꿈이었소. 우리는 오랫동안 헤어져 있었고, 우리의 이별을 슬퍼하여 나는 뜨거운 눈물도 흘렸지만, 당신이 죽은 줄 알고 애통해 마지않는 동안에, 당신은 딴 남자를 사랑하고 있으리라고는 꿈에도 생각지 못했소. 하지만 슬퍼해도 소용없는 노릇이오. 제인, 가구려. 가서 리버스와 결혼하구려."

"그럼 저를 흔들어서 떨어뜨리세요. 밀어 치우세요. 제 의사로는 당신 곁을 떠나지 않을 테니까요."

"제인, 나는 항상 당신의 목소리를 좋아했소. 그 목소리는 나의 희망을 되살아나게 해 주고, 당신의 진정을 내게 전해 주오. 그 목소리를 들으니 나는 다시 일 년 전으로 돌아가는 것 같소. 당신이 새로운 사람과 맺어져 버렸다는 것도 잊어버리게 되오. 그러나 나는 바보가 아니오. 가시오."

"어디로 가야 하나요?"

"당신의 길을 가야지. 당신이 선택한 남편과 함께."

"그게 누구죠?"

"알고 있으면서. 세인트 존 리버스란 사람이지."

"그분은 제 남편이 아녜요. 영원히 제 남편은 될 수 없어요. 그분은 저를 사랑하지 않고, 저도 그분을 사랑하지 않아요. 그분은 로저먼드라는 아름다운 아가씨를 사랑하고 있어요. 당신의 사랑과는 다르지만, 그분도 그분 나름으로 사랑할 줄은 아니까요. 그분이 저에게 청혼을 한 것은, 제가 선교사의 아내로서 적절하다고 생각했기 때문이에요. 그 아가씨는 그렇질 못한 사람이니까요. 그분은 선량하고 훌륭하지만 냉혹한 분이에요. 그리고 제게는 빙산처럼 차갑게 느껴져요. 그분은 당신 같지 않아요. 저는 그분 곁에 있어도 그분 가까이에 있어도 그분과 함께 있어도 행복하지 않아요. 그분은 저에게 빠져 있지도 않고 귀여워해 주지도 않아요. 그분은 제게서 아무런 매력도, 젊음조차도 인정해 주지 않아요. 다만 몇 가지 쓸모 있는 정신적인 장점을 알아줄 뿐이에요. 그래도 저는 당신 곁을 떠나 그분에게로 가야 할까요?"

나는 부지중에 몸서리치고는, 앞을 못 보는 그러나 나의 사랑하는 주인한테 본능적으로 바싹 매달렸다. 그는 빙그레 웃었다.

"무어라고, 제인! 그게 사실이오? 당신과 리버스의 사이는 정말 그런 정도의 것밖에는 안 된단 말이오?"

"틀림없어요. 아마 당신은 조금도 질투를 느끼실 필요가 없을 거예요! 저는 당신의 슬픔을 덜어 드리기 위해서 일부러 좀 놀려 드리려고 했을 뿐이에요. 슬픔보다는 분노가 나을 성싶어서요. 당신이 제 사랑을 원하신다면, 그리고 제가 얼마나 당신을 사랑하고 있는지를 아신다면, 당신은 틀림없이 만족하고 자랑스럽게 생각하실 거예요. 제 마음은 송두리째 당신 거예요. 당신의 소유예요. 설사 운명이 저의 육신을 당신 곁에서 영원히 떼어 놓는다 할지라도, 제 마음은 언제까지나 당신과 함께 있어요."

나에게 키스를 하면서, 또다시 고통스러운 생각에 그의 표정이 어두워졌다.

"이 불에 데어 찌부러진 내 눈! 병신이 된 내 힘!"

그는 원통해하는 목소리로 중얼거렸다.

나는 그의 마음을 달래기 위해서 애무해 주었다. 나는 그가 무슨 생각을 하고 있는지를 알고 있었다. 그래 그를 대신해 이야기하려고 했지만 그러질 못했다. 그가 잠깐 고개를 돌렸을 때, 나는 감겨진 그의 눈꺼풀 아래에서 눈물이 한 방울 새어 나와 남자다운 그의 뺨을 타고 흘러내리는 것을 보았다. 나의 가슴속이 뿌듯이 차올랐다.

"나는 손필드의 과수원에 있던, 벼락 맞은 늙은 칠엽수와 다를 게 없소." 그가 얼마 안 있다 말했다. "이제 막 눈이 트는 인동덩굴에게 그 싱싱한 신록으로 썩어 빠진 제 몸을 감싸 달라고 할 무슨 권리가 그 폐목에게 있단 말이오?"

"당신은 폐목이 아녜요. 벼락 맞은 나무가 아녜요. 당신은 푸르고 생기에 넘쳐 있어요. 당신이 명령을 하시건 안 하시건, 당신의 뿌리 주위에서는 갖가지 식물이 싹터 자라날 거예요. 그것들은 당신의 풍성한 그늘을 즐기기 때문이에요. 그리고 그것들이 자라나게 되면 당신을 의지하고 당신을 감고 올라갈 거예요. 당신의 억센 힘이 그것들에게 다시없이 안전한 지주가 되어 주니까요."

다시 한번 그는 미소 지었다. 나의 말에 위안을 받은 것이었다.

"당신은 친구에 대해서 이야기를 하고 있는 거지?" 그가 물었다.

"네. 친구에 대해서예요." 나는 좀 머뭇머뭇하면서 대답했다. 나는 마음속으로 친구 이상의 것을 생각하고 있었지만 다른 어떤 말을 사용해야 좋을지 몰랐기 때문이다. 그러나 그가 나를 도와주었다.

"하지만 제인, 내가 필요한 것은 아내야."

"그러세요?"

"그렇소. 처음 들은 이야기요?"

"그럼요. 여태 그런 말씀은 안 하셨잖아요?"

"반가운 이야기요?"

"그건 경우에 따라서요. 누굴 선택하시느냐에 따라서요."

"당신이 선택해 주오, 제인. 나는 당신 결정에 따르겠소."

"그러면 누구보다도 당신을 사랑하는 사람을 선택하세요."

"그러진 못한다 해도, 적어도 내가 가장 사랑하는 사람을 선택하겠소. 제인, 나와 결혼해 주겠소?"

"네."

"어디를 가든 당신이 손을 끌고 다녀야 할 가련한 소경이라도?"

"네."

"당신이 늘 시중을 들어 주어야 하는 데다 당신보다 나이가 스무 살이나 위인 불구자라도?"

"네."

"정말이오, 제인?"

"진정이에요."

"아, 내 사랑! 당신에게 하느님의 축복과 보상이 내리기를!"

"로체스터 님, 만약 지금까지 제가 무슨 착한 일을 한 것이 있다면, 만약 제가 무슨 착한 생각을 한 것이 있다면, 만약 제가 진정하고 바른 기도를 했다면, 만약 제가 분수에 맞는 소망을 기원했다면, 지금 저는 그 보답을 받는 거예요. 당신의 아내가 되는 것이 제게 있어서는 세상에서 가장 행복해지는 거예요."

"그건 당신이 희생을 즐겨 하기 때문이오."

"희생이라고요? 제가 무엇을 희생했죠? 음식을 구하기 위해서 기아를 희생했고, 만족을 얻기 위해 기대를 희생했을 뿐이에요. 제가 소중히 여기는 분을 안을 수 있고, 제가 사랑하는 분에게 키스할 수 있고, 제가 신뢰할 수 있는 분에게 의지할 수 있게 된 것, 그것도 희생인가요? 그렇다면 저는 확실히 희생을 즐겨 해요."

"그리고 또 나의 결함을 참아 내고, 나의 불구를 못 본 체하는 일이 또 있지."

"그런 건 제겐 아무것도 아녜요. 당신이 아직 자랑스럽게 독립해 계시고, 주는 사람이나 보호자의 역할 이외에는 어떠한 역할도 경멸하셨을 때보다도 제가 정말로 당신에게 도움이 될 수 있는 지금, 저는 당신을 더 사랑해요."

"지금까지 나는 남의 도움을 받는 것이나, 남에게 이끌려가는 것을 싫어했소. 앞으로는 그걸 싫어하지 않겠소. 하인에게 손을 잡히는 건 싫었지만, 제인의 조그만 손가락으로 잡히는 것을 느끼는 것은 아주 기분이 좋군. 또 항상 하인이 옆에 붙어 있는 것보다는 차라리 나 혼자 있는 것이 좋았으나, 제인의 부드러운 시중은 나의 영원한 기쁨이 되는 거야. 제인은 내게 꼭 맞는데, 나도 제인에게 꼭 맞을까?"

"제 성질의 제일 세밀한 데까지요."

"그렇다면 아무것도 기다릴 필요가 없군. 당장 결혼을 해야 겠소."

그의 표정에도 어조에도 열의가 담겨 있었다. 옛날의 성급 한 기질이 되살아나고 있었다.

"우리는 지체 없이 한 몸뚱이가 되어야 하오, 제인. 결혼 허 가증만 얻으면 되는 거야. 그러면 결혼하는 거야."

"로체스터 님, 이제 보니 해는 벌써 정오가 훨씬 지나 있고, 파일럿도 점심을 먹으러 집으로 돌아가 버렸군요. 시계 좀 보 여 주세요."

"당신의 허리띠에 차고, 인제부터는 당신이 간직하고 있어 요, 재닛. 나한테는 소용이 없으니까."

"네 시가 다 됐어요. 배고프지 않으세요?"

"오늘부터 사흘째 되는 날이 우리 결혼 날이오, 제인. 이젠 좋은 옷이니 보석이니는 집어치웁시다. 그런 건 아무 가치가 없어."

"햇빛에 빗방울이 모두 말라 버렸어요. 바람이 자니까 날이 몹시 덥군요."

"당신의 조그만 진주 목걸이를 지금도 넥타이 아래 내 검 은 목에 걸고 있는 줄을 알기나 하오, 제인? 난 나의 단 하나 의 보물을 잃어버린 날부터 줄곧 이걸 목에 걸고 있소. 그녀 에 대한 기념으로 말이오."

"숲으로 해서 돌아가요. 제일 그늘져서 시원한 길이에요."

그는 나의 말엔 개의치 않고 자기의 생각을 계속해 나가고 있었다.

"제인! 당신은 틀림없이 나를 신앙이 없는 놈이라고 생각하겠지. 그러나 나의 가슴은 지금 지상의 자비로우신 하느님에 대한 감사로 부풀어 오르고 있소. 하느님의 눈은 인간과 달라 훨씬 명료하게 보실 수 있소. 하느님의 판결은 인간과 달라 훨씬 더 현명하오. 나는 과오를 범했소. 나는 나의 천진무구한 꽃을 하마터면 더럽힐 뻔했고, 그 순결 위에 죄악의 입김을 불어넣을 뻔했소. 그래 전능하신 하느님은 그 꽃을 내게서 빼앗아 가셨던 거요. 고집스러운 반항심에 불타오른 나는 하마터면 하늘의 섭리를 저주할 뻔했고 천명을 따르기는커녕 거기 도전했소. 하느님의 심판은 착착 진행되어 재앙은 연달아 내게 닥쳐오고, 나는 죽음의 어두운 골짜기를 지나지 않을 수가 없었소. 하느님의 징벌은 엄중한 것이오. 나는 두들겨 맞고 영원한 천인이 되어 버렸소. 내가 스스로의 힘을 자랑하고 있던 것은 당신도 아는 일이오. 그러나 어린애가 남의 손에 의지하듯이 내가 남의 인도를 받지 않을 수 없게 된 지금, 그게 내게 무슨 소용이 있겠소? 최근에야, 제인, 최근에 와서야 나는 내 운명을 좌우하는 하느님의 손을 보고 인정하게 되었소. 나는 자책과 회오(悔悟)를 겪게 되고, 창조주와의 화해를 소망하게 되었소. 때로는 기도도 하게 되었소. 그것은 짧은 기도지만 진지한 기도요.

며칠 전, 아니 확실히 셀 수 있소. 나흘 전이오. 지난 월요일 밤이었소. 이상한 기분이 나에게 덮쳐 왔소. 미칠 듯한 기분이 비탄으로 바뀌고 불쾌가 슬픔으로 변했소. 아무리 찾아도 없으므로 나는 벌써부터 당신이 죽은 줄로 알고 있었소. 그날 밤늦게, 아마 열한 시에서 열두 시 사이였을 거요, 나는 쓸쓸한 잠자리에 들어가기 전에, 하느님께 간구했소. 만약 하느님의 뜻에 어긋나지 않는다면, 당장에라도 나를 이승에서 거두어 가서서 제인과 다시 만날 희망이 있는 저세상으로 들어가게 해 주십사 하고.

나는 내 방 안, 열려 있는 창가에 앉아 있었소. 향기로운 밤공기를 들이마시자 마음이 가라앉았소. 별은 보이지 않았지만 흐릿하고 훤한 안개가 낀 것으로 보아 달이 떠 있다는 것을 알 수 있었소. 나는 당신이 보고 싶었소, 재닛! 아아, 나의 정신과 육체가 한꺼번에 당신을 그리워하고 있었소! 나는 고통과 겸손으로 하느님께 물었소. 이만큼 버림받아 고통을 당하고 괴로워했으면 충분하지 않습니까, 다시 한번 행복과 평화를 맛볼 수 없겠습니까, 하고. 내가 여태까지 참고 견뎌 온 모든 것은 내가 마땅히 받아야 했던 것으로 인정하고, 더 이상은 견딜 수 없음을 호소한 거요. 그러자 내 가슴속의 소망의 전부가 나도 모르는 사이에 '제인! 제인! 제인!' 하는 소리로 변해 내 입에서 터져 나왔소."

"큰 소리로 그렇게 부르셨나요?"

"그랬소, 제인. 아마 누가 들었더라면 나를 미치광이라고 했을 거요. 그 정도로 정신없이 힘껏 소리를 질렀던 거요."

"그런데 그게, 지난 월요일, 밤중쯤이라고 하셨죠?"

"그렇소. 그러나 시간이 중요한 게 아니오. 그다음에 일어난 일이 이상한 일이오. 당신은 나보고 미신을 좋아한다고 할지도 모르지. 몇 가지 미신은 내 핏속에도 스며들어 있고, 전부터도 있어 왔소. 그러나 이것만은 사실이오. 지금부터 내가 이야기하려는 것을 내 귀로 들었다는 것은 사실이란 말이오.

내가 '제인! 제인! 제인' 하고 소리를 지르자 어떤 목소리가 '가겠어요, 기다려 주세요.' 하고 대답을 하는 것이었소. 나는 그 목소리가 어디서 들려왔는지는 모르지만, 누구의 목소리였는지는 알고 있소. 그러고 나서는 조금 있다가 '어디 계세요?' 하는 말이 바람을 타고 속삭임처럼 들려왔소.

할 수만 있다면 그 말이 내 마음속에 펼쳐 놓은 생각, 정경을 이야기해 주고 싶지만 말하고 싶은 것을 제대로 표현할 수가 없소. 펀딘은 보다시피 울창한 숲속에 파묻혀 있어서 무슨 소리가 나도 금방 흡수되어 메아리치는 법이 없이 죽어 버리오. 그 '어디 계세요?' 하는 소리는 산속에서 난 것 같았소. 산울림이 똑같은 말을 되풀이하는 것을 들었으니까. 그때 바람은 한층 더 서늘하고 신선하게 나의 이마에 불어오는 것 같았소. 어딘가 황량하고 쓸쓸한 곳에서 제인과 내가 만나고 있는 듯한 느낌이었소. 아마도 우리의 혼이 그때 서로 만났음에 틀림없소. 당신은 그때쯤 분명 세상모르고 잠을 자고 있었을 거요. 그런데 당신의 혼이 나의 혼을 위로하기 위해 당신의 육신에서 빠져나왔던 것일 거요. 그건 바로 당신의 목소리였으니까. 그건 틀림없이 당신의 목소리였으니까 말이오!"

독자여, 내가 그 신비한 부름 소리를 들은 것도 월요일 밤, 한밤중이 가까워서였다. 그리고 그가 들었다는 말은 내가 대답했던 그 말 그대로였다. 나는 로체스터 씨의 이야기를 듣기만 하고, 내 이야기는 하지 않았다. 이 우연의 일치는 누구에게 이야기를 하거나 이러니저러니 따져 보기에는 너무나 무섭고 불가해한 일이었다. 만약 내가 이야기를 했다면, 듣고 있던 분의 마음에 깊은 감동을 주지 않을 수가 없을 것이었다. 그러나 여태까지의 고뇌로 해서 까딱하면 어두워지기 쉬운 그의 마음에 초자연적인 일을 이야기하며 어두운 그림자를 드리워 줄 필요가 없었다. 나는 아무 말도 하지 않고 이 일을 마음속에 감춰 두고 곰곰이 생각해 보았다.

"그렇게 되었기 때문에……." 로체스터 씨는 이야기를 계속했다. "어젯밤 뜻밖에도 당신이 내 앞에 나타났을 때, 나는 그게 목소리와 환상뿐이 아니고 당신 자신이라는 것을 믿을 수가 없었던 거요. 그리고 그 한밤중의 속삭임과 산울림이 사라져 없어졌듯이 침묵과 적멸 속으로 녹아 없어진 것으로밖에는 생각되지 않았던 거요. 이제 나는 하느님께 감사하오! 이제야 그게 꿈도 아니고 환상도 아니라는 것을 알았소. 그렇소, 나는 진심으로 하느님께 감사하오!"

그는 나를 자기의 무릎에서 내려놓고 자리에서 일어섰다. 그리고 경건하게 모자를 벗고 보이지 않는 눈을 땅 위로 향하고 묵도를 드리고 서 있었다. 나의 귀에는 그 기도의 끝 부분만이 들려왔다.

"심판을 하시는 가운데에도 자비를 잊지 않으신 것을 감사하옵나이다. 원하옵건대 구세주시여, 지금까지보다도 순결한 생을 영위할 수 있는 힘을 저에게 내려 주시옵소서!"

그리고 그는 길을 인도해 달라고 손을 내밀었다. 나는 그 소중한 손을 잡아 잠깐 거기 입술을 대었다가 그 팔을 어깨에 감았다. 나는 그보다 훨씬 키가 작았기 때문에 그의 의지도 되고 길잡이도 될 수 있었다. 우리는 숲속으로 들어가서 집을 향해 걸어갔다.

38장

독자여, 나는 그와 결혼했다. 조용한 결혼식이었다. 식에 참석한 것은 그와 나 그리고 목사와 서기뿐이었다. 교회에서 돌아오자 우리는 부엌으로 들어갔다. 메리는 점심 식사 준비를 하고 있었고 존은 칼을 갈고 있었다. 그래 내가 말했다.

"메리, 나 오늘 아침에 로체스터 님과 결혼했어요."

우리 가정부와 그 남편은 둘 다 의젓하고 침착한 사람들이라서 언제 무슨 놀라운 소식을 전해도 찢어지는 듯한 높은 목소리를 내서 귀청이 떨어지게 하거나, 놀라서 쏟아 놓는 수다스러운 잔소리 때문에 귀가 먹먹해질 염려는 없었다. 메리는 고개를 들고 내 얼굴을 말끄러미 쳐다보았다. 두 마리의 병아리를 불에 구우며 버터를 바르고 있던 그녀의 국자는 삼 분쯤이나 공중에 멎어 있었다. 존이 갈고 있던 칼 역시 이 분쯤이나 멎어 있었다. 그러다가 다시 닭고기 쪽으로 몸을 구부리면서 메리는 이렇게 말했을 뿐이다. "그러셨어요? 확실히!"

조금 후에 그녀가 다시 말을 계속했다. "아까 주인님과 같이 나가시는 건 봤지만, 결혼식 하러 가시는 줄은 몰랐지요." 그리고 그녀는 부지런히 버터를 발랐다. 뒤를 돌아보니 존은 입을 딱 벌리고 벙글거리고 있었다.

"전 이렇게 될 거라고 메리한테 이야기했더랬죠. 전 에드워드 님이(존은 오래된 하인이고 그의 주인이 이 집의 도련님일 적부터 알았기 때문에 세례명을 곧잘 불렀다.) 어떻게 하실 줄을 알고 있었습죠. 틀림없이 오래 두고 계시지는 않으리라고 알고 있었습죠. 잘하셨어요, 잘하셨고말고요. 축하합니다. 선생님!"

그는 정중히 인사를 했다.

"고마워요, 로체스터 씨께서 두 분에게 이걸 주라고 하시더군요." 나는 그의 손에 5파운드짜리 지폐를 쥐여 주었다. 더 이상 무슨 말을 기다릴 것 없이 나는 부엌에서 나왔다. 그리고 얼마 후에 다시 그 앞을 지나치는데 이런 말이 들려왔다.

"어떤 귀부인보다 주인님한테는 잘해 드릴걸." 그리고 또 이런 말이 들려왔다. "얼굴이 별로 예쁘지는 않지만 밉상은 아니고, 거기다 아주 마음씨가 고우니까. 거기다 주인 눈에는 절세 미인으로 보일 테니까. 틀림없어."

나는 곧 무어 하우스와 케임브리지에 편지를 내어 내가 결혼을 했다는 것을 알리고, 왜 내가 이렇게 했는가 하는 이유도 충분히 설명해 주었다. 다이애나와 메리는 이 처사를 솔직하게 찬성해 주었다. 다이애나는 밀월여행이 끝날 때까지만 기다렸다가 곧 찾아오겠다고 알려 왔다.

"그때까지 기다리지 않는 게 낫지, 제인." 내가 그녀의 편지를 읽어 주자 로체스터 씨가 말했다. "기다리면 너무 늦어. 우리의 밀월은 우리 일생 동안 빛날 것이고, 그 빛이 기우는 건 우리 둘이 무덤 속에 들어간 후가 될 테니까 말이야."

세인트 존이 이 소식을 어떻게 받아들였는지 나는 모른다. 그는 내 결혼을 알린 편지에 답장을 안 했다. 그러나 여섯 달 후에야 편지를 했는데, 로체스터 씨나 나의 결혼에 대한 이야기는 비치지도 않고 있었다. 담담하고, 좀 딱딱하기는 했으나 친절한 편지였다. 그 후로도 그는 자주는 아니었으나 규칙적으로 편지를 보내 주었다. 나의 행복을 빌고 있다는 것, 내가 이 세상에서 하느님 없이 살고 세속적인 것에만 마음을 쓰는 무리 중의 하나가 아닐 것으로 믿는다는 내용이었다.

독자여, 저 귀여운 아델러를 깜빡 잊고 계시지나 않았는지? 나는 잊지 않았다. 결혼 후 얼마 안 있다가 나는 로체스터 씨에게 학교로 아델러를 찾아가 보겠다고 부탁하여 허락을 받았다. 나를 다시 만나 미칠 듯이 기뻐하는 아델러의 모습이 내 마음에 깊은 감동을 주었다. 아델러는 창백하고 수척해 있었으며, 행복하지 못하다고 하소연했다. 그 학교의 규칙이 너무 엄격하고, 학과목도 그 나이 또래의 아이들에겐 과중하다는 것을 알고, 나는 아델러를 데려와 버렸다. 나는 또 한 번 아델러의 가정교사가 되려고 했던 것이다. 그러나 이건 불가능한 일임을 곧 알게 되었다. 나의 시간과 관심을 요하는 것은 다른 사람이었다. 나의 남편이 그 전부를 필요로 하고 있는 것이었다. 그래서 나는 교칙도 좀 무르고, 가끔 찾아가기도 하고 때로는 집으로 데리고 올 수도 있을 만큼 가까운 학교를 찾아내었다. 나는 아델러가 불편한 것이 없이 안락한 생활을 할 수 있도록 마음을 썼다. 아델러는 곧 새 학교에서 마음이 잡히고, 대단히 행복해졌으며 공부하는 것도 상당한 진전을 보였다. 그녀가 자라남에 따라 건전한 영국 교육은 그녀의 프랑스적인 결점을 많이 교정해 주었다. 그래 그녀가 학교를 졸업했을 때엔 붙임성 있고 얌전한, 양순하고 상냥하고 절조 있는 나의 친구가 되어 있었다. 나와 나의 애들에게도 주의를 게을리하지 않고 보살펴 주었으며, 그것으로써 이미 일찍이 내가 힘자라는 대로 그녀에게 보여 주었던 자디잔 친절까지도 충분히 보상을 한 것이었다.

내 이야기도 결말에 가까워지고 있다. 인제 내 결혼 생활에 대해서만 한마디하고, 이 이야기에 빈번히 이름이 나온 사람들의 그 후의 운명에 일별을 던지고 나면 그것으로 끝이다.

이제 나는 결혼을 한 지가 십 년이 되었다. 나는 이 세상에서 내가 사랑하는 사람을 위해서 모든 것을 바치고 그 사람과 더불어 산다고 하는 것이 어떤 것인가를 알고 있다. 나는 나 자신을 이 세상 누구보다도 축복받은 사람, 말로 표현할 수 없을 정도로 축복받은 사람이라고 생각한다. 왜냐하면 나의 남편이 내 생명인 것과 마찬가지로, 내가 곧 남편의 생명인 까닭이다. 나만큼 남편에게 가깝고 나만큼 완전히 남편의 "뼈 중의 뼈요, 살 중의 살"41)이 된 여자도 없을 것이다. 마치 우리가 각자의 가슴속에서 뛰고 있는 심장의 박동에 싫증 나지 않듯이 나는 에드워드와 함께 있으면서 싫증이라는 것을 모르고 그도 나와 함께 있으면서 싫증을 모른다. 그래 우리는 항시 함께 있다. 함께 있다는 것은 우리에게 있어서 혼자 있을 때처럼 자유로우며, 동시에 여럿이 같이 있을 때처럼 즐거운 것을 의미한다. 우리는 하루 종일이라도 이야기를 하지만 둘이 서로 이야기를 주고받는다는 것은 우리가 마음속에 가지고 있는 것을 좀 더 생생하게 귀에 들리는 말로 생각하는 것에 불과하다. 나는 완전히 그를 신뢰하고, 그도 완전히 나를 신뢰한다. 우리의 성격은 완전히 일치하고 화합했다.

로체스터 씨는 결혼 후로도 이 년간은 완전한 장님이었다. 아마 우리 둘을 그렇게 가깝게 접근시키고 우리를 그렇게 밀접하게 결합시켜 놓은 것은 그러한 사정의 결과이리라. 지금까지도 그의 오른손이듯이 나는 그 무렵 그의 눈이었다. 문자 그대로, 나는 (그가 늘 나를 불렀듯이) 그의 귀중한 눈동자였다. 그는 나를 통해서 자연을 보고 책을 읽었다. 나는 싫증 내지 않고 남편 대신에 들과 나무와 도시와 강과 구름과 햇빛을 보고, 눈앞의 풍경과 우리 주변의 기후를 보고 그 모양을 말로 표현하고, 이미 빛이 그의 눈에 전해 줄 수 없는 것을 소리로써 그의 귀에 전해 준 것이었다. 나는 그에게 책을 읽어 주고, 그가 가고 싶어 하는 곳으로 그를 인도하고, 그가 하고 싶어 하는 일을 하는 데 싫증을 내지 않았다. 비록 슬프기는 했지만 나의 봉사에는 가장 충만하고 아기자기한 기쁨이 따랐

---

41) 「창세기」 2장 23절.

다. 왜냐하면 그는 조금도 고통스러운 치욕감이나 기가 죽는 굴욕감을 느끼지 않고 이런 봉사를 당당히 요구해 왔기 때문이다. 그는 진심으로 나를 사랑했기 때문에 내가 시중을 들어주는 것을 조금도 꺼리지 않았고, 또 내가 자기를 진심으로 사랑하는 것을 알고 있는 그는 나의 시중을 받는 것을 나의 간절한 소망을 들어주는 것이라고 생각하고 있었다.

그 이 년이 다 끝나 가는 어느 날 아침, 나는 그가 부르는 대로 편지를 받아쓰고 있었는데, 그가 나에게로 다가와 몸을 구부리면서 말했다.

"제인, 당신 지금 뭔가 반짝반짝 빛나는 목걸이 같은 걸 목에 걸고 있는 게 아니오?"

나는 금 시곗줄을 걸고 있었다. 나는 "네." 하고 대답했다.

"그리고 엷은 하늘빛 옷을 입고 있소?"

나는 정말로 하늘빛 옷을 입고 있었다. 그는 지금까지 한쪽 눈을 가리고 있던 희뿌연 구름 같은 것이 얼마 전부터 좀 엷어지는 것 같았는데, 지금 그게 확실해졌다고 말했다.

우리는 런던으로 갔다. 그는 유명한 안과의에게 진찰받고 드디어 한쪽 시력을 회복했다. 지금도 아직 사물을 확실히 볼 수는 없고, 읽고 쓰는 것도 많이는 못 하지만, 손을 잡히지 않고도 걸어 다닐 수 있게 되었다. 이젠 하늘이 공백이 아니고, 대지도 공허가 아니다. 그의 첫 아기가 그의 품에 안겼을 때, 그는 아들의 눈이 옛날의 자기 눈을 닮아서 크고 빛나고 새까만 것을 볼 수 있었다. 그때 그는 다시 한번 진심에서 하느님이 그 심판을 자비로써 누그러뜨려 주신 것을 감사했다.

에드워드와 나는 행복하다. 우리가 가장 사랑하는 사람들이 행복하기 때문에 우리의 행복감은 더하다. 다이애나와 메리는 둘 다 결혼했다. 그들은 번갈아 일 년에 한 번씩 우리를 찾아오고, 우리도 그들을 만나러 간다. 다이애나의 남편은 해군 대령으로 훌륭한 장교이며 선량한 사람이다. 메리의 남편은 목사인데, 자기 오빠의 대학 동창생이며, 학식이나 신조로 보아 적합한 배필이었다. 피츠 제임스 대령과 워튼 씨는 둘 다 아내를 사랑하며, 아내의 사랑을 받고 있다.

한편 세인트 존은 영국을 떠나 인도로 갔다. 그는 자기가 정해 놓은 길로 들어서서, 아직도 그 길을 걸어가고 있다. 갖가지 곤란과 위험을 뚫고 나아간, 그만큼 의지가 굳고 피로할 줄을 모르는 개척자도 없으리라. 확고한 신념을 가졌으며 충직하고 헌신적인 그는 넘칠 듯한 정력과 열의와 진실로써 인류를 위해 일하고 인류의 향상을 위해 길을 닦고, 마치 거인처럼 인류 향상을 저해하는 교리와 계급제도의 편견을 베어 넘어뜨리고 있다. 그는 아직도 가혹하고 강제적이며 야심가일지 모른다. 그러나 그의 가혹함은 사탄의 사자(使者)의 습격으로부터 순례자를 지키는 전사 그레이트하트[42]의 가혹함이다. 그의 강요는 "아무든지 나를 따르려거든 자기를 부인하고 자기 십자가를 지고 나를 좇을 것이니라."[43] 하고 오직 그리스도만을 위해 설교하는 사도의 강요이다. 그의 야심은 이 지상

---

42) 버니언의 『천로역정』에 등장하는 길잡이.

43) 「마가복음」 8장 34절.

에서 구원되어 죄의 더러움을 씻고 하느님의 보좌 앞에 서고, 하느님의 어린양의 최후의 위대한 승리를 함께 누리고, 하느님의 부름을 받고, 선택되고 신앙이 두터운 사람들의 앞장에 서려고 하는 위대한 정신의 소유자의 야심인 것이다.

세인트 존은 아직 독신이다. 아마 앞으로도 결혼은 안 할 것이다. 지금까지 그는 혼자서 고역을 치러 왔다. 그러나 그 고역도 끝장이 가까워졌다. 그의 찬란한 태양은 지금 성급히 지려 하고 있다. 최근 그에게서 온 편지는 나의 눈에서 인간으로서의 눈물을 흘리게 했지만 나의 가슴을 신성한 기쁨으로 채워 주었다. 그는 확실한 보상을, 불멸의 왕관을 기대하고 있었다. 다음번에는 누군지도 모를 사람이 종내 이 선량하고 충직한 종이 부름을 받아 하느님의 기쁨으로 돌아갔다고 하는 소식을 전해 줄 것이다. 그런데 왜 슬퍼하랴? 죽음의 공포가 세인트 존의 최후의 시간에 어두운 그림자를 드리우지는 않으리라. 그의 정신은 구름이 걷히고, 그의 마음은 움쩍도 하지 않으며, 그의 소망은 확고해지고, 그의 신앙은 흔들리지 않을 것이다. 그 자신의 말이 그것을 확실히 보여 준다.

"주님께서는 이미 제게 말씀하셨습니다. 그리고 매일같이 더욱 분명하게 말씀하십니다. '나 분명코 속히 가리라!' 그러면 나는 더욱 열심히 매시간 대답합니다. '아멘, 주 예수여, 임하옵소서!'라고."

여성주의적 혁명의 소설, 『제인 에어』

가장 감명 깊게 혹은 재미있게 읽은 문학 작품에 대해서 적어 보라는 글짓기를 학기 초, 개강 첫 시간마다 과제로 내고 있다. 최근에 와서 경향이 많이 바뀌고 있기는 하지만 그래도 으레 다수 학생이 거론하는 외국 소설들이 있다. 『제인 에어』, 『폭풍의 언덕』, 『데미안』, 『좁은 문』 등이 그것이다. 이들은 모두 청춘 소설이라 분류할 수 있는 작품들인데, 최근에 와서 감소 추세긴 하지만 다른 작품들의 경우처럼 심한 기복은 없다. 꾸준히 읽히면서 젊은 독자들을 매료시키고 있는 것이다. 누가 뭐라든지 이른바 '읽히는 고전'의 반열에 어엿한 자리를 차지하고 있는 셈이다.

퇴색할 줄 모르는 『제인 에어』의 강력한 매력은 무엇일까? 출간된 지 150년이 넘었고 세상도 많이 변했다. 그럼에도 불구하고 여전히 동과 서에서 젊은 독자들을 매혹시키고 있는 까닭은 무엇인가? 또 30여 년 전 나로 하여금 번역이란 만만치 않은 노동을 견딜 수 있게 하고, 때로 작중인물과 함께 가슴 두근거리며 노여워하고 슬퍼하게 했던 요소는 무엇일까?

우선 이 작품은 사랑의 소설이요, 낭만적 사랑의 순애보(純愛譜)이다. 저자 샬럿 브론테와 시인 바이런을 비교하면서 두 사람 사이의 친근성을 지적하고 나서 『제인 에어』를 "영어로 쓰인 최초의 낭만주의 소설"이라고 지적한 비평가 월터 앨런의 말은 정곡을 찌르고 있다.

사회 경험이 넓지 못했던 저자의 필치는 상상 속에서 시종 독자들을 매혹시키며 작품을 끌어가고 있다. 작품 속의 모든 것은 저자의 감수성의 진실함에 의존하고 있다. 여주인공의 불행한 환경과 개성적인 성격에 동정과 공감을 느낀 독자들은 여주인공이 로체스터를 만나게 되면서 겪게 되는 갈등과 고독과 사랑의 심리적 과정에 동참하면서 손에서 책을 놓지 못하게 된다. 여주인공이 1인칭으로 이야기를 해 나가는 서술적 특징이 잘 살려져 있어, 독자들은 한 매력적인 개성의 소유자의 정열을 하나의 고백과 같은 직접성으로 받아들이게 된다. 그리고 해묵은 저택의 풍모나 정체를 알 수 없는 괴상한 웃음소리 등 고딕 소설적 장치는 스릴러 같은 긴장감을 안겨 주어 독자들의 흥미를 배가시킨다.

정신병자인 아내가 살아 있다는 것이 드러나 로체스터와 제인 에어의 결혼이 마지막 순간에 일단 좌절되면서부터 소설의 서사는 가속도가 붙는다. 손필드 장(莊)에서 도망쳐 나간 제인 에어는 방황 끝에 리버스 목사 집안사람들에게 구조된다. 리버스 목사의 강력한 영향력을 물리치지 못하고 그와 결혼하여 인도로 동행하는 일에 동의하려는 찰나, 로체스터의 텔레파시 호소를 접한 제인 에어는 손필드로 달려간다. 그녀는 손필드 저택이 불타 버렸고 로체스터는 아내를 구하려다 불구가 되고 실명(失明)했다는 사실을 알게 된다. 그녀는 완전히 절망 상태에 빠진 로체스터에게 돌아가 아내가 되어 그의 행복을 회복시켜 준다. 이러한 과정이 매우 긴장감 있고 속도감 있게 전개되어 긴 소설이란 느낌을 주지 않을 정도다. 이러한 개요를 통해서 드러나듯이 이 작품은 자연주의 계열의 소설과는 명백히 일정한 거리를 두고 있다.

그러나 낭만적 사랑의 순애보라는 것은 이 소설의 일면에 지나지 않는다. 강력한 여성상과 새로운 유형의 작중인물 조형, 도덕적 자기중심주의의 오류와 근본주의적 사고의 편향성에 대한 비판, 여성주의적 선언 등 시대를 앞지른 사고가 작품 속에서 일관되게 흐르고 있다. 제인 에어는 자기 개성이 강하며 솔직하고 대담한 도덕적 용기를 지닌 여성으로 등장하는데 이것은 당대 소설로서는 파격적인 것이었다. 제인 에어의 여성주의적 사고도 대담하고 전복적이다. 가령 12장에서 "정치적 반란을 제외하고서도 얼마나 많은 반란이 지상에 살고 있는 사람들 사이에서 격동하고 있는지를 아는 사람은 아무도 없다."(1권 195쪽)라고 하는 제인 에어의 상념은 선각적인 여성주의 선언이기도 하다.

리버스 목사의 독선적인 근본주의적 사고와 태도가 제인

에어를 위협할 때 독자들은 어떤 아슬아슬한 위기감을 느낄 것이다. 비록 초능력 신봉자들이 얘기하는 텔레파시 효과가 작용한 것처럼 보인다 해도, 제인 에어가 리버스를 물리치고 로체스터에게 달려간 것은 독선적인 근본주의적 사고의 허구성과 자기기만성에 대한 가차 없는 비판으로 읽힌다. "신랑의 신부 사랑은 6개월이면 끝난다."라는 제인 에어의 말도 현대 소설의 성 담론을 앞당겨 보여 주고 있다. 가난이 타락의 동의어로 여겨진다고 하는 소녀 제인의 생각도 가난에 대한 인습적인 사고방식을 넘어서고 있다. 그뿐만 아니라 사랑을 넘어서 욕정을 얘기하고 있는 이 작품은 프로이트 흐름의 꿈과 시의 상징을 다양하게 보여 주고 있어 단순한 순애보의 경지를 넘어서고 있음을 시사한다. 그러므로 『제인 에어』가 낭만적 사랑의 순애보로 그치지 않는 도덕적 여성주의적 혁명의 소설이기도 하다는 것을 확인하는 것은 독자의 몫이요, 의무이기도 하다.

끝으로, 이번에 새로 책을 내면서 기왕의 착오나 예스러운 표현 중 일부를 손보았다. 그러나 원문 자체가 150년 전의 옛 것임도 고려해 뼈대는 그대로 두었음을 밝혀 둔다.

2004년 가을

유종호

작가 연보

1816년   4월 21일 요크셔주의 손턴에서 영국 국교회 목사인 패
트릭 브론테의 3녀로 태어난다.

1817년   남동생 패트릭 브랜웰 브론테가 태어난다.

1818년   7월 30일 여동생 에밀리 제인 브론테가 태어난다.

1820년   막내 여동생 앤이 태어난다. 브론테 가족은 아버지의
교구로 정해진 호어스로 이사한다.

1821년   9월 15일 어머니 마리아 브론테가 세상을 떠난다. 이후
아버지는 재혼하지 않고 독신으로 산다. 브론테 형제
의 양육은 이모인 엘리자베스 브랜웰에게 맡겨졌으며,
그녀는 죽을 때까지 브론테 집안의 일을 보아 준다.

1824년   8월 10일 랭커셔주의 코언 브리지라는 사립 기숙 학교
에 입학했다. 이곳에서 언니인 마리아, 엘리자베스 그

리고 여동생 에밀리와 함께 기거한다. 이 학교는 나중에 『제인 에어』에 등장하는 로우드 기숙 학교의 배경이 된다.

1825년   5월 언니 마리아가 영양실조와 폐병으로 죽는다. 그달 말 엘리자베스는 집으로 돌려보내진다. 바로 다음 달, 샬럿과 에밀리도 집으로 돌아간다. 엘리자베스가 6월 15일에 사망한다.

두 언니를 잃은 샬럿과 에밀리 자매는 이모의 보살핌을 받으며 독자적으로 학문을 익혀 나간다. 이후 오 년 동안 이들은 다양한 분야의 독서를 하고, 글쓰기를 시작했으며, 잡지에도 글을 기고한다.

1831년   1월 미스 울러가 교장으로 있는 로헤드 사립 학교에 입학하여 메리 테일러, 엘렌 너시 등과 사귀며 깊은 우정을 나눈다.

1832년   5월 로헤드를 떠나고 그해 가을 엘렌의 집을 방문하여 그곳에서 머문다.

1835년   7월 샬럿은 교사로, 에밀리는 학생으로 로헤드 학교로 돌아간다. 그러나 에밀리는 극심한 향수병에 시달려 삼 개월 만인 10월에 집으로 되돌아간다. 그 후 학교에서의 에밀리의 자리는 앤이 대신한다.

1836년   계관 시인 로버트 사우디에게 시를 보내 비평을 부탁했으나 그의 대답은 그녀를 실망시킨다.

1838년   로헤드 학교가 듀스버리로 이전해 샬럿은 그해 12월까지만 그곳에 남는다.

1839년	엘렌의 오빠 헨리 너시가 청혼하지만 거절한다.
1840년	에밀리와 함께 호어스에 머문다. 이즈음부터 소설 창작을 시작한다. 한편 화가 지망생이었던 남동생 브랜웰이 음주와 마약 등 방탕한 생활로 몸을 망친다.
1841년	3월부터 12월까지 화이트가(家)에서 가정교사로 일한다. 이때 에밀리와 함께 집에서 사립 학교를 열 계획을 세운다.
1842년	2월 사립 학교 설립 계획에 따라 학력을 기르기 위해 에밀리와 벨기에의 브뤼셀에 가서 에제 기숙 학교에 들어간다. 샬럿은 이곳에서 기숙 학교 교장 에제에게 매력을 느낀다. 10월 살림을 보아 주던 엘리자베스 이모가 세상을 떠 자매는 영국으로 돌아온다.
1843년	1월 에제의 초청을 받아 혼자 에제 기숙학교로 돌아간다. 그곳에서 교수와 학생을 겸한 생활을 하며, 에제에 대한 그녀의 연정도 더욱 깊어지지만 에제는 그녀의 사랑을 거부한다.
1844년	상심 끝에 영국으로 돌아와 호어스에 머물면서 이듬해 가을까지 에제에게 연서(戀書)를 보내지만 답장은 받지 못한다.
1845년	후일 샬럿의 남편이 되는 아서 벨 니콜스가 아버지의 목사보로 호어스로 취임해 온다. 브랜웰이 가정교사로 들어간 집의 부인과 사랑에 빠져 내쫓긴다. 샬럿은 에밀리가 쓴 시들을 발견하고 재능을 확신해 함께 출판할 계획을 세운다.

1846년   세 자매가『커러, 엘리스, 액턴 벨의 시집』(각각 샬럿, 에밀리, 앤의 필명)을 출판한다. 그러나 시집은 단 두 부가 팔렸을 뿐 전혀 주목받지 못한다. 8월부터 샬럿은 백내장 수술을 받기 위해 맨체스터로 간 아버지를 보살피면서『제인 에어』를 쓰기 시작한다.

1847년   10월『제인 에어』가 스미스사(社)에서 출판되어 즉각적인 호평을 받는다. 12월에는 에밀리의『폭풍의 언덕 (Wuthering Heights)』도 출간된다.

1848년   샬럿과 앤이 런던의 출판사를 방문하여 후한 대접을 받는다. 9월 브랜웰이 거의 미치광이 상태로 죽고, 곧이어 에밀리가 12월에 세상을 뜬다.

1849년   앤이 세상을 뜬다. 10월 샬럿의『셜리(Shirley)』가 출판된다. 연말에 런던을 방문하고 소설가 윌리엄 메이크피스 새커리(1811~1863)와 만난다.

1850년   초여름 런던으로 여행을 하다가 화가 조지 리치먼드를 만나고, 그가 그녀의 초상화를 그려 준다. 또한 개스켈 부인과도 사귄다. 이 무렵 출판사 직원 제임스 테일러에게 청혼을 받지만 거절한다.

1852년   12월 니콜스가 청혼을 했으나 아버지가 강력하게 반대한다.

1854년   1월 니콜스가 다시 청혼을 했고, 이번에는 아버지의 반대를 무릅쓰고 결혼을 결심한다. 6월 29일에 결혼하여 호어스에 정착한다.

1855년   3월 31일 임신한 상태에서 몇몇 병이 겹쳐 생을 마감

한다.

1856년   처녀작 『교수(The Professor)』가 사후 출간되며, 개스켈
         부인이 쓴 전기 『샬럿 브론테의 생애(Life of Charlotte
         Brontë)』가 출간된다.

세계문학전집 **110**

제인 에어 2

1판 1쇄 펴냄 2004년 10월 30일
1판 55쇄 펴냄 2024년 5월 14일

지은이 샬럿 브론테
옮긴이 유종호
발행인 박근섭, 박상준
펴낸곳 (주)민음사

출판등록 1966. 5. 19. (제 16-490호)
서울특별시 강남구 도산대로1길 62(신사동) 강남출판문화센터 5층 (우편번호 06027)
대표전화 02-515-2000 팩시밀리 02-515-2007
www.minumsa.com

© 유종호, 2004. Printed in Seoul, Korea

ISBN 978-89-374-6110-1 04800
ISBN 978-89-374-6000-5 (세트)

세계문학전집 목록

세계문학전집은 계속 간행됩니다.